D1116040

LA RÈGLE DU SILENCE

Paru dans Le Livre de Poche :

LA COULEUR DE LA NUIT

REQUIEM POUR UN CŒUR DE VERRE

DAVID LINDSEY

La Règle du silence

ROMAN TRADUIT DE L'AMÉRICAIN PAR PIERRE GIRARD

ALBIN MICHEL

Titre original :

THE RULES OF SILENCE

À Joyce,
qui m'abrite des tempêtes solitaires
de l'imagination.

1

Benny Chalmers regarda par la portière de sa camionnette. Il avait descendu la vitre. Il portait une chemise kaki à manches longues, maculée de taches et trempée de sueur, un jean crasseux et des bottes de cow-boy usées jusqu'à la corde qui lui montaient presque aux genoux. Il avait le visage rougi par quarante et une années d'exposition au soleil aveuglant de la région frontalière, et le front d'une blancheur cadavérique à l'endroit où il était protégé par le bord de son Stetson.

Il était quatre heures et demie de l'après-midi et Chalmers se trouvait au centre des dix millions d'hectares de terres sauvages connues des écologistes comme les plaines du Sud-Texas, et du reste de la population comme le Brush. Les premières fermes se trouvaient à une bonne heure de route, distantes les unes des autres d'une trentaine de kilomètres. Mais elles n'étaient qu'à deux cents mètres de la frontière du Mexique. Le soleil était blanc. Le paysage calciné, semé de cactus géants et de fourrés épineux de la taille d'un homme, s'étendait à perte de vue dans toutes les directions.

Chalmers regardait les *vaqueros* d'un ranch du coin qui chargeaient dans son camion un troupeau de cent cinquante têtes de différentes races. On l'avait engagé pour les transporter dans un autre ranch proche de Bandera, à plus de trois cents kilomètres vers le nord. Les bêtes étaient parquées dans un enclos en labyrinthe fait de vieux tuyaux rouillés provenant d'un derrick désaffecté. Une rampe de bois et de fer reliait la sortie de l'enclos à la remorque à trois ponts et à douze roues d'un camion Wilson.

Un hélicoptère venait de se poser dans un tourbillon de poussière à vingt mètres de Chalmers. Trois hommes armés, bottés, vêtus de l'uniforme vert foncé de la patrouille frontalière des Douanes américaines avaient jailli de la cabine. Ils étaient là pour assister au chargement du bétail, et examiner le gros camion de Chalmers.

– Bon Dieu de bon Dieu, dit Chalmers, entre ses dents, en clignant des yeux face au soleil.

Les bêtes beuglaient et se bousculaient pour s'engouffrer dans le ventre de l'énorme remorque qui tanguait sous leur poids. Celles qui se trouvaient encore dans l'enclos piétinaient la terre sèche et brûlante en soulevant un épais nuage de poussière rougeâtre qui stagnait dans l'atmosphère.

Il y avait vingt-deux ans que Chalmers transportait du bétail pour les éleveurs le long de la frontière. Aucun homme vivant ne connaissait mieux que lui les routes qui reliaient ces ranches isolés les uns des autres entre Brownsville et El Paso. Tout comme il connaissait les pistes d'atterrissage clandestines, et l'activité de la police frontalière qui ne cessait de s'intensifier avec l'accroissement du trafic de drogue et d'êtres humains. Il savait aussi que ses chances de lui échapper se faisaient de plus en plus minces.

Il regarda les trois policiers qui s'étaient regroupés à l'arrière de la remorque et scrutaient dans trois directions différentes à travers leurs lunettes de soleil. Ils discutaient sans se regarder, dans la poussière qui tourbillonnait lentement autour d'eux et se collait à leurs uniformes sombres maculés de taches de transpiration.

Puis les trois policiers passèrent derrière le Mack

rouge et sa remorque longs d'une bonne vingtaine de mètres. Quand ils reparurent à l'autre extrémité, ils regardèrent Chalmers et le saluèrent. Il rendit le salut d'un geste de son gros bras musclé à la portière de la camionnette.

– *Adios*, les gars, dit-il entre ses dents.

Puis il tourna la tête et reporta son attention sur les bêtes et les *vaqueros*. Mais il ne se détendit qu'en entendant le moteur de l'hélicoptère démarrer et monter en régime avec un vrombissement de plus en plus aigu pour s'arracher au sol.

Il s'essuya le front à la manche de sa chemise.

Chalmers faisait le passeur et pas de façon occasionnelle. Pour tromper le flair des chiens policiers, il avait aménagé deux habitacles dans le plafond voûté de sa remorque, au milieu des bêtes entassées dans le fumier et la puanteur. Chaque habitacle mesurait quarante-six centimètres de haut (un peu plus qu'un individu de taille normale étendu sur le dos) sur cent quatre-vingts de long et soixante de large. Un tuyau y apportait de l'air conditionné depuis la cabine, et il y avait adjoint deux longs réservoirs d'eau auxquels on buvait à l'aide d'une pipette. Un homme pouvait tenir trois jours là-dedans sans trop souffrir.

Deux hommes. Livraison garantie. Mais au prix fort. Et Chalmers savait très bien ce que ça signifiait. Les gens qui s'adressaient à lui avec ce qu'il fallait en poche n'étaient pas de ceux qui venaient aux États-Unis pour essuyer les tables dans des fast-foods ou trimer comme manœuvres sur des chantiers. Il travaillait pour une clientèle d'élite.

Et ça marchait. Il s'était fait près d'un quart de million de dollars en six mois. Tout en liquide.

Le jour baissait quand Chalmers acheva de remplir les formulaires sur le capot de la camionnette de l'éleveur. Ils échangèrent une poignée de main, et il annonça qu'il allait manger un morceau dans sa cabine avant de se mettre en route. Adossé au camion, il regarda l'éleveur et ses *vaqueros* quitter les enclos avec leurs camionnettes, tirant derrière eux les fourgons à bestiaux.

Une demi-heure plus tard, Chalmers eut une conversation sérieuse avec un groupe de coyotes mexicains à la limite du désert de broussailles. Le camion était arrêté derrière lui, le moteur tournant au ralenti, ses feux orange luisant faiblement comme de longues traînées de braises. Les vrais coyotes jappaient et poussaient leur mélopée funèbre dans l'immense nuit du désert.

Les coyotes avec lesquels discutait Chalmers étaient des durs, et ils avaient beaucoup d'argent, beaucoup plus que l'État américain n'en pouvait offrir sous forme d'allocations chômage. Ils se déplaçaient avec un attirail électronique dernier cri, et tenaient à le montrer. Une bande de sinistres contrebandiers mexicains, avec leurs micros et leurs casques à oreillettes comme les petits chanteurs à la noix qu'on voyait sur MTV.

Chalmers s'était mis à suer d'angoisse et il s'en voulait à mort d'avoir accepté ce transport. Il aurait dû s'arrêter au précédent.

Le gamin qui semblait diriger les opérations dit quelques mots à voix basse dans le micro fixé devant sa bouche et ils se retournèrent tous comme un seul homme pour regarder au sud, au-delà du fleuve, vers le Mexique. Silence. Une minute. Deux. Trois. Cinq. Tous aperçurent le phare bleu de l'hélicoptère avant d'entendre le battement assourdi du rotor – à peine une toux légère dans le lointain.

Chalmers, soudain, se sentit envahi par un certain respect. Il n'avait vu qu'une fois cet appareil, mais un tas d'histoires couraient à son sujet. Il aurait pu demander deux fois plus cher. Bon Dieu.

L'hélicoptère noir se posa sur un banc de sable entre les berges du fleuve asséché. Il n'y resta pas plus d'une minute avant de repartir en bourdonnant dans l'obscurité. Ils attendirent.

Un petit groupe d'hommes sortit des fourrés, sans bruit, comme des ombres surgies de l'ombre.

Ils étaient cinq, et deux d'entre eux avaient le visage dissimulé par des cagoules noires. Ces deux-là étaient mieux vêtus que les autres et ne communiquaient que par gestes. Chalmers comprit qu'ils voyaient à travers l'étoffe qui brillait d'un éclat bizarre. Le plus costaud portait quelques mangues et quelques oranges dans un mauvais filet à provisions.

L'un des trois hommes de l'escorte dit quelques mots aux jeunes crétins déguisés en chanteurs de MTV, et le morveux qui commandait, se tournant vers Chalmers, s'adressa à lui dans un anglais irréprochable, sans la moindre trace d'accent.

— C'est bon, mec, dit-il d'un air narquois. Terminé en ce qui nous concerne. Nous n'avons rien à voir avec l'autre bout de la chaîne.

Chalmers hocha la tête et le morveux lui tendit une épaisse enveloppe. Sortant calmement un briquet de sa poche, Chalmers entreprit de compter les billets. Peu lui importaient tous ces gens qui attendaient autour de lui. C'était pour ça qu'il était là.

Le compte y était. Il releva la tête.

— Ça va.

— Alors, installons ces messieurs, dit le morveux.

Les deux hommes encagoulés entrèrent dans la remorque par le côté et se glissèrent, les pieds les premiers, dans leurs minuscules habitacles. Ils ne prononcèrent pas un mot. Quand ils y furent, Chalmers, debout sur la rambarde, leur expliqua en espagnol comment se servir des tuyaux de ventilation et du réservoir d'eau.

Il était deux heures du matin quand Chalmers livra son bétail dans les enclos d'un autre ranch isolé, au sud-ouest de Bandera. Là, on était dans la Hill Country, une région du Texas plus accidentée, aux collines couvertes de chênes et de genévriers. La Medina coulait si près qu'on la sentait dans l'atmosphère.

Dans la nuit noire, Chalmers annonça à l'éleveur qu'il lui fallait maintenant faire un peu de nettoyage dans sa remorque avant de repartir, lui dit *adios*, et regarda les feux arrière de la dernière camionnette gravir la piste de terre battue et craquelée qui remontait de la vallée peu profonde.

Puis Chalmers se retourna, se hissa lourdement sur les barreaux au flanc de la remorque et grimpa jusqu'en haut. À l'aide d'une petite clé, il dévissa deux boulons et souleva le panneau qui dissimulait les deux habitacles.

– *Està bien*, dit-il.

Et il redescendit sur les barreaux.

Du sol, il regarda le premier homme se contorsionner dans la pénombre pour s'extraire de son habitacle. Il ne portait plus sa cagoule, ce qui mit aussitôt Chalmers en alerte. Tandis qu'il aidait l'autre – également sans sa cagoule – à sortir à son tour et à négocier sa descente délicate sur les barreaux de la remorque, Chalmers nota que celui-ci était manifestement plus jeune et plus musclé. Garde du corps.

Ils étaient raides et remuaient avec lenteur leurs membres ankylosés, mais parvinrent jusqu'au sol sans encombre. Bien qu'il fît nuit, Chalmers garda délibérément la tête baissée pendant que le garde du corps sortait un téléphone de sa poche et appelait quelqu'un. L'autre s'éloigna de quelques pas, ouvrit sa braguette et pissa dans l'obscurité en leur tournant le dos.

Chalmers prit un air affairé pour aller ranger quelque chose au fond de la remorque, mais sans quitter des yeux l'homme qui téléphonait. Il savait que s'il avait été indispensable jusque-là, il pouvait maintenant devenir gênant. Le type mit fin à sa conversation et s'approcha de lui.

— Comment rejoint-on la route ? demanda-t-il en anglais.

— Par là, juste derrière vous, répondit Chalmers, l'œil aux aguets, avec un geste vers la piste qui partait entre les fourrés.

Son camion pointait le nez dans cette direction.

— Bien, dit le type, avec dans la voix quelque chose qui sonnait comme un merci, ou un adieu. Attendez une demi-heure, ajouta-t-il avant de tourner les talons pour rejoindre l'autre qui faisait les cent pas non loin de là.

Ils échangèrent quelques mots puis, sans un regard en arrière, s'éloignèrent dans l'obscurité épaisse, vers la seule route qui permettait de quitter la vallée.

Chalmers retourna à son camion, prit une boîte à outils sous le marchepied et en sortit une paire de jumelles. Puis il s'écarta du camion et s'assit par terre, les jambes repliées devant lui, appuyé des coudes sur ses genoux. Il leva les jumelles à hauteur de ses yeux, fit la mise au point sur les deux types. À travers les lentilles de vision nocturne, ils lui apparurent en pleine lumière dans un monde vert, un peu trouble. Ils avançaient sans se retourner.

Il devina, une fraction de seconde avant d'en sentir le contact, la présence du tube froid, épais, appliqué contre son oreille droite par une main qui ne tremblait pas. Il comprit. Son grand corps las se fit léger, se souleva de quelques centimètres au-dessus du sol, le tube glacé pressé contre son oreille l'empêchant de basculer. Il regardait encore les deux types qui s'éloignaient dans un monde vert quand sa tête explosa.

2

Le fourgon Lincoln Navigator grimpa le long de la piste de terre sèche pour rejoindre une autre piste tout aussi sèche, mais plus large, moins crevassée et qui montait également. Ils tournèrent à gauche et prirent rapidement de la vitesse. Derrière eux, la poussière se déployait dans un ciel sans nuages, vite transformée par la lune aux trois quarts pleine en une poudre argentée presque aussi légère que l'air dans lequel elle flottait, avant de retomber lentement sur le paysage obscur.

Ils atteignirent l'autoroute et prirent à gauche en direction de l'ouest. Le type assis à côté du conducteur se retourna pour tendre des hamburgers dans leur sachet aux deux autres qui n'avaient eu que quelques oranges et quelques mangues pour se nourrir au cours des douze heures précédentes.

Tandis que le Navigator, lancé à travers Hill Country, avalait les pentes et les virages de l'autoroute, les deux passagers de l'arrière mangèrent en regardant le faisceau des phares qui trouaient l'obscurité au-delà du pare-brise. Ils écoutaient tous les messages laconiques diffusés, en espagnol, par les appareils encastrés sous le tableau de bord et la console coincée entre les deux sièges avant. Tout cet équipement prenait une telle place qu'on se serait cru dans un cockpit.

Le passager de l'avant, qui avait gardé son casque et son micro, prononçait un ou deux mots de temps en temps, et changeait souvent de fréquence. Un écran d'ordinateur, sur la console placée entre les deux sièges, offrait une carte extrêmement nette, avec un voyant rouge, fixe, dans l'angle supérieur droit. La progression du Navigator apparaissait en bas et à gauche, sous forme d'un point vert clignotant qui se dirigeait par petites secousses, sur une trajectoire irrégulière, vers l'angle supérieur droit.

Ils bifurquèrent vers le nord.

– Alors, ces types ? demanda le passager le plus âgé, en anglais, à propos de ce qu'il venait d'entendre à la radio.

Il tenait à parler anglais, désormais. Ne plus avoir que de l'anglais dans la tête. Il avait la nuque raide et sentait l'odeur de la bouse de vache sur ses vêtements. Voyager dans le toit d'une remorque avec du bétail n'était pas dans ses habitudes.

– Ils sont à leur poste, l'un et l'autre.

– Tu as bien répété avec eux le déroulement des opérations ?

– Plusieurs fois.

Le type plus âgé soupira d'un air dégoûté en laissant tomber le reste de son hamburger dans le sachet. Saloperie d'hamburger. Il s'essuya la bouche avec la serviette en papier. Ce truc allait lui rester sur l'estomac comme une pierre. Saloperie d'hamburgers américains.

– Et les deux autres ? demanda-t-il.

– Même chose.

– Quoi, « même chose » ? aboya-t-il.

– Ils sont prêts. Leurs interventions sont bien planifiées. Ils attendent de vos nouvelles.

Dehors, le paysage baignait dans la clarté de la lune blême qui courait le long de la voiture. Les collines se dressaient comme des pyramides arrondies et remodelées par le temps, kilomètre après kilomètre. Par moments, l'autoroute plongeait et une vallée s'ouvrait devant eux, avec tantôt des prairies, tantôt des champs cultivés qui se déroulaient au clair de lune. Et, de temps à autre, les fenêtres d'un ranch solitaire luisaient comme des braises dans le lointain.

– Quand on organise une opération comme celle-ci, dit-il en regardant à travers la vitre de sa portière, sans s'adresser à quiconque en particulier, on n'est jamais trop prudent. On ne prévoit jamais assez.

Les hommes écoutaient en silence. Ils étaient déjà inquiets, tous. L'enjeu, cette fois, était plus important qu'il ne l'avait jamais été, et chacun savait que l'homme qui voyageait sur la banquette arrière avait des colères soudaines et brutales quand il jouait gros. Ils s'étaient longuement préparés, et depuis l'arrivée du camion et de sa remorque chargée de bétail, il n'était plus question de revenir en arrière.

Le Navigator tourna à nouveau vers l'ouest.

Le patron aimait bien écouter les bruits de la radio. Ils lui disaient que ses hommes étaient au travail. Il y avait toujours quelque chose à vérifier. Il y avait toujours une erreur, un minuscule oubli à rectifier pour être tout à fait tranquille. Il se cala à l'angle de la banquette.

– Ce gars va penser que le diable l'a pris par les *huevos*, dit-il. Il va regretter que sa mère ne l'ait pas étouffé à la naissance, tout de suite, entre ses jambes.

MARDI

Premier jour

3

Titus Cain et Charlie Thrush avaient fait plus de la moitié du circuit quand ils décidèrent de finir en marchant. Ils avaient couru plus de cinq kilomètres, la température était de trente-cinq degrés et il était six heures et quart de l'après-midi.

Ils étaient en nage et la sueur faisait des traînées sombres sur leurs shorts et leurs tee-shirts gris. Ils continuèrent donc à grandes enjambées entre les brumisateurs que Titus avait fait installer tous les cinquante mètres de chaque côté de la piste cendrée et dont chacun produisait, à hauteur d'homme, un nuage rafraîchissant d'environ trois mètres de diamètre.

Charlie, grand et maigre, soixante ans depuis peu, revint sur ses pas pour se planter à côté du brumisateur, dans le nuage de gouttelettes.

— Bon sang, ce truc me sauve la vie ! dit-il, cassé en deux, en s'appuyant des mains sur les genoux, et s'efforçant de reprendre son souffle, tandis que l'eau ruisselait sur ses cheveux blancs.

Titus, haletant lui aussi, allait et venait à travers le nuage.

— On aurait mieux fait d'aller à la piscine. C'est moins dur !

Le personnel de CaiText comptait désormais près de deux cents personnes, et Titus s'était appliqué à faire de leur environnement un parcours de santé offrant à chacun la possibilité de courir, nager ou jouer au handball sans avoir à quitter les treize hectares du site. La piste, située derrière le complexe de la compagnie à l'ouest de la ville, dessinait un ovale au tracé irrégulier entre les chênes et les ormes caractéristiques des paysages de Hill Country. Le complexe occupait ainsi un site exceptionnel, au sommet d'une colline offrant une vue dégagée sur les vallées qui s'étendaient vers l'ouest où d'autres collines bornaient l'horizon.

— On se fait vieux, dit Charlie en se redressant avec un sourire.

— Nous ?

Charlie et Titus s'étaient connus à Stanford, où Titus faisait ses études, alors que CaiText n'était encore qu'un rêve dans son esprit. Charlie, ingénieur en électronique et concepteur de logiciels, poursuivait des recherches en micro-ingenierie. Il était tout près de mettre au point l'une des premières applications chirurgicales du laser guidé par ordinateur pour laquelle il déposerait des brevets qui, en quelques années, feraient de lui un multimillionnaire.

Leur amitié ne s'était pas démentie avec le temps, et Charlie et Louise, sa femme, venaient régulièrement à Austin chez Titus et Rita, son épouse. Une petite vingtaine d'années séparaient les deux femmes, mais Louise était d'un tempérament impétueux, exubérant et curieux de tout qui l'avait gardée jeune et lui permettait d'apprécier à leur juste valeur le bon sens et l'esprit éminemment pratique de Rita. Elles étaient devenues amies dès leur première rencontre.

À l'occasion de ces visites à Austin, Charlie et Louise étaient tombés amoureux de Texas Hill Country et avaient acheté un ranch de deux cents hectares à une heure de route au sud de Fredericksburg. Ils y avaient bâti une maison en prévision de leur retraite, et les deux couples se voyaient fréquemment. D'ailleurs, Rita et Louise étaient en ce moment en Italie, pour un séjour de trois semaines.

Titus entendit quelqu'un arriver en courant derrière lui, se retourna et vit un type râblé, avec une épaisse tignasse brune et un visage cramoisi, ralentir brusquement pour se mettre à marcher. Il essayait, sans grand succès, d'essuyer ses verres de lunettes avec le bas de son sweat-shirt.

– Salut, Robert, dit Titus. Tu crois que tu vas y arriver ?

Le type secoua la tête.

– Quelle chaleur ! Il fait au moins quarante degrés !

– C'est cette humidité, surtout, qui est pénible, dit Titus. Ne force pas trop !

Comme le type passait près de lui, il lui administra une grande claque dans le dos. Une fois sorti du nuage de gouttelettes, il chaussa ses lunettes, mais ne se remit pas à courir. Il se contenta de marcher d'un bon pas. Titus le regarda s'éloigner.

– Tu connais Brister ? demanda-t-il à Charlie, avec un signe de tête en direction du jeune type.

– Oui, bien sûr. Je l'ai rencontré dans les labos de R&D.

Quand Charlie Thrush venait à Austin, il passait souvent quelques heures à traîner dans le service Recherche et Développement, poussé par la curiosité. Il était une sorte de célébrité pour les chercheurs qui y travaillaient et prenaient plaisir à discuter avec lui. Il avait un esprit aussi libre de préjugés qu'au temps de sa jeunesse, et tous, dans le service, nourrissaient une véritable affection pour cet homme brillant et excentrique.

Les deux hommes sortirent de la brume rafraîchissante pour se diriger vers le club-house, en restant du côté ombragé de la piste.

– La vie de ce malheureux est un véritable film d'épouvante, dit Titus. Sa femme a une tumeur au cerveau. Le genre de cancer à évolution lente, qui te ronge petit à petit, millimètre par millimètre, et ne t'empêche pas de respirer mais fait de chaque minute un enfer.

Titus se tut quelques secondes avant de reprendre :

— Je te le dis, Charlie, ce sont des choses qui t'aident à apprécier ton bonheur. Je ne peux même pas imaginer ce que je ferais si...

— Oui, je sais, dit Charlie, en passant la main sur son visage ruisselant. J'y ai pensé, moi aussi. Enfin, pas tout à fait sous cet angle, mais... On s'est tout de même bien débrouillés en faisant un travail qui nous plaisait. Tout le monde ne peut pas en dire autant.

— Non. Et tout le monde n'a pas une Louise, Charlie. Ou une Rita. On est de sacrés veinards d'être tombés sur ces deux femmes-là, je le dis comme je le pense.

Charlie se mit à rire en secouant la tête.

— J'ai reçu un e-mail de Louise, hier, dit-il. Elle m'écrit qu'elle a envoyé un paquet à la maison et que si ça arrive avant elle, il m'est interdit de le dépouiller sous quelque prétexte que ce soit. *Dépouiller ?* Qu'est-ce que c'est que cette histoire ?

Ils riaient tous deux en s'engageant sous les arceaux de la longue tonnelle qui cernait une cour intérieure à la végétation luxuriante. Les employés de CaiText étaient assis en maillots de bain autour de petites tables, à l'ombre des chênes qu'on retrouvait presque partout sur le site. De là, on avait vue sur les collines de l'ouest.

« Jour, monsieur Cain ! » « Pas trop chaud, monsieur Cain ? » Les femmes souriaient. Titus s'arrêta pour bavarder un moment avec elles avant de s'éloigner, suivi de Charlie. Ils traversèrent le club-house, laissant derrière eux la piscine et le bruit des voix répercuté par la surface de l'eau, pour pénétrer dans le vestiaire des hommes.

Titus Cain était un égalitariste. Il partageait tout avec

ses employés. Ni lui ni les autres dirigeants de CaiText ne disposaient de facilités particulières. Il avait le même casier que tout le monde dans ce vestiaire qui en comptait une centaine. Il se baignait avec tout le monde, allait courir avec tout le monde et travaillait aussi dur que n'importe qui.

Mais, comme pour la plus jolie fille de l'école, le seul fait d'être ce qu'il était le mettait naturellement à part. Sachant toutefois que, pour quelqu'un qui s'est élevé aussi haut dans la chaîne alimentaire, une telle volonté égalitaire relève plus du symbole que de la réalité. Quoi qu'on fasse, on ne sera jamais vraiment copain avec les hommes ou les femmes du dernier échelon. Mais s'agissant de Titus, cela leur importait peu. Ce qui comptait, à leurs yeux, c'était son souci de rester avec eux, et proche d'eux, dans tout ce qui faisait leur existence au jour le jour.

Titus Cain avait beaucoup plus d'argent qu'eux – des millions et des millions – et la plupart d'entre eux étaient sans doute prêts à admettre qu'il était plus intelligent – de cette intelligence que la société semblait reconnaître et récompenser –, mais il ne se comportait jamais comme s'il se croyait supérieur à eux. Ils l'aimaient et le respectaient pour cette raison.

Les deux hommes ouvrirent leurs casiers, retirèrent leurs vêtements trempés de sueur, passèrent sous la douche et se rhabillèrent. Puis ils descendirent au parking souterrain de CaiText pour y récupérer leurs voitures de service.

– Tu es bien certain que tu ne préfères pas dormir ici ce soir et rentrer chez toi demain après-midi ? demanda Titus.

– Non, il vaut mieux que je rentre, répondit Charlie en ouvrant le hayon de son Pathfinder pour y jeter sa tenue de jogging. J'ai deux trois choses à arranger dans la maison, ce soir, et demain il faut absolument que j'abatte un vieil arbre mort à côté du bureau – j'ai déjà trop tardé à le faire. (Il rabattit la portière.) Merci pour l'invitation, en tout cas. Il se pourrait que je te tombe dessus en fin de semaine. Je dois revenir en ville pour un problème de paperasse.

– Passe-moi un coup de fil, dit Titus. Et sois prudent sur la route.

Titus ouvrit la portière de sa Range Rover et grimpa à l'intérieur. Après avoir mis le moteur en route pour déclencher la climatisation, il prit son téléphone portable.

Il sortit du parking et suivit l'allée qui contournait les bâtiments jusqu'à l'entrée du site, tendant l'oreille au seul bruit qu'il désirait entendre.

4

– Salut, Titus ! dit-elle. Raconte-moi ta journée.

– Toi d'abord ! Tu t'es certainement plus amusée que moi.

Il l'entendit bâiller. Il était deux heures du matin à Venise, mais il ne s'en était pas soucié, et d'ailleurs elle ne se plaignait jamais dans ces cas-là. Rita ne prêtait pas attention à ce qu'elle considérait comme des détails.

– Eh bien, on est allées à Burano, où Louise a craqué pour des dentelles italiennes, puis à Murano, où j'ai acheté des verres magnifiques, et assez chers. Sieste l'après-midi. Puis dîner, absolument délicieux, à la Caravella.

– Quel rythme trépidant ! dit-il.

La Rover passa devant le poste de garde de l'entrée et s'arrêta tout de suite après le portail, sur le terre-plein d'où l'on avait vue sur Austin. La ville était toute proche, en contrebas, nichée entre deux collines. Elle brillait déjà de toutes ses lumières dans l'échancrure de la vallée. De l'autre côté, le soleil couchant jetait des reflets pourpres et orangés sur le paysage de Hill Country.

— Et toi, qu'as-tu fait ? demanda-t-elle.

— Le boulot. Rien de spécial. Charlie était là. On a déjeuné ensemble, on est allés courir dans l'après-midi et il est reparti. Je rentre, moi aussi.

— J'ai vu sur Internet que la température avait bien grimpé cette semaine.

— C'est torride. Dans les quarante degrés tous les jours. Et pas une goutte de pluie. Tout commence à roussir.

— C'est l'été.

— Oui, madame.

— Eh bien, on se régale, toutes les deux. Louise est adorable et drôle, comme toujours. Hier, elle a passé la journée à photographier des taches de couleur sur les murs. Je ne me suis pas ennuyée une minute à la regarder. Elle est d'une curiosité insatiable, dès qu'elle fait un pas elle trouve quelque chose de beau, d'admirable, et parfois juste sous ses pieds.

— Et toi, tu suis.

— Mais non, je ne me contente pas de suivre ! J'ai porté tout son attirail de photographie, géré le stock de pellicules, daté et numéroté chaque rouleau.

— Et tu gères l'emploi du temps, aussi, et tu sais déjà où vous prendrez votre prochain repas.

— Tu penses bien que oui !

Titus se mit à rire.

— Enfin, tu connais Louise comme moi, reprit Rita. Elle passe la journée à vadrouiller, le nez en l'air et, tout à coup, elle se dit qu'il faut manger quelque chose et échoue dans la première gargote qui se présente. Alors, depuis qu'on s'est intoxiquées toutes les deux à Barcelone, je ne fais plus ça avec elle. Je choisis toujours les endroits à l'avance.

– Quand on sait à quel point elle adore traîner dans les mauvais quartiers, je doute que vous y trouviez beaucoup d'adresses recommandées par le guide.

– Non, mais j'inspecte les lieux avec mon œil d'infirmière. Si le verdict est négatif, je trouve un bon prétexte pour l'emmener dans un endroit qui sente moins les problèmes gastro-intestinaux.

– Ça ne la dérange pas ?

– Non. Elle sait ce que je fais. On s'amuse assez, l'une et l'autre, de nos excentricités respectives. J'aime bien les endroits où elle traîne, et elle aime bien les endroits où je mange.

Ils bavardèrent encore quelques minutes. Il avait terriblement envie de rester avec elle, mais se sentait coupable de la tenir éveillée à cette heure. Il raccrocha, mais ne repartit pas tout de suite. Il resta un moment à contempler la ville.

Une douzaine d'années plus tôt, Titus Cain était un Texan exilé loin de sa terre natale, membre d'une équipe travaillant pour le CERN, le fameux laboratoire de Genève, où Tim Berners-Lee mettait au point l'Hypertext Markup Language qui devait conduire à la conception du Web.

Bien que n'étant qu'à la périphérie de cette innovation, Titus avait vu aussi vite que n'importe qui les implications de ce qui était en train de se passer. De retour aux États-Unis, il fondait une minuscule entreprise pour créer des logiciels destinés aux ordinateurs spéciaux utilisés dans la recherche biomédicale. Pour trouver des débouchés à sa société, il avait utilisé l'Internet, et alors que ce nouveau réseau n'en était qu'à ses tout débuts, Titus Cain communiquait déjà avec des laboratoires de recherche sur tous les continents, en avance de plusieurs années sur les autres producteurs de logiciels. CaiText était devenu un fournisseur connu des chercheurs du monde entier dans le domaine des applications médicales de la technologie du laser.

Le développement de sa société intéressait plus Titus que la création de logiciels proprement dite, et l'homme d'affaires, chez lui, avait rapidement pris le pas sur le scientifique. Il était l'archétype du jeune entrepreneur qui réussit et à qui son travail tient lieu de vie sociale, affective et même sportive. Jusqu'au jour où il s'était dit, en se réveillant un beau matin, qu'en dehors de son travail il n'avait pas de vie du tout.

Il s'était forcé à prendre deux mois de vacances suivis d'un voyage de trois mois. Cette rupture avait été pour lui une véritable révélation. Il voyageait à travers le monde au gré de sa curiosité, mais il était insatisfait, mal dans sa peau sans même s'en rendre compte.

Jusqu'à cette journée torride de septembre où, lors d'une descente du Rio Grande en canoë, son groupe avait rencontré dans les gorges de Boquillas un autre groupe victime d'un grave accident. Le guide était étendu sans connaissance, la nuque brisée, et deux randonneurs gisaient sur le sable avec des blessures sérieuses dont personne ne s'était encore occupé. La plupart des membres du groupe semblaient frappés de stupeur et incapables de faire quoi que ce soit. Mais quelques personnes avaient surmonté leur panique et suivaient les instructions d'une grande fille blonde, couverte de boue, qui se penchait sur les blessés en ignorant avec un calme olympien ceux qui gémissaient autour d'eux en se tordant les mains.

C'était la première fois qu'il voyait Margarita Street, une infirmière de Houston, dans laquelle il ne tarderait pas à reconnaître l'archétype de la Texane libre et indépendante.

Ce moment avait changé son existence. Grâce à Dieu.

Titus redémarra et il lui fallut moins d'un quart d'heure pour arriver à sa propriété – cinq hectares de terrain boisé à flanc de colline au-dessus du fleuve. Le portail en fer forgé s'ouvrit devant lui et il remonta jusqu'à la maison – quelques centaines de mètres carrés, pierres de taille et tuiles italiennes. C'était vaste et confortable, avec une débauche de vérandas et de cours intérieures, et une dizaine de variétés de chênes texans pour donner de l'ombre. Titus avait dépensé pas mal d'argent, beaucoup plus qu'il ne l'avouerait jamais à quiconque, pour que sa maison n'ait rien d'ostentatoire, et qu'on ne lui applique jamais le qualificatif de grandiose. Elle avait donc l'air d'un solide ranch texan, et c'était tout.

Il gara la Range Rover sous un grand pécanier à l'arrière du bâtiment. Il fut accueilli aimablement, mais sans frénésie, par ses deux chiens. Il les caressa, leur parla doucement en leur donnant quelques bonnes claques sur l'échine, puis longea un grand passage couvert jusqu'à la pelouse qui s'étendait au-delà.

Humant l'air pour y retrouver le parfum des pêches, il suivit une longue allée de lauriers jusqu'au petit verger, les deux chiens gambadant sur ses talons en remuant la queue. La saison des pêches tirait à sa fin. Il en cueillit une, bien mûre, dans laquelle il mordit en se dirigeant vers un petit chantier, derrière une butte, où des maçons construisaient une citerne destinée à recevoir les eaux de pluie pour l'irrigation du terrain.

Il faisait presque nuit quand il revint vers la maison. Pendant qu'il donnait à manger aux chiens, les projecteurs du système de surveillance s'allumèrent tous en même temps et quand il ressortit la véranda était éclairée.

Il rentra dans la cuisine, prit une bière dans le réfrigérateur, jeta un coup d'œil par la fenêtre à l'allée qui venait de s'illuminer. Il lui sembla voir un mouvement, quelque chose, à la limite de l'ombre et de la lumière. Des coyotes, sans doute. Merde ! Ces sales bêtes s'enhardissaient de jour en jour, s'approchaient un peu plus de la ville chaque année. Mais pourquoi les chiens n'aboyaient-ils pas ?

Quittant la profonde véranda qui courait à l'arrière de la maison, il baissa les lumières qu'il réduisit à une simple lueur. Il s'assit devant l'une des tables en fer forgé et regarda vers le jardin qui s'étendait de la véranda aux massifs de jasmin étoilé dégringolant vers le verger.

Il avait bu quelques gorgées de bière quand il s'aperçut que quelque chose manquait. La fontaine s'était tue. Il aurait juré que l'eau y coulait un instant plus tôt, au moment où il avait descendu l'allée avec les deux chiens pour se rendre au verger.

Mais où étaient passés les chiens ? Ils auraient dû être là, à gratter le sol, à renifler ses chaussures, et l'odeur de la bière qu'il tenait à la main. Ils s'étaient peut-être lancés sur les traces des coyotes, finalement ? Mais alors, pourquoi ne les entendait-il pas aboyer ?

Il prit une gorgée de bière mais ne l'avala pas. Il venait de voir l'ombre bouger et prendre forme dans le jardin. Trois silhouettes émergeaient lentement, venant de trois directions différentes. Impossible de déglutir. Son cœur bondit dans sa poitrine et se mit à battre sur un rythme désordonné.

Les trois hommes s'approchèrent encore, comme par magie, sans qu'on voie bouger leurs jambes, mais il comprit qu'ils s'étaient déplacés car ils n'étaient plus alignés. Puis il aperçut leurs armes et, juste avant de penser qu'il allait mourir, sentit un nouveau soubresaut de son cœur et avala la gorgée de bière.

5

Un quatrième homme apparut dans l'allée, sortant des massifs de lauriers comme à un signal, et s'approcha de lui par le côté. Il s'avança dans le faible halo de lumière qui venait de la véranda.

— N'ayez pas peur, monsieur Cain, dit-il avec un accent espagnol. Vous ne risquez rien. Absolument rien. Je vous en prie, il ne vous arrivera rien de mal.

Il s'arrêta au bord de la véranda, comme s'il attendait la permission de continuer. De taille et de corpulence moyennes, âgé de soixante-quatre ou soixante-cinq ans, il avait des cheveux ondulés semés de fils blancs, le nez fin, la lèvre supérieure étirée. Assez bel homme. Il portait un costume gris tourterelle, une chemise blanche à larges rayures, de style très britannique. Pas de cravate, le col ouvert, la veste boutonnée.

— Je suis venu vous voir, monsieur Cain, pour discuter de questions qui nous intéressent tous les deux.

Titus cherchait désespérément à mettre de la logique dans ses pensées. Son système d'alarme était ce qui se faisait de mieux. Ces gens-là n'étaient donc pas n'importe qui. La fontaine était branchée sur le même circuit. Pourvu qu'ils n'aient pas tué les chiens.

— Je vais m'asseoir avec vous, si vous permettez, reprit l'homme en tendant la main vers l'une des chaises en fer forgé.

Titus ne parvint pas à articuler un mot, ni même à hocher la tête.

L'homme s'avança sous la véranda, poliment. Tout en regardant Titus avec attention, comme s'il essayait de deviner son état d'esprit. Il éloigna l'une des chaises de la table et s'y assit. Sa chemise était en soie. En pure soie. Sous la manchette, à son poignet droit, une mince chaîne en or brillait d'un éclat discret. Et il avait au doigt une bague ornée d'un grenat.

Lentement, comme pour montrer qu'il ne cachait rien dans sa manche, il plongea la main dans la poche de sa veste et en tira un paquet de cigarettes. Il en offrit une à Titus qui se contenta de le fixer sans rien dire. L'homme prit une cigarette, l'alluma, posa le paquet sur la table avec le briquet.

— Je m'appelle Alvaro, annonça-t-il en tirant sur sa cigarette. Ce que j'ai à vous dire demande d'assez longues explications. Mais à partir de maintenant, monsieur Cain, j'ai le regret de vous dire que vous devez vous considérer comme *secuestrado*.

Titus le regarda, bouche bée.

— Oui, kidnappé, dit Alvaro.

Les trois autres étaient comme des ombres parmi les ombres du jardin. Titus entendait maintenant les glapissements des coyotes au fond de la vallée, en contrebas des maisons agglutinées le long des crêtes et dont les lumières ambrées brillaient au loin.

Alvaro tira sur sa cigarette, en serrant les dents comme s'il lui trouvait un goût acide mais savoureux, avant d'ouvrir la bouche pour rejeter la fumée.

— Avant tout, dit-il, je dois vous laisser un peu de temps pour reprendre le contrôle de vous-même, et bien saisir la réalité de votre situation. Pendant la demi-heure qui vient, je vais vous expliquer en quoi votre vie a changé. *Bueno ?*

Titus avait un bourdonnement dans les oreilles, le visage en feu et la tête lui tournait un peu.

– Comme vous ne l'ignorez certainement pas, reprit Alvaro, ces opérations sont une pratique courante en Amérique latine. Par le passé, et aujourd'hui encore dans la plupart des cas, elles se caractérisent par leur brutalité. Et des complications inutiles pour tout le monde. Des kidnappeurs imbéciles retiennent leurs otages en pleine montagne dans des conditions abominables. Les crétins de la brigade antikidnapping, depuis leurs bureaux de Londres, de Paris ou de Washington, négocient avec les crétins de la montagne dans l'intérêt d'un larbin qui sue sang et eau en se demandant combien l'assureur de son patron est prêt à payer pour le faire relâcher. On commence par demander des sommes astronomiques et on finit avec des queues de cerises. Grâce aux crétins de la police.

Titus était abasourdi. Ce type ne pouvait pas être réel. C'était comme au théâtre, quand il avait assisté avec Rita à l'un de ces spectacles dont les acteurs venaient parmi les spectateurs pour les inclure dans la pièce. Ce qui l'avait mis mal à l'aise.

Alvaro s'accouda à son fauteuil, l'avant-bras droit à la verticale, la cigarette profondément enfoncée à la fourche de l'index et du majeur. Son regard se fit indolent.

– Il n'est pas question de ça, dit-il, écartant l'idée de la main. Comme vous allez le voir il s'agit d'une tout autre opération. D'abord, elle se déroule ici même, au Texas, s'il vous plaît – nous ne sommes plus en Amérique latine. Ensuite, nous n'allons pas vous enlever. Non. Vous serez libre de mener votre vie familiale normalement, à votre guise. Il n'y aura pas de négociations. Pas de marchandage. Ni police, ni responsables fédéraux, ni intermédiaires, ni agents de la brigade antikidnapping. En fait, personne ne saura jamais qu'il s'est passé quelque chose.

La montée du taux d'adrénaline avait aiguisé les sens chez Titus. Le bruit de salive qui roulait dans la gorge d'Alvaro quand il prononçait certains mots était amplifié à en devenir gênant. À côté de lui, il se découpait avec une précision surnaturelle sur le fond obscur du jardin, le visage luisant comme un hologramme sous l'éclairage faiblard de la véranda.

– Je me suis donné beaucoup de mal pour me renseigner sur vous, reprit-il. (Il regarda autour de lui, leva le menton.) Cette maison, par exemple, je la connais aussi bien que la mienne. Je trouverais dans le noir tous les commutateurs électriques. Je sais tout de votre entreprise, de l'intérieur comme de l'extérieur. J'en sais plus sur votre vie que sur celle de mon propre père.

Il parlait avec une assurance tranquille, sans s'animer, sans la moindre inflexion dans la voix.

Titus n'avait pas bu une autre gorgée de bière. Il était figé. Il attendait, sans faire un geste, la révélation. Comme on voit l'instant de sa propre mort arriver de très loin, tel un point minuscule qui grandit lentement, lentement en s'approchant. C'était tout à la fois horrible et fascinant. Il ne pouvait s'arracher à ce spectacle, même pour fuir.

– CaiText, continua Alvaro, vaut deux cent soixante-six millions de dollars, monsieur Cain. Je veux le quart de cette somme, ou son équivalent.

Sous le vent chaud qui balayait la nuit d'été, Titus Cain sentait un froid l'envahir lentement, sereinement.

Alvaro attendit, l'air de comprendre ce qu'il ressentait.

– Tout va bien, monsieur Cain ? Nous n'en sommes qu'au début.

Titus fut incapable de répondre.

– Le plus important dans cette affaire, dit Alvaro, c'est le secret. Je veux me procurer cet argent dans le silence et la légalité. À travers des arrangements commerciaux.

L'esprit de Titus réagit instantanément aux mots « arrangements commerciaux ». La réalité. Quelque chose qu'il pouvait comprendre. Son terrain de lutte habituel. On n'était plus tout à fait dans une hallucination.

Les ombres continuaient à aller et venir dans l'obscurité, mais elles se déplaçaient sans bouger, comme l'aiguille des heures au cadran d'une montre. Elles étaient là, puis elles étaient ailleurs, mais toujours présentes.

– Quelle sorte d'arrangements ? parvint enfin à articuler Titus.

Une négociation, un accord, quelque chose qui lui permettrait de mettre de l'ordre dans ses pensées affolées.

– Je possède un certain nombre d'entreprises dans lesquelles je veux que vous investissiez, répondit Alvaro. À l'étranger. On vous proposera de financer des œuvres humanitaires. De nobles causes. En investissant dans des sociétés-écrans à travers lesquelles l'argent transitera vers d'autres destinations.

Il tira à nouveau sur sa cigarette, serra les dents, entrouvrit les lèvres pour libérer un jet de fumée nauséabonde. Titus eut l'impression que la fumée prenait une teinte ocre, à son pourtour peut-être. La mauvaise odeur semblait moins provenir de la cigarette que des narines jaunâtres d'Alvaro, ou, plus exactement, de l'intérieur de lui-même.

– Pourquoi moi ?

– Oh, il y a des tas de raisons à cela, monsieur Cain, mais quelques-unes sont évidentes. Ni votre réussite ni celle de votre compagnie ne sont voyantes. Vous gardez profil bas. Vous êtes relativement petit, mais la compagnie est solide et fait des profits depuis plus de dix ans. Vous avez refusé l'introduction en Bourse. Vous êtes CaiText. Vous ne dépendez de personne et n'avez de comptes à rendre à personne, ce qui constitue une position éminemment enviable.

Titus ne se décidait pas à formuler la question suivante, mais elle le hantait comme une menace obscure et obstinée, une idée mauvaise tapie dans les replis de sa pensée et qui cherchait les mots pour s'exprimer.

– Et pourquoi, s'entendit-il demander tandis que la peur lui serrait le ventre, pourquoi ferais-je cela ?

Alvaro ferma les yeux, à nouveau, sur son regard nonchalant, et hocha la tête en tirant sur sa cigarette.

– Oui, bien sûr, dit-il. (Il regarda Titus comme s'il le jaugeait en se demandant jusqu'où il pouvait lui répondre et comment.) Il y aura des phases critiques dans nos relations, des moments où vous devrez faire exactement ce que j'aurai ordonné. Il y aura un certain nombre de règles auxquelles vous devrez vous plier. Garder le secret. Respecter les délais. Suivre les instructions à la lettre. Il n'y aura pas de marge de manœuvre.

Il fit une pause, pour donner tout leur poids à ses paroles.

– Je ne suis pas quelqu'un de patient. Je ne vous dirai jamais : « La prochaine fois que vous n'obéissez pas aux instructions... » Non. Vous ne les recevrez qu'une fois. Et pour répondre à votre question, pourquoi feriez-vous cela ? C'est très simple. Des gens vont commencer à mourir. Ils mourront au rythme que je choisirai, selon que je serai satisfait ou non de votre coopération. Et ils continueront à mourir jusqu'à ce que j'aie soixante-quatre millions de dollars.

6

Titus aurait dû se douter de ce qui l'attendait. L'impression d'être la proie d'une hallucination lui revint instantanément. Les dalles de la véranda se mirent à onduler et à se soulever tandis que la fontaine du jardin flottait à l'envers dans le ciel noir qui s'étendait devant lui comme un gouffre obscur piqueté de fleurs scintillantes.

Seigneur. Seigneur Dieu.

– Continuons, monsieur Cain, dit Alvaro.

Titus le regarda.

– Continuons ?

– Oui. Vous comprenez la situation ?

Il comprenait ce que ce type venait de lui dire, oui. Mais il attendait toujours que tout cela paraisse réel.

– Monsieur Cain, est-ce que vous comprenez ?

Il allait essayer. S'efforcer de comprendre cette histoire... d'hallucination. En suivant la logique.

– Oui, dit-il. Je comprends. (Mais voilà, ça ne semblait toujours pas réel...) Quand... quand en saurai-je plus sur ces « arrangements commerciaux » ?

– Très bientôt. Demain.

– Vous ne voulez pas toute la somme en une seule fois ?

– Oh, je l'accepterais volontiers, mais je sais déjà, figurez-vous, que vous ne pourriez pas vous la procurer aussi vite. Je veux toutefois un premier versement immédiat.

– De combien ?

– Je vous le dirai demain.

Titus fit mentalement le compte de ses avoirs personnels. Combien ce cinglé allait-il lui demander ? Titus retrouvait peu à peu ses esprits, comme quelqu'un qui reprend conscience après un évanouissement.

— Mes conseillers financiers risquent d'être éberlués si je me mets à distribuer des millions. Ils n'y comprendront rien.

— Il vous faudra faire preuve d'imagination pour ne pas éveiller les soupçons, répondit Alvaro. Personne ne doit se douter de ce que vous faites. Ce serait inacceptable.

— Quelles sont ces entreprises dont vous parliez il y a un instant ?

— Oh, il y en a beaucoup et de toute nature. J'y reviendrai plus tard. Mais quand tout sera terminé, on devra penser que vous avez, tout simplement, pris une série de mauvaises décisions qui ont entraîné ces pertes malencontreuses. Voilà l'essentiel. Tout ce que vous ferez, vous devrez le faire avec le souci d'entretenir cette fiction.

— J'aurai l'air d'un imbécile si je me mets à prendre des décisions catastrophiques, dit Titus.

— J'ai des gens qui travailleront avec vous pour vous aider à sauver les apparences dans toute la mesure du possible. (Un silence.) Mais, à vrai dire, je me moque éperdument que vous ayez l'air de ceci ou de cela. Vous devez le comprendre. Vous ne devez pas éveiller les soupçons, c'est ce qui compte avant tout. Je ne saurais trop insister sur ce point.

La réalité, peu à peu, reprenait ses droits dans l'esprit de Titus. L'effet de surprise se dissipait et il redevenait lui-même. La peur était toujours là, insistante et poisseuse, et il était encore sous le choc qui l'avait fait vaciller, mais il sentait poindre, aussi, quelque chose qui ressemblait à de la résistance, et à de la colère.

– Quant à vos divers corps de police, dit Alvaro, ne les approchez pas. Ce serait prendre un risque grave. Si vous les prévenez, et que vous parvenez à me le cacher pendant un certain temps, vous sauverez peut-être votre fortune. Mais je le saurai tôt ou tard, et vous aurez perdu toute tranquillité d'esprit pour le restant de vos jours. Si vous m'échappez, ceux qui vous entourent ne m'échapperont pas. Vos amis. Les membres de votre famille. Vous serez responsable de ce qui leur arrivera.

Il se tut et secoua la tête, comme fatigué par ses efforts pour le convaincre.

– Monsieur Cain, croyez-moi, j'ai déjà fait tout cela. Je connais tous les tours. Je sais qu'après mon départ, tout à l'heure, vous commencerez à imaginer des plans pour vous tirer de cette situation en sauvant votre peau et votre argent. Je le sais, parce que vous êtes intelligent, au fond. (Il ouvrit grand les bras, regarda autour de lui.) Voyez la fortune que vous avez accumulée par votre seule ingéniosité, votre seule habileté. Non ? Alors, qui suis-je pour vous donner des ordres, faites ceci, faites cela, comme si vous étiez un idiot, incapable de vous défendre et de me damer le pion ? N'est-ce pas ?

« Mais... écoutez-moi bien, monsieur Cain. (Le menton levé, il poursuivit en détachant ses mots :) Vous n'y arriverez pas. Et si vous essayez, vous ferez un sacré grabuge. Car ce soir votre vie a changé, comme si vous aviez découvert en vous une terrible maladie, de celles contre lesquelles on ne peut rien. La seule chose qui reste en votre pouvoir dans cette situation, c'est de faire ce qu'on vous dit de faire. Ainsi, vous épargnerez des vies.

Il regarda Titus en penchant la tête de côté.

– Et ce n'est pas rien, n'est-ce pas ?

Cette fois encore, Titus resta sans voix. Comment réagir à une telle... démence ? Toutes les questions qui lui venaient à l'esprit semblaient surréalistes.

Une petite lueur rouge dans le jardin attira son attention. Elle clignota une ou deux fois, et l'une des silhouettes se détacha des autres pour s'immobiliser un peu plus loin. Titus entendit les hommes parler entre eux. Le sang cognait à ses tempes. Il tendit la main pour poser la canette de bière tiède au bord de la table en fer forgé.

– Le suicide, dit-il, soudain.

– C'est toujours possible, rétorqua Alvaro, imperturbable. Mais il ne s'agit pas vraiment de vous. C'est l'argent que je veux. Que je le reçoive de vous ou de votre femme, ce sera la même chose. Ce qui compte pour moi, c'est de l'avoir.

– Je pourrais confier toute ma fortune à un trust. Je n'aurais plus aucun contrôle dessus.

– Monsieur Cain, je vous en prie, comprenez ce que je vous dis : des gens mourront si je n'ai pas cet argent. Il ne s'agit pas de savoir si vous serez plus ou moins malin, ou si vos avocats seront plus ou moins malins. Tout ce que vous tenterez pour empêcher le transfert de ces soixante-quatre millions de dollars entraînera des morts. Si vous alertez le FBI, il y aura des morts. Si vous trouvez une astuce financière pour vous dérober, il y aura encore des morts. C'est pourtant simple !

– Combien de morts ? demanda Titus bêtement.

Mais il ne pensait qu'à une personne. Rita. Seigneur. Le visage de Rita le hantait maintenant, effaçait de son esprit la foule de tous les autres, qui étaient là aussi mais qu'il ne voyait pas, même s'il sentait leur présence.

– Combien de personnes connaissez-vous ? demanda Alvaro.

Il y avait derrière cette question une curiosité morbide qui ne laissait pas place au doute – il irait jusqu'au bout, au-delà de ce que Titus pouvait imaginer. La question resta sans réponse.

– Bon, dit Alvaro en se retournant sur son fauteuil avec un geste en direction des ombres. Nous avons vu l'essentiel.

Titus entendit les chiens, puis les vit accourir en zig-zaguant dans l'allée de lauriers, le nez au sol pour flairer les odeurs de la terre. Ils étaient contents qu'on les ait relâchés de l'endroit où on les retenait et se mirent à courir pour foncer sur la véranda et sur Titus.

Il se pencha pour leur donner quelques bonnes claques, comme ils les aimaient. C'était bon de les retrouver. C'était la réalité. Ces vieux amis à la truffe humide, ces boules de poil débordantes d'affection étaient la réalité.

Comme les chiens se tournaient vers Alvaro dans l'attente du même traitement, il les arrêta d'un bref gro-gnement. Ils s'écartèrent en lui jetant des regards éton-nés, puis s'immobilisèrent, la queue basse, sans le quitter des yeux.

Alvaro fit à nouveau un geste et Titus vit un éclair jaillir dans l'ombre puis entendit un petit bruit sec et répété. La tête du premier chien partit en arrière et il s'affaissa sur ses quatre pattes, son cerveau pro-jeté à plusieurs mètres à l'intérieur de la maison. Le deuxième chien, frappé à la seconde où il se retournait, parut trébucher, les balles pénétrant son cerveau selon un angle qui lui laissait une fraction de seconde de vie supplémentaire. L'animal poussa un gémissement étouffé, son arrière-train fléchit tandis que ses pattes avant se raidissaient un instant, refusant la mort. Il tendit désespérément la tête, comme pour garder l'équilibre, puis il tomba.

Titus se leva d'un bond, instinctivement, et les ombres apparurent aussitôt dans la lumière au bord de la véranda. Trois hommes, des Latino-Américains, petits, en complet sombre, un casque aux oreilles. Les pistolets qu'ils braquaient sur lui étaient des automatiques de gros calibre, dernier cri de la technologie.

Alvaro restait impavide. Il leva une main pour inviter Titus à s'écarter de lui. Le cœur battant follement dans sa poitrine, partagé entre la peur, la colère et la stupéfaction, Titus obéit. Alvaro se leva à son tour pour se rapprocher de ses hommes et de l'obscurité. D'un mouvement du menton, il désigna les chiens.

— C'est aussi facile que cela, monsieur Cain, dit-il en haussant les épaules. Les parents. Les amis. Les proches. Je remets leur vie entre vos mains. Ne refusez pas l'offre. Pour moi, ils ne sont tous que des chiens.

Tournant les talons, il disparut dans le noir.

7

Titus resta sous la véranda comme s'il venait de sortir de la maison et ne se rappelait plus pourquoi. Il regarda la fontaine muette, écouta les voitures démarrer dans l'allée. Il entendit les portières claquer et les voitures s'éloigner, le bruit des moteurs diminuant peu à peu tandis qu'elles descendaient sur la route en lacet pour s'enfoncer dans la nuit.

Il se retourna, regarda les chiens. Seigneur. Il avait besoin de réfléchir. De s'éclaircir l'esprit. De tout reprendre depuis le début et d'aboutir à des conclusions logiques.

Il revint vers le premier chien, s'agenouilla, glissa les mains sous le cadavre. Il était chaud, mou et couvert de sang. Il évita de regarder la tête. En le soulevant, il reconnut l'étrange densité de la mort, un phénomène qui l'avait souvent surpris : les animaux semblaient s'alourdir, soudain, quand ils avaient cessé de vivre.

Il porta l'animal à travers le jardin, le long de l'allée de lauriers et jusqu'au sentier qui menait au verger plongé dans l'obscurité. Parvenu au fond du verger, à la clarté diffuse des lumières de la ville qui se reflétaient au ciel par-dessus les collines, il posa le cadavre sur un épais tapis de gazon des Bermudes. Puis il alla chercher l'autre.

Armé du pic et de la pelle trouvés à une centaine de mètres de là sur le chantier de la citerne, il se mit à creuser dans la terre meuble. Il obtint après une petite heure d'efforts une fosse assez profonde pour empêcher les coyotes et les chats sauvages de déterrer les chiens. Il les posa au fond, l'un sur l'autre, et rabattit la terre pour combler la fosse.

Quand ce fut terminé, il était en nage et ses vêtements croûtés de terre et de sang étaient bons à jeter. Il rapporta le pic et la pelle au chantier de la citerne et revint vers la véranda où il prit un tuyau d'arrosage pour laver à grande eau les flaques de sang qui noircissaient sur les dalles en se coagulant.

Puis il traversa à nouveau le jardin jusqu'au mur dressé autour de la piscine. Derrière le local technique de celle-ci se trouvaient des douches, des cabines pour se changer et une grande pièce dans laquelle on entreposait les tables et les fauteuils d'appoint qu'on sortait les jours de réception.

Il se déshabilla devant les vestiaires et jeta dans une poubelle ses vêtements souillés et ses mocassins couverts de boue. Puis, nu, il se dirigea vers le distributeur de glaçons qui se trouvait sous un petit appentis à côté de la piscine et emplit une bassine en plastique qu'il vida dans l'eau. Il répéta l'opération jusqu'à ce que la machine soit vide. Puis il plongea. Il se mit aussitôt à nager et parcourut quatre fois la longueur de la piscine, lentement, entre les blocs de glaçons agglutinés à la surface, en s'efforçant de remettre de l'ordre dans ses idées.

Il ressortit de l'eau, s'assit sur un fauteuil près du bord. Réfléchir. Comprendre. Mais ses idées refusaient de se fixer. Impossible de s'arrêter sur quelque chose. Il n'avait qu'une envie : appeler Rita, entendre sa voix. Mais c'était hors de question. Il ne s'estimait pas capable de cacher ses émotions, et il serait tout simplement irresponsable de l'amener à se douter de quelque chose, voire à prendre peur, alors qu'il n'avait pas le moindre début de solution à proposer.

S'il devait prendre au sérieux les menaces proférées par son sinistre visiteur, alors il n'y avait pas d'issue. Pas de solution. Mais pour Titus, une telle chose était inconcevable. Il y avait toujours une solution, non ?

S'il prenait contact avec quelqu'un, comment ce type le saurait-il ? Il avait, à l'évidence, toute une équipe avec lui. Mais quelles étaient leurs compétences ? Ils avaient certainement placé des micros dans la maison. Et sur les lignes de téléphone. Et il ne fallait pas être un génie pour intercepter des communications entre téléphones portables. Allait-on, aussi, le suivre dans ses déplacements ?

Quoi qu'il en fût, il n'était pas question de rester sans rien faire. Alvaro avait dit : Si vous prévenez la police et parvenez à me le cacher momentanément... Ainsi, sa surveillance n'était peut-être pas aussi infaillible qu'il souhaitait le faire croire à Titus. Il voulait, bien sûr, que Titus se sente tout petit face à lui, pense qu'un simple changement de son rythme cardiaque n'échapperait pas à sa vigilance... mais si tout cela n'était que du bluff ? Titus était-il prêt à le croire et à se coucher devant lui ?

Prévenir la police ? Ce serait prendre un risque grave, avait dit Alvaro.

Titus se redressa sur son siège en se rappelant ces mots. Un risque grave. Mais quand il y a un risque, n'y a-t-il pas aussi une chance ?

Il se leva. Il réfléchissait maintenant à toute allure. La police, pas question. Le FBI, pas question. Mais il se rappelait quelqu'un. Quatre ans auparavant, l'une de ses employées avait été enlevée dans le parking de CaiText. L'enlèvement avait tourné à la prise d'otage, et la victime avait été séquestrée quarante-huit heures par celui qui s'était révélé être son ex-époux. Parmi les divers policiers et membres des forces de l'ordre qui étaient venus apporter leur aide, Titus avait remarqué un certain Gil Norlin. Il ne savait pas très bien qui avait fait appel à lui, mais l'homme avait été présent tout au long de l'affaire et jusqu'à son dénouement, sans s'y impliquer directement. Il ne participait pas à l'action, ne semblait pas exercer d'autorité sur quiconque, mais tout le monde le consultait, et toujours discrètement, en aparté. Ceci n'avait pas échappé à Titus.

Il avait appris par la suite que l'homme était un officier de la CIA à la retraite. Un consultant. Il avait glissé sa carte à Titus, discrètement toujours, en évitant son regard.

Titus se précipita à l'intérieur de la maison.

Après avoir enfilé un peignoir, il entreprit une fouille en règle de son propre bureau et, au bout de vingt minutes d'efforts, retrouva la carte de Gil Norlin dans un vieil agenda rangé au fond d'un tiroir.

Il jeta un coup d'œil à sa montre. Il n'y avait pas grand-monde sur les routes à cette heure, dans les collines alentour, et s'il était suivi il s'en apercevrait. Peu importait, d'ailleurs : même avec les appareils les plus sophistiqués disponibles sur le marché, on ne pouvait pas intercepter un appel lancé d'une cabine publique choisie au hasard. Et si les sbires d'Alvaro avaient placé un mouchard sur la Rover pour suivre ses déplacements et apprenaient ainsi qu'il avait téléphoné à quelqu'un, ils ne pourraient pas connaître le contenu de cette conversation, ni repérer son interlocuteur.

Alvaro avait dit : n'essayez pas de prévenir la police. Mais il savait que Titus serait bien obligé de contacter un certain nombre de personnes pour rassembler la somme qu'il lui réclamait. Son banquier, son courtier en Bourse, son comptable, son avocat... Il aurait forcément avec eux des entretiens privés. Était-il censé prendre à la lettre les ordres d'Alvaro et s'interdire *toute* communication avec des tiers ? Ce n'était pas réaliste. Alors, autant prendre le risque de pousser un peu plus loin le bouchon, histoire de vérifier si ce type le tenait aussi serré qu'il le prétendait.

Il prit la carte de Norlin, se rhabilla rapidement, ferma la maison – se sentant un peu ridicule, après ce qui venait de se passer – et grimpa dans sa Range Rover.

Il lui fallut une dizaine de minutes pour descendre le long de la route étroite et sinueuse qui l'amena au petit centre commercial le plus proche, à un carrefour perdu au milieu des bois. Il avait une confiance des plus limitées dans ses propres talents pour l'espionnage ou la filature, mais il n'avait vu personne le suivre.

Il n'y avait pas d'autre voiture dans le parking. Il entra dans la cabine téléphonique placée à l'extérieur et composa le numéro. Celui-ci avait changé, lui apprit une voix enregistrée. Il composa le nouveau. Une autre voix enregistrée lui en indiqua un troisième, qu'il appela pour tomber sur une messagerie vocale où on lui demanda de laisser son nom et son numéro en précisant s'il s'agissait d'une urgence. Ce qu'il fit.

Il retourna s'asseoir dans la Range Rover, en proie à une grande agitation, abaissa la vitre de sa portière pour être certain d'entendre la sonnerie et regarda l'intérieur brillamment éclairé du petit centre commercial. Il y avait une employée de nuit dans le magasin, mais pas le moindre client. Et dehors, pas d'autre voiture que la sienne. La caissière, une femme entre deux âges perchée sur son tabouret derrière la caisse enregistreuse, solitaire sous les lumières, regardait droit devant elle, et Titus la regardait, seul dans l'habitacle obscur de son véhicule. Ils étaient comme deux pôles liés par leurs dissemblances – une métaphore en noir et blanc de la perplexité humaine.

À la sonnerie du téléphone il bondit hors de la voiture pour se ruer vers la cabine.

– Allô ?

– Titus Cain à l'appareil. Nous nous sommes rencontrés il y a quelques années. Une affaire d'enlèvement...

– Oui, je m'en souviens.

– Il faut que je vous voie.

– De quoi s'agit-il ?

– Extorsion de fonds. Menaces de mort si je préviens la police. Je prends un risque sérieux en vous téléphonant.

– Comment avez-vous reçu ces menaces ? Par courrier ?

– Trois hommes armés sont venus chez moi, il y a environ une heure. Ils ont abattu mes chiens sous mes yeux et m'ont posé un ultimatum.

– Indiquez-moi l'endroit où vous vous trouvez en ce moment.

– J'ai de bonnes raisons de penser qu'on me suit. Et ma voiture est sans doute...

– Du moment que vous n'avez pas de micro sur vous, nous ne risquons rien.

Titus lui donna l'adresse.

Laissant la Range Rover devant le centre commercial, il partit avec Gilbert Norlin sur les petites routes qui serpentaient entre les collines boisées. Norlin s'assura qu'ils n'étaient pas suivis. Titus, surpris, se découvrit incapable de parler. Norlin ne le pressa pas de le faire, et ils roulèrent un bon moment en silence. Titus avait honte de son propre mutisme, mais n'y pouvait strictement rien. Dès qu'il contrôla à nouveau sa voix, il raconta tout à Norlin, dans l'ordre chronologique, avec tous les détails qu'il put se rappeler.

Il achevait son récit quand ils arrivèrent devant le chantier désert de l'une des nombreuses maisons en construction dans les collines. Abandonnant la voiture de Norlin, ils se dirigèrent vers un endroit où l'on venait tout juste de poser la dalle appelée à supporter la charpente. Ils s'assirent dessus. Des odeurs de bois coupé, de ciment et de terre fraîchement retournée flottaient dans l'air.

C'était maintenant au tour de Norlin de se taire. Titus attendit, le cœur battant, certain d'entendre de la bouche de celui-ci une appréciation catastrophique de sa situation.

— Vous pensez qu'il vous sera difficile de transférer l'argent comme il vous le demande ?

— Tout dépend de ce qu'il va demander pour commencer. J'ai... je ne sais pas, un bon paquet d'actions que je peux revendre tout de suite. À perte, mais je peux le faire. Au-delà, il me faudra vendre des parts de la compagnie. Ce qui paraîtra forcément bizarre à... à tout le monde, bon Dieu ! J'ai bâti CaiText sur des pratiques commerciales prudentes, traditionnelles, qui ont fait ma réputation.

« Il y a six mois, à peine, après une année entière de préparation, j'ai ouvert le capital aux cadres de la compagnie. Je l'avais déjà fait pour un autre type qui est avec moi depuis le début, et ça se passait très bien. Et par-dessus le marché, il y a six mois également, nous avons contracté un très gros emprunt pour financer notre programme de développement – programme élaboré et proposé par tous les chefs de service. Tout le monde est très excité par ces nouvelles perspectives qui doivent se traduire par un véritable bond en avant en termes de revenus.

« Alors, imaginez de quoi j'aurai l'air si je me mets à liquider des actifs pour transférer des millions de dollars sur des investissements *à l'étranger* ! Ça ne marchera jamais.

– Mais vous n'avez pas encore reçu d'instructions précises, dit Norlin. Vous ne savez pas par quoi vous allez devoir commencer.

– En effet.

Norlin n'était guère bavard et ce silence inquiétait Titus qui sentait grandir ses pires craintes. À la faible clarté du ciel qui reflétait les lumières de la ville étalée au-delà du fleuve, il le voyait tel qu'il l'avait connu quatre ans plus tôt. L'homme avait un visage rond, le crâne dégarni, les épaules tombantes, et se tenait légèrement voûté. Il n'avait guère changé. Il secoua la tête.

– Je ne vous reprocherai pas de ne pas avoir prévenu les hommes du FBI. Je ne l'aurais pas fait à votre place. C'est pourtant ce que je devrais, en principe, vous conseiller. Tout le monde vous dira qu'on a intérêt à les mettre dans le coup le plus vite possible.

Norlin se tut un instant, appuyé des deux mains au rebord de la dalle, en observant Titus.

– Mais je ne vois rien de conventionnel dans cette foutue histoire, reprit-il. Savez-vous quel est le pourcentage de réussite de la police dans la chasse aux auteurs d'enlèvements, aux États-Unis ? Quatre-vingt-quinze pour cent. C'est avant tout parce que ce genre de chose se produit rarement dans ce pays. Les gens qui s'y risquent sont des solitaires, des cinglés pour la plupart. De pauvres bougres qui croient résoudre les problèmes de leur existence misérable en s'emparant d'un autre être humain.

Il fit une nouvelle pause.

— Mais si les choses se passaient de cette façon aux États-Unis, je veux dire telles que vous venez de me les décrire, alors on pourrait faire une croix sur nos quatre-vingt-quinze pour cent de réussite. Pourquoi ? Parce que là, on a affaire à des professionnels, et non à des cinglés — au sens où je l'entends, en tout cas. Ce qu'ils ont fait avec les chiens, c'était une promesse, pas une menace. Vous pouvez vous attendre à ce qu'ils fassent exactement ce qu'ils ont annoncé.

— Vraiment ? (Titus avait du mal à le croire.) *Vraiment ?* Il ne me reste plus qu'à cracher soixante-quatre millions ?

— Non, ce n'est pas ce que j'ai dit.

— Mais bon sang, que dois-je faire, alors ?

Norlin ne répondit pas. Il réfléchissait. Titus, qui s'attendait à ce qu'il lui propose une action immédiate, dessine les grandes lignes d'une contre-attaque, lui fournisse les noms de personnes capables de l'aider, était de plus en plus terrifié. Il avait pris sur lui pour risquer cet appel téléphonique, il y avait mis tous ses espoirs, et voici que Norlin semblait caler sur le problème.

Titus essuya la sueur qui perlait à son visage. Ce n'était pas ce qu'il voulait. Il voulait que Norlin lui donne confiance et, surtout, des réponses à ses questions. Il sentait sa poitrine se contracter ; il sentait le temps qui passait ; le désespoir qui le gagnait.

— Je ne suis pas l'homme qu'il vous faut, dit Norlin. Seigneur.

— Non. Je ne sais pas si ce type vient de Colombie,

du Brésil ou du Mexique, mais il est d'un autre monde. Croyez-moi, ces gens-là ne respirent pas le même air que nous. En Colombie, voyez-vous, c'est près d'un milliard de dollars qui a changé de mains l'an passé sous forme de rançons. C'est une véritable industrie. Et ils font ça tout aussi sérieusement.

Norlin secoua la tête, perdu dans ses réflexions, avant de continuer :

— Ce que je vois, là, me paraît bizarre — une sorte d'opération hybride. Je ne sais pas... Je n'ai jamais entendu parler d'une telle chose aux États-Unis. Je n'ai jamais vu personne réclamer une somme pareille en guise de rançon. Ni demander un transfert « légal » de cette somme.

Il s'exprimait d'un ton posé. Examinait les faits sans la moindre trace d'excitation.

— Tuer les amis, les membres de la famille pour peser sur les négociations, c'est monnaie courante en Amérique latine, en Inde, aux Philippines, en Russie... dans ce genre d'endroits. Mais ici, aux États-Unis ? Merde ! Je me demande ce qu'ils s'imaginent. C'est complètement fou. Difficile à croire...

Titus crut entrevoir une lueur d'espoir.

— Vous pensez qu'il pourrait s'agir d'un gros coup de poker ? Qu'Alvaro essaierait de m'avoir au bluff, en se disant que si je lâche un bon paquet d'argent il aura joué gagnant et que si ça ne marche pas il pourra toujours disparaître ? Qu'il veut simplement tenter sa chance, à peu de frais ?

— Non, rétorqua vivement Norlin. Ce n'est *pas* ce que je dis. Vous devez croire ce type. (Il secoua la tête.) Tout semble aller plus vite, depuis deux ans. Tout est plus dur — le terrorisme, le crime international. Toutes les polices sont mobilisées, tous les services de renseignements sont sur les dents. On est de plus en plus dans l'extrême. On savait qu'on finirait par voir des choses qu'on n'aurait jamais crues possibles. Ce qui se passe aujourd'hui, c'est ce qu'on redoutait. Et le pire, dans tout ça, c'est que nous ne nous sommes pas préparés à lutter contre une telle violence, une telle brutalité.

8

La tête de Titus lui tournait un peu, ses pensées s'accéléraient puis il retombait dans un état d'hébétude dont un nouvel accès de panique venait à son tour le tirer. Il avait envie de se lever. De faire les cent pas. De se sentir capable de réfléchir méthodiquement. De respirer. De se réveiller.

— Je vais vous donner un conseil, dit enfin Norlin. Considérons votre situation. On va exercer des pressions sur vous, délibérément, pour vous pousser à des décisions précipitées. Et il faudra vous y plier. Vous n'aurez pas le choix. Ce sera dur, parce qu'il vous arrivera — c'est ainsi, vous n'y pouvez rien — de prendre les mauvaises décisions. Et les conséquences seront douloureuses.

— Que voulez-vous dire, au juste ?

Titus attendait des réponses simples et claires, qui disent le bon et le mauvais, en noir et blanc.

— Je veux dire que dans ces situations ce qui est fait est fait. Si vous essayez d'anticiper ou de revenir en arrière, vous deviendrez fou avant d'en avoir fini avec cette affaire.

— Des gens vont mourir autour de moi, c'est ça ?

— Dites-vous ceci : cet homme vous met dans une situation impossible. C'est lui qui l'a créée. Ce n'est pas vous. Il va vous forcer à faire des choix impossibles, de ceux dont personne ne sort gagnant. Dans ces cas-là, il faudra toujours vous rappeler qui a commencé. Vous ne jouerez pas votre jeu. Vous n'aurez en main que les cartes que ce type y aura placées.

La réponse, cette fois, lui offrait une vision simple et claire de sa situation. Titus laissa les mots pénétrer dans son esprit. Norlin attendit. Titus sentait l'odeur des broussailles qu'on avait fauchées tout autour d'eux, et celle qui se dégageait des excavations pratiquées pour construire sur la pente. Il huma l'odeur de la terre, son parfum plutôt, qui lui rappela ses chiens, et leur poids dans ses bras lorsqu'il les avait déposés dans le trou creusé au fond du verger.

– C'est bon, dit-il. Je comprends.

Il comprenait, mais refusait d'y croire. Il voulait croire qu'il pourrait échapper au sinistre scénario annoncé par Norlin. Il voulait croire que si ce que disait celui-ci s'avérait exact dans bien des cas, il saurait, lui, faire mentir la prédiction. Qu'il trouverait une échappatoire à ce dilemme.

– Je vais vous mettre en contact avec quelqu'un, dit Norlin en se levant.

Titus le regarda, dans une semi-obscurité, s'éloigner vers sa voiture. Il se pencha et prit un téléphone – codé, pensa Titus – avant de revenir s'asseoir à côté de lui.

– Je vais me répéter, dit Norlin, mais il le faut. Ceci *n'est pas* la façon de procéder voulue par les gens du FBI. Ils vous diraient que c'est irresponsable. Et normalement, je serais d'accord avec eux. Mais... (il eut une courte hésitation) la vérité, c'est que si j'étais à votre place, je voudrais que le type que je vais appeler entende mon histoire. Et je voudrais savoir ce qu'il en pense. Il se peut qu'il vous dise : Prévenez le FBI. Dans ce cas, il faudra suivre son conseil sans vous demander si vous faites bien ou non. Écoutez-le, et faites-lui confiance.

— Mais il se peut qu'il me dise autre chose, reprit Titus. Et, dans ce cas, je devrai aussi lui faire confiance.

— Exactement.

— Où est-il ?

— Je l'ignore. Mais je ne vais pas tarder à le savoir.

— Vous avez toute confiance en lui ?

C'était à la fois une question, une observation et une inquiétude.

— J'ai travaillé avec lui pour la CIA. Il y est depuis pas mal de temps. C'est quelqu'un de solide, comme je vous l'ai dit. C'est hors de la boîte qu'il travaille le mieux.

— Hors de la boîte... Vous pouvez préciser ?

— Vous ne trouverez jamais son nom dans un organigramme. S'il se plante, c'est sans conséquence pour la maison. Il fait partie du petit nombre d'agents capables de gérer tout seuls n'importe quelle situation. Il n'appartient à personne. Et personne ne vient à son secours le jour où il a la tête dans le trou. Il est seul. On lui confie les missions les plus délicates, et quand il réussit c'est toute la maison qui gagne et qui se réjouit. Et en silence, ce qui est la meilleure façon de gagner et de se réjouir. Mais quand ces types-là tombent, ils tombent seuls. Ils disparaissent, c'est tout. À jamais.

— Pourquoi font-ils ça ?

— Parce que ça rapporte gros. Très gros. Et parce que c'est plus fort qu'eux. Ils sont drogués à l'adrénaline. Ou bien ils obéissent à leurs propres démons qui les poussent à tout remettre en jeu chaque fois... (Il haussa les épaules.) Ou pour d'autres raisons encore, que Dieu seul peut comprendre.

— Mais ces missions pour la CIA, ce travail de renseignement... Quel intérêt y trouvent-ils ?

Nouveau haussement d'épaules.

– L'argent. Beaucoup d'argent... Et peut-être autre chose.

Titus réfléchit quelques secondes.

– Et vous croyez que c'est une bonne idée de passer par ce type qui... qui travaille bien hors de la boîte ?

– Écoutez, Cain, je ne suis peut-être pas le mieux placé pour vous donner des conseils face à cette situation, mais je peux vous assurer d'une chose : votre Alvaro *ne sait même pas* qu'il existe des types comme lui. Croyez-moi, si je le trouve, vous aurez besoin de lui.

Sans rien ajouter, Norlin tourna les talons et s'éloigna, au-delà de sa voiture, sur la piste de terre reliant le chantier à la route qui passait en contrebas. Titus l'entendit parler à voix basse dans l'obscurité.

Il se leva à son tour et fit rouler ses épaules pour se décontracter. Il regarda vers la vallée. D'où ils étaient, on ne voyait pas la ville, mais un méandre du lac Austin, dont la surface figée par la distance reflétait les lumières. Titus se sentait désespéré. Seul. Complètement perdu. La forêt était dense autour du chantier et, en levant les yeux vers le ciel faiblement éclairé, il vit le cercle noir dessiné par les arbres aux confins de sa vision. Il resta ainsi un long moment, assez long pour sursauter à la voix de Norlin qui venait de surgir de l'ombre.

– Vous avez de la chance.

Titus, surpris, vit Norlin qui tendait le bras pour lui passer son téléphone.

– Il se trouve qu'il n'est pas loin d'ici. À San Miguel de Allende, de l'autre côté de la frontière. Il s'appelle García Burden.

Titus prit le lourd téléphone et l'approcha de son oreille. Il entendit une sonnerie, puis :

– Titus Cain ?

– Lui-même.

– García Burden. Gil vient de me dire, en gros, ce qui se passait. Si les choses sont bien telles qu'il me les a décrites, c'est extraordinaire.

La voix était douce, étonnamment douce. L'homme avait un léger accent, mais Titus n'aurait pu dire lequel. García. Non, ce n'était pas un accent espagnol, pas celui d'Alvaro en tout cas. C'était quelque chose de tout à fait différent.

– Vous avez dit « si », répondit Titus, à quoi pensez-vous d'autre ?

– Allez savoir..., dit Burden, sibyllin. Mais votre visiteur n'est pas celui qu'il prétend être. Son plan est des plus complexes et demande une solide expérience dans ces sortes d'opérations. Je suis donc à peu près certain qu'il utilise un faux nom, ce qui signifie qu'il figure sur les listes de toutes les polices des frontières. Il a dû entrer clandestinement aux États-Unis. C'est significatif et ça accrédite la demande de rançon.

– Comment ça ?

– Il est trop prudent pour s'être risqué ici avec un faux passeport. Avec les nouvelles technologies, c'est devenu trop dangereux. Ce genre de type ne viendrait pas aux États-Unis, avec tous les risques que présente un passage clandestin, s'il n'avait pas quelque chose de très important à y faire. Cette opération se prépare sans doute depuis longtemps. Il est venu pour l'exécution finale... si j'ose dire.

Burden semblait avoir déjà dépassé cette question.

– Quand revient-il ?

– Il ne me l'a pas dit.

– Ce sera très bientôt. Mais il ne vous a pas laissé d'instructions ?

– Non.

– Vous ne pouvez donc enfreindre aucune « règle » jusqu'ici.

– Je ne dois pas prendre contact avec des membres de la police.

– Hum. Pour lui, j'en fais certainement partie. Donc, s'il l'apprend, vous aurez commis une faute à son égard. Cette conversation lui permettra de vous porter le premier coup.

Titus reçut le mot « coup » comme si on l'avait frappé à le tempe avec une planche. Seigneur. Il y avait quelque chose de stupéfiant à entendre ce mot dans le contexte de la réalité, de *sa* réalité. Mais alors, Burden croyait-il vraiment qu'Alvaro allait se mettre à tuer des gens si Titus ne... ne suivait pas ses instructions ?

Burden réagit au silence abasourdi de Titus.

– Non, ne faites pas cette bêtise, monsieur Cain. Il y a plus que des menaces là-dessous. Cet homme vous l'a sans doute dit lui-même. Il attend avec impatience la première occasion de vous montrer avec quelle promptitude il vous sanctionnera chaque fois que vous désobéirez.

– Vous le connaissez donc ?

– Je n'en sais rien. Mais je connais ce genre d'individu. De ce point de vue, oui, je le connais. (Puis, sans transition.) Je suis prêt à travailler là-dessus avec vous, monsieur Cain. Êtes-vous intéressé ?

Titus chercha Norlin du regard, mais ne vit qu'une silhouette.

– Bien sûr, je suis intéressé. Mais il faut que j'y réfléchisse. Je ne vais pas me décider tout de suite.

– Je vous demande seulement si vous souhaitez qu'on en discute ?

– Oui, bien entendu.

– Nous n'avons pas beaucoup de temps. Venez donc demain.

— Là-bas ? À San Miguel ?

— Oui. J'aurai des choses à vous montrer, à vous expliquer. J'ai là-bas toutes mes archives. Elles ne sont pas transportables.

— Mais s'il essaie de me contacter ?

— Je vous expliquerai comment faire.

— Je ne suis pas certain de pouvoir venir dès demain. Mon système d'alarme est à réparer, et il doit y avoir des micros plein la maison. Il faut que je trouve quelqu'un pour...

— Il ne vous a pas interdit de faire venir des gens pour ça ?

— Non.

Titus serra les poings. Était-ce un nouvel acte de désobéissance ? Devait-il vivre désormais sous la surveillance des micros, voire des caméras, sachant que chaque mot prononcé était écouté ? Il ne pouvait pas faire ça. Il ne le ferait pas.

— Il ne me l'a pas interdit de façon formelle.

— Donc, il va falloir faire un choix. Vous y habituer, ou refuser et en assumer les conséquences s'il y en a.

— Je ne peux pas vivre comme ça.

— Très bien. Vous avez quelqu'un pour faire ce travail ?

— Je possède une entreprise de matériel électronique. Nous traitons sans cesse des questions de sécurité.

— Il va vous falloir quelqu'un de hautement spécialisé, monsieur Cain. Vous avez là un problème tout à fait spécifique. Rien à voir avec ce que vous faites d'habitude. Vous devez vous en rendre compte.

Merde. Titus se sentit idiot, terriblement naïf. Il fallait qu'il s'habitue à penser différemment.

— Monsieur Cain, ceci est mon métier. C'est ce que je fais tous les jours. Permettez-moi de vous envoyer quelqu'un. Les gens avec lesquels je travaille connaissent

les derniers progrès de la technologie. Et ils les maî-
trisent. D'accord ?

— Oui, dit Titus. D'accord.

— Ils seront chez vous demain. Et vous viendrez chez
moi pour que nous puissions discuter ?

— Oui, je...

— Vous parlez espagnol ?

— Non.

— Ça ne fait rien.

— Que dois-je faire ? Prendre un avion, comme si de
rien n'était ?

— Non. Je vous communiquerai des instructions. Et,
monsieur Cain, vous devez comprendre qu'il n'y aura
plus désormais de « comme si de rien n'était ». Vous
êtes à partir de cet instant une formidable exception à
toutes les règles possibles et imaginables.

MERCREDI

Deuxième jour

9

Titus n'avait pratiquement pas fermé l'œil de la nuit. Il était resté dans son lit à contempler la masse noire des collines qui se détachait sur le bleu profond du ciel nocturne, et il en était là quand le soleil, apparu derrière la courbe de la terre, avait chassé la nuit.

À neuf heures et quart, un break et une camionnette sans signes distinctifs pénétrèrent dans la propriété et s'arrêtèrent devant la haie de hêtres qui faisait écran autour du parking.

Mark Herrin portait une queue-de-cheval. C'était un jeune homme calme qui souriait avec gentillesse. Il dépassait d'une tête son coéquipier Cline, qui avait les cheveux rasés et un tatouage noir dont une arabesque remontait le long de la veine jugulaire sous le col blanc de sa chemise.

Ils se présentèrent.

— García nous a prévenus que la maison était farcie de micros, dit Herrin.

— Je ne peux pas en être certain, répondit Titus. Mais je sais que le système d'alarme a été court-circuité.

— On va vous nettoyer tout ça, laissa tomber Herrin avec une certaine nonchalance. Mais dans un endroit comme celui-ci, il faut être bien équipé. On va amener pas mal de choses à l'intérieur. Du gros matériel. (Il se retourna vers la haie.) Ça, c'est déjà une bonne protection. Je n'aime pas beaucoup travailler sous la surveillance de l'adversaire, voyez-vous.

Il jeta un regard vers le fleuve, au-delà de la vallée.

– Vous pensez qu'on nous observe ? demanda Titus.

– Quand on est une cible, on est une cible, répondit Herrin du même ton calme. Si ce type est sérieux, il ne travaille pas avec des amateurs.

Ils restèrent entre l'allée et la véranda pendant qu'Herrin se faisait confirmer par Titus les informations fournies par García, avant de lui poser une foule de questions.

– Bon, dit-il, au bout d'un moment. On va entrer, maintenant, et inspecter tout ça. Mais quand on commencera à tripoter ces micros, ceux d'en face le sauront. Et dès qu'on aura retiré le premier, les chiens seront lâchés. Alors, autant ne pas les prévenir trop à l'avance : une fois qu'on sera entrés, plus un mot sur ce qu'on est en train de faire – d'accord ?

Titus les conduisit à l'intérieur et ils visitèrent la maison de fond en comble. Quand ils se furent familiarisés avec les lieux, il les laissa aller et venir pour se faire une idée de la tâche qui les attendait.

Titus, qui se sentait épié après ce qu'Herrin venait de lui dire, descendit l'allée jusqu'au chantier où les maçons construisaient une citerne. Ils venaient chaque matin, dès le lever du soleil, pour travailler avant la forte chaleur, et utilisaient le code qui commandait l'ouverture du portail. Titus faisait appel à ces ouvriers depuis des années chaque fois qu'il en avait besoin, mais il lui déplaisait maintenant que des gens aient librement accès à la propriété.

Il entraîna Benito, le chef d'équipe, à l'ombre d'un chêne et lui dit qu'il attendait des électriciens pour divers travaux de réparation et ne voulait pas avoir en même temps autant de monde et de véhicules. Il offrait donc à Benito et à ses hommes deux semaines de congés payés, à dater de cet instant. À leur retour, ils reprendraient le chantier où ils l'avaient laissé.

Benito fut surpris, mais la perspective de ces deux semaines de congés lui fit très vite oublier sa surprise. Titus lui serra la main et repartit vers la maison. Il entendit derrière lui les maçons commencer à charger les outils dans leur camion.

En entrant dans la cuisine, il jeta un coup d'œil à sa montre. Il lui restait trois quarts d'heure avant de partir. Il prit son téléphone portable et ressortit pour appeler Carla Elster, son assistante.

— Dites-moi, Carla, je n'ai aucune réunion qui requière absolument ma présence dans les jours qui viennent, n'est-ce pas ?

— Il n'y a rien sur votre agenda, à part les conférences hebdomadaires avec les chefs de service, répondit Carla. Ah, Si ! Matt Rohan a appelé hier après-midi, il voudrait vous voir aujourd'hui si vous avez une demi-heure à lui consacrer. Il ne m'a pas dit à quel sujet. Comme d'habitude. Et Donice McCaffrey a appelé, elle aussi, pour un rendez-vous. Je suppose qu'elle veut savoir si CaiText accepte de sponsoriser cette année encore sa vente de charité. Et je dois vous rappeler qu'il y a un pot, vendredi, au service comptabilité, pour le départ à la retraite d'Alison Daly.

Il n'y avait jamais un geste, jamais une minute de perdus dans une journée de Carla. Elle était disciplinée, attentive, organisée et attachée à ses habitudes. Il le fallait, car sans cela sa vie et celle de Titus auraient volé en éclats. C'était en tout cas sa conviction.

Carla le secondait depuis le jour où il avait signé les documents créant CaiText. Jusqu'à sa rencontre avec Rita, Carla avait été l'unique personne capable de lui donner un avis sensé, ancré dans la réalité, chaque fois que surgissait un nouveau problème. Elle était pour lui comme une sœur.

– Bon, eh bien, si vous pouviez me dispenser de tout ça en attendant...

– En attendant ? Jusqu'à quand ?

– Quelques jours, disons. Je ne serai pas disponible pendant quelques jours.

– Ah. (Un silence.) Tout va bien ?

– Mais oui, mais oui.

Il se tut. Bon sang ! Il était tenté, terriblement tenté de lui dire quelque chose pour se délivrer du poids qui pesait sur lui, mais il se rappelait les paroles d'Alvaro : « ... ne pas éveiller les soupçons. C'est ce qui compte avant tout. Je ne saurais trop insister sur ce point... »

– Titus, dit-elle. Qu'y a-t-il ?

À quarante-six ans, Carla élevait seule ses deux filles jumelles, qui devaient bientôt entrer à la Vanderbilt University. Après le départ de son mari quelques années auparavant, alors que les filles avaient tout juste dix ans, Carla avait pris sa vie en main et décidé avec une volonté farouche qu'elle saurait se passer de lui. Elle y était parvenue. Pas question de se laisser aller. Un homme capable d'abandonner sa femme et ses deux petites filles ne méritait pas qu'on le regrette, avait-elle décidé. Elle s'y était tenue.

Titus l'avait aidée de son mieux tout au long de cette épreuve. Quand elle devait s'absenter pour participer aux activités organisées à l'école des filles, elle n'avait pas besoin de demander l'autorisation. Il avait augmenté son salaire pour compenser la perte de la moitié de ses revenus, et procuré de petits emplois aux jumelles pendant les périodes de vacances pour que Carla ne s'inquiète pas de les savoir livrées à elles-mêmes.

Son mari lui avait laissé la maison de West Lake Hills sans faire la moindre difficulté. Cette façon de dire que la maison ne valait pas qu'on se batte pour elle avait rendu Carla furieuse. Et il n'avait pas non plus lésiné sur le montant de la pension qu'elle lui réclamait. Il était si pressé de se mettre en ménage avec sa nouvelle petite amie qu'il ne songeait qu'à fuir tout ce qu'ils avaient construit ensemble quatorze années durant.

Et il y avait Darlene, l'autre femme. Carla aurait pu être sa mère. Elle était blonde ; Carla était brune. Elle était grande ; Carla plutôt petite. Elle était mince, solide comme une liane et passionnée de sport. Carla était plutôt ronde. Darlene ne travaillait pas. Carla travaillait déjà chez CaiText au moment de leur mariage et était dévouée à Titus et à l'entreprise comme si elle en avait possédé la moitié. Les différences entre les deux femmes étaient frappantes et ajoutaient à l'humiliation de Carla. Darlene était tout ce qu'elle n'était pas.

Mais six ans étaient passés. Elle s'était forgé une nouvelle vie. Elle avait offert la chaleur et la stabilité d'un vrai foyer à ses deux filles, traversé avec elles les tourments et les crises de l'adolescence. C'étaient de gentilles filles et elle en était fière.

Cette année-là, elles travaillaient à Denver pendant les vacances d'été, et quitteraient ensuite la maison pour la fac. Carla avait des loisirs pour la première fois depuis une vingtaine d'années. Elle abordait une nouvelle saison de son existence et celle-ci s'annonçait plutôt bien.

— Des nouvelles de Rita ? demanda-t-elle.

— Oui, ça va. Je l'ai eue hier soir au téléphone.

Silence. Il la sentait attentive, écoutant les vibrations de sa voix entre les mots. Terriblement attentive.

— Allons, Titus. Que se passe-t-il ?

— Je suis un peu sous pression en ce moment, dit-il. Rien à voir avec Rita. C'est d'ordre... financier. Et c'est personnel, ça ne concerne pas la compagnie. Rita ne le sait pas pour le moment. Je ne voulais pas vous en parler avant de la mettre au courant.

– Mais... est-ce... catastrophique ? Enfin, Titus, dites-m'en un peu plus, que je m'y retrouve !

– Ces derniers mois, j'ai fait certains investisse-ments... à risques. Je viens d'apprendre qu'ils s'étaient révélés encore plus désastreux qu'on pouvait le craindre. J'y ai perdu beaucoup d'argent. J'essaie maintenant de m'en sortir. Je vous en dirai plus dans quelques jours. Mais d'ici là, Carla, vous êtes la seule à le savoir. Vous comprenez ?

– Oui, Titus, je comprends. (Il y avait de la chaleur dans sa voix, de la sympathie et une note de chagrin.) Écoutez, ce que vous dites me fait de la peine. Si je peux aider en quoi que ce soit...

– Je vous laisse maintenant, dit-il.

10

L'assistant tatoué d'Herrin sortit de la propriété, seul au volant de sa camionnette, les vitres baissées, dans la chaleur de la fin de matinée. Couché dans l'obscurité au fond d'un caisson dissimulé sous le plateau du véhicule, Titus essayait de se repérer d'après les virages sur la route sinueuse qui les emmenait vers Westlake Drive et Austin.

Titus s'aperçut à peine qu'ils traversaient la ville. Il n'avait pas pris de vêtements de rechange, seulement son ordinateur portable comme le lui avait demandé Burden. Il se sentait la tête vide, les réflexes émoussés par le manque de sommeil, l'esprit distrait par le vacarme des outils qui brinquebalaient dans leurs coffres, les odeurs de plastique et de fils électriques.

Mark le laissa au deuxième niveau d'un vaste parking souterrain et il prit l'ascenseur qui l'emmena au premier niveau où deux hommes l'attendaient avec une voiture de location. Il n'y eut pas de présentations.

Pendant que l'un des deux hommes examinait Titus sur toutes les coutures avec un détecteur de micros, l'autre ouvrait son ordinateur portable pour s'assurer qu'il n'avait pas été trafiqué. Satisfaits de leur inspection, ils lui demandèrent de s'allonger sur la banquette arrière et sortirent du parking. Quelques minutes plus tard, ils lui dirent qu'il pouvait s'asseoir normalement. Ils roulaient en plein soleil en direction de l'est, vers l'aéroport international Austin-Bergstrom.

Ils passèrent devant l'entrée de la salle d'embarquement qu'ils contournèrent pour rejoindre les hangars des avions privés. La voiture se dirigea directement vers un King Air 50 qui attendait sur la piste, et décolla dix minutes plus tard, emportant Titus.

Seul dans la cabine, il regarda la terre basculer de l'autre côté du hublot et inclina son siège en arrière tandis que l'appareil s'enfonçait dans la couche épaisse et blanche des cumulus en suspension dans le ciel d'été. Il en était encore à se demander comment tout cela avait pu lui arriver quand le sommeil le prit.

Réveillé par la brusque descente du Beechcraft, il se redressa au moment où les roues touchaient la piste. Une étroite vallée défilait derrière le hublot. L'herbe était grasse après les pluies. Les cactus *garambullo* y poussaient comme des doigts pointés vers le ciel, et les *huizaches* y déployaient leurs branches, gracieux comme des ombrelles. Quand le pilote fit pivoter l'avion et coupa les moteurs, Titus aperçut une Suburban noire arrêtée au bord de la piste déserte.

Le chauffeur était un Mexicain à la stature imposante, courtois mais taciturne derrière sa moustache et ses lunettes noires. Ils suivirent la piste de terre qui couvait au fond de la vallée. Au-delà des premières collines, la Sierra de Morenos dressait ses sommets à perte de vue sur le ciel bleu. Ils retrouvèrent une route à deux voies et prirent la direction du sud.

San Miguel de Allende était une petite ville accrochée à flanc de montagne, au centre du Mexique, à deux heures de route au nord de la capitale. Héritière d'une longue tradition coloniale, elle comptait un grand nombre de belles églises et de demeures élégantes le long de ses rues pavées, étroites et souvent en pente. Réputée pour sa beauté, elle avait longtemps servi de refuge à des écrivains américains épris de vagabondage, des artistes et des expatriés de tout poil au passé parfois douteux. Depuis quelques décennies, des Américains fortunés et d'autres riches étrangers y installaient volontiers leur résidence secondaire.

Après des tours et des détours dans le centre de la ville, le chauffeur prit la direction des hauts quartiers et engagea la Suburban dans une petite rue pavée entre des murs nus, inondés de soleil. Il s'arrêta en pleine pente, fit taire le moteur qui gémissait bruyamment et dit quelque chose en espagnol avec un geste vers une épaisse porte en bois enchâssée dans un mur bleu vif. Un jacaranda, couvert de fleurs qui semblaient refléter la couleur du ciel, abritait le seuil. À côté de la porte, un bougainvillier débordait du mur comme si les pierres avaient vainement retenu une mer rouge vif.

Titus sortit avec sa mallette d'ordinateur et attendit que le chauffeur ait redémarré pour traverser la rue. Descendant du trottoir en pente au niveau du seuil, il souleva et laissa retomber le marteau sculpté en forme de main et attendit en écoutant l'écho se répercuter entre les hautes murailles.

Un portillon s'ouvrit presque aussitôt dans l'épaisseur de la porte sur une vieille Indienne qui lui sourit de toutes ses dents généreusement serties d'or. Son opulente chevelure poivre et sel, divisée par une raie centrale, formait deux longues nattes qui retombaient jusqu'à sa taille épaisse.

Tout en le saluant en espagnol, elle recula d'un pas pour l'inviter à entrer, une petite main brune posée avec grâce sur le plastron de sa blouse blanche brodée de larges bandes de couleur rouge et or. La jupe, à rayures bleu cobalt et noires, s'arrêtait à quelques centimètres de ses orteils nus.

Sans cesser de parler, elle le conduisit le long d'un petit corridor vers la lumière diffuse d'un patio rectangulaire fermé par une galerie à colonnes. Il leva les yeux vers la colonnade de l'étage supérieur que les arbres cachaient en partie.

Avec force gestes, et tout en poursuivant son monologue inintelligible, la femme invita Titus à s'asseoir sur un gros banc de bois adossé au mur ocre de la galerie, puis elle s'éclipsa. Des cages en bois contenant des canaris et des oiseaux multicolores de diverses espèces étaient suspendues entre les colonnes et une fontaine, au centre du patio, accompagnait de son murmure le pépiement aigu des petits volatiles.

À la seconde où Titus prenait une profonde inspiration, des cris poussés par une femme le firent sursauter. La femme semblait en colère et s'exprimait d'une voix perçante, par phrases saccadées, dans une langue asiatique.

Puis le silence se fit.

Peu à peu, les oiseaux, que ce bruit avait fait taire, reprirent leurs chants.

Titus n'était pas revenu de son étonnement qu'une voix se fit entendre au-dessus de lui.

– Bienvenue dans ma maison, monsieur Cain !

Reconnaissant la voix, il leva les yeux vers la galerie qui dominait le patio.

García Burden le regardait, accoudé à la balustrade de pierre. Il était grand, maigre, et ses cheveux noirs n'avaient pas vu depuis longtemps les ciseaux du coiffeur. Il portait une chemise noire largement ouverte sur la poitrine, les manches retroussées jusqu'aux coudes. La médaille en or qu'il avait au cou pendait au bout de sa chaîne par-dessus la balustrade.

– On vous attendait, dit-il. Prenez l'escalier que vous voyez là-bas. (Il montrait des marches de pierre.) Et suivez la galerie.

Burden boutonnait sa chemise quand Titus le rejoignit. En lui serrant la main, il constata qu'ils étaient à peu près de la même taille. Quant à l'âge de Burden, il n'était pas facile à deviner. Ils étaient peut-être contemporains à quelques années près, mais Burden avait au coin des yeux de profondes pattes-d'oie qui le vieillissaient et dans le regard quelque chose qui retint l'attention du Titus et lui fit penser que ces yeux-là avaient assisté à bien des événements hors du commun, le plus souvent pénibles.

– À partir de ce que Gil et vous-même m'avez dit, commença Burden de cette voix qui semblait encore plus douce maintenant qu'ils se faisaient face, j'ai établi une première liste que j'ai ramenée à trois personnes. J'ai ici leurs photographies.

Tournant les talons, il invita Titus à le suivre à l'intérieur.

C'était une maison ancienne aux murs épais de près d'un mètre, dans la tradition de l'architecture coloniale. La salle dans laquelle ils pénétrèrent était vaste et avait sans doute été divisée en plusieurs pièces à l'origine. Ils ne firent que la traverser, mais Titus aperçut au passage des bureaux anciens et des rayonnages de livres, un coin-salon avec des fauteuils et des canapés, une table de bibliothèque ronde chargée de livres – certains restés ouverts, un stylo posé entre les pages. La pièce n'avait pour toute lumière que celle qui entrait par les profondes embrasures des fenêtres.

Ils franchirent une autre porte pour passer sur une autre galerie et Titus comprit que le simple mur bleu, sur la rue, cachait un ensemble de bâtiments important. De là, ils surplombaient une nouvelle cour intérieure deux fois plus grande que la première, fermée par plusieurs *casitas* à un étage également reliées les unes aux autres par une colonnade sur deux niveaux. De grands flamboyants jetaient sur toute chose une ombre dentelée.

Titus suivit Burden dans la première *casita,* et se retrouva instantanément au vingt et unième siècle : la salle tout en longueur à l'atmosphère rafraîchie par la climatisation contenait un nombre impressionnant d'ordinateurs, de consoles électroniques, un écran de télévision géant et des magnétophones. Trois femmes qui allaient et venaient, occupées à diverses tâches, ne prêtèrent pas attention à l'arrivée de Burden.

– On va lui montrer ce qu'on a, dit-il sans s'adresser à quiconque en particulier, et l'une des femmes vint s'asseoir devant un ordinateur.

Titus constata, non sans étonnement, qu'il s'agissait d'une Indienne maya – ce visage aux traits plats ne laissait aucun doute sur ses origines.

Pendant qu'elle s'activait sur le clavier, Titus jeta un coup d'œil aux deux autres femmes ; l'une était une Asiatique, très belle, sans doute proche de la cinquantaine, aux cheveux presque ras, qui portait avec beaucoup d'élégance un chemisier gris perle sur une jupe noire de coupe stricte ; l'autre était une femme entre deux âges, de taille moyenne, que ses cheveux châtains tirant sur le roux, ses yeux bleus et son sourire avenant désignaient plutôt comme une Irlandaise.

Burden se campa les bras croisés devant l'écran. À l'apparition du premier cliché, il se tourna vers Titus. Titus secoua la tête. Deuxième cliché. Nouveau regard en direction de Titus qui secoua à nouveau la tête.

— Ah, bon ? fit Burden, à la fois surpris et impatient. Vraiment ? Alors, voici notre homme !

Troisième cliché. C'était celui d'Alvaro sur une photographie au grain grossier prise par une caméra de surveillance. On le voyait alors qu'il traversait une rue – Titus la situa machinalement à Buenos Aires. Un journal coincé sous le bras, il regardait vers l'objectif.

— Oui, dit Titus. C'est lui.

— Cayetano Luquín Becerra. Mexicain, annonça Burden.

Titus se sentit à la fois soulagé et inquiet, comme un homme auquel son médecin annonce qu'on a enfin identifié le mal mystérieux qui le tourmente. Il ne savait pas si c'était bon ou mauvais pour lui.

— Passez-moi votre ordinateur, dit Burden et, comme Titus le lui tendait, il le remit aussitôt à la femme aux traits asiatiques. On va y effectuer quelques petits réglages, expliqua-t-il. Quand elle aura terminé, toutes les communications en provenance de cet individu nous seront automatiquement transmises. Et ceci en toute sécurité. Il n'en saura rien. Et nous allons faire le nécessaire pour sécuriser vos propres communications.

Il désigna d'un signe de tête la photographie qui occupait l'écran géant.

— Ce n'est ni tout bon, ni tout mauvais, dit-il. On va en discuter.

11

En revenant dans le bureau, Titus s'attendait à ce que Burden fasse de la lumière, mais celui-ci se dirigea vers une partie de la pièce occupée par un canapé et quelques fauteuils, qu'il lui désigna d'un geste. Les deux hommes s'assirent.

– Personne – personne dans mon secteur d'activité – n'a eu vent de Tano Luquín depuis trois ans et demi, dit Burden. Le type qui a pris la photo que je viens de vous montrer a été le dernier à l'apercevoir. Il est mort depuis. Et il y a plus de quinze ans que Luquín n'a pas été vu aux États-Unis. C'est significatif.

– Pourquoi ?

– Ma foi, je n'en suis pas certain. Est-ce l'importance de la rançon qui explique sa présence ? *Quien sabe ?* Peut-être pas.

Titus était assis sur le canapé, face au mur à un bout de la pièce, et le bureau de Burden se trouvait à l'autre bout, derrière lui. Quand ses yeux se furent accommodés à la pénombre, il vit que le mur était recouvert en grande partie par une photographie en noir et blanc d'environ un mètre trente de haut sur trois bons mètres de long, dont le simple cadre noir était encastré dans les rayonnages chargés de livres. Elle représentait une femme nue allongée.

– Il me semble, voyez-vous, que je n'ai pas beaucoup de temps, dit Titus, que l'attitude calme de Burden rendait nerveux. Par quoi allons-nous commencer ?

– Vous allez recevoir un dossier complet sur Luquín, répondit Burden. Ainsi, vous saurez à qui vous avez affaire. Mais voici, très brièvement, le plus important. Tano a grandi dans une bonne famille de Mexico City, et a fait des études universitaires. Mais une carrière ordinaire d'homme d'affaires ne l'intéressait pas, et à la fin des années soixante-dix il trempait déjà dans le trafic de drogue. Au tournant de la décennie il se trouvait en Colombie, acoquiné avec des gens qui louaient leurs services à Pablo Escobar, lequel était déjà devenu une légende vivante. Tano pratiquait volontiers le kidnapping et n'a pas tardé à s'en faire une spécialité, toujours pour Escobar.

« Ses compétences en matière de *secuestro* n'ont fait que grandir tandis que Pablo Escobar avait de plus en plus besoin de faire régner la discipline et de s'imposer à ses rivaux. Mais Tano, faisant preuve d'une sagesse peu commune dans ce milieu, n'a jamais travaillé directement pour Pablo. Il s'est toujours arrangé pour avoir un ou deux intermédiaires, laissant aux autres le mérite... et les ennuis quand les choses se passaient mal.

Titus n'avait qu'à déplacer imperceptiblement le regard pour passer de Burden à la grande photographie, qui l'attirait de plus en plus à mesure qu'elle se précisait dans la pénombre.

– Si bien qu'au moment où l'empire d'Escobar a commencé à décliner, poursuivit Burden, Tano a vu venir la fin et a quitté la Colombie. Il s'est installé au Brésil et vivait déjà à Rio de Janeiro depuis plusieurs années quand Escobar a été tué à Medellin en décembre 1993.

« Mais Tano n'était pas resté inactif à Rio. Il avait cultivé ses talents. D'après les informations fournies par le Ministério da Justicia, on retrouve son mode opératoire dans quatre des enlèvements haut-de-gamme survenus entre 1991 et 1997. Les victimes étaient chaque fois de grands patrons étrangers, et ces quatre opérations ont rapporté à Tano près de cinquante-trois millions de dollars sous forme de rançons.

– Quel était le montant des rançons ?

– Bonne question, dit Burden, en hochant la tête. Les sommes demandées n'ont cessé d'augmenter. Tano avait commencé par se renseigner de façon très complète sur ses victimes potentielles pour fixer le prix et organiser l'enlèvement en fonction des informations recueillies. Il savait ainsi à l'avance les atrocités auxquelles il allait les soumettre.

Tout ceci était dit avec le plus grand calme, Burden s'exprimant comme un aimable psychiatre soucieux d'expliquer la logique d'une thérapie. Il soulignait parfois son propos d'un geste gracieux des deux mains, dont Titus remarqua l'élégance avec quelque étonnement, et se passait de temps en temps les doigts dans les cheveux pour repousser une mèche qui lui tombait devant les yeux.

– Tano a également perfectionné sa méthode, reprit-il, avec une brève lueur de plaisir dans le regard, comme s'il savourait ce qu'il s'apprêtait à révéler. Je vais vous résumer ces quatre affaires. C'est important, pour vous aider à mieux comprendre ce qui va vous arriver.

« Première affaire. La cible est un Français, président d'une compagnie multinationale. Les responsables de sa compagnie font appel à une équipe de la police criminelle recommandée par leur société d'assurances. Les négociations durent trois mois. Les kidnappeurs réduisent leurs exigences de moitié. Les policiers font échouer les négociations. La victime est morte entre-temps, mais Tano encaisse cinq millions trois cent mille dollars.

« Deuxième affaire. Le directeur général d'une société allemande. Cette fois, les kidnappeurs prennent directement contact avec la famille et non avec l'entreprise. Ils laissent la famille faire pression sur l'entreprise, ce qui leur rend les choses beaucoup plus faciles. Mais la famille prend conseil de la brigade anti-kidnapping de la police de Rio. Les opérations traînent en longueur, la famille reçoit par courrier exprès une main de la victime. La famille change de stratégie et fait pression sur l'entreprise, qui accepte finalement de payer soixante-dix pour cent de la rançon réclamée : huit millions et demi de dollars.

« Troisième affaire. Il s'agit d'un grand patron espagnol en poste à Rio. Mais les kidnappeurs savent, cette fois, que la victime et ses proches sont les principaux actionnaires de la compagnie. On les prévient que la victime sera tuée s'ils font appel à la Policia Civil. Ils acceptent, mais se montrent très durs dans les négociations sur le montant de la rançon. En conséquence, l'un des beaux-frères de la victime, représentant de la compagnie à Buenos Aires, est enlevé à son tour. Non pas pour réclamer une autre rançon, mais pour hâter le versement de la première. Faute de quoi, il mourra. Les proches s'obstinent pour obtenir une diminution de la somme. Le beau-frère est brûlé vif, pieds et poings liés avec du fil de fer, dans l'allée qui conduit à la maison familiale. La rançon est enfin versée – quatre-vingt dix pour cent de la demande initiale, soit seize millions huit cent mille dollars.

« Quatrième affaire. Le directeur général d'une compagnie britannique. Lui aussi principal actionnaire. Les kidnappeurs sont clairs : pas de conseillers extérieurs, pas de policiers. Ils exigent une très grosse somme. Plusieurs responsables de la compagnie ont des contacts au sein du gouvernement britannique. Celui-ci envoie sur place un commando de la police secrète sans en aviser le gouvernement brésilien. Mais le commando, qui ne connaît pas le terrain, perd deux hommes et provoque la rupture des négociations. On rapatrie les autres aussi discrètement qu'on les avait expédiés, la queue entre les jambes. Mais cette initiative a sérieusement dérangé les kidnappeurs. Tout de suite après leur départ, deux autres responsables de la compagnie sont tués... dans un accident de voiture. Les kidnappeurs préviennent la famille que d'autres mourront (accidentellement, toujours) si la rançon n'est pas versée. La famille paye. Les kidnappeurs encaissent cent pour cent de la somme initialement demandée : vingt-deux millions de dollars.

Quand Burden se tut, Titus crut apercevoir chez lui une certaine satisfaction indiquant que les quatre affaires qu'il venait de résumer permettaient de tirer une conclusion évidente. Mais à chacun de ces récits, Titus avait senti croître son accablement. La sérénité affichée par Burden commençait, pour tout dire, à lui porter sur les nerfs. Il n'y avait pas vingt-quatre heures que sa vie tout entière avait basculé, et il était loin d'entrevoir une chance de retour à la normale. Dans ces conditions, il trouvait que le sang-froid de Burden, sa façon de prendre son temps avaient quelque chose de provocant.

— Je ne vois pas dans tout ça une foutue raison d'être optimiste ! s'écria-t-il. (Il avait l'estomac noué.) Je veux savoir où vous voulez en venir !

Burden tendit la main vers une table basse pour prendre une télécommande. La grande photographie s'éclaira lentement. L'image était stupéfiante.

La femme, nue, couchée sur le flanc droit devant un arrière-plan obscur, fixait l'objectif d'un regard triste et pénétrant. Ses cheveux, encore plus sombres que l'arrière-plan, lui tombaient sur l'épaule gauche juste au-dessus du sein. Son bras gauche reposait mollement le long de la ligne fluide de la taille, de la hanche et de la cuisse, et elle prenait appui sur le coude gauche. Dans sa main droite ouverte et retournée, à égale distance des seins et du triangle sombre entre ses cuisses, elle tenait un singe minuscule, d'un noir d'encre, et si petit qu'il était tout entier contenu dans sa paume. Cette étrange créature semblait retenir sa respiration en fixant elle aussi l'objectif, de ses yeux anormalement grands, comme si elle avait vu la chose la plus surprenante qu'il ait été donné à un singe d'apercevoir. Sa queue soyeuse, aux reflets d'ébène, s'accrochait avec l'énergie du désespoir à la chair pâle du poignet de la femme, et ses mains microscopiques se pressaient en un geste de supplication.

— C'est, dit Burden, la sœur du chef d'entreprise espagnol de la troisième affaire, et la veuve de l'homme qui a été brûlé vif devant la maison familiale.

— Seigneur ! souffla Titus, en regardant la femme. Quand cette photo a-t-elle été prise ?

— Deux semaines après les obsèques de son mari.

— Je vous demande pardon ?

— Oui. C'est elle qui l'a voulu. Dans tous les détails.

— Pourquoi ?

Burden regardait lui aussi l'immense photographie, l'étudiant comme un objet d'infinie fascination, comme s'il avait pu y fixer à tout moment son attention et y trouver chaque fois de quoi alimenter sa curiosité.

— Souvent, dit-il, chez les femmes, la souffrance provoquée par la mort d'un être cher s'exprime de manière inexplicable. Je veux dire qu'on ne s'explique pas la « logique » qui commande à cette expression. C'est intense et tourné vers l'intérieur. Profond. Le fait est qu'elle semble, ici, faire fi de tout ce qui serait intime et personnel. (Il haussa les épaules.) Enfin, c'est l'impression qu'elle donne. On se méprend sur elle.

Titus observait Burden qui regardait la photographie et se demandait ce qui lui passait par l'esprit. Puis il parcourut rapidement la pièce du regard. Il y avait des clichés en noir et blanc de différents formats fixés aux murs, posés à même le sol contre le bureau de Burden, parfois par deux ou trois. Tous, pour ce que Titus pouvait en voir, représentaient des femmes.

— Je crois cependant, reprit Burden, que si l'époux de cette femme pouvait voir aujourd'hui ce qu'elle a fait dans son chagrin, il en serait choqué. C'est sa mort qui l'a poussée à se conduire ainsi, et il n'aurait jamais découvert de son vivant cet... aspect particulier de sa psyché.

Les cloches des églises se mirent à sonner, une seule d'abord, puis une autre plus lointaine, une troisième dans une autre direction, et ainsi de suite. L'air s'emplit de leurs vibrations.

Détachant son regard de la photographie, Burden se leva.

— Je veux que vous vous rappeliez cette image et cette histoire, monsieur Cain. Quand vous aurez décidé de la façon dont vous entendez faire face à votre problème, à un moment ou à un autre – il en va toujours ainsi – vous serez tenté de croire que vous savez mieux que quiconque comment vous tirer de cette situation inextricable et mettre fin au calvaire qui vous est imposé. Vous vous direz alors que vous n'avez pas besoin de m'écouter, qu'il vous suffit de vous fier à votre instinct.

Il se tut quelques secondes, souriant presque. Son visage prit une expression que Titus ne comprit pas vraiment et qui le mit mal à l'aise.

— Si vous ne voulez pas que je sache un jour comment votre femme est susceptible de réagir à votre mort, dit-il, avec un dernier coup d'œil en direction de la photographie, c'est à moi qu'il faut vous fier. Il faut faire ce que je vous dis de faire... comme je vous le dis.

Surpris par cette brusque conclusion, Titus se leva à son tour.

– Lalia sera ici d'un instant à l'autre, dit encore Burden, et vous montrera où vous rafraîchir. Je vous rejoindrai en bas pour déjeuner dans une vingtaine de minutes.

Sur ces mots, et sans autre explication, il tourna les talons et sortit.

12

Resté seul dans la pièce, Titus se retourna vers la grande photographie. L'avertissement de Burden, lancé sous une forme assez originale, l'avait pris au dépourvu. Et c'était, pensait-il, délibéré de sa part.

Il prit l'un des livres posés sur la table : *Histoire, culture et religion de l'époque hellénistique.* En le feuilletant, il vit que les pages étaient abondamment annotées à l'encre brune. Il prit un autre ouvrage : *Spanish Red : une étude ethno-géographique de la cochenille et du cactus Opuntia.* Là encore, les marges étaient remplies d'annotations. Il se pencha pour prendre un livre resté ouvert, un stylo à plume coincé entre ses pages : *Histoire du mensonge à travers les âges.* Toujours ces annotations à l'encre brune. Une dizaine de marque-pages dépassaient du livre suivant : *L'Histoire naturelle de l'âme dans l'ancien Mexique.*

Titus était surpris. Il s'était attendu à trouver des ouvrages sur les systèmes de détection, la cryptographie, le crime organisé, la mafia internationale, le terrorisme, le trafic de drogue... le kidnapping. Rien de tout cela. Mais Burden, à l'évidence, ne manquait pas d'informations. La pièce dans laquelle travaillaient les trois femmes était là pour le prouver. Et Titus se rappelait qu'il lui avait, au téléphone, parlé de ses archives.

Une ombre sur le seuil de la pièce attira son attention. Lalia lui souriait, dans sa tenue aux couleurs éclatantes. Elle le précéda, pieds nus, de sa démarche légère, jusqu'à une vaste chambre, située de l'autre côté de la galerie, où elle le fit entrer. Les draps et les serviettes avaient un parfum de lilas, et de discrets effluves, du côté de la cheminée, évoquaient les flambées de novembre.

Pendant qu'elle attendait sur la galerie, il s'aspergea le visage et le torse d'eau froide et se recoiffa. Il songea un instant à appeler Rita – c'était l'heure du dîner à Venise –, mais il n'avait toujours rien à lui dire sinon qu'il avait des ennuis. Mieux valait s'abstenir.

Une sensation de raideur à la nuque annonçait un vrai mal de tête. En fourrant sa chemise dans son pantalon, il revit la photographie de la veuve argentine avec son petit singe et songea à la façon dont Burden l'avait placée dans cette pièce de telle sorte qu'elle la dominait pratiquement de sa présence. Titus était certain qu'il y avait dans cette image, comme dans les explications de Burden, bien plus de choses que l'œil n'en pouvait voir. Et il était certain, aussi, qu'une vie ne suffirait pas à connaître et à comprendre l'homme qu'était García Burden.

Il suivit la servante multicolore jusqu'à une salle à manger du rez-de-chaussée dont un mur entier ouvrait sur le jardin intérieur. Quand il fut attablé, seul, deux jeunes Indiennes arrivèrent pour le servir et l'invitèrent à manger sans plus attendre.

Il prit plaisir, pendant un court instant, à manger et à boire de la bière. Les chants d'oiseaux dégringolaient de la colonnade pour se mêler au gargouillis de la fontaine et le tout produisait un effet quasiment soporifique, pour ne pas dire rassurant. Puis, à l'improviste, cet instant de paix et de douceur lui serra la gorge comme un sanglot et il se sentit au bord des larmes. Seigneur, que lui arrivait-il ? Il posa son verre de bière et lutta pour reprendre le contrôle de lui-même dans ce tourbillon émotionnel dont l'intensité lui coupait le souffle.

Tandis qu'il tentait de se ressaisir, il vit Burden arriver par le corridor et traverser le jardin pour pénétrer sous la galerie. Quand il entra dans la salle à manger, Titus avait retrouvé son calme.

Burden prit place à côté de lui, et l'une des jeunes filles lui apporta une assiette garnie de tranches de diverses variétés de melons et de pastèques. Prenant l'un des quartiers de citron disposés au bord de l'assiette, il en pressa le jus sur les tranches de fruits. Après quelques bouchées, il reprit le fil de la conversation comme si celle-ci n'avait pas été interrompue.

– Je vais vous raconter une histoire au sujet de Tano Luquín, dit-il posément en mâchant un morceau de cantaloup. Quelques mois avant qu'il ne quitte la Colombie pour ne pas être emporté dans l'effondrement de l'empire d'Escobar, j'ai eu l'occasion de le voir à l'œuvre, et j'ai trouvé cela intéressant. C'était un contrat avec Escobar, bien entendu. J'étais à Medellin pour tout autre chose, mais j'avais déjà vu suffisamment d'opérations exécutées par Tano pour y reconnaître sa patte entre mille.

« Culturellement, voyez-vous, les Colombiens entretiennent des liens familiaux puissants. Ils sont affectueux et fidèles avec leurs enfants, leurs oncles et leurs tantes, et profondément attachés à l'idée même de famille. Et c'est vrai dans toutes les couches de la société. Il y a là une caractéristique sociale dont n'importe quelle culture pourrait s'enorgueillir. Mais la Colombie a une culture des extrêmes, et ce qui ne devrait être qu'une qualité produit des effets pervers dans le milieu de la délinquance. Quand une entreprise criminelle fait appel à la violence, chacun sait que pour atteindre un homme le meilleur moyen est de s'en prendre à sa famille. C'est ce qui se passe avec une régularité décourageante.

Burden prit une tranche de melon et, appuyé sur les coudes, parut réfléchir un instant en regardant le jardin.

— On tue la femme de son ennemi, reprit-il. Mais ses sœurs, ses frères, ses enfants constituent aussi des cibles idéales. On se livre parfois sur eux à d'horribles mutilations, et il arrive que l'homme que l'on veut faire plier soit forcé d'y assister. Là, c'est le fin du fin, l'étape ultime dans la cruauté et la perversité. C'est l'esprit qui est visé. Il s'agit de tuer l'homme en l'homme, pas seulement son être physique. Non, on veut aussi déchirer son âme. Et si ces gens-là pouvaient concevoir un moyen de punir leur ennemi au-delà de la mort, ils l'enverraient directement en enfer pour lui régler son compte.

« Je trouve fascinante cette dualité, ce double visage du culte de la famille. Chacun donne sa force à l'autre et devient, étrangement, sa raison d'être. On se demande pourquoi on ne les confond jamais. Pourquoi ces gens-là n'aperçoivent jamais le visage de leur propre femme ou de leurs propres enfants dans le regard de ceux qu'ils soumettent à la torture. Pourquoi ceci semble impuissant à arrêter la main qui brutalise ou...

Il haussa les épaules, but une gorgée de bière avant de continuer :

— C'est là toute l'ironie de la nature humaine, n'est-ce pas ? Peut-être faut-il y voir quelque chose de typiquement colombien... mais les Colombiens ne sont certainement pas les seuls à manquer d'imagination en matière de morale. Tano n'est pas colombien, mais c'est tout de même dans ce pays qu'il a appris ses méthodes.

L'une des jeunes Indiennes s'approcha sans bruit pour voir s'ils avaient besoin d'une autre bière. À peine était-elle repartie avec leurs bouteilles vides que l'autre leur en apportait de nouvelles, bien fraîches, une tranche de citron collée au verre humide de condensation.

– C'est dans cet environnement que Tano Luquín s'est perfectionné dans l'art du kidnapping, reprit Burden, et que, surpassant ses maîtres, il est devenu lui-même un champion dans ce domaine.

Il prit son temps pour presser un citron au-dessus de sa bière, comme s'il ne se décidait pas à raconter l'histoire promise au sujet de Luquín.

– L'homme qu'on voulait punir – il s'appelait Artemio Ospina – avait trois enfants, commença-t-il, avec un regard vers la jeune fille qui quittait la pièce. L'aînée était âgée de douze ans. C'était sa seule fille et Artemio l'adorait. (Il secoua la tête.) Artemio fut enlevé en pleine rue et on l'amena dans sa propre maison. Là, sa fille et lui furent forcés de regarder pendant que sa femme et ses deux autres enfants étaient... écartelés... Leurs membres arrachés furent... mêlés, réassemblés pour former de nouveaux corps, des créatures surréalistes semblables aux poupées d'Hans Bellmer.

Il se tut quelques secondes.

– J'y suis allé après. J'ai vu cela. (Il pointa deux doigts vers ses propres yeux.) Je l'ai vu de mes yeux vu. Incroyable.

Nouveau silence.

– À vrai dire, on n'en voit jamais la fin. L'esprit humain, dans sa bestialité, ne connaît pas de limites. On n'en voit jamais la fin. Il y a toujours quelque chose d'encore plus inimaginable qui vous attend et qui finit par vous rattraper. Ce n'est qu'une question de temps.

« Le soir même, Artemio fut relâché. On le laissait vivre, comme il le pouvait, avec ces images d'épouvante. Mais Tano n'en avait pas fini avec lui.

Ils avaient achevé leur repas mais ils restaient assis devant leurs bières qu'ils buvaient à petites gorgées. Burden regarda vers la cuisine.

— Allons-y, dit-il en se levant avec son verre.

Titus le suivit dans l'escalier de pierre, puis autour de la galerie jusqu'au vaste bureau. Ils s'assirent à l'endroit où ils avaient discuté à la fin de l'après-midi, et Burden reprit son récit.

— Ce même soir, on enlevait la fille d'Artemio. Mais Tano s'arrangea pour qu'il continue à la voir. Tous les deux ou trois mois, on allait le chercher, où qu'il se trouve, et on le forçait à regarder des photographies de sa fille adorée dans les situations les plus dégradantes. On l'avait jetée sur le marché de la pédophilie.

« Ce qu'on voyait sur ces clichés était d'une brutalité indicible. On a peine à l'imaginer. L'âme de la fillette pourrissait littéralement sous les yeux de son père.

« Ceci aurait pu durer longtemps, mais au bout d'une année Artemio se détruisit. Je me demande encore comment il avait fait pour tenir aussi longtemps.

Titus se taisait, horrifié. Le pépiement vif et léger des canaris montait vers eux depuis le jardin, porté par l'air du soir.

— Mon Dieu, mais qu'avait-il fait ? demanda Titus.

Quelque chose d'épouvantable, forcément, pour avoir entraîné une telle punition – comme l'appelait Burden.

— Artemio était l'un de mes agents, répondit Burden. Un homme parmi d'autres, un officier du renseignement. Un type extraordinaire. Ceci n'est pas contradictoire.

Les individus ordinaires sont capables d'héroïsme. Il n'y a rien de transcendant là-dedans.

Burden se tut. Il fit mine de reprendre, puis se ravisa.

– Et Luquín n'a jamais su de façon certaine qu'Artemio travaillait pour moi, dit-il après un long silence. Ce n'était qu'un soupçon. Artemio n'a pas avoué.

– Même pas pour sauver les siens ?

– Sauver les siens ? Il n'en a jamais été question. Ce n'est pas ainsi que Luquín opère. Pour lui, le soupçon suffit à faire de vous un coupable. Vous êtes d'avance jugé et condamné. Artemio le savait. Avouer ? Surtout pas ! Cela n'aurait rien changé. La vérité était la seule chose qu'Artemio possédait encore et que Luquín ne pouvait pas avoir, et même au plus profond de l'horreur, de la misère et de la souffrance, Artemio s'est accroché à cet ultime lambeau de dignité. Luquín n'a pas pu le lui arracher.

Titus était sans voix. Chacune des images que le récit de Burden faisait surgir donnait plus de réalité à la bestialité de Luquín.

– Si je vous raconte tout ça, dit Burden en prenant l'un des nombreux portraits de femmes posés sur son bureau, c'est pour vous aider à comprendre ce qui vous arrive.

Il regarda le portrait un instant avant de le reposer et de lever les yeux vers Titus.

– Votre calvaire a commencé. Ce n'est pas le moment d'être indécis. Ce n'est pas le moment de vous tromper vous-même en vous imaginant que vous pourrez échapper à ce qui va vous arriver en négociant avec cet homme.

Titus sentit son estomac se contracter. C'était la deuxième fois que Burden employait le mot de calvaire.

– Écoutez, dit-il, exaspéré par la peur et la colère qui s'étaient emparées de lui et l'empêchaient de réfléchir

clairement. Je ne souhaite la mort de personne, mais...
Vous me dites : Ne faites pas l'erreur de croire que vous
pourriez négocier avec cet homme. Bon, d'accord, mais
que faire d'autre ?

Burden, qui s'était laissé aller contre le dossier de son
fauteuil, se redressa graduellement en entendant ces
mots et Titus vit une expression nouvelle se peindre sur
ses traits – une réaction subtile mais manifeste, sans rapport avec le calme et la sérénité qui semblaient jusque-
là le caractériser.

– La première question qui se pose, dit-il, c'est faut-
il ou non prévenir le FBI au risque d'en subir les conséquences si Luquín s'en aperçoit ? (Il se tut quelques
secondes.) Or, je vous le dis, il le saura. Il est tout simplement impossible qu'il ne le sache pas. Alors, deman-
dez-vous : combien de personnes suis-je prêt à le laisser
tuer avant d'accepter tout ça ?

Le regard qu'il posait sur Titus était aussi impitoyable
que la question.

– Il faut que vous le sachiez, Titus...

L'emploi de son prénom eut sur Titus un effet aussi
brutal que bouleversant. Ils étaient ensemble, soudain,
comme deux hommes soudés par les liens du sang et
d'un idéal commun.

– Une ou deux personnes sont déjà mortes. Pas vraiment, encore, mais c'est tout comme. Il va falloir qu'il les
tue pour s'assurer que vous avez bien reçu son message.
Il sait que tant que vous n'aurez pas subi ce choc, vous ne
comprendrez pas vraiment à qui vous avez affaire.

– C'est inimaginable ! s'écria Titus en se laissant
retomber en arrière sur le canapé. C'est insensé !

Burden le regarda comme s'il tentait de voir en lui
quelque chose qui ne lui était pas encore apparu. On
avait presque l'impression qu'il cherchait à deviner si
Titus lui-même était digne de confiance.

– Vous commettriez une erreur, Titus, si vous pensiez que c'est une affaire entre Luquín et vous. Pour le moment c'est vous qui êtes dans le viseur, puisque Luquín l'a arrêté sur vous. Mais le tableau d'ensemble comporte bien plus de choses que vous n'en pouvez apercevoir de votre point de vue. Vous n'êtes qu'un détail parmi beaucoup d'autres, même si vous êtes momentanément un détail d'une grande importance.

Burden se laissa de nouveau aller contre le dossier de son fauteuil mais ne reprit pas la position alanguie qui était la sienne un instant auparavant.

– Dans l'heure qui vient, nous aurons à prendre un certain nombre de décisions, dit-il. Je vous crois bon et honnête, Titus. Je crois que vous serez honnête avec moi.

Burden attendit, tandis que son regard revenait à une expression plus neutre et que les rides qui l'entouraient se faisaient plus profondes.

– Il faut tout de même que je vous dise, reprit-il, comment s'est terminée l'histoire de cette petite fille. (Il marqua une pause à nouveau, le regard vague, fixé sur quelque partie invisible de la pièce.) J'ai fini par la retrouver, après quelques années. Enfin, j'ai retrouvé sa tombe. Elle ne... datait... que de trois semaines. À peine trois semaines. Je... (Son regard revint se poser sur Titus.) Je l'ai fait exhumer. Je tenais à la voir... de mes propres yeux. Il fallait que je sache, sans le moindre doute, que cette vie de tortures était bien finie pour elle.

Il fit un effort pour avaler sa salive. Il regardait toujours Titus, mais ne le voyait pas.

– Mais elle avait tant souffert... Ça vous change physiquement un être. Je suis tout de même certain, ou presque, qu'il s'agissait bien d'elle.

13

La propriété de Charlie Thrush se trouvait à une quinzaine de kilomètres au sud-ouest de Fredericksburg. Sa maison, bâtie en pierre du pays, se dressait à peu près au centre d'une petite vallée où couraient au printemps de nombreux ruisseaux alimentés par des sources, et que tapissait une épaisse forêt de chênes et de noisetiers. Tout au fond, des sycomores bordaient la rivière.

Charlie n'était pas un *rancher* mais il avait toujours rêvé de l'être, et depuis quelques années qu'il s'était installé avec Louise dans leur nouvelle maison, il s'était fait sans peine à cette vie.

Cet après-midi-là, Charlie devait régler un problème assez simple. Bien que mort depuis quatre ans, un sycomore était toujours debout près de son bureau, un petit bâtiment de trois pièces construit à une vingtaine de mètres de la maison. Charlie se promettait chaque année de l'abattre et cette silhouette squelettique avait fini par paraître symbolique, tel un rappel obstiné de ses atermoiements. S'étant enfin résolu à inscrire le sycomore sur sa liste des « choses à faire » pendant le mois en cours, il avait décidé de consacrer la journée à cette tâche.

Il avait l'intention de s'y attaquer avant les heures chaudes, mais il s'était laissé entraîner vers le verger de pêchers, et quand il se rappela que le sycomore l'attendait, il se rendit compte que la matinée touchait à sa fin et qu'il ne s'en occuperait qu'après le déjeuner.

Ce fut donc en début d'après-midi, au plus fort de la chaleur, sous un soleil vertical, que Charlie se rendit à l'appentis où il entreposait ses outils, accompagné de deux Mexicains qui étaient venus quelques jours auparavant lui demander du travail. Ils avaient entendu dire que Charlie défrichait le terrain autour d'une source à plusieurs centaines de mètres de la maison. Charlie avait mis les deux hommes au travail et leur avait offert de dormir dans une cabane proche de la source. Mais en fait, ils s'étaient avérés de piètres ouvriers et il avait décidé de les renvoyer. Il leur avait tout de même demandé la veille de venir l'aider à abattre le vieux sycomore. Il leur donnerait congé le lendemain.

Les deux hommes portant l'échelle de cinq mètres et Charlie traînant sa tronçonneuse, ils se mirent en route vers le vieux tronc. Les Mexicains dressèrent l'échelle aussi haut que possible et l'appuyèrent au sycomore en la calant à la fourche de l'une des plus grosses branches. Pendant ce temps, Charlie s'assurait du bon fonctionnement de la tronçonneuse et fixait le harnais qu'il avait confectionné pour la porter lorsqu'il travaillait seul dans les arbres.

Comme il était parfois très fatigant de se servir d'une tronçonneuse tout en étant juché sur une échelle, il avait réglé la longueur du harnais pour pouvoir l'arrêter et garder les mains libres en la laissant pendre quand il lui fallait se repositionner et caler son pied avant d'attaquer une nouvelle branche. Il travaillait lentement, mais ce n'était pas si mal pour un homme de son âge.

Il grimpa à l'échelle, assura sa position et mit la tronçonneuse en marche. Il tourna plusieurs fois la petite commande d'arrivée d'essence jusqu'à ce que le moteur tourne à son rythme, et se mit à couper, en tendant les bras pour commencer par les branches les plus hautes pendant qu'il avait encore toute son énergie et que ses muscles n'étaient pas ankylosés.

Au fur et à mesure que les branches tombaient au pied

de l'arbre, les Mexicains les tiraient pour les empiler sur le côté. Le travail allait vite, étant donné que les branches étaient nues, et Charlie s'apprêtait à changer l'échelle de place quand il se passa quelque chose d'imprévu.

À l'instant où il allait arrêter la tronçonneuse, la manette d'arrivée d'essence sauta et le moteur s'emballa avec un hurlement strident. Charlie, les cuisses pressées contre l'échelle pour éviter de tomber en arrière, tendit la main vers le bouton d'arrêt de sécurité, mais celui-ci ne répondait plus. Il s'enfonçait et reprenait sa position sans couper le moteur.

Dans le hurlement continu de l'engin, Charlie poussa de l'avant-bras la commande du frein, mais la machine continua à tourner. Les boulons de fixation du frein étaient dévissés.

C'est alors que Charlie sentit l'échelle bouger.

Il regarda en bas et vit que les deux Mexicains avaient noué une corde à un montant de l'échelle et se tenaient à quelques mètres en arrière. L'un d'eux tirait lentement l'échelle à lui. C'était comme de voir un oiseau voler en marche en arrière ou un coyote s'élever au ciel. C'était tout simplement absurde.

Il se mit à crier :

— Qu'est-ce que vous faites, bon Dieu ? Qu'est-ce que... Eh !

La tronçonneuse hurlante tenue d'une main, il comprit en un éclair l'horreur de sa situation.

S'il lâchait la machine pour se retenir à l'arbre des deux mains, celle-ci allait se balancer à l'extrémité du harnais et avait toutes les chances de lui couper la jambe...

S'il s'accrochait à l'arbre d'une seule main en retenant la machine de l'autre, ses forces seraient vite épuisées, il serait obligé de lâcher prise et, de cette hauteur, risquait fort de tomber sur la lame...

S'il parvenait à grimper d'un échelon supplémentaire pour poser la tronçonneuse sur la branche la plus proche avant qu'on retire complètement l'échelle sous lui, il pourrait défaire la boucle du harnais et la laisser tomber...

Il leva le pied, alors qu'il sentait l'échelle se dérober et partir sur le côté. La machine hurlante resta une fraction de seconde en équilibre sur la branche avant de basculer de l'autre côté, tandis que l'échelle s'écartait brutalement.

Une série de mouvements fluides s'enchaînèrent. On dit qu'à l'instant de la mort le sens de l'ouïe est le dernier à s'éteindre. Fut-ce le cas pour Charlie ? La lame dentée s'enfonça en lui avec brutalité et une stupéfiante absence de douleur. Emportée par sa force de torsion, elle l'éventra et lui déchiqueta les entrailles avec une violence frénétique, le laissant telle une carcasse de cerf qu'on suspend à un arbre pour la dépecer.

Il sentit l'odeur de l'huile et de l'essence rejetées par le moteur surchauffé.

Ce fut très vite la perte de toute sensation et il ne sut pas à quel moment il avait lâché la branche. Il sut que son corps n'en finissait plus de tournoyer, aux prises avec la machine enragée qui s'acharnait sur lui. Il sut qu'il tombait. Il entendit le bruit mou de sa chair sous les morsures de la lame.

Il lui sembla qu'un bras se détachait, arraché par la bête.

Il vit l'éclat du soleil et le sol et les Mexicains qui observaient en levant la tête, l'air intéressé mais pas surpris. Il vit les arbres et la forêt et le soleil et même de sombres éclaboussures dans l'air.

Quelque part au niveau de sa taille quelque chose céda, se détacha et tomba.

Le hurlement était méchant et assourdissant. Ses poumons lui jaillirent de la bouche. Sa vue se brouilla. Ce n'était pas si terrible ; le hurlement faiblissait lui aussi, et bien que privé de toute sensation, il savait qu'il se balançait.

14

La femme brune qui travaillait dans la salle des archives de Burden apporta deux épais classeurs contenant le dossier de Cayetano Luquín. Burden fit de la place sur la grande table ronde et repartit avec la femme, laissant Titus avec les classeurs.

Le dossier se présentait sous la forme d'une biographie complète, illustrée de photographies. Il y avait un index très détaillé comportant de nombreuses références à d'autres documents répertoriés dans les archives de Burden ou renvoyant aux archives de diverses institutions judiciaires ou policières aux États-Unis et à l'étranger. Titus s'étonna de la minutie avec laquelle étaient consignés dans le dossier une foule de détails allant jusqu'à la taille des vêtements portés par Luquín, ses habitudes alimentaires, ses préférences en matière de location de films, ses antécédents médicaux... Il fut surpris, aussi, par la place qu'y prenait l'exposé de son profil psychologique.

En lisant une note en bas de page, Titus tomba sur une référence à un article de García Prieto Burden, chargé de cours au Centre d'études sur le terrorisme et la violence politique de l'université de Saint Andrews, Saint Andrews, Écosse.

Les quatre kidnappings de Rio de Janeiro y étaient relatés de façon plus détaillée que dans le récit fait par Burden à Titus, mais il y avait aussi des références à des rapports encore plus informés. Chacun des mots qui faisaient l'objet d'un renvoi et correspondaient à un document dans un autre dossier était imprimé dans un caractère spécial. Bien que le dossier paraisse complet et bourré de renseignements, Titus comprit qu'il y avait une quantité d'informations auxquelles il n'avait pas accès.

Comme s'il l'avait deviné, Burden entra dans le bureau au moment où Titus achevait sa lecture. Sa silhouette se détachait en contre-jour dans l'embrasure de la porte ouverte sur la cour intérieure et Titus ne voyait pas son visage.

— Qu'en pensez-vous ? lui demanda Burden.

Ce que Titus venait d'apprendre était si épouvantable que la tête lui tournait presque, et qu'il lui avait semblé lire un ouvrage de fiction. Le dossier, s'ajoutant au récit des crimes de Turquin que Burden lui avait déjà fait, l'emplissait de terreur. L'homme lui apparaissait comme une maladie particulièrement virulente qui, par une sorte de perversité biologique, se serait désormais attaquée à lui, Titus, à sa famille et à ses amis.

Mais Titus s'était efforcé de lire entre les lignes et il en avait retiré le sentiment que les omissions bizarres relevées dans le dossier désignaient Luquín comme une menace dont la gravité dépassait de très loin les extorsions de fonds et les kidnappings, même si les sommes sur lesquelles portaient ces affaires se chiffraient en millions de dollars. Il lui apparaissait maintenant que les sinistres exploits de ce personnage embrassaient plusieurs continents. Burden y avait fait quelques allusions, mais Titus comprenait, après cette lecture, qu'il n'obtiendrait rien de plus de son hôte concernant cette autre dimension du problème.

— C'est terrifiant, répondit Titus. Voilà ce que j'en pense. (Il respira à pleins poumons pour tenter de se décrisper sans quitter des yeux la silhouette de Burden immobile sur le seuil de la pièce.) Mais... aidez-moi à comprendre ceci... imaginons que Luquín commence à tuer des gens... Il me menace d'un véritable massacre, n'est-ce pas ? Il pourrait peut-être s'y livrer impunément en Colombie, mais pas aux États-Unis ? Comment serait-ce possible ?

Burden le regarda sans répondre. Il resta silencieux, attendant que Titus réfléchisse et se rappelle ce qu'il lui avait dit. C'était possible, bien sûr, puisque c'était déjà arrivé. À Austin, États-Unis. Et mon Dieu, si on avait appris quelque chose d'un passé récent, c'était justement que tout, n'importe où, pouvait arriver. La mort, même sous ses formes les plus horribles, se moquait bien des accidents de la géographie ou de la nationalité.

Accablé par le silence de Burden et par l'écho de sa propre naïveté, Titus enfouit sa tête dans ses mains, puis la releva quelques secondes après.

— D'accord, c'était idiot, dit-il. Expliquez-moi tout de même comment il fera pour mettre ses menaces à exécution tout en maintenant la discrétion et le silence qu'il exige. C'est incompatible !

La silhouette de Burden, les mains dans les poches, une épaule légèrement décalée vers l'avant, quitta le seuil de la porte pour la pénombre qui régnait devant les étagères chargées de livres. Faute d'un éclairage suffisant, Titus ne le voyait pas bien. Dehors, le jour baissait. C'était la fin de l'après-midi.

— Voyez ce qui se passe, dit Burden. Il ne fera pas à

Austin ce qu'il a fait en Colombie ou au Brésil. Il n'est pas bête.

« Revenons à l'affaire de Rio. À chacune de ses opérations, Tano a appris certaines choses qu'il fallait faire ou ne pas faire la fois suivante. Première affaire : il comprend que l'intervention de la brigade antikidnapping ne fait que lui rendre les choses plus difficiles et moins lucratives.

« Deuxième affaire : il l'évite en prenant contact avec la famille plutôt qu'avec l'entreprise. Mais il est encore obligé de faire pression sur la famille pour qu'elle fasse pression sur l'entreprise. Travailler avec deux entités séparées reste une source de difficultés.

« Troisième affaire : cette fois, Luquín s'assure que la victime et sa famille sont des actionnaires majoritaires de l'entreprise. Ils auront plus de pouvoir pour amener celle-ci à payer, et à payer plus que ne le ferait une entreprise lambda. Les exigences, toutefois, sont toujours adressées à la famille, pas à l'entreprise. Il y a un accroc, et il va falloir qu'il enlève un proche parent de l'otage pour que la famille se décide à prélever la rançon sur l'entreprise et qu'il obtienne son argent.

« Quatrième affaire : cette fois, la victime est encore le plus gros actionnaire de l'entreprise. Mais l'affaire est rendue publique, et l'un des dirigeants, membre du conseil d'administration, obtient l'intervention de la police. Il s'ensuit un tas de complications pour Tano. Il lui faut à nouveau menacer l'existence d'un certain nombre de responsables de l'entreprise pour leur forcer la main.

Burden fit quelques pas en longeant les rayonnages pour s'arrêter à côté du portrait de la femme au singe.

– Cinquième affaire : vous. Qu'a-t-il appris de nouveau ? À éviter tous ceux qui le gênaient. Pas de brigade antikidnapping ni de police. Pas d'intermédiaire entre l'entreprise et la famille. Une entreprise prospère mais pas assez importante pour être cotée en Bourse et dotée d'un conseil d'administration auquel on doit rendre des comptes. Et, encore plus ingénieux, pas de délit. Vous allez acheter des sociétés étrangères. Sans tapage. Tout se fera en silence – et dans une apparente légalité.

Burden se tut, fit encore quelques pas en direction de Titus.

– Sans tapage, répéta-t-il. Qu'en dites-vous, Titus ? Vous pensiez qu'il allait se risquer à commettre une série de meurtres retentissants à Austin, USA ? Rappelez-vous ce qu'il vous a dit : qu'une fois que tout ceci serait terminé, personne ne pourrait se douter que le moindre délit a été commis. Faites un effort d'imagination.

Traversant la pièce, il vint se placer face à Titus, de l'autre côté de la table ronde. Il mit la main, tout en réfléchissant, sur le stylo à plume posé à la pliure d'un livre.

– Essayez d'imaginer ceci, Titus. Supposons qu'après réflexion, vous décidiez qu'il est préférable de ne pas travailler avec moi sur cette affaire. Vous allez trouver les agents du FBI. Luquín l'apprend aussitôt et disparaît. Vous racontez tout au FBI, mais à vrai dire, vous n'avez aucune preuve de ce qui s'est déjà passé. Seulement deux cadavres de chiens. Nous avons déjà retiré les micros. Les fiches concernant Luquín sont éparpillées en divers endroits et on a cessé de le surveiller depuis une dizaine d'années – il n'apparaît plus sur l'écran radar. On trouve votre histoire intéressante et aussi, franchement, un peu bizarre. Mais tout est réglé, vous avez évité une grosse perte d'argent et vous avez sauvé plusieurs vies humaines.

« Six mois plus tard, l'un de vos proches meurt de façon inattendue. Un accident de la route. Ou un accident de chasse. Ou une crise cardiaque. Et vous recevez un message sur votre ordinateur : "Salut, Titus. Je t'avais dit de ne pas prévenir le FBI. Tu aurais dû m'écouter." Vous retournez voir les agents du FBI pour leur dire ce qui vient de se passer. Ils vous écoutent. Comme vous êtes une personne respectable, ils vous prennent au sérieux. Mais ils ne peuvent rien faire, vraiment, pour prouver que cet accident était en réalité un meurtre commis par un sale type venu du Brésil.

« Le temps passe. L'épouse de l'un de vos amis se noie en faisant des longueurs dans sa piscine. Nouveau message. "Salut, Titus. C'est encore moi. Tu aurais mieux fait de m'écouter !"

« Cinq mois plus tard, la fille d'un autre ami, une adolescente, meurt d'une overdose à Boca Raton, à l'autre bout du continent. "Salut, Titus..."

Burden fit glisser le stylo de quelques centimètres dans la pliure du livre.

— Vous voyez mieux maintenant comment les choses peuvent se passer ? Vous alertez chaque fois le FBI. Mais Luquín, voyez-vous, ne s'en prendra pas toujours à vos plus proches amis. Ces meurtres seront commis en des lieux différents sur des parents éloignés ou des employés de votre compagnie. À six mois d'intervalle. Ou un an. Pouvez-vous imaginer combien de personnes devront mourir avant que les agents du FBI établissent un lien et croient à la réalité d'un tel scénario ? Si tant est qu'ils y parviennent jamais ?

« De quoi aurez-vous l'air, à la longue, chaque fois que vous reviendrez vers eux en disant : Je vous en prie ! Il faut me croire ! Cet accident de tracteur dans l'Iowa était un meurtre ! C'est encore ce type du Brésil qui cherche à m'extorquer soixante-quatre millions de dollars... Et Luquín aura effacé toute trace de ses messages, il sera impossible de remonter à la source. Ce sera sans fin.

« Tano Luquín n'est pas un idéologue, continua Burden. Les rêves et les idéaux de la politique lui sont étrangers. Il en ignore tout et s'en moque éperdument. C'est un criminel ordinaire. Cupide. Violent. Égoïste. Un individu comme on en trouve à toutes les générations et dans toutes les cultures. Un prédateur. Vous possédez quelque chose, il le veut, il vient le prendre.

« Mais ce qui est nouveau, de nos jours, c'est que les hommes comme Luquín, intelligents comme lui, emploient des moyens technologiques puissants. Pour anticiper leurs agissements, il faut être capable d'imaginer au-delà de ce qu'on savait possible, de se projeter dans l'incroyable. Je vous assure que c'est vrai. Luquín est riche. Il a des méthodes sophistiquées, comme les ressources dont il dispose. Son imagination et ses appétits sont sans limites.

La démonstration de Burden était implacable et faisait froid dans le dos.

– Bon, dit Titus. Mais je veux savoir ceci : êtes-vous capable de l'arrêter ? De sauver des vies humaines ?

Burden ne répondit pas tout de suite et, de seconde en seconde, Titus sentait ses espoirs diminuer et son moral faiblir.

– Je crois pouvoir l'arrêter, dit enfin Burden. Et sauver des vies humaines. Mais je ne les sauverai pas toutes. Je vous l'ai dit. Il ne faut pas oublier, continua-t-il, après un court silence, que l'ego de Tano Luquín est des plus susceptibles et qu'il a une haute idée de lui-même. Il vous a prévenu. Désobéir, ne pas se plier à ses exigences, c'est lui manquer de respect. Il vous le fera payer. Et vous fera savoir pourquoi vous payez.

Titus se sentait pris au piège.

– Je pourrais aussi lui donner son argent. Et en finir tout de suite.

– Oui, vous le pourriez, acquiesça Burden. Et ce serait peut-être le moyen d'en finir. Mais on aurait ainsi l'assurance que Luquín continuerait à faire ce qu'il fait, avec un pouvoir renforcé ; que d'autres, après vous, subiraient ce que vous avez subi, et que votre argent servirait à financer leur calvaire. Je ne sais pas ce que vous en pensez, mais moi, je ne voudrais pas avoir ça sur la conscience.

Titus respirait avec difficulté.

Il regarda vers les fenêtres et la porte ouvertes. Il se sentait détaché soudain, étranger à l'existence qui avait été la sienne jusque-là. À la dérive. La lumière, les sons qui lui parvenaient du dehors lui étaient étrangers. La langue lui était étrangère. Les odeurs appartenaient à d'autres que lui, et le rythme de vie à une autre culture. Tout se liguait pour ajouter à son incertitude.

Il n'y avait pas, cependant, que de l'incertitude. Il y avait aussi la colère, qui se transformait peu à peu en une féroce détermination à se battre, à rendre les coups. D'une manière ou d'une autre. Mais pas au prix d'autres vies humaines. Ni même d'une seule. Burden avait sans doute raison de dire que, s'il alertait le FBI, Luquín le saurait tôt ou tard. Et il y avait son autre prédiction : quelqu'un allait mourir, de toute façon, pour permettre à Luquín d'établir son autorité.

Il leva les yeux sur Burden qui le fixait par-dessus la table, si près en fait qu'il aurait pu le toucher. Les traits de son hôte portaient les traces de mille combats secrets. Quelle qu'ait été sa vie, elle resterait un mystère pour quiconque tenterait de déchiffrer ce visage. Elle l'avait sculpté, avait creusé autour des yeux ses rides de chagrin.

Tout ce que cet homme savait, il l'avait payé au prix fort. Titus ne pouvait l'ignorer.

Et il y avait les paroles de Gil Norlin : Si vous suivez les conseils de cet homme, vous n'aurez plus à vous demander si vous avez raison de faire ce que vous faites. Vous pouvez croire ce qu'il vous dit.

Titus prit une profonde inspiration.

— D'accord, dit-il. Faisons ce qu'il y a à faire. Le plus vite possible.

15

— Les individus comme Tano Luquín ont su tirer parti intelligemment des effets du terrorisme sur la sécurité intérieure aux États-Unis, dit Mattie Selway.

C'était la femme brune que Titus avait vue plus tôt dans la salle des archives de Burden. Elle les avait rejoints dans le bureau, en apportant un classeur noir qu'elle gardait sur ses genoux et feuilletait de temps à autre en prenant des notes. Elle poursuivit :

— Ils ont compris que, dans un avenir proche en tout cas, la réaction à cette menace d'un genre nouveau allait se traduire par un renforcement des pouvoirs de la police, des services de renseignements et de tout ce qui concourait à la sécurité intérieure. La nécessité de s'armer contre une crise de cette nature engendre un rétrécissement du champ visuel chez le citoyen de base — comme si on lui mettait des œillères. Les gens veulent qu'on règle ce problème, qu'on les en débarrasse. L'État veut les satisfaire. Luquín savait qu'aux États-Unis, désormais, tous les regards seraient braqués sur la lutte contre le terrorisme international, que tous les efforts et tous les crédits lui seraient consacrés. C'est ce qu'on a vu à travers le redéploiement des forces au profit du FBI, avec l'affectation à la lutte antiterroriste d'une foule d'agents chargés jusqu'ici de la lutte antidrogue, de la répression de la violence criminelle ou de la délinquance en col blanc.

Le soleil était passé derrière les deux grands arbres – un frêne et un eucalyptus – qui se dressaient au-dessus de la maison, et plongeait à l'ouest sur la Sierra de Morenos. Ils baignaient dans une étrange lumière crépusculaire que Titus commençait à associer à Burden lui-même.

– Plusieurs choses semblent particulièrement intéressantes pour nous, continua-t-elle. Premièrement, le montant de la rançon, bien sûr. Il reflète sans doute la confiance qu'il a dans son propre plan. Deuxièmement, la façon dont il veut être payé. C'est malin. Ça devrait marcher. Quand vous aurez effectué vos investissements, l'argent s'évaporera comme un brouillard matinal. Il ne sera plus là, tout simplement, perdu dans un insondable vide électronique. Et troisièmement, le fait que Luquín en personne ait franchi la frontière pour ça.

– Je crois que c'est ce dernier fait qui peut nous aider, dit Burden. (Il ne cessait d'aller et venir dans la pénombre.) Mattie pense que nous devons surveiller les opérations financières inhabituelles et il y a quelques réglages à effectuer pour nous y préparer. J'ai appelé Herrin chez vous il y a une heure. Il m'a dit qu'ils avaient trouvé des micros dans toute la maison. (Il s'interrompit et regarda Titus.) Et il faut maintenant faire rentrer votre femme d'Europe.

Titus ouvrit la bouche pour répondre, mais la femme de type indien apparut sur le seuil de la porte toujours ouverte.

— García, dit-elle, on a un message de Luquín sur l'ordinateur de M. Cain.

Ils se rassemblèrent dans la pièce voisine, autour de l'ordinateur posé sur l'un des bureaux, pour lire l'incroyable message.

Vous trouverez ci-après la liste des entreprises dans lesquelles vous souhaitez investir, et/ou prendre des participations. Je vous invite, dans une première phase, à engager immédiatement 15 % des 64 millions que vous avez l'intention de consacrer à cette affaire. Veuillez effectuer l'opération dans les 48 heures après réception de ce message.

Vous effectuerez dans les 72 heures qui suivront une nouvelle série d'investissements et de transferts correspondant à 32 % de la somme restante.

La Société Marcello Cavatino Inversiones, à Buenos Aires, se fera un plaisir de vous assister pour toutes les démarches nécessaires à ces transactions.

Suivait une liste de sociétés et de fonds humanitaires. Il y en avait un au Brésil, deux autres au Liban, un à St. Kitts, deux à Monaco. Titus, bouche bée, fixait l'écran par-dessus l'épaule de l'Indienne.

— Bonnie, essaie de les trouver, dit Burden à la jeune Asiatique qui portait maintenant un jean et un *huipil* brodé de motifs mexicains.

Elle se mit aussitôt au travail sur un autre ordinateur.

Titus s'assit en silence, sans quitter l'écran des yeux. Il était sonné. Combien de chocs comme celui-ci devrait-il encore encaisser ? Il savait qu'un message de Luquín lui parviendrait tôt ou tard, mais il ne s'attendait pas à ceci.

— Qu'y a-t-il ? demanda Burden. Un problème de liquidités ?

Titus était perdu dans ses pensées. L'argent. Seigneur. Il aurait dû inscrire cette somme sur une feuille et la regarder. Mais tout semblait si irréel, depuis le début, qu'il n'avait pas encore réfléchi à ce que représentait pour lui la perte de soixante-quatre millions. Le quart de la valeur estimée de CaiText. Les chiffres, sur l'écran, devenaient réels, et accablants.

– C'est près de dix millions de dollars en deux jours, dit Burden, et près de vingt et un millions trois jours plus tard.

– Oui. Les dix millions, je peux en disposer. Pour les vingt et un suivants... il faut que je m'y mette.

– Bon. Il va falloir faire vite, dit Burden en jetant un coup d'œil à sa montre. Il est trois heures et demie.

Mattie se tourna vers Titus.

– Pour Luquín, c'est beaucoup plus facile que du blanchiment d'argent sale, dit-elle. Quand on blanchit, on essaie de cacher l'origine des fonds. Dans votre cas, pas de problème, Luquín veut simplement cacher leur destination. Une fois que Cavatino aura dispersé votre argent entre les sept entreprises dont il donne la liste, ce sera sans doute la dernière fois que nous en verrons une trace. De là, il disparaîtra sous une avalanche d'opérations commerciales.

– García, dit Bonnie, assise devant son ordinateur. Voici les sociétés. Elles arrivent toutes. Non, attends, il en manque une, celle de Monaco. Toutes ont moins d'un an d'existence. Marcello Cavatino Inversiones est la plus ancienne – trois ans.

– Bien. Continue tes recherches là-dessus.

Mais Burden n'avait pas bougé et continuait à observer l'écran avec Mattie et la jeune Indienne, comme s'ils s'étaient attendus à y voir un autre message. Le plus grand silence régnait dans la pièce, uniquement troublé par le bruit léger que faisait Bonnie en pianotant sur son clavier.

Le *bip* signalant l'arrivée d'un nouveau message résonna comme un coup de feu.

– Et voilà, murmura la jeune Indienne, tandis qu'une courte phrase apparaissait sur l'écran.

Charlie Thrush a payé pour votre stupidité. Vous n'auriez pas dû toucher au système de surveillance.

Titus resta une éternité sans faire un geste, pétrifié, derrière la jeune femme. Et il lui fallut encore un moment – il n'avait plus la notion du temps – pour articuler les deux seuls mots qui lui venaient à l'esprit :

– Charlie Thrush ?

– Où Thrush habitait-il ? demanda Burden.

Cette phrase au passé fut pour Titus comme un direct à l'estomac. Il avait, soudain, la bouche sèche.

– Dans un ranch, à l'ouest d'Austin.

– Où ? Exactement ?

– Fredericksburg. Ce n'est pas loin de la ville.

Titus se sentit près de vomir.

– Rosha, dit Burden, et la jeune Indienne, se propulsant vers un autre ordinateur sur son fauteuil à roulettes, se mit à taper à toute vitesse sur le clavier.

Titus revit Charlie en train de lui parler, son grand corps dégingandé affalé dans un fauteuil, ses longs doigts frappant les touches comme s'il jouait du piano, la tête à demi tournée vers lui pour expliquer la théorie du calcul et les équations de mécanique quantique qui défilaient à l'écran. Il le vit, la tête penchée sur un livre sous un petit halo de lumière dans une pièce obscure. Il le revit tendant à Rita un panier de pêches cueillies dans son verger et disant, avec un sourire moqueur, que Titus n'était pas capable d'obtenir des fruits aussi sucrés.

– Voilà, dit Rosha, en lisant. Peu après trois heures de l'après-midi, le bureau du shérif du comté de Gillespie a reçu un appel en provenance du ranch Thrush à Schumann Creek.

Titus avait l'impression étrange d'être ailleurs. Il sentit qu'une main se posait sur son épaule et, contre ses mollets, le siège qu'on approchait pour lui. Il s'assit. Entendit les touches qui cliquetaient, cliquetaient sur le clavier de l'ordinateur. Il était sans force, tremblant. Il les entendait discuter comme s'il s'était trouvé dans une pièce voisine. Il ne regardait ni ne voyait rien. Il n'avait même plus conscience de lui-même.

– Voilà, répéta Rosha. Complexe funéraire Speer. Admission du corps de Charles Thrush, il y a une heure. Cause du décès : accident à son domicile.

Il y eut un silence embarrassé dans la pièce. Ils ne connaissaient pas cet homme. Ils ne connaissaient même pas Titus. Qu'attendait-il d'eux ? Qu'ils pleurent ? La mort de Charlie était pour eux quelque chose d'aussi lointain qu'un bulletin météorologique aux Açores.

Ce fut Burden qui rompit le silence d'une voix à la fois douce et tendue :

– Vous voyez comment ça se passe ?

Titus sentit qu'il avait le visage en feu. Il était en proie à des émotions indescriptibles, emporté par un tourbillon de craintes, de colère et de panique. Sa responsabilité dans la mort de Charlie était indéniable. Burden venait même de lui demander si Luquín ne lui avait pas interdit de chercher et de supprimer les micros. Titus se rappelait le sentiment de claustrophobie qu'il avait éprouvé à l'idée de vivre dans cette maison en sachant que Luquín écoutait chacune de ses paroles. Il se rappelait avoir dit : Je ne pourrai pas le supporter. Eh bien, il aurait mieux fait, apparemment. Il aurait dû. Mais comment s'en accommoder désormais ?

Il parlait avec difficulté tant sa bouche était sèche :

– Rita est à Venise avec Louise. Il faut que je les fasse rentrer. (La phrase à peine prononcée, il jeta un regard affolé à Burden.) Mon Dieu. Luquín le sait déjà, n'est-ce pas ?

Il écouta les bruits de connexion sur la ligne, puis la sonnerie. Il était plus de deux heures du matin à Venise. Quand elle aurait entendu ce qu'il avait à lui dire, elle ne se rendormirait pas.

— C'est toi, Titus, forcément, dit Rita, encore pleine de sommeil.

— Excuse-moi.

— Je sais bien que tu sais l'heure qu'il est, Titus, dit-elle à mi-voix, et il l'imagina en train de consulter sa montre sur la table de chevet. Vraiment, chéri, si tu avais attendu quelques heures de plus, j'aurais été réveillée.

Il ne savait quel ton adopter. Peu importait. Encore quelques mots et elle se douterait de quelque chose.

— J'ai de mauvaises nouvelles, Rita.

Silence. Il l'imagina qui se figeait dans l'obscurité, se répétait ses paroles, enregistrait les nuances de sa voix.

— Qu'y a-t-il ? Tu vas bien, Titus ?

Calme, avec son ton : « Je ne m'affolerai pas, quoi que tu me dises. » Solide, maîtresse d'elle-même. Elle devait s'être dressée sur son séant dans la pénombre et fronçait les sourcils dans son effort pour lui soutirer les mots.

— Oui, ça va, dit-il. C'est Charlie...

— Oh, non...

Elle retenait sa respiration.

— Il a eu un accident aujourd'hui, près de son ranch. Il... Il est mort, Rita.

— Oh, non ! répéta-t-elle une fois, deux fois.

Il détestait plus que tout au monde d'avoir à lui faire ça, de se décharger sur elle de la responsabilité de l'annoncer à Louise. Rita allait devoir obliger son amie à faire ses valises, assurer leur retour en catastrophe, consoler Louise pendant cette traversée de plusieurs milliers de kilomètres.

Ils discutèrent pendant une demi-heure, et il lui dit la vérité : il ne savait pas grand-chose de ce qui était arrivé à Charlie. Il allait se renseigner. Il ne dit pas à Rita qu'il se trouvait lui-même au Nouveau-Mexique, bien sûr. Il lui donnerait plus tard toutes ces informations. Il lui mentit donc, s'efforça de la réconforter, parla d'organisation. Rita était à son affaire quand il s'agissait d'organiser les choses. C'était pour elle une bonne façon de se calmer ; de faire face à l'inconnu, aux avatars incontournables mais effrayants de l'existence.

Il lui annonça qu'il louait un jet privé pour les ramener. La chose lui semblait inhabituelle mais elle ne protesta pas trop, et il lui dit qu'il se chargeait de tout et lui donnerait d'autres détails à son arrivée.

Ce fut une étrange et douloureuse conversation que la présence d'étrangers rendait encore plus pénible pour Titus. Surtout, parce qu'ils connaissaient la vérité.

16

Le lourd silence qui suivit la confirmation de la mort de Charlie ne dura pas longtemps. On était presque à la tombée du jour et Mattie, Titus et Burden suivirent la galerie jusqu'au bureau de ce dernier. Les portes et les fenêtres de la vaste pièce étaient restées ouvertes. Il y avait pour tout éclairage quelques lampes posées ici et là sur les tables, et le reflet étrange que renvoyait le grand portrait de la veuve nue.

Dès qu'ils furent entrés, Titus se tourna vers Burden.

— Je reprends l'avion ce soir pour rentrer chez moi, dit-il. J'espère que ce pilote ne comptait pas passer la nuit ici.

— Non, répondit Burden. Il est prêt.

— Très bien, reprit Titus. Revenons aux faits. Occupez-vous de Luquín comme vous l'entendrez. Dites-moi simplement de quoi vous avez besoin et ce que je dois faire.

— Vous voulez bien prendre mes communications et nous rapporter l'ordinateur de Titus ? dit Burden à Mattie.

Elle sortit et il se tourna vers Titus.

— Écoutez, dit-il. Je veux d'abord que vous compreniez une chose, c'est que Luquín et moi avons ceci en commun : le silence est notre première protection. Luquín doit ignorer cette rencontre. Il ne doit pas savoir que vous avez pris contact avec quelqu'un pour vous faire aider et que vous êtes conseillé. Il faut lui laisser croire que vos réponses à ses exigences ne viennent que de vous, et que vous n'avez qu'un objectif, qu'une préoccupation : rassembler les sommes qu'il réclame. Il faut lui laisser croire que vous êtes paralysé, que vous retenez votre souffle dans l'attente de son prochain appel.

« Il ne doit pas se douter que vous savez qu'il est à Austin. S'il avait le moindre soupçon à ce sujet, il disparaîtrait. Et n'oubliez pas ceci : les gens qui travaillent avec lui sont très forts. Ils étaient sans doute à Austin depuis plusieurs semaines pour tout mettre au point. Nous ne sommes pas en position de force, il s'en faut de beaucoup, alors nous devons être les plus malins, déterminés et totalement silencieux. Sinon, nous n'aurons aucune chance de réussir.

« Deuxièmement : quand les choses auront commencé pour de bon, vous ne pourrez plus revenir en arrière, Titus. Vous le comprenez, n'est-ce pas ?

– Je n'y avais pas pensé, dit Titus. (Il resta silencieux un instant.) Mais c'est entendu. Faites ce que vous avez à faire.

– Parlons maintenant de la façon dont vous envisagez la suite, dit Burden en hochant la tête. Et le dénouement.

– Que voulez-vous dire ?

– Comment croyez-vous que tout ceci va se terminer, Titus ?

– Je veux que ce type disparaisse de mon existence, répondit Titus sans réfléchir. Je veux la fin de ce calvaire. Je vous l'ai dit.

Burden, qui était resté près des rayonnages de livres à côté de la porte, se déplaçait maintenant à travers la pièce, lentement, passant d'un halo de lumière à l'autre, disparaissant dans les coins sombres pour réapparaître ailleurs. Puis il s'arrêta non loin de Titus, qui était resté près de la table.

– Ayez toujours ceci à l'esprit : c'est Luquín qui a fixé les règles et elles ne sont pas négociables. Si vous allez à la police, des gens mourront. Si vous ne payez pas la rançon, des gens mourront. Si vous dérogez à la règle du silence, des gens mourront. Il a fixé les règles. Notre marge d'action est très réduite.

Les deux hommes s'affrontèrent du regard.

– D'accord, acquiesça Titus.

– Supposons que vous acceptiez de payer dans sa totalité la rançon que demande Luquín, poursuivit Burden. Croyez-vous que tout sera terminé pour autant ? Ou posera-t-il de nouvelles exigences ? Demandera-t-il plus ? Et s'il accepte de disparaître avec ce qu'il aura obtenu, l'accepterez-vous ? Même s'il a tué un certain nombre de personnes pour en arriver là ?

– Vous le croyez donc quand il dit que même s'il a eu son argent, il reviendra pour tuer des gens autour de moi si je parle de ce qui m'est arrivé ? Si je vais trouver les agents du FBI ?

Burden leva les yeux vers Titus.

– Il veut vous faire comprendre, Titus, que c'est lui qui commande, et personne d'autre que lui. D'où la mort de Charlie. Il a voulu, par ce geste, vous montrer la réalité nouvelle dans laquelle vous êtes désormais plongé. C'est sa façon de baliser le terrain. Si vous informez le FBI quand ce sera terminé, vous signerez l'arrêt de mort d'un grand nombre de vos proches. Il vous a prévenu. À mon tour de vous le dire.

Burden se passa une main dans les cheveux avant de continuer :

– Ne l'oubliez pas, Titus, pensez-y sans cesse. Ou bien vous acceptez ses conditions, ou bien d'autres personnes mourront. Puis posez-vous cette question : si j'accepte de garder cela secret pour sauver des vies, suis-je également d'accord pour laisser ce type disparaître ensuite... avec l'argent... après avoir tué une, deux, trois, quatre personnes... de mes amis et de mes proches ?

– Bon Dieu, où voulez-vous en venir ? demanda Titus.

Mais il avait maintenant un violent mal de tête et était de plus en plus agité, furieux, effrayé. Il savait, à vrai dire, où Burden voulait en venir. Il n'avait pas assez réfléchi jusque-là pour se poser les questions les plus délicates. Il voulait simplement se débarrasser de ce cauchemar et pensait sans doute confusément que, dût-il y perdre plusieurs millions de dollars, la justice aurait le dernier mot. Que les bons, comme au cinéma, finiraient par surgir et par tout régler.

– Il se pourrait que le dénouement soit violent, dit Burden. J'en prendrais la responsabilité. Mais si je fais cela pour vous, il ne faudra pas me revenir avec des remords de conscience parce que les choses se seront révélées encore plus épouvantables que vous ne l'imaginiez. Une fois lancé, je ne m'arrêterai pas.

Titus sentit les battements de son cœur s'accélérer. Dehors, il faisait nuit. Il n'avait guère fermé l'œil depuis une vingtaine d'heures, et l'état de tension dans lequel il se trouvait ne lui avait pas permis de prendre un véritable repos.

Il s'approcha de Burden, à le toucher.

— Est-ce que je risque de me retrouver en prison pour ce qui se passera quand vous serez « lancé » ?

— Absolument pas, répondit Burden en le regardant droit dans les yeux.

— Les remords de conscience dont vous parlez, alors, ont à voir avec ce qui pourrait arriver à Luquín ?

— C'est cela, répondit Burden.

Cette fois, ce fut au tour de Titus d'hésiter, mais quand il se décida à parler ce fut d'un ton ferme :

— Dans ce cas, vous n'avez rien à craindre. Je n'aurai aucun remords à ce sujet.

Ils se regardaient en silence quand Mattie revint, portant les téléphones et le petit ordinateur de Titus.

— Voilà, tout est prêt, dit-elle en passant devant eux pour poser les appareils sur la table.

Les deux hommes s'approchèrent, Burden prit l'un des téléphones et le tendit à Titus.

— Ne perdez jamais ceci de vue, dit-il. Cet appareil est codé. Mattie va vous remettre les codes. Il vous relie à moi, à Mattie et à mes autres collaborateurs. Pour vous, cette ligne est vitale.

« L'ordinateur est prêt également. Mattie va vous donner les codes. Nous nous servirons soit des téléphones, soit de l'ordinateur pour communiquer.

« Contentez-vous de faire ce qui sera nécessaire pour répondre aux exigences de Luquín. N'oubliez jamais que vous êtes sous surveillance. Vous n'y pouvez rien sans vous exposer à de nouvelles représailles de la part de Luquín, et rappelez-vous toujours qu'il est là.

— Comment va-t-il me surveiller ? Combien seront-ils ?

— Oh, ce ne sera pas très important. Les acolytes de Luquín ne veulent pas attirer l'attention. Donc, ils ne seront pas nombreux. Et le plus souvent en mouvement. Ce sera une camionnette qui passe, essayant de capter des bribes de conversation sur vos portables. On prendra peut-être des photos. Mais tout restera très discret. Il ne sera pas présent partout et à tout instant, mais il vous surveillera tout de même.

« Pour ma part, j'ai l'intention d'agir le plus vite possible pour sauver des vies humaines. Et éviter des pertes d'argent, aussi. Rappelez-vous ceci : ce n'est pas parce que vous n'avez pas de nouvelles de moi que je ne suis pas là. Il y a une foule de choses à faire. Je ne vais pas beaucoup dormir. Appelez aussi souvent que vous voudrez. Vous ne tomberez pas forcément sur moi, mais vous aurez toujours Mattie. Je vous rappellerai dès que je le pourrai.

« Bon. Mattie va vous indiquer les diverses procédures à respecter pour entrer en contact avec nous. De mon côté, je m'occupe de convoquer le pilote. Quelqu'un viendra vous chercher dans une heure pour vous conduire à l'aéroport.

Titus répondit d'un hochement de tête. Il réfléchissait si vite et se projetait si résolument dans un avenir proche qu'il lui semblait poursuivre deux conversations en même temps. Il pensait à la façon dont il allait faire revenir Rita d'Europe.

17

Luquín allait et venait à pas lents sur l'embarcadère accroché au pied de la falaise, une main dans la poche de son pantalon, tenant de l'autre sa cigarette dont la fumée bleue échappée de sa bouche s'envolait dans la nuit. Il s'immobilisait de temps à autre pour scruter l'obscurité.

Il n'y avait pas grand-chose à voir du côté où il regardait. Très loin, en contrebas, les méandres du grand fleuve aux reflets de cobalt se perdaient dans des ténèbres d'un noir d'encre, et l'autre versant s'élevait en pente raide vers des collines obscures où quelques lumières perçaient çà et là à travers l'épaisseur de la forêt. De temps à autre, une lueur apparaissait, grandissait et s'évanouissait, signalant une voiture engagée sur l'une des pistes étroites qui couraient entre les arbres. La maison sur laquelle Luquín concentrait son attention se trouvait en face de lui, distante d'environ deux kilomètres à vol d'oiseau.

— On aura de ses nouvelles demain, dit-il. Combien de micros ont-ils enlevés ?

— Cinq ou six, jusqu'ici.

— Je vous l'avais dit, ricana Luquín. C'est le genre d'abruti qui se croit malin alors qu'on sait d'avance ce qu'il va faire. Et sûr de lui, avec ça ! On s'est permis de fourrer des micros dans sa maison ? On va voir ce qu'on va voir ! J'aurais payé cher pour voir sa tête quand il s'est rendu compte de ce qu'il avait fait. (Amusé.) J'aurais trouvé un autre prétexte pour liquider Thrush de toute façon s'il avait laissé ces foutus micros à leur place. Je sens que ça va être un plaisir de s'occuper de cet abruti !

Il tira sur sa cigarette.

— Mais je n'arrive pas à comprendre pourquoi on ne le capte plus sur les micros qui sont restés. On ne l'a même pas entendu tousser, ni pisser ?

— On entend les techniciens.

— Je le sais bien, Jorge. Mais pas Cain. Qu'est-ce qu'il fiche ?

— Tu lui as fichu une trouille terrible, Tano, dit Macias. Je crois qu'il n'ose même plus respirer.

Jorge Macias, un Mexicain de trente-cinq ans, faisait fonction de chef des opérations auprès de Luquín. Il avait les épaules larges, un physique de séducteur latino-américain et un goût immodéré de la violence.

Quand Luquín traitait des affaires au Mexique ou au Texas, c'était Macias qui veillait à leur bon déroulement. Ses équipes préparaient le terrain. Ses équipes planquaient pour collecter les renseignements. Ses équipes usaient de brutalité quand la brutalité était nécessaire. (C'étaient les hommes de Macias qui avaient fait franchir la frontière à Luquín dans le toit du camion de Benny Chalmers.) Et il s'entendait à merveille, après des années de pratique, à transmettre les mauvaises nouvelles aux hommes de main. Quand ils commettaient une bourde, il leur donnait une chance de la rattraper. À la suivante, ils disparaissaient. Ceux qui les remplaçaient n'ignoraient pas ce qui était arrivé à leurs prédécesseurs. On ne commettait jamais deux erreurs. Et il n'y avait jamais d'exception.

— Qui sont ces types qui ont nettoyé la maison ? demanda Luquín.

— De simples techniciens. Le gars qu'on a laissé sur place n'a pas trouvé d'armes. Cain a un super-système d'alarme mis au point par sa propre boîte, CaiText, et c'est sans doute comme ça qu'il connaît ces types. Il ne laisse rien au hasard. Ça semble être une opération de nettoyage classique. Rien de plus.

– Et tu penses que ce sont ces gens-là qu'il a appelés d'une cabine ?

– Probablement. Il ne pouvait pas supporter ça. Il fallait qu'il fasse quelque chose le plus vite possible.

Luquín, solidement campé sur ses jambes écartées, tira sur sa cigarette en regardant vers l'autre rive. Un bateau remontait lentement le fleuve pour s'éloigner de la ville. Ses lumières se reflétaient dans le bleu profond de l'eau et les rives abruptes se renvoyaient le grondement obstiné du moteur.

– J'essaie de deviner, continua Luquín, ce qu'il peut bien penser. Il est prudent, cet homme-là. Il ne commet pas de grosses erreurs. Il pèse le pour et le contre, respecte les règles et prend des décisions raisonnables en évitant les risques. Ce n'est pas quelqu'un d'imprévisible, comme on l'a vu. Alors, quelle réaction attendre de lui maintenant qu'il se sait responsable de la mort de son copain ?

« Il va beaucoup réfléchir à la façon dont ça s'est passé, poursuivit Luquín, répondant à sa propre question. Il va se rappeler que je n'ai pas dit précisément : "Ne touchez pas aux micros." Et il va se dire, mon Dieu, il faut que j'y aille sur la pointe des pieds. Ce salopard d'Alvaro est imprévisible. Il faut absolument que je devine ce qu'il pense si je veux m'en sortir. Mais bon sang, comment faire ?

Luquín tira sur sa cigarette, accoudé à la balustrade pour scruter l'obscurité comme si les petites lumières qui lui signalaient des maisons dans le lointain étaient des cartes étalées par quelque diseuse de bonne aventure pour répondre à toutes ses interrogations.

– Puis, reprit-il, il va perdre le nord petit à petit. Pour

un type prudent comme lui, faire face à l'imprévisible, c'est dur. Il cherche une issue et il n'en voit aucune. Ça devient de plus en plus obsédant. Ça le mine. C'est excellent.

Jorge Macias écoutait Luquín soliloquer. L'homme était sans égal dans sa spécialité, et à travailler pour lui on n'en finissait jamais de s'instruire en matière de perversité. Au fil des années, Luquín avait évolué. De simple tueur au service des gangs de la drogue toujours en guerre dans un monde qui voyait naître des assassins comme les vers sur la pourriture et les traitait avec le respect qu'on accorde à la vermine, il était devenu une sorte de philosophe du commerce de la mort. Le temps qu'il passait à étudier le cheminement psychologique de la personne sur laquelle il concentrait son attention constituait un cas unique dans le métier. D'où la crainte qu'il inspirait à ceux qui le connaissaient assez pour le redouter. D'où sa remarquable efficacité.

Une fois cette affaire menée à bonne fin, Macias serait un homme riche. Mais il y avait un prix à payer. Avec Luquín, il y en avait toujours un. Il n'avait pas l'impression d'en avoir pour son argent si vous n'étiez pas prêt à payer le prix, et celui-ci se comptait toujours en souffrance sous une forme ou sous une autre. Avant qu'il ait achevé sa tâche, Luquín lui demanderait de faire quelque chose d'angoissant, d'un point de vue physique ou émotionnel, et c'était pourquoi Macias s'était déjà juré que c'était la dernière fois qu'il travaillait pour ce fou.

Le portable de Macias sonna. Il le prit dans sa poche en s'éloignant de la balustrade. La tête penchée pour écouter, il se mit à marcher au hasard autour de la piscine éclairée. Luquín se retourna pour l'observer. Il aimait recevoir des appels téléphoniques pendant une opération comme celle-ci. C'était le signe qu'il se passait des choses. Tout près, et loin de lui pour son plus grand bien. La mécanique était lancée ; le plan se déroulait.

Il projeta d'une chiquenaude le mégot de sa cigarette, qui décrivit une courbe parfaite pour retomber au bord de la piscine et flotta sur l'eau saturée de lumière. Luquín ne quittait pas des yeux Macias, qui se trouvait maintenant de l'autre côté de la piscine, le torse et le visage chatoyants de reflets turquoise renvoyés par la surface de l'eau. Quand Macias rejoignit Luquín, la conversation téléphonique était achevée. Il rabattit le capot de protection de l'appareil et se rapprocha de Luquín toujours accoudé à la balustrade.

– C'était Mateos qui appelait de Venise. Son informateur à l'hôtel de Mme Cain vient de le prévenir qu'elle a reçu un appel téléphonique il y a deux heures. Malheureusement, il n'en sait pas plus. L'informateur n'a pas pu intercepter la communication. (Macias jeta un coup d'œil à sa montre.) Il était deux heures et demie du matin à Venise. C'est plutôt inhabituel, pour un coup de fil.

Luquín prit une autre cigarette, l'alluma.

– Donc, Mme Thrush et Mme Cain seront demain matin sur leur vol de retour, dit-il d'une voix douce, avec un sourire qui s'acheva en un petit rire satisfait. Bon Dieu, je l'adore, ce Cain ! Liquider cette bonne femme aussi loin de chez elle aurait été beaucoup moins commode.

Luquín se retourna vers la vallée obscure et ses propres pensées, les épaules légèrement voûtées, les coudes sur la balustrade. Macias s'éloigna de quelques pas et reprit son portable. Il leva les yeux vers le premier étage de la maison, où ses deux hommes étaient à leur poste pour surveiller la rue. Il regarda vers l'endroit où il devinait plus qu'il ne la voyait, noire sur fond noir, la silhouette de Roque, le garde du corps personnel de

Luquín, immobile dans la pénombre. C'était lui qui avait voyagé avec son patron dans le toit du camion à bestiaux. Il n'était jamais loin, comme un mauvais souvenir dont on ne peut se débarrasser.

Macias se retourna vers Luquín, qu'il voyait de dos, faiblement éclairé. Une bouffée de fumée s'étira au-dessus de sa tête en une longue volute bleue. On aurait dit que ses cheveux brûlaient.

Le vol de nuit depuis San Miguel parut interminable. Mais tandis que le King Air dévorait des kilomètres au-dessus de la Sierra Madre et du désert du Mexique, Titus s'activa pour organiser le retour de Rita et de Louise à Austin. Il appela une compagnie de Houston qui avait des appareils en location à l'aéroport Malpensa de Milan. Comme ils s'étaient dit, Rita et lui, qu'après avoir mis Louise au courant elles n'auraient guère de chances de dormir, il demanda qu'on vienne les chercher le plus tôt possible à l'aéroport international Marco Polo de Venise.

Ceci fait, il appela Lack Paley chez lui à Austin. Paley était son avocat d'affaires attitré. Titus lui demanda de prendre une série de dispositions :

1. Contacter Terry Odell, son agent de change, et emprunter dix millions de dollars gagés sur son porte-feuille personnel d'actions pour les investir immédiatement dans les entreprises qu'il lui indiquerait. Passer par la Société Marcello Cavatino Inversiones, à Buenos Aires, pour faciliter les transactions. Le tout devant être achevé avant le lendemain, quinze heures.

2. Contacter Lee Silber et emprunter vingt et un millions, avec CaiText comme nantisseur.

3. Préparer les documents nécessaires à la vente d'autres actions de CaiText selon les modalités que Titus indiquerait ultérieurement.

Pour finir, il fixa le calendrier précis des opérations.

Quand Paley se fut remis du choc que lui causaient ces instructions, ils discutèrent trois quarts d'heure des détails de leur exécution. Titus lui enjoignit de garder un secret absolu, sans lui expliquer pourquoi.

Après avoir atterri à Austin, Titus prit une navette pour se rendre au Hilton de l'aéroport. Burden était certain que Luquín faisait surveiller sa maison, comme il l'avait fait lors de ses précédentes opérations à Rio de Janeiro, et il ne voulait pas que Luquín sache qu'il s'était absenté. Cline viendrait donc le chercher dans la matinée pour que Titus rentre chez lui comme il était parti, caché dans la camionnette de Cline.

Titus alluma la télévision d'un geste machinal en pénétrant dans la chambre d'hôtel. Pendant toute la durée du vol, il avait ressassé les questions qui l'obsédaient à coups de si, de comment et de pourquoi. Puis il avait pensé à ses discussions avec Burden en essayant de mettre en perspective ce qu'il avait autorisé celui-ci à faire pour l'aider à se tirer de cette situation. Il espérait seulement que le lendemain matin les perspectives ainsi tracées ne seraient pas encore plus sombres.

Il ne voulait plus penser. Il se dévêtit et se laissa choir sur le lit, regarda CNN par-dessus ses pieds et pria le ciel de l'aider à ne plus penser.

JEUDI

Troisième jour

18

Herrin, qui l'attendait dans l'allée, derrière les haies, le vit déplier les jambes pour s'extraire du compartiment rétractable dissimulé sous le plateau de la camionnette. Ils firent quelques pas jusqu'à la véranda, Titus portant dans sa sacoche le petit ordinateur désormais codé. Herrin buvait du café dans un gobelet isotherme en chrome qui faisait penser à une capsule cryogénique. Ils s'arrêtèrent à l'ombre des belles-de-jour.

– J'ai parlé avec García, annonça Herrin, et il m'a mis au courant.

Titus hocha la tête. Seigneur...

– Peut-on discuter dans mon bureau ? demanda-t-il, en s'éclaircissant la voix.

– Oui, on peut. C'est la pièce que j'ai inspectée en premier.

Ils traversèrent le jardin en passant devant la fontaine pour rejoindre une porte située à l'arrière de la maison, près du passage couvert qui donnait accès à la piscine. De là, ils pénétrèrent dans un grand hall d'entrée éclairé par un atrium et franchirent la première double porte sur leur droite. La pièce dans laquelle Titus travaillait était spacieuse. Il alla poser son ordinateur sur le bureau à cylindre récupéré dans une vieille banque d'El Paso. Il brancha l'ordinateur et l'alluma. Au centre de la pièce, une longue table ancienne sur laquelle étaient exposés ses derniers projets, certains en provenance de CaiText et d'autres concernant ses intérêts personnels, recevait la lumière diffusée depuis le plafond par une coupole octogonale. Le bois de la table, vieux de deux siècles, luisait. Titus s'approcha des fenêtres pour jeter un coup d'œil au jardin. Il aperçut, à gauche, les patios clos de murs qui entouraient la piscine, et se retourna.

— Bon. Dites-moi maintenant où nous en sommes.

— On a bien avancé, répondit Herrin. Les gars ont fait un excellent travail. Ça me plaît. Mais on ne va pas vite. J'ai dessiné un plan de la maison, que vous verrez dans la cuisine. Je coche les pièces qui sont déjà nettoyées pour que vous sachiez où vous pouvez parler librement et où vous ne le pouvez pas. (Il but une gorgée dans son gobelet chromé.) García m'a dit qu'il voulait laisser des micros à deux ou trois endroits.

— Ah ! Pourquoi ?

— Il dit qu'on aura peut-être besoin que ces types entendent certaines choses, donc on va faire comme si on n'avait pas détecté quelques micros. Luquín doit penser qu'on connaît notre boulot, mais qu'on n'est pas si forts que ça. Ils s'attendent à en perdre la plupart de toute façon. Mais on va en laisser dans des pièces où, en principe, on devrait se croire tranquille.

— La salle de bains, la chambre ?

— Oui. J'ai déjà repéré ceux de votre chambre. Ils sont plus perfectionnés que les autres, beaucoup plus difficiles à trouver. Je n'y ai pas touché. Je me doutais que García allait nous le demander.

Par la fenêtre ouverte au fond de la pièce, Titus aperçut un oiseau écarlate sur le mur du jardin – une tache de couleur incroyablement vive qui disparut aussitôt.

— Bon, dit-il. Je comprends. Laissez-les donc.

— Il faudra faire très attention quand vous serez là.

Titus répondit d'un hochement de tête. Oui. Et ce n'était qu'un début.

126

Soudain, son téléphone codé se mit à sonner. Il le sortit de sa poche et l'ouvrit.

— García. Je ne vous dérange pas ?

— Allez-y.

— J'ai passé la nuit à organiser les équipes mobiles qui vont travailler avec nous à Austin, dit Burden. Trois personnes par équipe. Il y en a déjà une sur place et une autre la rejoindra d'ici quelques heures. Herrin va coordonner un certain nombre d'actions avec eux, et il va falloir qu'il installe du matériel. Y a-t-il de la place pour lui dans la maison d'amis ?

— Oui, c'est grand.

— Parfait. Je suis à une heure d'Austin. Il va falloir qu'on se voie assez vite pour mettre deux ou trois choses au point. Mais, en attendant, je veux que vous preniez contact avec Luquín. Avez-vous eu de ses nouvelles ?

— Non.

— Très bien. Servez-vous de votre ordinateur pour entrer en contact et suivez ses instructions. Il s'agit d'argent dans cette affaire, alors parlons argent avec lui. Voici comment vous devez vous y prendre.

Les instructions de Burden étaient précises, accompagnées d'une explication simple et directe de son raisonnement. Titus fut surpris de l'audace que Burden attendait de lui après ce qui était arrivé à Charlie.

Bien qu'il soit encore sous le choc des conséquences fatales qu'avaient entraînées ses initiatives, il comprenait que l'approche agressive de Burden était nécessaire. Il comprenait, aussi, que rien ne serait possible s'il ne s'y donnait pas lui-même sans réserve. Ce n'était pas le moment de céder à ses nerfs, même si, il s'en rendait bien compte, ses nerfs n'avaient jamais été à aussi rude épreuve. Mais, bon Dieu, ce n'était pas le moment de craquer ! Après ce qu'il avait déjà perdu, il restait tant à sauver. La mort de Charlie l'accablait, mais il savait au plus profond de lui-même que Luquín en était l'auteur. Et la fureur, en lui, le disputait à la tristesse à l'idée que Luquín voulait lui en faire porter la responsabilité.

— Oui. C'est bon. Je vais faire tout ça, dit-il quand Burden eut terminé.

— Très bien. Donc, nous sommes d'accord. Je vais rappeler Herrin, j'ai encore deux ou trois points à régler avec lui. Je vous préviendrai quand je serai arrivé.

— Attendez, dit Titus. L'avion de Rita et Louise sera à Austin dans deux heures. Je veux la mettre en sécurité quelque part. Loin de tout ça.

Il y eut un silence à l'autre bout du fil.

— Qu'y a-t-il ? Quel est le problème ?

— Ça ne me paraît pas une très bonne idée, dit Burden.

— Mais pourquoi ?

— N'oubliez pas ceci : Luquín veut l'argent. L'argent. Ses méthodes sont brutales, mais il essaie avant tout de vous manipuler psychologiquement. Il espère que des assassinats vous amèneront à coopérer, que ces morts vous feront cracher les sommes qu'il réclame. Mais il est assez intelligent pour comprendre que, s'il s'en prend à Rita, il risque le résultat contraire en vous poussant au désespoir. Il ne prendra pas ce risque. Elle n'est pas en danger. Pas plus que vous. Il veut l'argent. C'est tout.

— Vous voulez dire qu'elle ne court aucun danger ?

— Exactement. Pour le moment, à mon avis. Qui plus est, vous risquez de provoquer une autre mort si vous prenez ce genre d'initiative. Il ne veut pas que vous pensiez par vous-même. Il ne veut pas que vous soyez indépendant. Il veut vous dicter ce que vous avez à faire et ce que vous ne devez pas faire. (Un silence.) Je crois que ce serait une grosse erreur, Titus.

Titus était livide. Il lui fallait, maintenant, comprendre qu'il ne pouvait même pas protéger Rita ? Qu'il devait la laisser sans défense jusqu'à ce que Luquín décide de la tuer ? Il tint sa langue. Il bouillait intérieurement, mais il tint sa langue.

— Nous parlerons de ça plus tard, dit-il, la gorge nouée. Il va falloir que j'y réfléchisse.

19

Une demi-heure avant que Titus s'installe devant son ordinateur pour contacter Luquín pour la première fois, un King Air similaire à celui dans lequel Titus avait effectué son aller-retour à San Miguel décolla de la poste de Lago Vista, près du lac Travis, pour se diriger vers Austin, à une quarantaine de kilomètres.

À bord de ce Beechcraft se trouvaient six agents immobiliers désireux de visiter les environs d'Austin. La chose n'avait rien d'exceptionnel dans cette ville qui avait connu une forte expansion au cours des dix années écoulées. Et malgré le ralentissement général de l'économie dans le pays, les promoteurs étaient toujours aux aguets. Ils espéraient toujours un retournement de la tendance et restaient vigilants, se disant que s'ils savaient l'anticiper ils seraient prêts à lancer quelque opération juteuse sous forme d'un programme de logements, d'un nouvel ensemble de bureaux ou d'un centre commercial.

Tandis que l'appareil approchait de l'aéroport international, le pilote entra en contact radio avec la tour de contrôle pour expliquer que ses passagers souhaitaient demander l'autorisation de décrire des cercles au-dessus de la ville à une altitude de sept cents mètres. Après quelques échanges d'informations, le Beechcraft reçut l'autorisation demandée et entreprit son survol de la ville par cercles concentriques avec une attention particulière pour le quart sud-ouest, qui avait connu le plus important développement au cours des dernières années. Là, des deux côtés du lac Austin depuis Emmet Shelton Bridge jusqu'à l'Austin Country Club, s'étendait une zone comprenant les quartiers les plus convoités de la ville.

Tandis que l'appareil commençait à tourner, les passagers firent pivoter leur siège pour tirer de la paroi de la cabine les consoles d'ordinateurs qui y étaient dissimulées. Une antenne télescopique sortit sous le ventre du Beechcraft. Les techniciens coiffèrent leurs casques à écouteurs et allumèrent leurs ordinateurs.

Chacun d'eux avait deux écouteurs pour surveiller en même temps deux bandes de fréquences. Quand ils captaient une émission codée, les ordinateurs s'arrêtaient automatiquement sur la fréquence et enregistraient la position de l'avion et l'angle de réception du signal. Ces coordonnées en mémoire, ils se mettaient à enregistrer et poursuivaient leur balayage.

Il s'agissait de capter le plus grand nombre possible de transmissions codées pendant ces deux heures de vol. Les enregistrements étaient transmis à l'équipe dont Burden avait dit à Titus qu'elle était déjà en place, dans un gros fourgon équipé d'un matériel de décodage, qui se mettait aussitôt au travail sur le matériel en provenance du Beechcraft. Un premier tri permettait d'isoler les émissions en espagnol. Celles-ci étaient transmises à Herrin et Cline, qui en localisaient les sources.

Mark Herrin, chez Titus, regardait les données s'inscrire sur l'écran de son ordinateur.

– Eh bien ! Il y a de quoi faire ! s'exclama-t-il dans son casque à écouteurs. Question technologie, ils ont ce qu'il y a de mieux dans ce fourgon !

– Oui, et de plus cher, répondit Burden, sa voix tombant d'on ne savait où.

Le défilé des chiffres s'arrêta, et Herrin sauvegarda l'ensemble dans un nouveau fichier.

– Dites donc ! Cent douze échanges codés en deux heures pour le seul quadrant sud-ouest !

– Il n'y a pas de quoi s'étonner, dit Burden. Le codage est devenu une marque d'importance par les temps qui courent.

– Mais pourquoi y en a-t-il autant ?

– Ma foi, un tas de gens se croient importants, répondit sèchement Burden. On refera un balayage quand ils reprendront l'air dans un moment. Avec un peu de chance, on trouvera encore quelque chose à leur faire analyser. Il faut maintenant attendre que les types de l'autre fourgon nous disent ce qu'ils ont récolté en espagnol.

20

Il regardait, au-delà de l'écran grillagé et des volets ouverts de l'antique chambre de motel, les flaques d'ombre sur l'allée de gravier qui encerclait la douzaine de bungalows livrés à un lent délabrement sous leur peinture écaillée. Les arbres qui poussaient anarchiquement faisaient régner une épaisse pénombre à quelques pas de la rue inondée de soleil. Au centre de l'allée circulaire se trouvait un minuscule terrain de jeux envahi par les herbes folles, où un cheval à bascule au bois fendu par les intempéries, quelques balançoires aux cordes en partie rompues et un manège rongé par la rouille se morfondaient depuis des décennies dans un morne silence en l'absence des petites fesses et des petites mains qui auraient pu leur redonner vie.

Depuis le lit au sommier affaissé sur lequel il s'était assis, il avait une vue directe sur l'un des bungalows. Un couple de gens âgés se tenait sur le porche, dans des chaises longues rouillées, et fumait. L'homme et la femme portaient de grands shorts, flottant sur leurs gros ventres et leurs jambes blanches et maigres. Immobiles, le regard fixe derrière leurs lunettes de soleil, ils faisaient penser à des aveugles.

Construit en 1942, le Motel Bungalows n'avait pas changé depuis, ses propriétaires n'y ayant effectué que les réparations mineures imposées par l'usure du temps. Il était situé à l'origine aux confins de la ville, mais celle-ci l'avait englouti en se développant. Il occupait désormais une section de South Congress Avenue qui avait fini par devenir invisible, sauf pour les gens qui étaient eux-mêmes invisibles et n'avaient plus rien à voir avec le monde dans lequel ils vivaient.

Torse nu, inondé de sueur, il essuya ses mains moites sur son pantalon. Il sentait les relents qui montaient autour de lui, celui du mobilier humide et décrépit, l'odeur de renfermé du linge, de moisi, des capitonnages et des boiseries rendus irrémédiablement malpropres par des décennies de nettoyages négligents avec des produits de mauvaise qualité. Tout cela semblait peser sur lui et il en éprouvait une sorte de malaise aussi inattendu que désagréable.

Il ne se plaisait pas dans ce motel. Il n'y était que depuis quelques heures mais quelque chose le tracassait qu'il ne s'expliquait pas. Cette odeur de moisi et d'humidité. C'est ce qu'il avait fini par se dire, mais il n'y pouvait rien. Là d'où il venait, il n'y avait pas de moisissure. Les odeurs des hôtels et des logements bon marché y étaient différentes. Elles n'avaient pas ce côté oppressant qui influait sur vos pensées.

Peu lui importait d'habitude l'endroit où il se trouvait. Il venait. Faisait ce qu'il avait à faire. Attendait. Si on ne l'appelait pas, il restait sur place et menait la vie de tout le monde à cet endroit-là. Le monde était intéressant. Ou il ne l'était pas. C'était partout différent. Ou partout la même chose. Parfois les deux dans une même journée. Ça dépendait. Il y avait une infinité de choses susceptibles d'être différentes, ou identiques. Finalement, ça lui était égal dans un cas comme dans l'autre. Il se contentait d'observer...

Il n'avait jamais rien senti de tel et ça l'exaspérait. Ça ne voulait rien dire. Pourquoi fallait-il que cette odeur lui porte à ce point sur les nerfs ? L'humidité. La sensation visqueuse de la sueur à ses aisselles. Il imagina les poils moisissant et tournant à l'aigre. Pourrissant. Se détachant par touffes et restant sur son corps, collés par la transpiration. Le démangeant.

Il venait parfois dans des villes où il était déjà passé. Souvent. Mais il avait rarement l'impression d'y être venu. Tout y était nouveau. Aussi étranger que l'intérieur d'un cercueil.

Et ces deux vieux, devant lui, commençaient à lui porter sur les nerfs eux aussi. Ils étaient là comme deux cadavres aux corps distendus par la chaleur. Il avait l'impression de les sentir, eux aussi. Quand ces corps commenceraient à se fendre et à suinter, ils pencheraient un peu sur le côté. Dans ce mouvement, les lunettes de soleil leur glisseraient du nez. Les liquides sécheraient sur eux, leurs membres enfleraient et se décoloreraient et se raidiraient sous la pression des gaz, et ils pencheraient encore plus.

Inutile de penser à ça. Mieux valait passer à autre chose. Il avait déjà oublié le nom qu'il était censé porter.

Peu importait. Il avait sa carte d'identité. Il pouvait toujours la consulter en cas de besoin.

Il était préférable, parfois, de ne pas se rappeler qui on était.

21

Quand le jet de location s'arrêta près du hangar sous le soleil aveuglant de l'après-midi, Titus était au bord de la piste avec Derek et Nel, le fils et la fille de Charlie et Louise Thrush, arrivés de Denver par un vol précédent. Il avait déjà eu avec eux une longue conversation, et le fils de Charlie lui avait raconté la mort épouvantable de son père. Il semblait pressé de le faire, sans omettre le moindre détail. C'était le genre d'obsession que l'on rencontre parfois chez ceux qui sont confrontés à l'horreur d'un événement et y reviennent sans cesse comme s'ils avaient besoin de le saisir dans toute sa réalité. Et c'était, pour Titus, à la limite du supportable.

Il appréhendait tout autant la rencontre avec Louise. Ils pleurèrent tous ensemble sur la piste écrasée de soleil. Louise était déjà dans la peau de la survivante qui ne se laisse pas abattre. Elle avait eu de longues heures de vol pour y réfléchir, et on voyait qu'elle avait longuement discuté avec Rita.

Après être restés un moment à l'ombre du hangar, Titus et Rita prirent congé, et Louise partit pour Fredericksburg avec ses enfants.

Titus et Rita prirent la Range Rover pour rentrer chez eux. Ils avaient la ville à traverser. Rita posa la tête contre la vitre de sa portière, épuisée et moralement vidée par ses émotions. Elle portait un pantalon noir, un chemisier blanc et des sandales. Ses lunettes de soleil, rejetées en arrière, retenaient ses cheveux blonds. On la sentait à bout de forces.

Titus ne lui dit rien pendant le trajet. Une bonne moitié, en fait, se passa dans le silence. Beaucoup de choses étaient déjà dites, et Titus cherchait un moyen d'annoncer le reste, tout en jetant des coups d'œil dans le rétroviseur pour surveiller la route derrière eux. Il ne savait pas très bien ce qu'il cherchait à voir et, comme l'avait dit Burden, il n'y pouvait rien de toute façon, mais il ne pouvait s'empêcher de surveiller la circulation en se demandant lesquels de ces gens à l'apparence banale travaillaient pour Luquín.

Au moment où ils franchissaient le portail et s'engageaient dans l'allée qui décrivait une large courbe pour aboutir à la maison, il se décida à parler.

— J'ai fait venir des gens pour effectuer certains travaux.

— Ah, bon, répondit-elle, sans réellement y prêter attention. Quels travaux ?

— C'est le système d'alarme. Il était en dérangement.

Il s'arrêta derrière les camionnettes d'Herrin. Titus prit les bagages qui se trouvaient à l'arrière et ils traversèrent la véranda pour entrer dans la cuisine, où ils tombèrent sur Mark Herrin, qui arrivait les bras chargés de compteurs numériques.

Titus le présenta, et Herrin eut la sagesse de ne pas s'attarder. Comme il ressortait, Rita, qui se tenait près du bloc-cuisine central, aperçut le plan de la maison avec la liste des pièces déjà inspectées. Elle la parcourut vivement du regard, laissa choir son sac à ses pieds et se tourna vers Titus.

— Que se passe-t-il ici ?

— Nous avons des ennuis, dit Titus. Mais on ne peut pas se parler ici. Allons faire un tour dehors.

Ils s'éloignèrent dans l'allée de lauriers, en se tenant par la taille, et s'assirent sur le muret qui courait derrière le verger. À vingt pas de là, la terre fraîchement retournée du trou dans lequel il avait enfoui les cadavres de ses chiens rappelait crûment à Titus que leur vie venait de changer. Des tourterelles lançaient leur plainte dans les pêchers. Il reprit les choses par le commencement et lui dit à peu près tout.

Rita était stupéfaite, évidemment, et Titus lui-même eut l'impression que ses propres paroles sonnaient faux tandis qu'il lui détaillait ce qui s'était passé depuis deux jours. Elle ne l'interrompit qu'une ou deux fois pour poser des questions, sinon elle l'écouta en silence et sans faire un geste, et cette absence de réaction disait mieux que des pleurs ou des plaintes l'effet que ce récit produisait sur elle.

Quand il eut terminé, ils restèrent un moment silencieux. Il était midi passé et la chaleur se faisait de plus en plus forte. Des cigales chantaient dans la forêt au-delà du verger.

– Mon Dieu, Titus, dit-elle. Mon Dieu !

Elle se leva, incapable de rester immobile. Il la regarda faire quelques pas et s'arrêter à la lisière de l'ombre du chêne sous lequel ils s'étaient assis. Puis elle pivota sur elle-même, les bras croisés.

– Es-tu absolument certain de ce que tu dis ? Certain que cet homme est responsable de la mort de Charlie ?

– Oui.

Elle le regardait fixement, abasourdie. Puis ses yeux rougirent et un flot de larmes en jaillit avec une telle soudaineté qu'il en fut surpris, presque désarmé. Elle ne faisait rien pour cacher son visage, sa bouche n'était pas déformée, mais son menton s'était mis à trembler. Elle serrait ses bras croisés sur sa poitrine, debout contre le ciel pétri de lumière, et les larmes n'en finissaient plus de couler sur ses joues ruisselantes comme pour dire mieux que toutes les paroles sa peur, sa colère et sa souffrance.

– Ah !... c'est horrible, parvint-elle enfin à articuler.

À son regard, il sut qu'elle venait de comprendre, de façon intuitive, qu'ils avaient vécu jusque-là dans une absurde innocence. Leur avenir venait d'être brutalement tronqué, et n'allait peut-être pas plus loin que la distance qui les séparait. Autour d'eux gisaient les décombres d'un ancien bonheur. Le passé, la vie normale apparaissaient désormais comme un rêve enfantin.

Rita s'essuya les joues de ses paumes et de ses doigts, en reniflant. Tirant un mouchoir de la poche de son pantalon, elle se moucha. Puis elle s'éclaircit la gorge. Elle pencha la tête et la rejeta en arrière comme pour rassembler ses cheveux sous un bandeau imaginaire.

– Mon Dieu, répéta-t-elle en levant les yeux et en laissant retomber ses bras le long de son corps.

Puis, après avoir pris une profonde inspiration, elle écarta les mains au niveau de ses hanches, les poignets tournés vers lui, et expira en le fixant de ses yeux rougis.

– Louise a sa vie brisée à cause de nous !

Il ne sut que lui répondre – que dire en de telles circonstances ? Elle semblait incapable de détacher son regard de Titus, et il comprenait qu'elle était dépassée par l'énormité de ce qu'il venait de lui apprendre.

– Rita, je veux que tu t'en ailles, que tu partes loin d'ici. Je vais voir avec Burden comment t'installer dans une maison où tu seras en sécurité. Un endroit où... tu n'auras rien à craindre.

– Quoi ! Au nom du ciel... Que veux-tu dire, Titus ? (Elle le regardait comme s'il s'était mis à parler une langue inintelligible.) C'est... impensable. Non ! C'est hors de question ! Quoi qu'il arrive, c'est à nous deux que ça arrivera, Titus. Je ne peux pas croire que tu aies seulement pensé une telle chose ! dit-elle en s'efforçant de réprimer le tremblement de sa voix.

— Rester serait de la folie...

— C'est toi qui es fou ! coupa-t-elle.

Elle avait les yeux secs, mais des larmes dans la voix. Tout cela avait quelque chose de surréaliste. La peur, la colère, l'amour l'emportaient dans une véritable tempête d'émotions contradictoires.

— Explique-moi ce qui se passe ici, Titus. Tu m'as dit ce qui était arrivé, dis-moi maintenant ce qui se passe.

Assis sur la banquette de pierre, il regardait la pente qui dégringolait vers la vallée.

— Burden est à la poursuite de ce type, Rita, et il ne perd pas de temps, mais nous n'avons aucune garantie.

Il voulait être franc avec elle, mais il ne voulait pas tout lui dire. Il ne voulait pas lui parler de ses craintes, ni des sinistres probabilités, ni du fait qu'il s'efforçait de ne pas savoir où tout cela allait les conduire. Avec de la chance, ils s'en sortiraient peut-être sans qu'elle sache un certain nombre de choses qui risquaient de lui rendre la vie trop dure par la suite.

— Pour l'amour du ciel, Titus ! Dans quoi t'es-tu fourré ?

— Dans quoi je me suis fourré ? répéta-t-il, piqué au vif par la question. Mais je n'y suis pour rien ! Écoute-moi bien, Rita : ce salaud va encore tuer quelqu'un. Comprends-le ! Il va encore tuer quelqu'un, puis quelqu'un, et... Des amis, tous nos amis ! Je me fiche pas mal de ce que fera Burden pour l'arrêter, et je tenterai tout ce qui sera en mon pouvoir pour l'aider.

À nouveau, elle ne pouvait que le regarder. Des geais s'élancèrent à travers le verger en un vol turbulent, piaillant, se chamaillant et se jetant les uns sur les autres comme des fous, dans un clignotement d'éclairs bleus entre les pêchers sagement alignés. Sans cesse de batailler, ils atteignirent l'autre extrémité et disparurent, leurs guerres avec eux, dans les cèdres qui dégringolaient vers la rivière. Le silence se referma dans leur sillage, puis on entendit à nouveau les colombes, oiseaux de paix.

Rita avait la bouche bizarrement plissée comme chaque fois qu'elle éprouvait une brusque frayeur sans avoir le temps de remettre de l'ordre dans ses pensées et de retrouver l'équilibre rompu par la montée d'adrénaline. Titus l'avait vue ainsi quand elle avait appris la mort de son père victime d'un accident de chasse, et la maladie de sa mère. Et son cœur se serrait douloureusement chaque fois qu'il se rappelait le jour où le médecin leur avait dit que le fœtus était affreusement mal formé.

— C'est incroyable, dit-elle. Complètement incroyable. Tout ça. Vraiment, je ne vois pas comment... (Elle eut une sorte de spasme sec et violent, en réalité un effort pour respirer.) Je ne peux pas croire que tu aies fait ça sans alerter la police. Le FBI... (Elle secouait la tête en parlant.) Quelqu'un qui agisse dans la légalité !

— Je viens de te l'expliquer. Je t'en ai dit les raisons.

— Moi, je crois que tu perds le nord, Titus.

— J'essaie d'épargner des vies humaines.

— Et tu crois que c'est la bonne façon d'y arriver ? Avec ce... vigile ?

Il eut un mouvement pour se rapprocher d'elle, mais se ravisa.

— J'ai confiance en Gil Norlin, dit-il.

— Magnifique ! Un type que tu as croisé il y a des années, et qui était un peu louche, déjà.

— Je n'ai jamais dit ça.

— Tu m'as dit que tu le trouvais bizarre.

— C'était simplement qu'il ne travaillait pas à visage découvert comme les autres. Voilà ce que je voulais dire, rien de plus.

Ils échangèrent un regard furieux. Pour Titus, c'était une torture. Il vit ses yeux rougir à nouveau.

— Titus, dit-elle, surprise elle-même, il le comprit à son air, d'entendre sa voix flancher. Tu ne crois pas qu'on risque de le regretter ?

Elle tremblait. Titus n'avait jamais vu Rita trembler – jamais.

— Je prends les décisions que je dois prendre, dit-il. Et je fais de mon mieux. On avance à l'aveuglette dans cette histoire, tu dois le comprendre, Rita. C'est comme quand on se réveille d'un cauchemar et que le cauchemar est toujours là. Je suis obligé de me débrouiller du mieux que je peux.

Il hésita une seconde avant de reprendre :

— J'ai besoin de ton aide, Rita. Sans toi, je ne pourrai rien.

Elle changea d'expression. Elle se demandait si elle souhaitait que la conversation s'oriente comme son ton le suggérait. Son humeur, à cet instant précis, n'était pas à la conciliation.

— J'ai besoin de ta coopération, dit-il. Je vais charger Burden de trouver un endroit où tu seras en sécurité...

— Titus ! l'interrompit Rita en le fusillant du regard, le visage tendu par la fureur.

Il devina ce qu'elle pensait : il ne comprend pas... il ne se rend pas compte de ce qu'il demande. C'était elle, en fait, qui ne comprenait rien. Sa fidélité était quelque chose d'effrayant pour Titus, car elle la mettait en danger, et Titus savait qu'il ne pourrait pas vivre avec la pensée de ce qui risquait de lui arriver.

Ils se regardèrent.

— J'ai mes valises à défaire, annonça-t-elle sèchement en tournant les talons pour repartir vers la maison.

Il ne tenta pas de la retenir. Ce n'était pas la chose à faire. Elle était épuisée, physiquement et moralement.

Elle avait peur. Titus connaissait sa façon de réagir dans ces cas-là. Prise de peur, elle se mettait en colère, car elle sentait les rênes de la situation lui échapper et c'était pour elle ce qu'il y avait de pire. Il lui fallait maintenant du temps. Tout le monde avait besoin de temps, mais il ne pensait pas que Luquín leur en laisserait beaucoup. Luquín allait leur voler autant de temps qu'il le pourrait – du temps et de l'argent. Il ne relâcherait pas sa pression.

Tandis qu'il regardait Rita s'éloigner dans l'allée de lauriers, le chant des cigales enfla comme si une main invisible avait tourné un bouton. La température continuait à grimper et la végétation surchauffée libérait tous les parfums de l'été dominés par des effluves de pêche et de bonnes odeurs de terre. Comme tout cela lui semblait attrayant, désirable désormais, alors que quelques jours plus tôt tout allait de soi ! Il le savourait pleinement aujourd'hui, comprenant comme il ne l'avait jamais compris que tout était appelé à disparaître et qu'il ne pouvait en être autrement – une pensée qui ne l'avait pas effleuré jusque-là.

22

Les coordonnées des émissions en langue espagnole défilaient lentement sur l'écran, communiquées à la première équipe mobile dès qu'elles étaient identifiées. Quand les premières apparurent sur l'écran de Herrin, et sur celui de Burden qui attendait dans le deuxième fourgon, ce dernier s'adressa aussitôt à Herrin.

– Où en êtes-vous sur le nouveau programme ?

— La zone est couverte sur un rayon d'environ cent mètres, répondit Herrin, sans quitter l'écran des yeux.

— Bien. Voyons s'il n'y a pas des choses à éliminer d'entrée. Un centre commercial, un cabinet d'avocats, un commissariat de police... Tout ce qui peut avoir un besoin légitime de codage. Ce sont les habitations qui nous intéressent, et plus probablement les logements en location.

Herrin resta deux bonnes heures à son ordinateur avant que toutes les émissions aient été scannées par l'unité mobile de Burden. Il fit appeler celui-ci pour lui indiquer que sur cent douze appels codés, il en avait isolé quatorze en espagnol.

— Bon, dit Burden. Le Beechcraft sera de retour dans un quart d'heure. Qu'avons-nous ?

Herrin fit apparaître la liste sur les deux écrans.

— Sur ces quatorze émissions en espagnol, dit-il, deux provenaient d'un club de golf, une autre d'une agence immobilière, trois de cabinets d'avocats, et deux de véhicules de patrouille de la police mexicaine.

Il s'épongea le front et, appuyé sur les coudes, scruta l'écran. Il se trouvait sous une bouche de climatisation de la maison d'amis, et l'air frais était le bienvenu.

— Il n'y en a donc que six à examiner, poursuivit Herrin. Trois provenaient de cette rive du lac, et trois de la rive opposée. Pour ces dernières, on a des adresses connues. Les autres sont parties d'émetteurs mobiles. Mais on n'a toujours rien sur les contenus.

— On me dit qu'elles ne sont pas faciles à décoder, répondit Burden. On n'a pas eu grand mal à savoir si c'était de l'anglais ou de l'espagnol, mais la traduction en clair, c'est une autre affaire.

— Vous avez une idée ?

— Non. Mais j'espère que les émetteurs mobiles renvoient à l'une des maisons situées sur la rive d'en face, dit Burden. Et si c'est le cas, j'espère aussi qu'on pourra localiser l'endroit où Luquín s'est installé avec ses hommes et leur unité de surveillance.

Les yeux toujours rivés à l'écran, Herrin défit l'emballage de cellophane d'un gros caramel et le fourra dans sa bouche.

— C'est notre dernière tentative, dit Burden. Cet avion doit être revenu à Maracaïbo demain matin.

Herrin suçait nerveusement son caramel et réfléchissait, réfléchissait. Puis il mordit dans le caramel et se mit à le mastiquer.

— Je vais appeler l'avion, dit Burden. Je vais leur dire de rester sur ces six fréquences et de poursuivre leur balayage pour en capter d'autres, le plus grand nombre possible, pendant leurs deux heures de vol.

Herrin attendait, le regard fixe, une jambe agitée d'un tremblement nerveux, tel un adolescent. Ce genre d'opération lui faisait oublier son flegme coutumier.

— Bon Dieu, dit Burden dans l'écouteur de son casque, on n'a pas grand-chose, finalement ! Si par malchance ils sont restés quatre heures sans émettre... (Un silence.) Mais je ne le crois pas. Pour le premier vol, le Beechcraft était en position deux minutes à peine après l'e-mail de Cain à Luquín. Si Luquín a réagi aussitôt, comme il le fait toujours, il a certainement émis en code pendant ces deux premières heures. Il se trouve forcément dans l'une de ces trois maisons.

23

Accoudé à la rambarde au-dessus du lac, un téléphone pressé contre l'oreille, Jorge Macias regardait une fille en bikini jaune étendue à la proue d'un canot automobile qui se balançait à une centaine de mètres en contrebas. Il portait un pantalon de lin noir et sa chemise gris perle, largement ouverte, laissait voir une épaisse toison noire. Il parlait avec les hommes de son équipe de surveillance mobile qui venaient d'observer le retour de Rita Cain.

Tout en écoutant, il vit une autre fille, un pagne noir sur les reins et un verre à la main, se pencher par-dessus bord vers un homme qui chaussait des skis. Un autre type se tenait au volant du canot, et semblait donner des ordres.

— Ah, très bien, dit Macias. C'est ça, c'est ça ! Voilà ce que j'avais besoin d'entendre ! Toujours pas de gardes du corps ?... *Bueno, bueno.* Formidable !

Les filles prenaient des poses au soleil. Celle qui était à la proue se leva et entra dans le bateau. Le pilote, après un coup d'œil derrière lui, mit les gaz et fit rugir le moteur. L'hélice plongea et le bateau bondit en avant. Le skieur jaillit hors de l'eau et se mit à glisser à la surface du lac où des vaguelettes jetaient des reflets éblouissants.

Macias les regarda foncer vers le soleil. Merde.

Il se retourna vers Luquín attablé à l'ombre des arbres de l'autre côté de la piscine. Luquín fumait, concentré sur l'écran de son ordinateur comme s'il scrutait le centre de l'univers, échangeant des messages avec Rio, Mexico, Buenos Aires, Beyrouth, Monaco... Il s'était à peine interrompu pour manger après avoir très peu dormi. Il était à cran. Aussi susceptible d'exploser que de la nitroglycérine, et encore plus difficile à manipuler.

Mais tout le monde était sur les nerfs avec cette opération. Elle se déroulait aux États-Unis et ils risquaient gros. Comme Luquín leur donnait le double du salaire habituel, il attendait de tous des exploits surhumains.

Au moment où Macias le regardait, Luquín tressaillit

sur son siège, le regard rivé à l'écran. Macias n'entendit plus rien de ce qu'on lui disait au téléphone. Luquín se pencha un peu plus sur l'écran et ses traits se durcirent.

— Je te rappellerai, dit Macias.

Déjà, il se dirigeait vers le bord de la piscine où Luquín venait de se lever d'un bond en lâchant un juron. Arrachant le petit ordinateur de la table, il le jeta loin de lui. L'objet, resté ouvert avec sur son écran le dernier message reçu, décrivit un grand arc-de-cercle pour retomber au beau milieu de la piscine, où il atterrit avec un léger bruit avant de descendre lentement vers le fond.

Macias s'était figé sur place. Luquín lui jeta un regard noir par-dessus la piscine, campé sur ses deux jambes dans une posture agressive.

— Merde ! aboya-t-il. Apporte-moi un ordinateur !

Macias se mit à transpirer en pénétrant dans la maison pour prendre un ordinateur sur la table de la cuisine. En ressortant, il fit mentalement l'inventaire de tous les pépins qu'ils avaient envisagés. Lequel s'était produit, provoquant cet accès de rage chez Luquín ?

— Je ne crois pas ce type, dit Luquín.

Sa voix avait repris un volume normal. Sa colère était rentrée. Dans ces moments-là on pouvait avoir peur de lui.

Macias posa l'ordinateur sur la table, l'ouvrit et pressa le bouton de mise sous tension. Puis il contourna la table pour se placer face à Luquín. Celui-ci se mit à pianoter, ses doigts effleurant à peine avec un bruit léger les petits cubes de plastique gris.

Ils attendirent que le site codé se matérialise, puis Luquín appela le message qui l'avait mis en fureur. Il fit pivoter l'ordinateur pour le montrer à Macias.

— Le *pinche cabron* ! dit-il en souriant d'une voix alanguie par le dédain.

Macias lut.

J'ai dix millions prêts pour Cavatino, mais je ne donne pas le feu vert tant que je ne vous aurai pas revu face à face. Nous devons nous mettre d'accord sur quelque chose. Je n'ai en rien désobéi à vos instructions. Si vous continuez à assassiner des gens alors que j'obéis à vos instructions, je garde mon argent et vous pouvez aller au diable.

Macias n'en croyait pas ses yeux. Cain venait de perdre un ami. Macias sentit sur lui le regard de Luquín, qui attendait une réaction.

— Au moins, vous savez qu'il agit sans les conseils de quiconque, dit-il. Personne, dans le métier, ne l'aurait laissé faire ça.

Luquín ne répondit pas. Son regard quitta le visage de Macias et resta fixé sur le vide.

— Alors, qu'est-ce qu'il fait ? demanda-t-il.

— Peut-être qu'il ne supporte pas cette mort. Qu'il craque et veut tout foutre en l'air.

— Non. Peut-être qu'il n'a pas vu assez de morts, au contraire. Voilà ce que je pense.

C'était le grand jeu de Luquín, *jugar el todo por el todo*, tout ou rien, et il avait étudié le profil psychologique de Titus Cain comme un psychiatre professionnel. À partir de ces documents, il s'était fait sa propre idée de la psychologie de Cain, pour prévoir les réactions de ce dernier à toutes les pressions qu'il exerçait sur lui. C'était toutefois le point faible de son plan.

Le message de Titus l'avait surpris et agacé, mais sans plus. Dans l'esprit de Luquín, sa supériorité ne faisait pas de doute. Cain pouvait toujours prendre une initiative qui demandait une réaction immédiate, mais ce n'était jamais qu'une diversion.

— C'est tout de même intéressant, reprit Luquín. Un geste de défi ? Alors qu'il se sait responsable de la mort de son ami ?

— Mais il trouve ce meurtre injustifié, dit Macias. Peut-être qu'il ne se considère absolument pas comme responsable. Il pense que vous avez dépassé les bornes.

Luquín tira lentement une cigarette du paquet posé devant lui, comme s'il craignait qu'un geste trop brusque n'interrompe le cours de ses pensées. Il l'alluma et se mit à fumer, le regard perdu dans l'obscurité.

– Peut-être..., dit-il, réfléchissant à haute voix. Ce type est un curieux mélange. Une femmelette avec du culot. (Rire.) Oui, c'est bien ça ! Ce qui m'étonne, c'est qu'il montre si vite son culot. Un peu plus tard, je l'aurais mieux compris. Mais je pensais que le premier meurtre allait le déstabiliser, qu'il mettrait un certain temps à se reprendre, et qu'alors, peut-être, il me donnerait du fil à retordre. (Il hocha la tête en tirant sur sa cigarette.) Oui, c'est intéressant.

Macias observait Luquín. C'était intéressant pour lui aussi. Normalement, quand il se sentait défié, Luquín réagissait en ordonnant un meurtre rapide et brutal. Mais cette fois, pour une raison inconnue, il manifestait une réaction imprévisible. Il semblait disposé à faire preuve de patience, même si celle-ci était mesurée au compte-gouttes. Une telle attitude, chez lui, n'en était pas moins extraordinaire. Peut-être voulait-il l'argent plus que tout, plus qu'une victoire en combat singulier avec Cain ? La rapacité de Luquín était légendaire. Il voulait ces millions.

Pourtant, ce n'était pas tout. Macias n'y était pas directement impliqué, et Luquín ne lui en disait jamais rien, mais il savait qu'il y avait un enjeu autrement important. Luquín était de nouveau en affaires avec ses vieux amis du Moyen-Orient et du Mexique.

Si Macias n'était pas officiellement sur ce coup-là, il en savait plus que le croyait Luquín. Macias, en vérité, n'ignorait pas grand-chose de ce qui se traitait à Mexico.

Et les activités de son vieux *compadre* Luquín n'y faisaient pas exception.

Même dans l'optique de Luquín, ces affaires avec le
Moyen-Orient étaient follement risquées. Il ne fallait pas
s'étonner de le voir aussi coléreux et à d'autres moments
aussi bizarrement conciliant. Il jouait gros.

– C'est possible ? demanda Luquín en se retournant
vers Macias. On peut organiser une rencontre avec ce
cabron en toute sécurité ?

– C'est possible, Tano. Mais tu es certain de le
vouloir ?

– La peur. Et la souplesse. N'est-ce pas ? Il faut une
main brutale... avec une touche délicate de temps à autre
pour lui donner de l'espoir. Nous devons aussi être
souples, Jorge. On ne s'y est jamais pris comme ça
jusqu'ici. Nous devons être... attentifs à ce qui est possible et à ce qui ne l'est pas. Ici du fer. Là, un encoura-
gement. On fait ce qu'on doit faire... pour soixante-
quatre millions de dollars, hein ? Tu peux faire ça ? Pas
de problème ?

– Évidemment qu'on peut. Mais il faut contrôler la
logistique. Et faire croire à Cain qu'on a besoin de temps
pour ce rendez-vous. Il ne doit pas savoir qu'on est tout
près.

Luquín resta pensif un moment. Puis, tendant la main,
il retourna l'ordinateur face à lui et se mit à taper.

D'accord. Une rencontre. Attendez les instructions. Vous
feriez bien de respecter votre délai de paiement demain.

Luquín fit à nouveau pivoter l'ordinateur pour montrer l'écran à Macias.

– Je contacte mes hommes et on commence la mise
en place.

– Envoie ça, dit Luquín.

Macias frappa sur la touche et Luquín repoussa son siège pour se lever. Il voulait voir l'ordinateur dans la piscine. Il fit quelques pas et s'arrêta, la pointe de ses tennis au ras du bord. Il le vit, posé au fond comme l'œil d'un cyclope. Il tira sur sa cigarette et la brise qui courait le long des berges tout autour du lac emporta la fumée.

Son regard fut attiré par la descente d'une feuille de chêne au-dessus de l'eau. La feuille se balançait follement et voletait de-ci de-là, portée par des brises contraires, puis elle fila d'un vol rectiligne à travers la piscine.

Voilà comment il voulait Titus Cain, pensa-t-il : à la limite de l'affolement, le cœur battant, l'esprit ne parvenant jamais tout à fait à s'arrêter assez longtemps pour se caler sur un raisonnement, mais l'homme conservant assez le contrôle de ses facultés pour comprendre que plus vite il lâcherait l'argent, plus vite cesseraient les assassinats. C'était cette pression que Luquín devait exercer, rétablir par sa rencontre avec Cain. Ce type-là, il fallait le mener à coups de gifles, sans jamais lui laisser le temps de s'écarter du droit chemin.

24

En revenant du verger, Titus s'arrêta à la maison d'amis tandis que Rita rejoignait la maison principale. Le living-room du petit pavillon était encombré de divers ordinateurs et de tout un matériel électronique auquel il n'avait pas pris la peine de s'intéresser.

Pendant que Herrin lui expliquait le fonctionnement de cet ensemble qui collectait et analysait les données fournies par le Beechcraft, le portable de Titus sonna. C'était Burden.

– Vous avez lu la réponse de Luquín ?

– Non.

– Ça marche. Il va vous rencontrer.

Titus fut stupéfait. Il ne savait plus très bien à quoi il s'attendait, mais la perspective d'un face-à-face avec Luquín le laissait abasourdi.

– Qu'a-t-il dit ?

– Il va vous communiquer ses instructions. Donc, ne vous éloignez pas.

– Il dit pourquoi il est d'accord pour me rencontrer ?

– Non, mais il n'est pas aussi sûr de lui qu'il voudrait vous le faire croire. Il semble qu'il veuille vous voir pour se rassurer. C'est excellent. Attendez ses instructions et faites exactement ce qu'il demande. Ensuite, ce sera à nous de jouer.

– Comment ?

– Je veux qu'on en discute de façon détaillée, dit Burden. Je viendrai chez vous ce soir et je vous expliquerai tout. Que vous reste-t-il à faire pour effectuer le premier versement ?

– Je n'ai qu'un coup de fil à donner.

– Très bien. Je veux que vous le donniez devant lui. Et le versement suivant ?

– J'y travaille.

Burden ne répondit pas tout de suite et Titus entendit mieux le bruit de fond – des gens qui parlaient, des bribes de transmissions radio.

– Écoutez, reprit Burden. Il faut vous préparer... Thrush ne sera pas le seul. N'allez pas vous dire... que tout a changé par un coup de baguette magique.

Titus sentait l'odeur âcre de l'électronique, celles du plastique chauffé et du caoutchouc des gaines électriques. Des odeurs familières. Mais ce qu'il percevait derrière toutes ces pensées, ce bourdonnement qui ne cessait pas dans les muscles de sa poitrine, comme si le cœur était sur le point de s'emballer, n'était pas seulement nouveau mais effrayant. Attendre que quelqu'un meure était difficile à supporter. Il se demanda si c'était ce que ressentait un homme qui perdait le contrôle de sa raison, si ces sensations annonçaient ce qu'on appellerait ensuite une rage aveugle.

– Non, dit-il, je sais qu'il n'y a rien de changé.

Après avoir raccroché, il sortit et resta sur le seuil ombragé de la maison d'amis. L'ombre allait s'étendre tandis que le soleil descendrait au-delà du verger, jusqu'à la pente sur laquelle les ouvriers avaient entrepris d'installer la citerne. Puis son regard se fixa sur l'allée de lauriers inondée de lumière et il se laissa glisser dans un état où cet endroit si familier semblait peu à peu échapper à sa conscience pour le laisser comme étranger à sa propre expérience.

Puis, tout aussi vite, il prit le téléphone dans sa poche et appela Carla au bureau. Il voulait qu'elle vienne avec son ordinateur pour quelques heures de travail. Ce n'était pas une demande extraordinaire. Titus avait toujours aimé, même à ses débuts, travailler chez lui.

Il traversa le jardin, passa devant la fontaine, et pénétra dans le vaste hall d'entrée vitré. Rita était dans leur chambre en train de défaire ses bagages. Elle se tenait devant le lit sur lequel elle avait ouvert les valises qu'elle vidait avec des gestes brusques. Elle l'entendit mais ne se retourna pas.

– Écoute, dit-il, on ne va pas en rester là.

Comme elle faisait volte-face pour lui lancer quelque chose dont il savait qu'elle le ruminait depuis un moment, il lui rappela, d'une mimique, la présence des micros.

Surprise, Rita se contenta de le regarder en retenant sa respiration. Quand elle parla, ce fut d'un ton bref :

– Pas maintenant, Titus, pour l'amour du ciel.

– Carla va venir, dit-il, s'adressant à son dos. J'ai deux ou trois choses à régler avec elle.

– Règle-les donc, répondit Rita tout en étalant sur le lit des chemisiers, des sous-vêtements et des chaussures.

Titus tourna les talons et sortit.

En arrivant une petite heure plus tard, Carla le trouva assis à son grand bureau, en train de relire pour la énième fois le message de Luquín. Il leva les yeux, vit sa tête et comprit qu'elle savait qu'il se passait quelque chose. Posant le petit ordinateur sur la table, elle l'ouvrit d'un geste avant même de lâcher le sac qu'elle portait en bandoulière.

– Je viens de voir Rita dans la cuisine, dit-elle avec un regard entendu en faisant glisser le sac d'un coup d'épaule. Que s'est-il passé pendant ce voyage ? Elle semblait bouleversée.

– Asseyez-vous, dit Titus.

Il lui annonça l'accident de Charlie Thrush. Abasourdie, elle commença par poser des questions – elle posait toujours des questions – puis s'apitoya. Elle ne mit pas longtemps à se rendre compte, aussi, que cette terrible nouvelle s'ajoutait pour Titus au choc des lourdes pertes financières dont il lui avait parlé la veille.

Ils discutèrent un moment de la façon de prévenir de la mort de Charlie un certain nombre de responsables de CaiText, et Carla dressa la liste de ceux auxquels Titus souhaitait qu'on en parle sans attendre. À charge pour ceux-ci d'informer les autres.

– Mon Dieu, c'est beaucoup de choses à la fois, dit-elle. (Elle hésita une seconde avant de poursuivre.) Et... ce problème financier dont vous m'avez parlé ? Vous voulez qu'on s'en occupe maintenant ?

– Oui.

– Est-ce que Rita... ?

– Elle est au courant de tout.

– Comment le prend-elle ?

– On en discute.

Carla hocha la tête.

– Je vais être amené à vendre une partie de la compagnie, dit Titus, après un silence embarrassé. Huit pour cent, environ...

Carla le regarda, bouche bée.

Titus se sentit rougir. C'était humiliant.

– J'ai demandé à Lack Paley de s'en occuper, il devrait être prêt d'ici deux jours.

– Deux jours ?

Elle était atterrée. Titus fit un effort pour déglutir. Il était partagé entre la colère et la honte et savait qu'elle le voyait. De toute sa vie, il ne s'était jamais senti ainsi. Le solide bon sens, l'acuité de jugement, la prudence et les qualités de gestionnaire qui lui avaient permis de bâtir CaiText et qui étaient devenus sa marque de fabrique en affaires, tout cela était réduit à néant par ce que Luquín l'obligeait à faire. Passe encore si cette disgrâce avait été justifiée, mais devoir endosser de tels jugements sur lui-même... c'était à la limite de ce qu'il pouvait supporter.

– Il faut que vous le sachiez, dit-il, le visage en feu, pour le cas où quelque chose transpirerait et où l'on commencerait à vous poser des questions.

Si le fait d'en parler à Carla, qui le connaissait si bien, avec qui il avait partagé tant de choses et qui en savait plus sur lui que Rita elle-même, le mettait dans cet état, qu'en serait-il le jour où il lui faudrait assumer publiquement ce qui ne pouvait être perçu que comme la marque d'une conduite irresponsable ? Comment le supporterait-il ?

– Si... si on m'interroge, que... que dois-je répondre ? demanda Carla.

– Dites simplement que vous n'êtes au courant de

rien. Dites que ce sont des questions juridiques en dehors de votre compétence.

Elle hocha la tête à nouveau, sans le quitter des yeux, mais son expression se fit méfiante – comme si elle commençait à se douter que Titus ne lui disait pas tout.

– C'est un sacré coup à encaisser, dit-elle en faisant semblant de le croire tout en sachant qu'il n'était pas dupe. Ce mauvais investissement...

Il se contenta de hocher la tête à son tour. Carla pratiquait assidûment la course d'endurance et la discipline de l'entraînement physique avait façonné son intégrité morale. Le fait qu'il se dérobe n'était pas ce qui la choquait le plus. Titus ne lui disait pas tout de ses affaires, bien sûr, et elle n'attendait pas cela de lui. Mais elle comprenait qu'il se passait quelque chose, quelque chose de grave.

– Écoutez, dit-elle. (Penchée vers lui, ses cheveux courts et ébouriffés encadraient son visage au regard perçant sous des sourcils froncés.) En arrivant, il y a un instant, j'ai vu une espèce de technicien qui sortait du pavillon d'hôtes avec des écouteurs sur les oreilles. Puis je suis entrée dans la cuisine et je suis tombée sur Rita plantée devant l'évier en train de regarder par la fenêtre. Je l'ai embrassée, étonnée de la voir si vite de retour, et elle n'a même pas remarqué mon étonnement.

Son regard ne le lâchait pas.

– Et en traversant la maison pour venir ici, j'ai croisé un autre technicien avec des écouteurs. Il m'a semblé qu'il inspectait une bibliothèque.

Elle haussa les épaules. Qui était-elle, pour s'étonner de tout ça ? Elle avait les coudes sur la table et, quand elle se tut, ses doigts s'ouvrirent en éventail comme pour exprimer sa sincérité. Ses ongles taillés en ovale étaient soigneusement manucurés. Elle ne mettait jamais de vernis.

— Passe encore pour cette histoire de mauvais investissement, poursuivit-elle. Je veux bien. D'accord ? Mais enfin, Titus, je crois qu'il se passe quelque chose de grave. Êtes-vous certain... vous ne voulez vraiment rien en dire ?

Il la regarda. Il était tenté. Il n'y avait plus de micros dans la pièce. Qui saurait jamais qu'il lui avait parlé ? Il ne doutait pas de sa capacité à garder un secret, mais il sentait que la mettre au courant reviendrait à lui jeter un produit radioactif au visage. Savoir ne pouvait que la mettre en danger.

— Laissez-moi une semaine, dit-il. On en parlera à ce moment-là.

— Et avec Rita, demanda-t-elle. Ça va ?

— C'est très tendu, répondit-il avec franchise, mais ça va.

Elle hocha gravement la tête.

— C'est bien, dit-elle. À deux, vous pouvez faire face à n'importe quoi.

— Oui, à n'importe quoi.

Il avait la main droite posée sur l'ordinateur. Elle l'effleura du bout des doigts.

— Bon, dit-elle. Je crois qu'il est temps de se mettre au travail.

Titus passa plusieurs heures à travailler avec Carla et quand elle repartit l'après-midi touchait à sa fin. Il interrogea sa boîte aux lettres électronique et vit que les instructions de Luquín étaient arrivées. Elles étaient des plus laconiques : il devait quitter la propriété à midi et demi précis pour rejoindre, en suivant l'itinéraire indiqué, un carrefour isolé dans la montagne et y attendre de nouvelles instructions. Il resta assis face à l'écran. Burden devait déjà avoir pris connaissance de ce message. Il ne tarderait pas à recevoir de ses nouvelles.

Il trouva Rita dans la cuisine où elle faisait cuire des pâtes pour le dîner. Elle semblait toujours aussi énervée et il n'avait rien de plus à lui dire. De fait, elle était d'une humeur de chien et il comprenait qu'une dispute avec elle ne servirait pas à grand-chose.

Il déboucha une bouteille de vin, leur servit un verre à chacun et l'aida à préparer la salade. Ils prirent leur repas dans un silence tendu comme il ne se souvenait pas d'en avoir jamais connu entre eux. Il se demanda s'ils avaient une chance, lui comme elle, de digérer ce qu'ils avalaient.

25

La pièce était plongée dans la pénombre. Couché sur le flanc, en caleçon, il regardait au-dehors entre les rideaux écartés. Un réverbère jetait depuis la rue une lumière diffuse sur le terrain envahi par la végétation où les silhouettes du portique avec ses balançoires, du manège et du toboggan se dressaient comme des souvenirs d'enfance démantibulés. Il aurait pu être n'importe où, ce petit parc à jeux. Abandonné. Les choses qu'on abandonnait étaient partout les mêmes, et l'enfance, à certains endroits, était monstrueusement abrégée.

La pensée de l'enfance lui donna la nausée. Il se leva et alla vomir dans la salle de bains. Puis il se lava la figure, retourna dans la chambre et se laissa choir sur le lit. Il soupira, roula sur le dos. Les draps étaient lourds, presque poisseux. Il retira les tampons de papier hygiénique de ses narines. Il ne savait ce qui était le pire, de l'odeur ou de la gêne que lui procuraient ces tampons.

Il sentit aussitôt les odeurs de moisissure et de plâtre gorgé d'humidité.

Abandonnant le lit, il s'approcha de la porte ouverte. C'était peut-être la chaleur qui l'empêchait de dormir – allez savoir. Il y avait tant d'autres raisons... Il regarda, au-delà de l'allée de gravier, le bungalow dans lequel dormait le vieux couple. Il entendait le ronronnement de la climatisation fixée sous leur fenêtre. Il avait essayé de brancher la sienne, mais il en sortait un air dégoûtant, aux relents de pourriture et de mauvaise haleine.

Il sentait par moments, à travers l'écran grillagé, l'odeur de la poussière qui formait un nuage au-dessus du gravier chaque fois qu'une voiture se glissait dans l'allée, et aussi, plus lointaine, l'odeur du bitume chauffé au soleil. Et celle de la végétation. Et il lui semblait même sentir la lumière blafarde du jour qui finirait par poindre, alors qu'il lui restait plusieurs heures à attendre avant l'aube. Et au-delà, tout près... il lui sembla, brièvement, sentir la quintessence de l'éternité. Mais cette odeur-là était fugace et il ne fut pas certain de l'avoir saisie.

Il tendit la main et, aussi prudemment que s'il avait touché une toile d'araignée, tâta du bout des doigts le grillage malpropre. Un dépôt de particules, laissé par la fumée et l'haleine des inconnus qui avaient séjourné dans cette chambre, bouchait le fin treillis métallique à certains endroits. En effleurant celui-ci, il sentait les épaisseurs de crasse.

Puis, toujours à travers l'écran, il vit le visage. Il sentit le froid et se couvrit de sueur en un instant. Plissant les paupières, il scruta la pénombre au-delà du grillage sale. Là, cette branche basse drapée autour du vieux bungalow de ses voisins dessinait d'un gros trait sombre le sourcil droit. Derrière, une masse végétale était l'ombre de la joue, et la courbe de l'allée celle de la mâchoire.

Il avala sa salive, cligna des yeux, voulut affûter sa vision pour que l'illusion se dissipe. Mais ce n'était pas une illusion. Il était là et l'observait depuis le début.

Il ne se rappelait pas quand il avait commencé à voir le visage, il y avait eu depuis trop de villes, trop de rues, trop de morts. Il était parfois tapi dans certaines choses, comme à ce moment, et d'autres fois sur des personnes croisées au hasard d'un trottoir ou aperçues dans une foule. Il ne savait jamais s'il s'agissait d'un homme ou d'une femme, si ce visage était furieux ou mélancolique ou menaçant. Et tandis qu'il cherchait à distinguer un froncement de sourcils, un pli de tristesse au coin de l'œil, le visage s'évanouit lentement, la branche d'arbre cessant de dessiner une orbite, le bungalow n'étant plus qu'un bungalow, l'allée une trace plus claire dans la poussière.

Il l'acceptait. Le bizarre avait depuis longtemps cessé d'être bizarre. Le scandaleux et le banal liés au même indiscernable niveau d'expérience où les visions devenaient réalité et où la réalité se dématérialisait. Il lui arrivait parfois, comme à cet instant, de réagir physiquement. Transpiration. Battements de cœur. Envie soudaine d'uriner. Mais sur un plan émotionnel, il était calme. Stable. Inébranlable.

Quelque chose bougea au-delà de l'écran – un souffle, une légère expiration.

Il fit glisser son caleçon à ses pieds et l'enjamba. Les bras levés, les mains tenant le chambranle de la porte et les jambes écartées, il resta sur le seuil. Les relents de l'intérieur passèrent à travers l'écran pour le recouvrir. Ils se déplaçaient autour de lui comme une vapeur d'alcool, cherchant une voie pour pénétrer. Ils touchaient chaque pore, encerclaient la grappe de ses parties génitales, faisaient vibrer les poils de son pubis.

Il était encore dans cette position quand une forme humaine se matérialisa dans l'obscurité, à l'orée des arbres, et s'y immobilisa. Ils se regardèrent à travers la pénombre. Puis la créature se remit en mouvement dans sa direction, arriva jusqu'à la porte et s'arrêta près de lui, quelques centimètres à peine séparant leurs visages. Ils se regardèrent à travers l'écran grillagé. Ni l'un ni l'autre ne bougèrent.

— *Me récuerdas ?* demanda l'autre homme à voix basse.

Son corps formant un X en travers de la porte, il restait immobile et muet.

— Ah..., fit-il, enfin, dans un souffle, pour saluer le réveil d'un souvenir enfoui. *Si, García. Yo recuerdo.*

Toujours nu, il s'assit sur l'une des deux chaises de la chambre et Burden sur l'autre, le lit défait entre eux comme une grande table basse. Le filet de lumière venant du dehors laissait à peine deviner leurs silhouettes fantomatiques. Il faisait chaud dans la pièce.

— Je ne savais pas que c'était toi qui m'avais fait appeler, dit-il à Burden en se renversant sur son siège.

Bien sûr. Sa dernière adresse connue circulait de main en main dans des rues mal éclairées comme une drogue illicite et des plus dangereuses. On se débarrassait très vite du bout de papier sur lequel elle était griffonnée. Il ne savait jamais qui serait son prochain employeur jusqu'au moment où quelqu'un se manifestait, et il ne traitait la plupart du temps qu'avec des intermédiaires. Il lui arrivait de ne pas savoir de façon certaine qui l'avait payé pour ce qu'il avait fait.

— Dis-moi ce que tu deviens, souffla-t-il.

Il y avait une certaine bienveillance dans le ton, mais la menace était toujours présente pour quiconque entrait en contact avec lui. Burden était un ami, mais il n'ignorait pas son caractère instable. Personne, au niveau où se situait Burden García, ne venait jamais le trouver. Burden savait que l'homme en était conscient et de ce fait le considérait à part.

— J'ai quitté l'Agence. Je travaille en solo, répondit Burden.

— C'est ce qu'on m'a dit. Il y a pas mal d'histoires qui courent à ton sujet. Tu les laisses derrière toi comme des crottes. Où habites-tu ?

C'était la question à laquelle toute personne sensée se serait bien gardée de répondre la vérité.

— San Miguel de Allende, une bonne partie du temps. Paris, aussi. San Francisco. Londres...

— D'accord, d'accord, dit l'homme en secouant la tête. Tu as fini par l'épouser, cette fille ?

— Non.

— Mais tu es toujours avec elle.

— Bien sûr.

— Bien sûr, répéta l'homme.

Son corps semblait dilué dans la lumière blafarde qui entrait par la fenêtre derrière lui.

— Lucía, dit-il encore. Lucía la Gitane. Superbe fille.

Burden était mal à l'aise en l'entendant parler d'elle. Mais il attendit, attentif à ne rien laisser paraître de la gêne qu'il ressentait.

— Pourquoi as-tu quitté l'Agence ?

— *Descontento*.

— Oui, mais pourquoi ?

— Je ne veux pas te le dire.

— Bon, d'accord.

La petite chambre suintante d'humidité puait... quelque chose... toutes sortes de choses... la sueur, la moisissure, une odeur insistante d'urine... la peur... les cauchemars. Des odeurs d'humanité brisée. Burden les avait déjà senties auprès de certaines filles, mais dans leurs chambres flottaient aussi des parfums, et, même si c'étaient des parfums à quatre sous, ils adoucissaient la solitude. Et laissaient dans leur sillage une mélancolie insupportable.

— Je ne t'ai jamais remercié, dit l'homme.

— Ce n'était pas nécessaire.

— Il n'y a pas grand-chose de nécessaire. J'ai honte de ne pas t'avoir remercié. *Lo siento.*

Burden le comprenait, en effet, mais il ne répondit rien. Dans la vie de cet homme, il n'y avait pas de lendemains. Pour autant qu'un homme en soit capable, il vivait au présent, un moment après l'autre. C'était une vie simple, la vie d'un animal qui ne possède pas la notion de futur. Une vie horrible.

— Je ne savais pas où tu étais passé, dit Burden.

— Tu m'as cherché ?

— Plus ou moins.

Il entendit l'homme inhaler, et il lui sembla voir son souffle s'échapper en un long panache de scepticisme dans la lumière blafarde qui cernait sa silhouette.

— Plus ou moins, répéta l'homme pour entendre une deuxième fois ces mots. C'est du García tout craché, cette réponse.

— J'ai cru que tu voulais disparaître.

— C'est vrai, dit l'homme avec une petite toux. Mais tu as bien fait.

Maintenant qu'il était devant lui, Burden voulait lui poser une question qui le tracassait depuis longtemps. Sa curiosité l'emporta sur la crainte qui aurait retenu n'importe qui d'autre.

— Comment as-tu fait pour lui échapper ?

La réponse ne vint pas tout de suite. Peut-être n'y aurait-il jamais de réponse. Puis l'homme parla :

– C'était facile. Comme de se suicider. Il n'y a rien de plus facile au monde une fois qu'on est décidé.

Burden attendit.

– Une nuit où je ne dormais pas... j'étais couché dans le noir. Je pensais que ça ne finirait jamais. J'ai tendu la main, j'ai attrapé une touffe de noir et j'ai tiré. Et j'ai continué à tirer. Je tirais et ça venait, comme un rideau noir qui serait descendu sur moi. Ça a duré des heures. Quand le jour s'est levé, je n'étais plus là. Et voilà.

Burden se contenta de hocher la tête. Il savait que cet homme avait sa façon à lui de dire les choses et qu'il ne faisait pas la différence entre le réel et l'imaginaire.

– Il y a un manège, là-bas, reprit-il en se retournant vers la fenêtre. Et des balançoires. Et un tas de mauvaises herbes.

Les rideaux pendaient lugubrement derrière lui et sa silhouette pâlissait dans la lumière encore plus pâle.

– J'ai un nom à te donner, dit Burden. Mais pas tout de suite. (Il craignait que l'homme, sous le choc de cette révélation, ne devienne incontrôlable.) Comme tu t'en souviens certainement, j'ai souvent des façons de faire... différentes.

– On disait « peu orthodoxes ».

– Mais prudentes, corrigea Burden.

– Peu orthodoxes. Mais pour moi, ça ne veut plus rien dire. Ça ne se rattache à rien. Ce n'est rien.

– Tu comprends, tout de même ?

– Ma foi, puisque je te dis que ça ne veut plus rien dire.

Seigneur. Burden voyait poindre les difficultés. Mais s'il avait manifestement l'esprit dérangé, l'homme jouissait d'une réputation sans tache. Burden pensa que c'était lui-même, maintenant, qui avait des problèmes d'orthodoxie. Comment attendre d'un dément qu'il réfléchisse dans un cadre rationnel ? Il y avait là une leçon à retenir. Il ne fallait pas qu'il s'étonne.

— C'est pour ce soir ? demanda l'homme.

— Non.

— Alors, je ne veux pas en parler. Tu pries toujours ?

— Oui.

— Dans les églises ? Les mosquées ? Les synagogues ?

— Oui.

— Pourquoi ?

— Toujours pour les mêmes raisons.

— Tu ne vois pas les choses autrement, aujourd'hui ?

— Les choses ? Oui, les choses ne cessent de changer, alors je vois les choses autrement. Mais moi, je ne me vois pas autrement. Alors je continue.

— Si ce qu'on raconte est vrai, dit l'homme, alors je ne comprends pas pourquoi tu continues.

Burden ne répondit pas.

Silence.

— Et d'ailleurs, reprit l'homme, qu'est-ce que ça peut faire ? Je crois que ça n'a aucune importance.

Ils se regardèrent, face à face dans la pénombre de la petite chambre.

Burden se leva lentement. Il lui semblait soudain que la nuit s'étendait sur tout le globe comme si, pendant qu'il était dans ce motel humide, tous les fuseaux horaires s'étaient confondus dans une même obscurité, et que le mot de matin avait été retiré du vocabulaire de l'humanité.

— Je vais revenir, dit-il. Et je te dirai d'y aller.

26

Quand Burden arriva enfin, Titus l'attendait sur la véranda. Burden avait chaud et était en nage. La camionnette l'avait laissé sur Cielo Canyon Road, et il avait grimpé à travers bois pour arriver par le fond du verger. Sa tenue était similaire à celle que Titus lui avait vue en le quittant au Mexique : une ample chemise de lin couleur chocolat sur un jean large et délavé.

Ils traversèrent le jardin, puis le hall d'entrée pour rejoindre le bureau de Titus où Rita attendait.

Les présentations furent embarrassées. Rita était méfiante et gardait ostensiblement ses distances, et Burden avait hâte d'en finir. Rita se montra assez aimable pour lui proposer un verre d'eau qu'il accepta. Comme elle se retournait pour le lui tendre il la remercia, but longuement et se lança aussitôt dans ses explications, debout à l'extrémité de la table. Les fenêtres ouvertes derrière lui donnaient sur le verger plongé dans l'obscurité.

— Notre première préoccupation, dit-il, est de savoir de combien d'hommes dispose Luquín sur cette opération. Pour organiser cette rencontre, ils sont obligés de faire appel à tous ceux qui s'occupent des communications et de la sécurité. On va les observer et compter. C'est tout.

Il but une autre gorgée, respira profondément, jeta un coup d'œil à sa montre avant de poursuivre :

— Nous sommes gravement désavantagés, ici. Il ne faut pas l'oublier. Et nous n'aurons pas deux fois la possibilité de faire cet inventaire...

– Expliquez « désavantagés », l'interrompit Rita.

Burden la regarda. Titus eut l'impression qu'il retenait un geste d'impatience.

– Luquín a perfectionné ce genre d'opération après des années d'expérience, dit-il. Ses hommes sont sans doute venus ici plusieurs semaines à l'avance pour tout préparer – par exemple, mettre votre propriété sous surveillance électronique. Il a probablement pour le seconder Jorge Macias, ancien officier de renseignement des services de sécurité mexicains. Macias a fourni secrètement des informations à Luquín pendant des années. Et il dispose de contacts aux États-Unis. Il dirige sans doute quatre ou cinq équipes distinctes sur cette opération, toutes compartimentées, toutes accoutumées aux méthodes de Macias. Ses hommes sont en bonne forme physique, bien préparés et solidaires.

« De notre côté, voici où nous en sommes : j'ai été appelé au dernier moment et je n'ai personne pour me renseigner sur le terrain. Je dois constituer deux équipes, littéralement du jour au lendemain, en amenant des hommes par avion d'une demi-douzaine de villes différentes, et je livre une véritable course contre la montre. J'ai des collaborateurs de tout premier ordre, mais ils sont peu nombreux. Ils ont dû prendre sur leur sommeil pour venir jusqu'ici, et ils n'auront ni pause ni repos tant que tout ne sera pas terminé. Ils seront constamment sous pression, contrairement aux équipes de Luquín, dans la mesure où c'est Luquín lui-même qui crée cette pression – c'est lui qui a fixé les règles et le programme. Si vous ne vous y conformez pas comme il l'a ordonné, il y aura des conséquences. Nous en avons déjà eu une tragique illustration.

Burden monologuait d'un ton posé en détachant bien ses mots et Titus comprenait que, s'il restait courtois, il n'en était pas moins agacé qu'on l'oblige à s'expliquer.

Titus regarda Rita, qui s'était assise au centre de la table. Un verre de scotch était posé devant elle sur un magazine. Elle était tendue et concentrée pour écouter Burden qu'elle regardait fixement, comme si elle avait craint de perdre le fil de ce qu'il disait en relâchant un tant soit peu son attention.

Burden la regardait aussi. Il cherchait à savoir si sa réponse l'avait satisfaite, mais Titus eut l'impression de voir autre chose dans ce regard. Il se rappela le grand portrait de femme accroché dans le bureau de Burden. L'homme appréciait les femmes, et le danger ou la tension nés des circonstances n'y changeaient rien, apparemment. Titus jeta un coup d'œil à Rita. Elle avait compris ce qui se passait. Les femmes séduisantes apprennent dès l'enfance ce que signifient ces regards-là.

— Voyons comment les choses vont se dérouler pendant les heures qui viennent, reprit Burden. Une fois parti d'ici, Titus, il faudra vous débrouiller seul. Il est clair que nous ne pouvons pas nous permettre de vous doter d'un émetteur qui permettrait de vous suivre à la trace. Il serait inutile, aussi, d'en équiper la Rover, car ils vont vous demander de l'abandonner quelque part. Nos voitures vous suivront, mais de très loin, quitte à vous perdre de vue pour éviter d'être repérées.

— Comment ? tressaillit Rita. Vous n'allez pas l'envoyer à ce rendez-vous comme ça !

— Il le faut, répondit calmement Burden en se tournant vers Titus comme pour solliciter son aide.

Rita observait Titus elle aussi. Il y avait de la fureur dans son regard, et une peur qu'elle ne voulait même pas s'avouer à elle-même.

— Réfléchis donc, Rita, dit Titus. Luquín veut l'argent. C'est moi qui détiens l'argent. Crois-moi, il ne me fera rien. En fait, je suis peut-être le seul qui ne risque rien. Le problème, en l'occurrence, ce n'est pas ma sécurité.

— C'est quoi, alors ?

— C'est de ne pas se faire repérer, répondit Burden. Nous ne pouvons pas nous permettre d'être découverts. Notre seul – je le répète – notre seul petit avantage tient au fait qu'ils ignorent notre présence à vos côtés.

— Je comprends votre raisonnement, dit Rita en le regardant droit dans les yeux, mais ceci n'est pas un exercice tactique pour moi. Il s'agit de mon mari seul face à un tueur.

Burden pencha la tête pour essuyer d'un revers de manche son front constellé de gouttes de sueur.

— Madame Cain, dit-il en la fixant à son tour. Pour dire les choses crûment, c'est vous qui risquez d'être, très vite, beaucoup plus en danger que votre mari.

— Elle pourrait s'installer quelque part, en sécurité, intervint Titus. Nous en avons discuté et...

— Et c'est une idée stupide, coupa Rita, sans quitter Burden des yeux. Il n'en est pas question. Ni maintenant ni plus tard. N'en parlons plus.

— Écoutez, dit Burden, je comprends que pour vous, madame Cain, ce rendez-vous paraît... terriblement risqué. Mais dites-vous bien ceci : vous allez assister dans les jours qui viennent à beaucoup de choses qui vont vous choquer et vous surprendre. Elles vous révéleront un monde dont vous n'avez jamais soupçonné l'existence, mais qui est celui dans lequel je vis. Ma lecture des événements se fait dans une perspective radicalement différente de la vôtre. (Un silence.) Pour être franc, madame Cain, vous devez me faire confiance. Vous n'avez pas le choix.

— J'ai du mal à le croire, dit-elle très vite.

— Rita, nous avons longuement discuté de tout ça, García et moi, dit Titus. En détail. Nous avons fixé notre ligne de conduite. Il est trop tard pour en changer maintenant, ce serait beaucoup trop dangereux.

– En détail, dit-elle. C'est formidable... (Se tournant vers Burden.) Et qu'arrivera-t-il si vos hommes sont repérés ? Dans quelle situation sera Titus ? Qu'avez-vous prévu pour faire face à cette éventualité ? Vous nous expliquez depuis vingt minutes que vous êtes gravement désavantagé dans... dans cette... opération, et vous voudriez me faire croire que Titus va aller discuter avec ce... ce tueur psychopathe et qu'il... ne court aucun danger ? Vous me prenez pour une idiote ?

Titus observait attentivement Rita. Il se rendait compte qu'elle avait atteint un stade où elle ne faisait plus clairement la distinction entre sa peur et sa colère. Une seule passion emportait ces deux émotions confondues. Il admirait son assurance et sa force de caractère, et, de son côté, elle s'était toujours fiée à son jugement dans les situations les plus délicates. Mais cette fois, elle ne semblait pas disposée à l'accepter.

Elle but une gorgée de scotch en luttant contre ses larmes et Titus vit qu'elle avalait avec difficulté – ce n'était pas seulement le scotch qui avait du mal à passer.

Dans le silence qui suivit, Burden se passa la main dans les cheveux pour lui laisser le temps de se ressaisir. Il semblait compatir sincèrement à sa détresse.

– Je ne peux pas vous délivrer en un clin d'œil de votre infortune, madame Cain, dit-il. Je ne peux pas repousser le danger ni désarmer le démon qui s'est placé sur votre chemin. Il serait trop cruel de le prétendre.

Rita détourna les yeux et Burden lança un regard interrogateur à Titus. Ce dernier l'invita à poursuivre d'un hochement de tête.

– Vous devez comprendre, reprit Burden, tourné vers Titus, que même si nous perdons le contact avec vous, nous saurons à tout moment où vous vous trouvez. Vous n'allez pas disparaître de l'autre côté de la Terre.

Se levant, il tira de sa poche une petite boîte de pastilles à rafraîchir l'haleine contenues dans un étui en plastique, vint se placer à côté de Titus et face à Rita et posa la boîte sur la table.

– Avant de venir ici, dit-il en les regardant tour à tour, nous avons à peu près localisé Luquín.

– À peu près ?

– Nous ne l'avons pas vu pour de bon. Mais en interceptant les appels téléphoniques codés, nous avons isolé trois maisons. Deux ont été éliminées. Celle que nous pensons être la bonne appartient à une femme divorcée qui partage son temps entre Austin et Santa Fe. Quand elle n'est pas là, elle confie sa maison à des amis. Ce mois-ci elle l'a laissée à une habitante de Laredo, qui l'a passée à son tour à une succession de connaissances. Nous avons perdu le fil, mais nous sommes à peu près certains que c'est là que Luquín se trouve.

« En outre, mes deux unités mobiles ont intercepté des communications téléphoniques en provenance d'une autre unité mobile à destination de Mexico City. Mais nous avons du mal à les décoder, c'est très difficile, et à localiser précisément ce véhicule. Nous pensons que c'est une équipe de Macias qui opère, et nous espérons en avoir la confirmation grâce au rendez-vous de ce soir.

– Et ensuite ? demanda Titus.

– Pour préparer un mouvement sur Luquín, nous avons besoin de savoir à tout moment où se trouvent tous ses hommes. S'ils ont un bon système de surveillance, ils risquent d'être prévenus dès que nous commencerons à bouger pour les coincer. Dans ce cas, tout serait fichu. L'équipe spéciale qui se déplace avec Luquín – sans doute les gens que vous avez vus l'autre soir – le ferait rapidement disparaître. Si les nôtres ne sont pas sur place à ce moment-là, Luquín nous filera entre les doigts.

Sans plus d'explications, Burden ouvrit la boîte et versa les petites pastilles rondes sur la table. Puis, retirant le couvercle de la boîte, il en fit glisser avec précaution une mince feuille de plastique pliée en deux qui ressemblait à du papier paraffiné.

À l'intérieur se trouvaient ce qui semblait être des bouts de papier aux formes irrégulières, d'environ un demi-centimètre de diamètre, certains marron clair, d'autres couleur chair ou un peu plus foncé, d'autres encore vaguement rosés. Burden sortit une paire de ciseaux de sa poche et souleva délicatement l'un de ces objets minuscules. C'était transparent et fin comme de la Cellophane.

– Grains de beauté et taches de rousseur, dit-il. Ils ont une face adhésive et résistent à la pluie et à la transpiration, mais ils sont aussi faciles à enlever. Et si fins qu'on ne les sent pas si on n'est pas prévenu. Conçus par un dermatologue (Il posa le faux grain de beauté sur la feuille de plastique dépliée) et un ingénieur spécialisé dans les microfluides. Il s'agit en fait d'un sous-produit de quelque chose, mais qui s'est avéré très efficace pour l'usage que nous voulons en faire.

« Ce sont de mini-émetteurs – pour un certain type de récepteurs – qui fonctionnent pendant dix jours avec un rayon d'action d'une trentaine de kilomètres. Vous allez en coller sur le dos de vos mains et sur vos avant-bras. Quand vous aurez un bon endroit où les mettre, retirez-les discrètement et laissez-les-y.

Titus, penché au-dessus de la table, examinait les petits mouchards.

– Qu'entendez-vous par « un bon endroit ? » demanda-t-il.

– Le mieux, c'est sur quelqu'un. Sinon, collez-les sur

un véhicule si celui-ci semble leur appartenir – l'un de ceux qui possèdent un équipement électronique ou qui, pour une raison ou pour une autre, vous fait penser qu'ils vont continuer à l'utiliser. S'ils vous emmènent dans un endroit où ils ont l'air d'être installés, autre chose qu'une chambre de motel par exemple, laissez-y un mouchard. Autrement dit, laissez-en dans tous les endroits dont vous jugerez qu'il nous sera utile de les connaître... le moment venu.

« Vous noterez, poursuivit Burden, en montrant les mouchards de la pointe de ses ciseaux, que certains sont clairs et d'autres foncés. Ils émettent des signaux différents. Laissez-en une sorte sur les véhicules, une autre sur les personnes. Ainsi, nous saurons que chercher. Comme vous ne pourrez pas les distinguer dans l'obscurité, collez par exemple les clairs sur votre main et votre bras gauche et les foncés de l'autre côté pour être certain de ne pas vous tromper.

– Combien y en a-t-il en tout ? demanda Titus.

– Seulement huit, hélas.

– Ça doit coûter cher ?

– Vous en avez devant vous pour cinquante-trois mille dollars. Mais ils les valent jusqu'au dernier.

– C'est tout ce que vous attendez de lui ? intervint Rita. Qu'il se promène en collant ces... choses ?

– Il faut aussi, bien sûr, qu'il retire un maximum d'informations de son entretien avec Luquín. C'est essentiel. (Il regarda Rita.) L'information n'a pas de prix.

– Et lui non plus, rétorqua-t-elle d'un ton calme.

On la sentait tout près de dire à Burden le fond de sa pensée, mais elle tint sa langue. De justesse.

Burden ne réagit pas et ne répondit rien. Il s'adressa à Titus.

– L'un d'entre eux émettra un signal légèrement

différent, dit-il, en écartant plusieurs mouchards pour isoler celui qui portait une marque noire en son centre. C'est le vôtre. On va le placer sur votre épaule. Vous en aurez donc sept à laisser derrière vous.

– Bon, allons-y, dit Titus en posant les deux bras sur la table. Je veux savoir comment les choses vont se passer, et nous n'avons plus beaucoup de temps.

27

Conformément aux instructions de Luquín, Titus franchit le portail de sa propriété au volant de la Range Rover à midi et demi précis pour prendre la voie privée qui descendait en lacet sur un petit kilomètre jusqu'à Cielo Canyon Road. On lui avait dit de rejoindre West-lake Drive puis, au sud, le carrefour de Toro Canyon où il recevrait d'autres instructions.

Les choses ne se passèrent pas comme prévu.

Dès le deuxième virage, un homme sortit de l'ombre du sous-bois pour se camper dans le faisceau de ses phares en lui faisant signe de s'arrêter. Titus obtempéra. L'homme s'approcha rapidement et ouvrit la portière.

– Sortez, s'il vous plaît, monsieur Cain, dit-il avec un fort accent anglais.

Titus rangea la Rover sur le bas-côté et s'exécuta en laissant le moteur tourner. L'homme sauta dans la Rover, s'éloigna sans un mot, et Titus resta dans l'obscurité au milieu de la route pavée.

Tandis que le bruit du moteur s'éloignait et que le bourdonnement des insectes reprenait possession du silence, Titus entendit un bruit dans le feuillage et se retourna. Une autre silhouette apparut à la lisière de la forêt.

— Monsieur Cain, dit l'homme en s'approchant. (Il n'avait pas de torche.) Prenez ceci.

Il lui tendait une paire de lunettes que Titus porta à ses yeux. Elles avaient des lentilles de vision nocturne montrant un univers vert pomme infusé de turquoise par endroits. Titus vit que l'homme avait les mêmes. Il portait une tenue de ville, et son polo moulant révélait un torse et des bras puissamment musclés. À sa ceinture, un revolver de gros calibre.

Quittant la route, ils s'enfoncèrent sous les arbres, l'homme précédant Titus. Ils dévalèrent la pente sous les cèdres, sans hâte mais en serpentant prudemment entre les arbres et dans les fourrés, leurs chaussures de ville ne leur rendant pas la chose facile.

Quelques minutes plus tard, ils atteignaient Cielo Canyon où ils s'arrêtèrent à la limite des premiers arbres. Une voiture passa alors qu'ils n'avaient fait que quelques pas dans le sous-bois. Puis une autre. La troisième, une Lincoln Navigator, ralentit. Elle s'arrêta et on poussa Titus hors du bois pour l'y faire monter. Les portières n'étaient pas fermées que la voiture redémarrait déjà.

Titus se retrouva derrière le conducteur et l'homme s'assit à côté de lui...

— Les lunettes, dit-il.

Titus les lui tendit.

Il regarda le chauffeur. Cette nuque ne lui disait rien. Puis il se tourna vers l'homme assis à côté de lui et rencontra son regard. Un Mexicain.

Un scanner fixé au tableau de bord grésillait et émettait des fréquences, un petit écran de liaison satellite se trouvait à côté. Comme s'il devinait l'interprétation qu'en faisait Titus, le chauffeur se pencha et éteignit l'écran. Avec un gros soupir, Titus détacha l'un des grains de beauté du dos de sa main et le colla au siège, entre ses jambes.

Après quelques virages, ils pénétrèrent dans un lotissement résidentiel et parcoururent plusieurs rues avant d'arriver tout au fond, où deux maisons étaient encore en chantier.

– Descendez, dit l'homme assis à côté de lui.

Ils sortirent de la voiture. L'homme s'approcha en lui tendant quelque chose.

– Retirez vos vêtements.

Titus se déshabilla, ne gardant que ses chaussures et son caleçon.

– Tous, dit l'homme.

Titus retira ses chaussures, ses chaussettes et son caleçon. Luquín lui avait ordonné, entre autres, de ne porter aucun papier d'identité sur lui. Ils allaient, visiblement, repartir en laissant là ses vêtements et ses chaussures.

– Vous faites du sport ? demanda l'homme en lui tendant les vêtements qu'il avait apportés.

– Oui.

– Des poids et haltères ?

– C'est ça, répondit Titus.

Il enfila le pantalon et le boutonna, ainsi que la chemise. D'après ce qu'il en voyait à la lumière qui passait par la portière ouverte, ça ressemblait à un uniforme de mécanicien, gris mastic. L'homme laissa tomber une paire de chaussures à ses pieds.

– Quarante-quatre ?

– Exact, dit Titus.

En se penchant pour lacer la première chaussure, il perdit l'équilibre. Il tendit instinctivement la main vers l'homme qui réagit de la même façon en le bloquant d'une épaule massive pour lui éviter de tomber. Titus se releva prestement et acheva de mettre les chaussures. Un grain de beauté était passé de sa main droite sur l'avant-bras de l'autre.

Quand ils se rassirent dans la voiture, l'homme tendit une cagoule noire à Titus.

— Enfilez ça.

Titus s'exécuta et fut aussitôt pris de claustrophobie. Pas seulement à cause de ce tissu collé à son visage. Il y avait tout le reste, inconnu, menaçant.

Il tenta de suivre l'itinéraire en se rappelant les virages, mais c'était impossible ; il avait, en outre, l'impression que le conducteur rebroussait chemin et faisait des demi-tours. Après que Titus se fut changé, les deux hommes s'étaient mis à parler en espagnol. Ils savaient sans doute que Titus ne risquait pas de les comprendre car ils ne semblaient pas prendre de précautions. Puis la voiture s'engagea sur ce qui devait être une autoroute ou une voie rapide, car elle prit de la vitesse et s'y maintint. La conversation cessa.

Titus perdit la notion de l'heure pendant cette partie du trajet, la monotonie de la vitesse qui ne variait pas et l'absence de conversation concourant à créer une sorte de hors-temps. Soudain, la voiture ralentit et s'arrêta sans se garer sur le bas-côté.

Les portières s'ouvrirent à la volée et on tira Titus au-dehors pour le pousser dans un autre véhicule – un autre fourgon lui sembla-t-il. Il était de nouveau à l'arrière. Très vite, car il ignorait combien de temps il allait rester dans cette voiture, il colla un autre mouchard au siège, entre ses genoux. La voiture sortit de l'autoroute et repartit en accélérant sur une route goudronnée mais sinueuse – peut-être une route de campagne.

Un autre tournant. Une montée sur du gravier. Ralentissement. Arrêt.

Les portières s'ouvrirent ; celle du chauffeur et une autre. Deux personnes, songea-t-il. Quelqu'un le tira dehors en le tenant par le bras au-dessus du coude, le guida sur le gravier, puis sur de l'herbe, peut-être une pelouse, et jusqu'aux marches d'un porche. Un porche en bois. Une porte.

Comme il semblait avoir les plus grandes difficultés à garder son équilibre pour marcher ainsi à l'aveuglette, il faisait de grands gestes, tendait les bras pour chercher des appuis, et ses mains rencontraient l'homme qui le conduisait. Quand ils atteignirent le porche, celui-ci aussi avait un grain de beauté.

À l'intérieur, on lui ordonna de rester sans bouger et d'attendre les instructions. Puis il entendit l'homme s'éloigner et le bruit d'une porte se refermant. Il sentit qu'il y avait quelqu'un avec lui dans cette pièce et reconnut une odeur de suie. Le plancher grinçait sous ses pieds au moindre mouvement. Ancien. En mauvais état.

– Ôtez votre cagoule, monsieur Cain.

Titus reconnut la voix de Luquín.

28

En retirant sa cagoule, il vit qu'il était dans une sorte de cabane. La lumière venait d'une lampe à pétrole posée sur un seau renversé devant une cheminée creusée dans le mur. La lanterne projetait une lumière crue qui faisait naître des ombres inquiétantes tout autour de la pièce. À l'odeur du pétrole se mêlaient des relents d'urine de rats et de bois pourri.

– Asseyez-vous, dit Luquín.

Il se tenait à côté de la lanterne dans une chaise longue en toile. Son ombre portée se brisait à l'angle du mur. Le siège qu'il désignait à Titus était un autre seau retourné. Luquín portait un complet de grand prix (Titus remarqua la soie du pantalon) qui rendait sa présence insolite dans ce décor, comme s'il venait de quitter un plateau de cinéma. Ils étaient seuls dans la pièce.

— Vous vouliez me parler.

Il était détendu, les bras sur les accoudoirs de la chaise longue, les mains pendant nonchalamment aux extrémités.

Titus s'avança d'un pas et s'assit sur le seau, à deux petits mètres de Luquín. Il lui trouvait quelque chose d'hyperréaliste. Le fait de savoir ce qu'il avait fait à Charlie altérait la perception qu'il avait de lui.

— Vous avez fait tuer Charlie Thrush.

— Oui.

C'était clair, laconique, et dit avec une absence de culpabilité désarmante.

— Vous savez comment on l'a tué ?

— Non.

— Vous ne le savez pas.

— Non, répéta Luquín avec un mouvement de tête agacé. Que voulez-vous, monsieur Cain ?

— Vous n'auriez pas dû le tuer.

Luquín leva un doigt et le pointa lentement sur Titus.

— Attention. Vous êtes dans la merde, et vous vous enfoncez.

— Pourquoi ?

— Je vous ai déjà dit que c'était moi qui décidais de qui devait mourir, et quand. C'est ce que j'ai fait. Ça vous étonne ? Vous ne l'aviez pas compris ?

Un gros insecte traversa la cabane d'un vol lourd, tel un avion miniature, avant de percuter le globe de la lanterne. Il tomba aux pieds de Luquín et se mit à tourner sur lui-même, une aile brisée. Luquín ne le remarqua même pas.

– Ça vous a servi à quoi de le tuer ?

– Vous ne voyez pas votre situation différemment, depuis ?

La question était de pure rhétorique. Titus n'y répondit pas.

Luquín se rembrunit et hocha la tête.

– Voilà à quoi ça m'a servi.

L'homme était puant d'arrogance, et Titus se sentit furieux à l'idée qu'il croyait le dresser de cette façon.

– Faites-vous apporter un téléphone, dit-il, et je débloque immédiatement les premiers dix millions. Et j'effectuerai le deuxième versement de vingt et un millions sous vingt-quatre heures et non sous quarante-huit heures comme vous l'avez demandé.

Un éclair passa dans le regard de Luquín qui hocha la tête d'un air agréablement surpris, mais ses sourcils froncés disaient qu'il restait méfiant et sur ses gardes. Titus vit qu'une question lui venait aux lèvres, qu'il repoussa aussitôt pour déplacer sa pièce d'échecs sur un autre carré.

Sans quitter Titus des yeux, il leva le pied et écrasa l'insecte dont on entendit craquer la carapace.

– Roque, dit-il, sans changer de ton.

Quelque chose bougea, dehors, dans l'obscurité. La porte de la cabane s'ouvrit, un homme entra et vint se placer à côté de Luquín.

– *Tú celular*, dit Luquín en désignant Titus d'un signe de tête.

L'homme prit le téléphone dans l'étui accroché à sa ceinture et le tendit à Titus.

Titus composa le numéro de Lack Paley et écouta la sonnerie. Luquín le regardait, tel un lézard, immobile et concentré. Paley décrocha.

Titus lui demanda de virer l'argent sur le compte de Cavatino le lendemain à la première heure. Et de se tenir prêt à effectuer le second virement. Lack connaissait son métier et s'il ignorait ce qu'il y avait derrière tout ça, il comprenait fort bien qu'il se passait quelque chose d'extraordinaire.

Paley raccrocha, mais Titus fit semblant de continuer à écouter. Avant que Roque lui tende son téléphone, il avait réussi à décoller l'un des mouchards les plus clairs – une tache de rousseur – et l'avait gardé entre le pouce et l'index de sa main droite. Il tenait le téléphone de la main gauche. Il mit fin à son échange avec Paley, pressa le bouton de mise en service et fit passer l'appareil dans sa main droite pour le tendre à Roque. Le mouchard y était collé comme une sangsue. L'homme remit l'appareil dans son étui et sortit.

— Et voilà, dit Titus à Luquín.

— Nous verrons.

Luquín observait Titus. Il avait allumé une cigarette et semblait réfléchir en fumant.

— Mais, ajouta Titus, si quelqu'un d'autre meurt, vous n'aurez plus un rond.

Luquín changea de tête comme si Titus l'avait giflé. Sa surprise n'était pas feinte, pas plus que la fureur qui se substitua au calme énigmatique qu'il avait affiché jusque-là.

— Vous ne savez pas ce que vous dites ! lança-t-il. Je me demande si vous êtes capable de comprendre à quoi vous vous exposez.

— Si je vous laisse... Si je devais marchander avec vous en sacrifiant des vies humaines, je ne pourrais plus continuer à vivre, dit Titus. Et je sais que vous ne pouvez pas le comprendre. Mais c'est comme ça. C'est ce qu'on appelle normal. Ce n'est pas extraordinaire. C'est ce que font les honnêtes gens.

— Les honnêtes gens..., répéta Luquín en hochant la tête. Oui. Voyez-vous, monsieur Cain, l'expérience m'a appris qu'il n'y avait qu'un cheveu – un petit cheveu – de différence entre les honnêtes gens et les animaux. J'ai appris que ce qui marchait avec les animaux marchait aussi avec les honnêtes gens.

– La peur.

– Oui, bien sûr. La peur.

Titus écouta le léger sifflement de la lanterne dans le silence qui suivit. Les fenêtres de la cabane étaient ouvertes, mais il y régnait une chaleur étouffante, et la fumée âcre de la cigarette de Luquín se mêlait à des relents de pourriture. Titus était en nage sous son uniforme, et il vit que Luquín s'était mis à transpirer lui aussi, presque soudainement.

– Vous êtes un imbécile, monsieur Cain.

– Vous pouvez avoir trente et un millions de dollars sur votre compte, *via* Cavatino, dans les quarante-huit heures, dit Titus. Mais si quelqu'un meurt, j'irai directement au FBI et je dirai tout. Je ferai en sorte qu'ils vous poursuivent jusqu'en Patagonie s'il le faut. Et si eux ne vous trouvent pas... ce sera moi.

Luquín tressaillit, se pencha en avant sur la chaise longue et son bras droit se tendit pour pointer vers Titus les deux doigts qui tenaient la cigarette. L'amabilité hautaine dont il se parait encore un instant plus tôt avait disparu, chassée par la fureur. Titus vit devant lui la bête Luquín, une créature poussée par des appétits qu'elle ne pouvait satisfaire qu'en infligeant des souffrances à d'autres êtres humains.

Luquín resta ainsi, figé comme une figure de cire dans un musée, le regard aussi fixe que sa posture. Mais les mots lui restèrent dans la gorge. Il n'y avait pour trahir sa réalité que le léger tremblement de la cigarette et la fumée qui s'en échappait.

– Monsieur Cain, dit-il enfin, d'une voix que son effort pour se contenir rendait étrangement rauque, ne faites pas de prévisions me concernant. (Sa respiration n'était plus qu'un souffle.) Et ne me menacez pas.

Luquín jeta un bref regard de côté et Titus se rappela que Roque se tenait toujours à un pas derrière lui. Le canon du revolver le frappa tout près de l'œil, sur la tempe droite. Il entendit la chair éclater entre l'os et le métal et sentit sa tête partir en arrière avant de perdre connaissance.

Il ne resta inconscient que quelques secondes, malheureusement. Il aurait pu se relever plus vite, mais la lanterne se balançait devant lui, il lui semblait peser soudain plusieurs centaines de kilos et il ne parvenait pas à positionner correctement ses jambes pour se remettre debout.

Il entendit Luquín aboyer des ordres en espagnol, vit Roque revenir sur lui, se couvrit la tête à deux mains pour amortir un nouveau coup et songea, horrifié, qu'on allait maintenant le battre à mort. Mais il n'y eut pas de deuxième coup.

– *La capucha*, dit Roque, debout devant lui.

Titus sentit qu'on rabattait la cagoule sur sa tête.

29

Chacun des quatre véhicules de surveillance avait un chauffeur et un cameraman équipé d'une camera à infra-rouges, tous recrutés sur place. Cette présence du personnel local était une nécessité. Surveiller et exercer des filatures consistait pour une bonne part à prévoir des déplacements et demandait une bonne connaissance de la géographie et des voies de communication. Burden se trouvait dans un cinquième véhicule, un fourgon, assis à l'arrière avec deux techniciens opérant sur trois types de logiciels cartographiques et quatre écrans de télévision sur lesquels apparaissaient les images saisies par les caméras des quatre autres véhicules.

Burden n'avait jamais vu les hommes avec lesquels il travaillait, mais le chauffeur et les deux techniciens présents dans son propre véhicule étaient des collaborateurs réguliers qu'il utilisait pour ce genre d'opération, en les faisant venir de divers endroits.

On voyait à ce moment Titus qui venait de quitter sa propriété. Burden observait l'écran sur lequel apparaissaient les signaux émis par les mouchards que Titus emportait pour les distribuer. Des points verts indiquaient ceux qui étaient posés sur des personnes, et des points jaunes ceux qui se trouvaient sur des véhicules.

Grâce à un système de relais assez sophistiqué, l'équipe put garder le contact visuel avec la voiture qui emmenait Titus, même quand il se trouva dans les cinq cents hectares du City Park, vaste espace vert niché dans un étroit méandre du lac Austin. Ce fut dans cette zone déserte que Burden suivit à l'écran le transfert de Titus dans une autre voiture, qui ne tarda pas à quitter le parc par l'unique route goudronnée pour s'enfoncer dans une épaisse forêt de cèdres.

Mais ce fut sur City Park Road également que les véhicules de surveillance eurent la chance de repérer le véhicule de surveillance de Macias. Ils firent descendre un tireur d'élite à un endroit où la camionnette devait prendre un virage en épingle à cheveux qui la ramenait pratiquement dans la direction par laquelle elle était arrivée. De sa cachette, l'homme tira une balle spéciale chargée de teinture noire dans la roue arrière droite.

Pendant les deux heures que passa Titus aux mains des hommes de Macias, l'équipe de Burden ne cessa de se déplacer, abandonnant des voitures et en prenant d'autres pour que les hommes de Macias ne voient jamais deux fois la même. C'était une opération complexe, et quand Titus fut relâché dans un complexe résidentiel surplombant la route 360, les hommes de Burden avaient acquis une idée assez précise du dispositif tactique de Macias. Titus avait laissé des mouchards sur bon nombre de gens et de véhicules qui pouvaient désormais être localisés à tout moment.

Il était deux heures et demie du matin quand Titus se présenta devant le portail de la propriété au volant de sa Range Rover. Il pressa le bouton de la télécommande, le portail s'ouvrit et il entra.

Un homme surgit dans le faisceau de ses phares et se campa au centre de l'allée. Le cœur de Titus se mit à cogner dans sa poitrine et il retint sa respiration. Non, ça n'allait pas recommencer ! Puis, tout de suite : était-il arrivé quelque chose ? Étaient-ils chez lui ? La silhouette de l'homme se précisant, il reconnut García Burden.

Titus s'arrêta, Burden ouvrit la portière du côté du passager et s'assit.

— Merde ! dit-il en voyant la tête de Titus à la lueur du tableau de bord. Que s'est-il passé ?

— J'ai énervé Luquín et son sbire m'a frappé avec le canon de son revolver. J'ai saigné comme un porc, mais ça va, même si j'ai un sacré mal de tête.

Burden pensait déjà à autre chose.

— Je veux vous voir quand vous aurez nettoyé ça. Vous allez tout me raconter, en détail.

Rita parvint à se contrôler pour ne pas exploser et l'aida à nettoyer la plaie. Elle vit tout de suite qu'il n'était pas sérieusement blessé, mais insista néanmoins pour qu'il fasse poser des points de suture. Et comme

Titus refusait de se rendre aux urgences, elle lui appliqua un pansement de sa fabrication en disant qu'il ferait sans doute l'affaire mais risquait de lui laisser une cicatrice aussi grosse qu'un troisième sourcil. Quand il se fut changé ils appelèrent Burden, qui s'était rendu dans la maison d'amis où Herrin et son équipe mobile analysaient les liaisons radio et les conversations téléphoniques qu'ils avaient interceptées.

Titus, Rita et Burden s'assirent dans la cuisine devant le comptoir de granite noir encombré de papiers, de radios et de téléphones. Rita avait préparé du café noir et fort, à la française, pour les aider à rester éveillés.

Rita, comme Titus s'en aperçut, avait suivi toute l'affaire avec Herrin dans la maison d'amis. Elle en parlait comme d'une expérience aussi terrifiante que fascinante, et finalement rassurante. Le sang-froid dont Burden et ses hommes avaient fait preuve pendant ces deux terribles heures lui avait révélé une nouvelle sorte de réalité. Depuis elle avait l'impression – de façon tout à fait irrationnelle, disait-elle – qu'il y avait peut-être, finalement, un moyen de sortir de ce cauchemar.

Burden ne pensait qu'au débriefing. Il redemanda plusieurs fois à Titus de lui faire le récit de sa soirée depuis le moment où on lui avait demandé de quitter sa Rover jusqu'au moment où on l'y avait ramené. Qu'avait-il entendu ? Quels mouvements avait-il perçus ? Combien de personnes ? Les personnalités ? Les accents ? Il emmena ensuite Titus regarder ce qu'ils avaient vu sur leurs écrans. Il lui demanda ce qu'il pensait de ceci, de cela, avant de donner son propre avis, ses propres interprétations.

Ils revinrent à plusieurs reprises sur la conversation entre Titus et Luquín. Burden voulait savoir comment Luquín se comportait, sur quel ton il avait dit certaines choses, ses expressions, ses regards. Comment choisissait-il ses mots ?

Ils firent une pause. Burden releva les messages sur son téléphone, sans faire de commentaire. Titus jeta un coup d'œil à Rita, s'efforçant vainement de cacher son anxiété. Rita ne s'y trompa pas et fronça les sourcils.

— Bon, Titus, dites-moi maintenant ce que vous pensez. Vraiment. L'heure n'est pas aux subtilités. Je n'ai pas de temps à perdre en supputations. Parlez franchement.

Titus changea de position sur sa chaise.

— D'après tout ce que j'ai vu ce soir..., commença-t-il en s'essuyant le visage à deux mains, et en tressaillant au contact de la blessure qu'il avait oubliée. D'après ce que j'ai vu ce soir, Luquín a monté son coup avec beaucoup de soin.

— Comme toujours. On ne peut pas se permettre beaucoup d'erreurs avec ce type-là.

— Et pour être franc, reprit Titus, je n'ai pas l'impression que vous ayez ce qu'il faut de votre côté.

Burden ne quittait pas Titus des yeux, mais son expression restait indéchiffrable.

— Il me semble que le désavantage dont vous parliez est finalement un sacré handicap. Trop important pour que vous le surmontiez.

— Je vous ai déjà dit, en effet, que nous étions désavantagés, répondit Burden. Ce n'est donc pas une surprise. Mais si vous jugez d'après ce que vous avez vu sur le champ de bataille, vous commettez une erreur.

— Ce que je vois, dit Titus, c'est un type qui dispose d'une mécanique bien huilée, servie par des hommes disciplinés et brutaux. Ce que je vois, c'est qu'il est arrivé ici décidé à vaincre, et qu'il a amené avec lui des gens qui feront tout pour qu'il y parvienne.

— C'est ce que vous voyez.

– Oui.

– Mais dans ces affaires, ce qu'on voit ne permet pas d'apprécier la réalité. Toute la logistique humaine et matérielle est conçue pour être invisible. Ce n'est pas ce que vous voyez qui doit vous inquiéter le plus.

– J'entends bien, García, mais comprenez qu'il m'est difficile de prendre des décisions basées sur ce que je ne vois pas.

– Rappelez-vous. Les gens qui vous ont enlevé ce soir étaient ici depuis un mois, voire plus, et vous n'avez rien vu, et vous ne vous êtes douté de rien. Ils sont entrés chez vous à de nombreuses reprises, ont placé des micros, étudié votre système d'alarme, vous ont suivi, et vous n'aviez pas la moindre idée de ce qui se passait. Jusqu'à ce que Luquín vous dise lui-même ce qu'il avait fait.

« Et n'oubliez pas non plus ceci : si vous avez eu un aperçu de l'opération de Luquín ce soir, c'est grâce à ce que nous avons déjà fait, mes équipes et moi-même. Nous l'avons amené à sortir de sa tanière, sans qu'il sache ce qu'il en était. Il a beau être fort, nous avons tout de même réussi ça. Maintenant, nous analysons toutes les informations déjà collectées dans nos ordinateurs, et quand j'y aurai ajouté ce que j'ai appris de vous depuis une heure, nous saurons de manière assez précise combien de personnes nous avons en face de nous.

Burden but une gorgée de café et jeta un bref regard à Rita avant de reprendre :

– Vous n'avez pas fait le mauvais choix, Titus. Ne commencez pas à douter de vous-même, ce n'est pas le moment. Nous avons fait de grands progrès en très peu de temps pour affronter tous les Luquín que l'avenir nous réserve. Vous ne voyez que ce qui dépasse. Et vous ne verrez rien de ce qui compte. Nous ne voulons pas de spectacle. Nous cherchons l'invisibilité... et le silence.

« Autre chose : vous vous rappelez notre conversation à San Miguel ? Quand les choses sont lancées, on ne revient pas en arrière. Je m'en tiens à ça. Nous dormons avec le serpent maintenant, Titus. Si nous voulons voir le jour se lever, nous devons rester très calmes et très silencieux tant qu'il ne sera pas mort. Si nous le réveillons, il nous tuera.

VENDREDI

Quatrième jour

30

Titus s'était écroulé sur son lit et dormait depuis une heure, malgré la forte poussée d'adrénaline due à ses épreuves de la soirée, quand Carla Elster, son assistante, se retourna sur son oreiller à quelques vallées de là et vit à la fenêtre le jour se lever. Son radio-réveil venait de s'allumer et elle s'accorda quelques minutes pour écouter Bob Edwards rendre compte d'une audition au Congrès. Puis elle rejeta les couvertures, tendit la main vers le peignoir de coton posé sur une chaise à côté du lit, l'enfila et noua la ceinture.

Elle s'achemina lentement vers la salle de bains où elle s'aspergea le visage et se brossa les cheveux, puis les dents. Une main sur la hanche, elle examina ses traits dans le miroir, et les marques laissées par le passage des années.

Au diable tout ça, se dit-elle en longeant le couloir pour descendre à la cuisine où le café finissait de passer. Elle en versa dans une chope, y ajouta une moitié de lait qu'elle prit dans le réfrigérateur et, sa chope à la main, alla ramasser le *New York Times* devant la porte.

De retour dans la cuisine, elle s'assit et parcourut les titres. Elle ne parvint pas à concentrer son attention sur les articles car ses réflexions la ramenaient obstinément à Titus, auquel elle avait pensé toute la nuit. Elle ne pouvait s'empêcher d'être inquiète. Il se passait quelque chose de grave. Elle ne croyait pas à cette histoire d'investissement malencontreux, bien sûr. Mais Titus semblait trouver nécessaire de ruiner sa propre réputation pour couvrir... elle ne savait quoi, et c'était ce qui la choquait le plus. Il devait en souffrir horriblement et elle souffrait pour lui.

Et ces types avec leurs casques à écouteurs, que cherchaient-ils ? Des micros cachés ? Ça en avait tout l'air, et Titus avait délibérément ignoré ses questions à ce sujet. Et pourquoi lui avait-il dit avec une telle insistance que ses ennuis financiers étaient d'ordre personnel ? Il n'en fallait pas plus pour qu'elle pense le contraire.

En passant sa tenue de jogging, elle pensait encore à Titus et à Rita. On pouvait comprendre que Rita soit perturbée par la mort de Charlie et les problèmes financiers de Titus – mais elle semblait plus énervée, et plus brusque dans ses manières, que réellement affolée.

Elle s'arrêta au pied de l'escalier pour prendre la seringue d'épinéphrine qu'elle portait autour du cou dans un petit sachet quand elle allait courir. Elle jeta un coup d'œil à sa montre en arrivant sur le trottoir, puis s'engagea sur la route à petites foulées.

Il y avait à West Lake Hills, petite ville bâtie sur le flanc sud-est d'Austin, des quartiers où l'on se sentait presque à la campagne, avec de petites routes sinueuses qui s'élevaient entre des collines boisées et redescendaient vers les vallées. Les maisons étaient souvent invisibles depuis la route, et on pouvait courir de longs moments sans en apercevoir aucune.

Carla courait de préférence à l'écart des zones habitées, et elle aimait cette routine matinale. Elle aimait le calme et la solitude de ces moments, sachant qu'ensuite, à CaiText, elle travaillerait sans répit jusqu'au soir et rentrerait chez elle épuisée.

Elle courait depuis une vingtaine de minutes quand

elle dépassa un homme qui faisait des exercices d'échauffement devant l'allée menant à sa maison. Elle bifurqua un peu plus loin dans une rue plus étroite. L'homme s'était mis à courir derrière elle. Puis une femme sortit d'une haie dressée entre une maison et le trottoir et commença à courir également, mais moins vite qu'elle.

Au moment où Carla allait la dépasser, elle entendit l'homme qui arrivait derrière elle. Elle ralentit en rattrapant la femme, pour éviter de courir à trois de front sur le trottoir trop étroit quand l'homme les dépasserait.

Mais il ne les dépassa pas. La femme, se retournant brusquement, saisit Carla à bras-le-corps et la fit pivoter. L'homme fut aussitôt sur elle pour lui enfoncer un tampon de mousse dans la bouche et, joignant leurs efforts, ils la portèrent littéralement vers l'épais sous-bois qui bordait la rue à cet endroit.

Carla, sonnée par la violence de l'attaque, se rendit compte qu'elle se débattait, mais fut rapidement jetée à terre et immobilisée. La femme tira sur son soutien-gorge de sport tandis que l'homme brandissait un sachet de tulle d'où sortait un bruit qui l'horrifia : un bourdonnement aigu, ininterrompu.

L'homme plaça précautionneusement l'ouverture du sachet contre son sein gauche et elle perdit tout contrôle d'elle-même. Mais elle n'était pas assez forte. Les frelons la piquèrent plusieurs fois avant que l'homme déplace le sachet vers son ventre nu, où il le maintint d'une main ferme pendant que les frelons piquaient à nouveau.

Ce fut tout.

L'homme et la femme, ensuite, se contentèrent de la tenir. L'homme regarda sa montre et ils attendirent. Les piqûres la brûlaient aussi violemment que si on avait répandu des charbons ardents sur son sein et sur son ventre et, comme elle transpirait d'abondance, elles se mirent à démanger.

Ils étaient tous trois dans les hautes herbes à quelques mètres de la rue, étroitement mêlés en une étrange étreinte, et ils attendaient. Que se passait-il ? Pourquoi lui faisaient-ils cela ? Elle sentait le parfum de la lotion après-rasage sur la joue de l'homme et, contre son épaule nue, la chair douce et ferme des seins de la femme. Sa stupéfaction le disputait à la terreur dans l'attente de la réaction allergique.

C'était incompréhensible.

Elle tenta de voir leurs visages mais n'y parvint pas. Pourquoi l'empêchaient-ils de voir leurs visages ? Quelle importance, s'ils avaient décidé de la tuer ? De la tuer ? Était-ce... se pouvait-il que ce soit vraiment leur intention ? C'était ce qu'ils étaient en train de faire, mais était-ce ce qu'ils voulaient faire ?

C'était absurde, aussi absurde que si l'un d'eux avait été un papillon.

Comme elle souffrait d'allergie aiguë, les symptômes se manifestèrent très vite. Elle sentit sa gorge se serrer, puis il lui sembla que ses poumons lâchaient, qu'ils ne pouvaient plus retenir suffisamment d'oxygène. Elle tremblait, frissonnait dans sa panique, et toussait à travers le tampon de mousse. Puis vinrent les crampes d'estomac, de longues et brutales contractions des muscles. La tête lui tournait et son cœur battait à une vitesse effarante.

Elle sentit qu'on retirait la seringue d'épinéphrine pendue à son cou. Allaient-ils finalement la secourir ?

Il lui sembla soudain que le temps s'était brutalement accéléré. Elle savait qu'elle avait vingt minutes, tout au plus. Ces gens la serraient contre eux comme des amis pris d'un élan bizarre. Elle se demanda un instant ce que penserait un passant qui les verrait ainsi. C'était plus qu'étrange. La tiédeur de leur chair contre la sienne... Cette intimité... Elle les entendait respirer. Ou bien était-ce elle ?

Quand elle commença à avoir des pertes de conscience, il lui sembla qu'ils relâchaient leur étreinte. Mais c'était peut-être qu'elle les sentait moins ? Elle pensa, inexplicablement, à son mari, sans colère et avec regret. Elle pensa aux filles. Elles s'en sortiraient. Elle avait finalement traversé sans dommage toutes ces années avec elles. Elles devenaient raisonnables, elles se stabilisaient. Et pour le reste, il n'y avait pas à s'inquiéter. Nathan. Béni soit-il. Il allait avoir une sacrée surprise.

Il y eut un moment de panique aveugle, et elle se débattit contre ses ravisseurs. Elle lutta pour s'en aller. Il aurait pu lui arriver tant de choses... Qui aurait dit que ce serait aussi... incroyable ?

Enfin, elle avait bien fait de donner ce tailleur marron à nettoyer. C'était celui-là, certainement, que les filles choisiraient. Mais comme elles ne le trouveraient pas dans la penderie, il faudrait que Nathan pense au pressing.

Sa tête explosa soudain et elle fut prise de nausées. Et cette chaleur. Dieu qu'elle avait chaud !

31

Titus se rasait, une serviette nouée autour des reins. Il avait le cou raide malgré la douche prolongée qu'il venait de prendre dans l'espoir de le détendre. Une tasse de café et un toast à moitié mangé étaient posés sur le comptoir à côté de son pot de savon à raser. Il avait autour du sourcil droit un bourrelet de chair violette et tuméfiée. En regardant vers la piscine, à travers la cloison vitrée, il se sentit la tête lourde. Il n'avait dormi que quatre heures.

Mais il fallait bien reconnaître que la conversation avec Burden, qui s'était prolongée jusqu'aux petites heures de la nuit, avait été passionnante. Titus craignait de ne pas avoir fait les bons choix et Burden l'avait en partie rassuré là-dessus, sans pourtant rien promettre de concret. Titus restait effrayé à l'idée que sa décision de faire appel à Burden risquait d'entraîner de nouvelles tragédies, mais il ne pouvait pas avancer de faits précis pour justifier son angoisse.

Il essuya les restes de mousse à raser sur son visage, s'habilla. En traversant le hall d'entrée pour rejoindre la cuisine, il se sentait déjà moins comateux. Il trouva Rita assise au comptoir devant un jus d'orange.

– Tu te contenteras de ce toast ? demanda-t-elle.

Elle semblait épuisée, elle aussi.

– Oui, c'est bon, dit-il en versant dans l'évier le reste de café refroidi.

Il lui fit face, adossé au comptoir.

– Comment va ta tête ? demanda Rita.

– Pas très fort.

– Montre-moi ça.

Abandonnant son tabouret, elle s'approcha de lui. Il attendit pendant qu'elle l'examinait. Il vit, tout près, le duvet blond qui courait sur ses tempes et huma le parfum de son shampooing.

– Tu vas garder cette bosse pendant un certain temps, dit-elle en se rasseyant.

L'interphone du portail se mit à bourdonner sur le tableau électrique placé derrière lui et il se retourna pour presser le bouton.

– Oui ?

– Shérif adjoint Seams, du comté de Travis. Vous êtes monsieur Cain ?

– Oui, c'est moi.

– Vous voulez bien m'ouvrir, monsieur Cain ?

– Oui, bien sûr.

Titus regarda Rita, les sourcils froncés, en pressant le bouton d'ouverture du portail.

Rita, figée sur son tabouret, se contenta de lui renvoyer un regard intrigué.

– Je me demande bien..., marmonna-t-il en allant ouvrir la porte donnant sur la véranda.

Rita lui emboîta le pas. Ils attendirent sur le seuil, dans la lumière matinale, pendant que la voiture du shérif remontait lentement l'allée pour s'arrêter derrière les fourgons d'Herrin.

Le shérif coupa le contact et, avant d'ouvrir sa portière, eut un geste bizarre ; il ôta son chapeau et le posa sur le siège de sa voiture de patrouille. Quand il en sortit et avant qu'il ne referme la portière, on entendit les grésillements de la radio de bord. Il regarda autour de lui en se dirigeant vers Titus et Rita qui attendaient à la limite du terre-plein dallé sous les volutes de belles-de-jour grimpantes. Les roucoulements des tourterelles nichées dans les rangées de pêchers portaient très loin dans le silence du matin.

– Madame, dit le shérif en saluant Rita d'un hochement de tête.

Puis il tendit la main à Titus.

– Ward Seams. Shérif adjoint.

– Titus Cain. Rita, ma femme.

Le shérif y alla d'un nouveau hochement de tête et tendit la main. Puis il se tourna vers Titus.

– Désolé, dit-il, mais j'ai une mauvaise nouvelle à vous apprendre, monsieur Cain. Mme Carla Elster est bien votre secrétaire personnelle ?

Titus ne put qu'opiner du chef. Il ne lui restait plus qu'à apprendre comment c'était arrivé.

– Mme Elster est morte, monsieur Cain.

Rita laissa échapper un bref soupir, puis un autre, comme si on l'avait frappée à l'estomac. Titus resta sans réaction.

Seams reprit lentement, prudemment, comme s'il tentait d'apprivoiser un animal sauvage :

– On l'a trouvée près de chez elle il y a moins d'une heure. Elle gisait sur le bas-côté de la route. Elle était sortie pour courir. D'après les constatations du médecin légiste, elle semble avoir été victime d'une crise d'allergie provoquée par des piqûres d'insectes.

Rita poussa un nouveau soupir. Seams lui jeta un coup d'œil avant de continuer :

– Elle avait ses papiers d'identité sur elle. Elle a été emmenée en ville. Je me suis rendu chez elle et les voisins m'ont dit que ses filles étaient absentes pendant l'été. Ils m'ont dit aussi qu'elle travaillait pour CaiText et que vous étiez de vieux amis.

Tendant la main de façon inattendue, il la posa sur l'épaule de Titus.

– Je suis désolé, monsieur Cain...

Il semblait sincère. Il regarda à nouveau Rita puis Titus.

– C'est dur, je le sais, mais j'ai des questions à vous poser à propos des filles. Il va falloir les prévenir et je voulais d'abord en parler avec vous.

Rita s'était laissée choir dans l'un des fauteuils en fer forgé de la véranda et pleurait tandis que Titus regardait la voiture du shérif s'éloigner et disparaître au-delà du portail.

Ce qu'il éprouvait à ce moment était pratiquement

indescriptible. Une émotion semblable à aucune autre l'emportait de plus en plus loin de lui-même tandis que, debout sous les rameaux de belles-de-jour, il écoutait Rita qui pleurait doucement, poliment presque, aux prises avec un désespoir sans fond. Il y avait dans ses pleurs une immense perplexité, de la peur, de la colère, de la stupéfaction et d'autres émotions auxquelles nul n'avait jamais donné de nom.

Chez Titus, c'était la nausée qui dominait, nourrie par un terrible sentiment de culpabilité. Si seulement il avait... s'il avait... s'il n'avait pas... Brutalement assailli par un flot de souvenirs, il blâmait Luquín... et Gil Norlin... et García Burden... et lui-même, pour ne pas avoir vu à chaque tournant où tout cela le menait, pour avoir manqué de discernement, d'intelligence, de bon sens... d'audace...

— Bon Dieu de bon Dieu ! lâcha-t-il, avant de tourner les talons, la face congestionnée, le corps tremblant sous la poussée d'adrénaline qui explosait en lui dans le tumulte et l'emballement de ses propres pensées. Bon Dieu de bon Dieu ! répéta-t-il en traversant la véranda en trombe, puis le jardin, pour se précipiter vers la maison d'amis où Burden venait de passer une courte nuit pour éviter de reprendre la route à une heure tardive.

— Titus ! cria Rita, qui avait enfoui son visage dans ses mains et releva vivement la tête. Titus !

Titus poussa la porte de la maison d'amis avec une telle violence qu'elle alla cogner contre la cloison avec un bruit de détonation. Son entrée fut si volcanique que Cline et Herrin, qui se penchaient sur leurs écrans d'ordinateurs, bondirent sur leurs pieds.

— Où est Burden, bon sang ? demanda Titus, la gorge serrée par l'émotion, au moment où Burden se levait du canapé sur lequel il se tenait, son téléphone à l'oreille.

— Laissez ce putain de téléphone ! lui lança Titus.

Burden referma sèchement l'appareil, sans un mot. Les deux hommes se firent face.

— Vous êtes au courant de ce qui vient de se passer ?

— Oui, répondit Burden. Je l'apprends à l'instant.

Titus, oppressé, le cœur battant à tout rompre, arrivait tout juste à parler.

— Ça suffit, dit-il. Voilà. Ça suffit. Assez de morts ! Et ne me dites pas que c'était inévitable. Assez de ce baratin ! Plus de morts, ça suffit, on arrête. Tout de suite !

— Comment...

— Écoutez-moi bien, Burden. Vous allez rassembler tous les renseignements que vous possédez sur Luquín et sa bande – il y en a une quantité, maintenant – et filer au FBI. Tout de suite. À la minute. Vous leur remettrez tout ça et ils enverront un commando arrêter Luquín, ou le tuer s'ils veulent, je m'en fiche éperdument. Mais on arrête immédiatement ce délire !

— Réfléchissez, Titus...

— Vous faites ce que je vous dis immédiatement, García ! (Titus hurlait presque.) Ou bien c'est moi qui m'en chargerai ! Vos consignes de silence, de secret et vos plans confidentiels, je n'en ai rien à foutre. Ce salopard ne tuera plus aucun de mes amis. Vous n'avez pas le choix. Vous n'avez rien à dire. C'est ter-mi-né !

Dans la maison d'amis, l'atmosphère était plus chargée de l'électricité qui venait des personnes présentes que des ordinateurs et du matériel de communication étalé sur des tables de fortune.

Rita avait fait irruption sur les talons de Titus et ils se tenaient tous deux face à Burden qui, sans se laisser impressionner, hochait la tête pour leur donner le temps de reprendre haleine. Mark Herrin et Cline scrutaient avec une attention fiévreuse leurs écrans d'ordinateurs. On n'entendit plus, pendant un court instant de silence, que le ronronnement impersonnel de l'électronique.

– Je n'aurais jamais dû laisser les choses aller aussi loin, dit Titus. Ce sont mes décisions qui ont entraîné ces morts. Mais je ne permettrai pas que ça recommence.

– Vous voulez donc tout arrêter, c'est la solution que vous proposez ? répondit Burden.

De l'endroit où il se tenait, il faisait face à la partie sud de la vaste pièce et au mur vitré qui allait du sol au plafond voûté et donnait sur l'allée de lauriers et le verger.

– Ecoutez, dit-il en se passant une main dans les cheveux sans quitter Titus des yeux. Réfléchissez à ceci : sachant ce que vous savez désormais de Luquín, sachant qu'il a promis de faire un massacre si vous préveniez le FBI (il marqua une pause), croyez-vous qu'en prévenant le FBI dès le premier jour vous auriez évité ces morts ?

Burden se tut, mais il n'attendait pas de réponse, pas encore. Il reprit donc :

– Combien de temps, d'après vous, le FBI aurait-il mis pour trouver Luquín ? Combien de temps cela aurait-il pris ? Est-ce qu'ils le tiendraient déjà (il consulta sa montre), soixante heures après ? Aurait-on évité n'importe laquelle de ces morts ?

Titus le regardait. Son esprit se colletait déjà avec le problème, mais Burden n'attendit pas.

– Même s'ils l'avaient arrêté – c'est impossible, mais supposons-le –, croyez-vous que cela aurait empêché ces tragiques... accidents ?

Silence.

– La vérité, c'est plutôt que Luquín se serait débrouillé pour quitter le pays avant qu'on ne l'attrape.

201

Croyez-vous que ces morts auraient été évitées pour autant ?

Burden jeta un bref coup d'œil à Rita qui le regardait dans un silence crispé.

— Rappelez-vous, Titus, que vous n'êtes pas le premier à passer par là à cause de cet homme. L'avez-vous oublié ? Et, croyez-moi, je suis loin de vous avoir tout dit. Les choses, en vérité, auraient pu être bien pires pour vous.

Titus le regarda sans rien dire. Il était encore rouge de colère et le sentait. Mais il se sentait aussi dévasté, vidé de ses forces par la violence de ses émotions.

Laissant sa question en suspens, Burden se tourna vers la fenêtre pour regarder au-dehors, immobile et silencieux.

— Je ne peux rien contre ce que Luquín a fait ailleurs, dit enfin Titus, derrière Burden. Je le regrette, mais je n'y peux rien.

Burden se retourna.

— Mais ici, vous y pouvez quelque chose. N'est-ce pas ?

— J'aurais dû aller tout de suite prévenir le FBI.

— Et Luquín serait en fuite à l'heure qu'il est. Et Charlie Thrush et Carla Elster seraient morts de toute façon.

— Mais il aurait le FBI à ses trousses, et pourquoi pas cette foutue armée américaine, si nécessaire ! On a des moyens, ici, García. Mais vous, qu'avez-vous pour le poursuivre ?

— Et il y aurait d'autres morts, Dieu sait combien de morts, continua Burden. Comme Luquín l'a promis, parce qu'il serait furieux qu'on ait prévenu le FBI, furieux de voir l'argent lui échapper. Par-dessus le marché, il serait planqué, et il faudrait encore dix ans pour lui mettre la main dessus, dix ans pendant lesquels il continuerait à rançonner et à assassiner. (Un silence.) Voilà ce que vous auriez réussi à faire, Titus.

Les deux hommes s'affrontèrent du regard.

— Vous comprenez cela, Titus ? Vous le comprenez, n'est-ce pas ?

— Je vais vous dire ce que je comprends, García. Je comprends que si Charlie et Carla sont morts, c'est à cause des décisions que j'ai prises. Je comprends que si d'autres morts comme celles-ci devaient se produire je ne le supporterais pas. Je ne peux rien contre des choses auxquelles je ne comprends rien ! Assez d'improvisation ! Je veux confier toutes ces informations au FBI. Sans attendre. Je veux qu'on arrête ce Luquín. Tout de suite !

Burden fit un pas pour se camper face à Titus et Rita.

— Ne vous y trompez pas, dit-il avec une certaine rudesse. Charlie Thrush et Carla Elster étaient déjà morts il y a deux jours quand vous avez vu Luquín sur cette véranda. Ils étaient morts, que vous le vouliez ou non et quoi que vous fassiez, et il vous faut accepter cette réalité aussi horrible soit-elle. Je crois vous l'avoir dit, non ? Rappelez-vous, c'était à San Miguel. Je vous ai dit, une ou deux personnes sont déjà condamnées et virtuellement mortes. Je vous ai dit que Luquín allait tuer, qu'il était obligé de le faire parce qu'il voyait dans ces meurtres le seul moyen de vous faire comprendre la réalité de votre situation.

Il se tut un instant mais ne bougea pas, ne cilla même pas.

— Quand Luquín se déplace, la violence et le malheur l'accompagnent. Il a décidé de venir ici. Vous pouvez toujours me le reprocher, mais vous avez tort. Et vous pouvez toujours vous sentir coupable, mais comme vous n'y êtes pour rien, ça me semble un peu irrationnel. Vous n'êtes pas responsable de ce qui vous arrive et de ce qui arrive à d'autres, vous vous trompez si vous le croyez, et ça ne sert à rien. Et, pour être tout à fait franc, ça ressemble un peu à de l'apitoiement sur soi-même.

Si Titus fut piqué au vif par cette dernière remarque, dans le même temps il en saisit la justesse. Il n'avait rien oublié de ce qu'il avait appris sur Luquín, mais il n'avait pas cessé, non plus, de mettre sa propre expérience en perspective à la lumière des histoires épouvantables rapportées par Burden.

Burden s'éloigna de quelques pas. S'il conservait apparemment tout son sang-froid, ses rares mouvements étaient le signe d'une certaine nervosité. Titus le revit allant et venant de l'ombre à la lumière dans son grand bureau de San Miguel tout en cherchant à mettre de l'ordre dans ses idées. Puis Burden s'adossa à l'un des piliers qui soutenaient le haut plafond.

– Il faut en finir avec cette ambiguïté, Titus. Vous n'avez pas de temps à perdre. Vous devez comprendre combien nos chances de réussite sont minces, notre marge d'action étroite même si nous travaillons main dans la main. Nous ne gagnerons pas cette partie si nous jouons l'un contre l'autre.

Il avait à peine prononcé le dernier mot que Rita parla à son tour :

– Je veux savoir où nous en sommes. Vous êtes certain, dites-vous, que Luquín aurait pris la fuite si nous avions prévenu les agents du FBI, à cause de leur lenteur et de leur maladresse. Mais maintenant que vous avez rassemblé toutes ces informations sur lui dans vos ordinateurs, pourquoi ne pas les communiquer au FBI, comme Titus le propose, et s'assurer qu'ils font le nécessaire pour arrêter ce fou dangereux ? Et que voulez-vous dire, au juste, par « gagner cette partie » ?

Le regard de Burden se perdit quelque part entre Titus et Rita. Il était visiblement en train de réfléchir pour prendre une décision. Il changea de position, toujours adossé au pilier. Il regarda Herrin et Cline qui faisaient de leur mieux pour montrer qu'ils ne s'intéressaient pas à ce qui se passait dans la pièce.

— Mark, dit Burden, vous voulez bien nous laisser seuls un instant ?

— Ah, mais oui, bien sûr.

Les deux hommes se levèrent et sortirent sans ajouter un mot.

Dès que la porte se fut refermée sur eux, Burden alla s'asseoir sur le canapé, les coudes sur les genoux, les doigts mollement entrelacés.

— Les gens du FBI ne veulent pas de ces fichues informations, dit-il. Ils préfèrent me les laisser. Et ils ne tiennent pas à savoir ce que j'en ferai.

33

Titus et Rita regardèrent Burden, bouche bée, vaguement effrayés de ce qu'ils allaient entendre.

— Si je me décide à vous dire ce qui va suivre, c'est uniquement parce que j'ai besoin de votre coopération, et je ne pense pas que vous me l'accorderez tant que vous ne le saurez pas. Mais entendez bien ceci : il y a un prix à payer pour savoir ce que je m'apprête à vous dire. C'est un secret que vous devrez emporter dans la tombe. Si vous le trahissez, aussi juste qu'en soient les raisons, ça ira mal pour vous.

— Tant qu'à proférer des menaces, soyez donc plus concret, dit Titus.

– Je le pourrais, mais ce ne sont pas des menaces. C'est un conseil. Une invitation à la prudence.

– Je ne promets rien, grommela Titus.

– Ce n'est pas ce que j'attendais. Vous êtes dans de très sales draps et, à ce stade, vous méritez des explications, pour autant que je puisse vous en donner. Je vous dis simplement que ces informations ne sont pas gratuites. Elles ont un prix. Le sachant, vous aurez des choix difficiles à faire sur la façon de les utiliser.

Burden parlait d'une voix douce, qui semblait s'adoucir encore d'une phrase à l'autre. Il se tut, pour réfléchir à ce qu'il allait dire et, quand il reprit, Titus était penché en avant sur son fauteuil pour mieux l'entendre.

– Il y a une liste, dit Burden, et le nom de Luquín y figure. C'est une courte liste, établie par une commission composée de hauts responsables des diverses agences de renseignements américaines. Cette liste, ni les autres nations, ni même nos plus proches alliés n'en ont connaissance. Les individus qui y sont mentionnés sont considérés comme présentant de sérieuses menaces pour les États-Unis – spécialement pour les États-Unis, indépendamment des autres nations. Un ordre secret de recherche et d'exécution de ces personnes a été émis au plus haut niveau de l'exécutif.

Titus sentit Rita se raidir sur le bras de son fauteuil, où elle s'était assise.

– Il existe une autre liste. Encore plus courte. Celle des individus autorisés à agir en silence. Mon nom y figure.

« Écoutez-moi bien : vous avez été entraînés dans quelque chose que vous ne pouvez pas comprendre. C'est plus complexe que vous n'êtes en mesure de l'imaginer.

Titus était abasourdi.

— En quoi... en quoi ces gens-là représentent-ils une telle menace ? Vous parlez... d'exécution ?

— Avant Ben Laden, nous ne pensions pas, nous non plus, qu'une telle chose était possible. Ces hommes nous sont connus. Tout comme l'était Ben Laden. Ces hommes ont entre eux des contacts qui ne tiennent compte ni des frontières ni des clivages ordinaires entre les idéologies et les milieux du crime et de la politique. C'était le cas de Ben Laden. C'est leur capacité à faire jouer ces contacts et à concentrer leur action sur une cible à une échelle inconnue à ce jour qui a valu à ces individus de figurer sur la liste en question. Si une telle chose avait été imaginable avant Ben Laden, son nom y aurait figuré. Mais c'est lui qui nous a fait comprendre la nécessité d'avoir une telle liste. Et d'agir de cette façon.

— Seigneur, dit Titus. (Tout, soudain, était remis en question. Son point de vue changeait, il entrait dans une autre dimension.) Ces hommes... Ceux de cette liste, ils sont... partout dans le monde ?

— En effet. Et les moindres renseignements les concernant sont transmis aux services opérationnels d'une... unité spéciale. Et ils me parviennent, ou à l'un de mes collègues. Ça ne va pas plus loin, pour ce qui est des services de renseignements. Je ne suis pas moi-même, au sens strict du terme, un officier du renseignement. En fait, je ne suis rien du tout. Ou, plus exactement, je suis ce que je dois être pour faire le travail.

— Mais pourquoi, demanda Rita en secouant la tête d'un air incrédule, pourquoi ne poursuit-on pas ces gens selon les procédures normales, en faisant appel à la police et au système judiciaire ? Ou à l'armée ? Ou...

— Songez, dit Burden, à l'ampleur des moyens qu'il a fallu mettre en œuvre contre Ben Laden et Al Qaïda.

Aux hommes, à la puissance militaire, aux moyens de renseignement, aux dépenses, aux débats juridiques, à la couverture médiatique, à la mobilisation nationale, au temps. Multipliez tout cela par dix... et plus.

— Mais ces hommes n'ont pas fait ce que Ben Laden a fait ? s'étonna Rita.

— Ben Laden non plus, avant de le faire... Nous savions qu'il représentait une menace, à un certain niveau, et que cette menace était peut-être sérieuse. Mais nous avons manqué d'imagination. Ce manque d'imagination nous a coûté des milliers de vies humaines et des milliards de dollars, et ce n'est pas fini. Croyez-moi, les hommes dont je vous parle ont la capacité de faire autant de mal à ce pays. Plus, peut-être, pour certains d'entre eux. Ils ne s'y prendront pas de la même façon. Ils savent que nous sommes désormais sur nos gardes. Mais ils trouveront autre chose.

« Car eux, comprenez-le, ne manquent pas d'imagination. Voyez Luquín. Et ce qu'il fait avec vous n'est pas son véritable objectif. Ce n'est qu'un moyen de mettre la main sur une grosse quantité d'argent en vue d'une opération d'une tout autre envergure. Il finance quelque chose et nous ne savons pas quoi. Mais ça nous inquiète.

Burden fixait le sol, les mains toujours jointes, les coudes sur ses genoux. Sous son masque d'impassibilité, on devinait la tension d'un homme pressé par le temps.

— C'est... difficile à croire, dit Rita.

Burden releva la tête.

— Est-ce aussi difficile à croire que la mort de Charlie Thrush ? Ou ce que ce shérif vous a appris il y a moins d'une heure ?

— Comment savoir si nous devons le croire ? demanda Titus.

Puis il vit quelque chose dans le visage de Burden, quelque chose de fugitif, comme la trace d'une passion violente dénuée de toute civilité et totalement étrangère au monde dont Titus avait été brutalement tiré quatre jours auparavant. Il aperçut, en un éclair, cette chose innommable que toute société cultivée laisse vivre en son sein tant qu'elle ne se montre pas au grand jour, tant qu'elle se tait et nous protège des horreurs qui sommeillent dans des ténèbres encore plus profondes.

— Vous voudriez une réponse à toutes vos questions ? demanda Burden. Écoutez-moi, voilà dix-huit ans que je fais ce travail, et j'ai dû prendre toutes sortes de décisions difficiles à assumer moralement. Mais elles ne m'ont jamais apporté toutes les réponses. Jamais. Il n'y a que Dieu pour connaître toutes les réponses.

Au regard que Burden leur lança, Titus comprit qu'il cherchait à comprendre comment ils prenaient tout cela. Puis Burden se remit à parler :

— Je ne vous dirai pas que nous sommes en guerre. Ce n'est pas si facile à définir et ce serait trop simpliste. Mais nous avons des ennemis qui nous menacent et qu'il faut engager dans un combat défensif. Et on retrouve dans ce combat les horreurs de la guerre : il y a des gens qui meurent, des gens qui se sacrifient, prennent des décisions cruelles, se livrent à des actions cruelles. Et si nous en réchappons, il nous faudra vivre désormais avec ce que nous aurons vu et ce que nous aurons fait, et ce que nous aurons laissé d'autres faire pour nous. Ce sera le prix à payer... même si nous n'avions pas le choix.

Titus regarda Rita et fut frappé par la tension qui se lisait sur son visage. Ce qu'elle venait d'entendre l'avait profondément déstabilisée. Elle était encore plus choquée que Titus.

– Nous ne pouvons compter sur personne pour livrer ce combat ailleurs à notre place, reprit Burden. Face à une telle calamité on ne choisit ni le lieu ni le moment, et on est seul. Seul face aux décisions d'ordre moral qui vont avec l'acte de tuer. La vie, en de telles circonstances, ne nous rend ni lucides ni prévoyants. On fait avec ce qu'on a. C'est un dilemme humain.

Avant que Titus ait pu dire un mot, Rita se leva de l'accoudoir de son fauteuil. Il la regarda comme s'il la voyait pour la première fois, amoureux de son profil, amoureux de la façon dont – toujours si pratique – elle rassemblait sur sa nuque la masse de ses cheveux blonds. Les mains sur les hanches, elle regarda les deux hommes.

– Tout ceci est monstrueux, n'est-ce pas. Je ne peux pas m'empêcher de penser à Louise et aux malheureuses filles de Carla.

Titus ignorait ce qu'elle allait dire, mais il avait déjà compris, au fond de lui-même, où elle voulait en venir.

– Pouvez-vous imaginer ce que ces deux... morts ont dû être ? poursuivit-elle en regardant Titus. Je dois dire que je ne cesse d'y penser. Malgré la répulsion que cela m'inspire, je ne cesse d'y penser. Pouvons-nous imaginer le... l'horreur de leurs derniers instants ? (Un silence.) Alors, où nous situer par rapport à cela ?

Joignant les mains, les index pressés contre ses lèvres, elle se tut quelques secondes. Puis elle repoussa les mèches qui frisaient à ses tempes.

– Nous ne sommes pas mauvais, Titus. Si nous décidons d'agir, nous agirons, et nous ne regarderons pas en arrière. J'ai traîné les pieds, je le sais, et je ne vous ai pas facilité les choses. Mais si ce qu'il dit est vrai... nous n'avons pas le choix. C'est quelque chose qui nous dépasse, qui va bien au-delà de notre intérêt personnel, bien au-delà de notre peur.

Elle se tourna vers Burden.

– Nous ne savons pas... ce qui nous arrive. Nous sommes pris dans un piège épouvantable. Si Titus décide de vous faire confiance, je serai à ses côtés. (Un silence.) Mais avec l'aide de Dieu, s'il s'avérait que vous n'êtes pas celui que vous prétendez être, alors, quoi qu'il en coûte, je vous ferai regretter ce que vous nous avez fait.

Rita et Titus se regardèrent en silence. Un moment passa. L'un de ces moments où l'atmosphère, à peine dégagée, se charge à nouveau de tensions.

Titus se leva.

– Voilà. Advienne que pourra, dit-il.

– Titus, dit Burden, c'est la première fois que les choses se passent ainsi. Vous acceptez donc la loi du silence.

– Compris, répondit laconiquement Titus.

Burden se tourna vers Rita, qui se contenta de hocher la tête. Après une courte hésitation, il décida de ne pas insister.

– Bon, dit-il, voilà qui est décidé. Dans ce cas, il est temps pour vous d'avoir une conversation dans votre chambre, à l'intention des micros que nous y avons laissés. Il faut, Titus, persuader Luquín qu'il a obtenu le résultat qu'il souhaitait en maintenant la pression sur vous. C'est d'autant plus nécessaire depuis que vous avez réussi à le faire sortir de ses gonds hier soir.

« Vous devez expliquer à Rita qu'après avoir appris la mort de Carla vous voulez en finir au plus vite avec ce cauchemar. Que pour éviter de nouveaux assassinats, vous allez donner à Luquín tout l'argent qu'il réclame. Cessons de demander des délais, direz-vous, chargeons notre avocat de donner des instructions à notre agent de change et à notre banquier pour qu'ils effectuent des transferts de fonds sur le compte de Cavatino, les plus importants possibles et le plus vite possible, jusqu'au paiement total de la rançon. Dès demain, ou après-demain – le plus vite possible.

– Mais si je ne peux pas dégager de telles sommes ?

– Tout ce que vous dites, en fait, c'est que vous voulez accélérer le processus par rapport au calendrier qu'il vous a donné. (Burden jeta un coup d'œil à sa montre.) Il faut qu'il entende cette petite discussion dans l'heure qui vient. Une dernière chose : pendant votre entrevue avec Luquín, hier soir, vous lui avez donné du fil à retordre. C'était courageux de votre part, mais en d'autres circonstances ça vous aurait coûté la vie. De plus, en le défiant, vous n'avez fait que tendre la situation.

« C'est ma faute, se hâta-t-il d'ajouter. J'aurais dû vous déconseiller ce genre d'attitude, mais je n'y ai pas pensé. Il aurait mieux valu lui laisser croire qu'il vous intimidait, et qu'il pouvait faire de vous ce qu'il voulait. Compte tenu de sa réaction, je pense que nous aurions intérêt à placer quelques gardes du corps auprès de Rita. Vous pouvez être amené à la laisser seule de nouveau et, dans ce cas, elle aura besoin de compagnie.

Titus et Rita écoutaient en silence. Ils avaient tous deux la même idée en tête, mais Rita fut la première à parler :

– Mais... n'est-ce pas... ne serait-ce pas la même chose si Titus restait sans protection ? Quand ils verront des gardes du corps arriver ici... Ne risque-t-on pas de fournir à Luquín un nouveau prétexte pour tuer ?

Elle s'adressait à Burden, ce fut Titus qui répondit.

– Allez-y, dit-il à Burden. Et faites vite.

34

Il ouvrit la fermeture Éclair de sa braguette, fit quelques pas et pissa contre le soubassement rocheux en s'appliquant à ne pas faire de bruit. Un lézard vert jaillit sous les pierres du mur, fuyant le jet.

Tout en se soulageant, il fit le point sur la situation. Des oiseaux se chamaillaient quelque part dans les pêchers. Les cigales chantaient de toutes parts, saluant la chaleur montante. Rien d'anormal. Il jeta un coup d'œil derrière lui, vers la maison d'amis. Les deux types qu'il avait vus sortir une heure auparavant étaient toujours assis sur la véranda. Les Cain étaient toujours à l'intérieur. Que se passait-il, bon sang ?

Il se secoua, remonta la fermeture Éclair. Tournant le dos à l'appareil photographique, il s'appuya de tout son corps aux pierres du mur de soutènement. Comme elles étaient empilées en rangs réguliers à la hauteur de son menton, elles lui offraient un support idéal pour observer sans fatigue tout en restant debout. Il baissa la tête vers l'appareil, déplaça le télé-objectif pour balayer l'espace. Rien. Uniquement ces deux types.

Il avait vu la femme sortir, de bonne heure, en chemise de nuit. Elle s'était approchée de la fontaine, avait regardé au fond du bassin avant de se diriger vers le mur séparant la piscine du jardin pour examiner les fleurs qui se trouvaient là. En repartant vers la véranda elle était passée devant le soleil qui pointait au-dessus du mur et sa chemise était instantanément devenue transparente. Ah, merde.

Il avait vu comme au travers d'une mince pellicule d'eau ses longues jambes faire cinq ou six pas avant que, le local technique de la piscine arrêtant le soleil, la chemise de nuit redevienne opaque. Mais il avait réussi deux clichés et, comme il ne se passait plus rien, il avait pris tout son temps pour les contempler sur l'écran de l'appareil. Ces deux-là, il les garderait.

Cette pensée l'amena à s'assurer que le petit ordinateur posé sur les pierres du mur marchait toujours. L'appareil, ses batteries chargées, était prêt à envoyer la prochaine série de clichés.

Soudain, la porte de la maison d'amis s'ouvrit et les deux types assis sur la véranda se levèrent en regardant dans sa direction. Malheureusement, de l'endroit où il se tenait – et quels que soient ses efforts pour regarder par-dessus le mur –, il voyait mal la porte elle-même, pas plus qu'il ne pouvait la photographier. Les arbres de l'allée y projetaient une ombre si épaisse qu'il ne voyait que le bas du corps de ceux qui allaient et venaient, jusqu'à ce qu'ils arrivent à la véranda.

Mais il y avait maintenant trois paires de jambes. La femme, son mari et quelqu'un d'autre. Il lui fallait absolument une photo de cette troisième personne, dont il ignorait jusque-là la présence dans la maison d'amis. Un homme. Il était sans doute arrivé après la tombée de la nuit.

La sueur perlait à ses tempes et entre ses cheveux, lui coulait sur le visage. Il avait les mains moites, et le boîtier de l'appareil photographique devenait poisseux. L'œil rivé au viseur, il concentra son attention sur les jambes qui remontaient l'allée en direction de la véranda. Il battit des paupières, gêné par la sueur qui s'accumulait dans ses sourcils. Bon Dieu !

À l'instant où ils allaient prendre pied sur la véranda,

l'inconnu s'arrêta. Ils restèrent là un moment, à discuter, puis le type laissa les Cain pour redescendre l'allée, seul.

Il fallait se décider vite, car l'allée passait à une dizaine de mètres de l'endroit où il planquait. Jetant l'ordinateur dans l'herbe – pas le temps de le ranger –, il prit l'appareil photo et recula dans le verger où il disparut derrière un fourré. De là, il voyait l'allée au bout d'un rang de pêchers.

Le type continuait à avancer, et il l'entendait parler dans son téléphone. Mais il ne l'avait toujours pas dans le viseur de l'appareil. Parvenu à l'extrémité de l'allée, le type passa derrière le verger pour se diriger vers la forêt. Où allait-il ?

Au risque de se montrer, Loza se mit à courir, courbé en deux, entre les pêchers, jusqu'à un abri de jardinier. Il était essoufflé et pensa avec soulagement que le type, distrait par sa conversation au téléphone, ne l'entendrait pas respirer. En atteignant les derniers pêchers au fond du verger, il tomba à genoux derrière des troncs de cèdres abattus qu'on y avait empilés. Il se retourna pour pointer son appareil vers l'extrémité de l'allée où le type devait maintenant se trouver. Il n'y était pas. Loza scruta fiévueusement l'étroite bande de terrain découvert à l'orée de la forêt épaisse qui recouvrait la pente jusqu'à Cielo Canyon Road, en bas de la propriété.

Il aperçut le type à la seconde où celui-ci pénétrait sous les arbres. Il pressa plusieurs fois le déclencheur, sans être certain de ce qu'il photographiait.

Merde. Voilà qui était louche. Et il avait raté son coup. Macias n'aimerait pas ça.

35

Après que Burden les eut laissés devant la maison d'amis, Titus et Rita rejoignirent directement leur chambre où ils discutèrent, consciencieusement, comme Burden l'avait recommandé, puis ils se retrouvèrent dans le bureau de Titus. Ils passèrent une heure à la grande table, sous la coupole ensoleillée, pour appeler les amis de Carla et les membres de sa famille susceptibles d'apporter leur aide. Titus appela CaiText pour donner des instructions en vue des obsèques et s'assurer que des collaborateurs se chargeaient momentanément de ses responsabilités.

Mais tout en donnant ces multiples coups de téléphone, en discutant avec tous ces gens accablés par la nouvelle et en s'occupant des mille et un détails qui demandaient à être réglés sans délai, Titus n'était pas maître de ses pensées. Il regardait par la fenêtre depuis un bon moment, perdu dans ses réflexions, quand il se rendit compte que Rita raccrochait le téléphone. Elle venait de parler à Louise.

— Comment l'as-tu trouvée ?

— Plutôt bien. Disons qu'elle en est au stade où elle a les obsèques à organiser et que c'est ce qui la fait tenir. Et puis, Nel et Derek sont là. Et un tas d'amis vont venir de Fredericksburg.

— Elle sera très entourée, dit Titus. Elle va en avoir besoin.

— Elle compte sur toi pour dire quelques mots à la cérémonie.

— Quand ?

– Après-demain.

– Seigneur. Qu'as-tu répondu ?

– Que tu le ferais, bien sûr.

Il eut tout juste le temps de penser qu'il n'y arriverait jamais avant que son téléphone codé se mette à sonner.

– C'est García, Titus. Gil Norlin arrive avec les gardes du corps.

– Norlin ?

Titus était surpris. Puis il se dit qu'il n'avait pas de raison de l'être.

– Il a des gens dans le coin. Je fais appel à lui en cas de besoin, comme tout le monde.

Sans qu'il sache pourquoi, cette dernière phrase clignota à l'esprit de Titus comme une enseigne au néon.

Les gardes du corps étaient trois, deux hommes et une femme. Ils arrivèrent dans un Blazer derrière la Volvo de Gil Norlin, sans chercher à se cacher. Titus pensa qu'ils en étaient convenus avec Burden.

Ils se présentèrent par leur seul prénom. Janet était grande et athlétique et ne lésinait visiblement pas sur le maquillage. Elle semblait d'un caractère enjoué. Au premier abord, le MP5 (elle leur dit ce que c'était) suspendu à son épaule paraissait incongru, mais au premier abord seulement. Elle le portait avec la même aisance que son pantalon à plis.

Ryan, le plus petit des deux hommes, devait mesurer un peu plus de deux mètres selon l'estimation de Titus. Physique de champion de poids et haltères. Coupe de cheveux militaire. Américain pur sucre. Au moral comme au physique.

Le plus grand, Kal, culminait aux alentours de deux mètres vingt, mais il était moins massif que Ryan. Il semblait un peu soucieux, comme si l'équipe avait été placée sous sa responsabilité.

Les présentations achevées et quelques mots échangés,

Rita et Titus leur firent visiter la maison. Ils prirent immédiatement une série de décisions pour condamner tous les accès sauf ceux qui étaient couramment utilisés et placer des témoins d'effraction à toutes les portes et fenêtres. Tout prit très vite un tour extrêmement sérieux.

Les gardes du corps ayant reçu les informations nécessaires et s'étant dispersés dans différentes directions, Norlin, Titus et Rita se retrouvèrent dans la cuisine.

— Faites ce qu'ils vous demandent, dit Norlin. Tout ça n'est pas du cinéma, mais de l'expérience nourrie de bon sens.

— Ce sont vos collaborateurs habituels ? demanda Titus.

— J'ai déjà travaillé avec eux.

Il était debout, le poing sur la hanche, sa veste rejetée en arrière. Titus vit le regard de Rita sur le revolver accroché à sa ceinture.

— Vous avez déjà travaillé avec García Burden, aussi ? demanda Rita.

— Oui. Il y a quelques années.

— Si vous nous parliez un peu de lui ?

Norlin eut un regard gêné à l'adresse de Titus et baissa les yeux, pour réfléchir.

— C'est un peu délicat...

— Que voulez-vous dire ? insista Rita.

Il y avait une note aiguë dans sa voix, une note d'agacement.

— Eh bien, vous travaillez avec lui...

— Écoutez, l'interrompit-elle. Il y a eu des morts, et si vous avez des scrupules sur le plan professionnel, ils ne me paraissent pas de mise.

Norlin la regardait. Il n'avait pas l'air décontenancé, ni intimidé, mais il était clair que Rita venait de couper court au discours convenu qu'il avait l'habitude de débiter en de telles circonstances.

— Ma foi, il a eu une vie bien remplie, lâcha Norlin avec une ironie délibérée. À quoi pensiez-vous ?

— Donnez-moi simplement quelques indications sur lui. Quelque chose qui... me permette de me faire une idée. Car enfin, nous travaillons avec cet homme parce que vous nous l'avez recommandé. Rendez-vous compte : nous ne vous connaissons pas vraiment, vous non plus. Vous trouvez ça... normal ? Vous pensez que, sous prétexte que nous mourons de peur, nous devrions nous fier à des gens qui – disons-le franchement – mènent une existence plutôt louche ? Je ne sais pas ce que vous faites. Titus m'a dit à quelle occasion il vous avait rencontré, mais... Vous semblez être le type que vous dites, mais comment le savoir, vraiment ? Nous n'avons pas vu de *curriculum vitae* ! Vous comprenez ? Personne, parmi les gens que nous connaissons et auxquels nous faisons confiance, ne nous a appelés pour nous parler de vous, n'est-ce pas ? Voyez-vous, monsieur Norlin (elle appuya sur « monsieur Norlin »), nous n'avons que notre intuition pour évaluer votre intégrité, votre légitimité en ces circonstances. Le fait de travailler avec Burden, ou avec vous... ou avec n'importe laquelle de ces personnes (elle désigna d'un geste les gardes du corps et Herrin dans la maison d'amis) me semble un peu... insensé, quand j'y réfléchis.

Quand elle se tut enfin, les émotions contradictoires qui l'agitaient faisaient trembler sa voix. Mais ce flot de paroles avait produit son effet sur Norlin. Le regard qu'il posa sur elle semblait s'être radouci.

— Vous avez raison, madame Cain, dit-il en choisissant ses mots. Mais permettez-moi de vous dire que c'est vous qui êtes insensée si vous raisonnez, « en ces circonstances » comme vous auriez pu le faire avant l'arrivée de Cayetano Luquín dans votre vie. Après Luquín, le terme même d'insensé prend une tout autre signification. Néanmoins, vous avez raison. On vous a déjà beaucoup demandé de nous faire confiance. C'est une difficulté que nous mesurons mal, moi-même et tous ceux qui font avec moi ce genre de travail.

Il se tut pour réfléchir à ce qu'il allait dire.

Il se tenait adossé au comptoir de la cuisine, les bras croisés. Son complet avachi, qui pochait aux épaules et aux genoux, semblait dire qu'il était habitué à ce genre de situation.

– Sur un plan personnel, dit-il en regardant Rita, et comme je l'ai dit à Titus, je fais implicitement confiance à l'homme. Mais le fait est que cette confiance s'exerce dans un contexte... extrême. Je me fie à lui pour des choses qui vous choqueraient certainement. (Nouveau silence.) Je pourrais parler de lui des jours entiers. Ne perdez pas de temps à essayer de le comprendre. La seule personne à y être parvenue, pour autant que je sache, est la femme qui partage sa vie. Elle s'appelle Lucía. Je ne sais pas depuis combien de temps ils sont ensemble. C'est une Rom, une Gitane venue de Sicile. Photographe. (Se tournant vers Titus.) Elle est l'auteur de toutes – ou presque – les photographies que vous avez vues chez lui. Elle est aussi insondable que lui et ils ont l'un pour l'autre un attachement... comme je n'en ai jamais vu entre deux êtres humains. Mais c'est personnel, ça nous éloigne de ce qui nous intéresse.

« Écoutez. Je vais vous dire... Je ne sais pas très bien comment faire, alors je vais vous raconter une histoire. Je pourrais vous en raconter beaucoup, mais je crois que celle-ci suffira. Elle n'est pas longue, et elle vous donnera une idée de ce qu'est la vie de García Burden.

36

– Il y a quelques années, commença Norlin, un fondamentaliste musulman algérien du nom de Mourad Berkat est apparu sur les images enregistrées à Mexico par des caméras de surveillance. Il était accompagné de plusieurs membres d'un réseau de trafiquants de drogue qui avait établi des contacts au Moyen-Orient.

« Berkat s'était fait connaître par ses actions terroristes à Alger dans les années quatre-vingt et au début des années quatre-vingt-dix, mais il avait désormais d'autres ambitions et il était devenu un tueur à gages au service des gros bonnets de la drogue en Sicile, en Espagne et en France. Il utilisait volontiers le poison et les produits chimiques, ce qui n'est pas fréquent chez les individus comme lui. Sa présence à Mexico a mis les services de renseignements en alerte.

« On a fait appel à García... pour diverses raisons. Il s'est avéré que Berkat cherchait à se procurer des souches d'une bactérie connue sous le nom de *clostridium botulinum*. C'est un organisme qui produit une exotoxine destructrice du système nerveux mille fois plus puissante que le sarin. Mais il a aussi un usage médical comme agent thérapeutique dans le traitement, entre autres, de certaines affections neurologiques. C'est donc une substance qu'on peut trouver dans les milieux médicaux ou pharmaceutiques.

« García a alerté ses correspondants à l'étranger, mais il s'est passé un mois avant que l'un d'eux lui signale l'affaire d'une doctoresse parisienne retrouvée morte dans son appartement. Elle travaillait pour un laboratoire spécialisé dans la recherche en neurologie. On avait découvert chez elle après sa mort une photographie de Berkat. Un ticket de métro déchiré a conduit les enquêteurs à un appartement proche de l'aéroport Charles-de-Gaulle, où les caméras de surveillance ont montré les allées et venues d'un agent du Hamas.

« Berkat n'avait pas été repéré par les agents du Mossad, mais ceux-ci connaissaient fort bien le type du Hamas. Ils ont rapidement localisé Berkat à Gaza, et l'ont photographié dans un café en conversation avec un certain Hassan al-Abed. Al-Abed était titulaire d'un doctorat de biologie de l'université du Caire. À Paris, la DST a confirmé la disparition de *clostridium botulinum* dans le laboratoire de recherche. García a ainsi acquis la certitude que Berkat travaillait pour le compte du Hamas sur une méthode de dispersion de l'exotoxine.

Norlin changea de position et resta un instant silencieux avant de reprendre son récit :

– Berkat avait disparu de Gaza, et on avait perdu sa trace. Trois mois plus tard, les agents de García l'ont retrouvée à Strasbourg. Il avait passé une nuit avec une fille qui s'était plainte, ensuite, de ce qu'il avait travaillé toute la journée du lendemain sur son ordinateur avant de s'éclipser. Les hommes de García ont pris l'ordinateur de la fille et, en fouillant dans la mémoire du disque dur, ont découvert qu'il avait réservé des places de bateau pour se rendre de Brest à Saint-Kitts, sous un nom français, avec sa femme et ses deux enfants. Sa famille lui servait de couverture. Il semblait disposer d'un inépuisable réservoir de femmes assez crédules pour l'aider sans se rendre compte de ce qu'elles faisaient.

« Ils l'ont suivi jusqu'à Belize, où il a abandonné sa "famille". De là, sous une autre identité, il a pris un avion pour Tampico, où il a loué une voiture sous le nom, cette fois, d'un résident mexicain, et a filé vers le nord.

« Il était clair désormais qu'il avait les États-Unis pour cible. Indépendamment du problème de sécurité, les gens qui avaient engagé García ne tenaient pas à ce qu'on sache qu'un terroriste en possession d'une arme biologique avait réussi à entrer sur le territoire américain, ne serait-ce qu'à une centaine de kilomètres de nos frontières. À cette époque, on en était encore à se rassurer en espérant que personne ne découvrirait à quel point nous étions vulnérables.

« Dieu sait quelles auraient été les répercussions politiques si les braves gens de ce pays avaient appris un beau matin ce qui était en train de se passer. Les politiciens ne voulaient surtout pas que leurs électeurs se doutent que Mexico abritait une fourmilière de terroristes – trop mauvais pour le commerce –, même si c'était, et est encore aujourd'hui, un véritable sujet d'inquiétude. Il y a comme cela un certain nombre de choses qu'on préfère ne pas rendre publiques.

« Quoi qu'il en soit, Berkat devait disparaître, et il valait mieux que la chose se passe au Mexique. Sans que le gouvernement mexicain en soit informé, bien entendu.

« Il n'y aurait pas de perte de renseignement si Berkat disparaissait de la circulation sans avoir parlé à quiconque. Nous savions déjà que le Hamas finançait son opération. Le dispositif de dispersion qu'il transportait n'était connu que de son inventeur, le bon Dr Al-Abed à Gaza. Le Mossad se chargerait de ce dernier. Berkat n'était qu'un serpent qu'il fallait tuer. Son poison mourrait avec lui.

« Le choix de García s'est porté sur une bombe incendiaire d'un type particulier. Il fallait être certain de détruire l'exotoxine en évitant que l'explosion ne provoque sa dispersion accidentelle. On a chargé la bombe dans un hélicoptère qui a suivi Berkat en se rapprochant de lui au fur et à mesure qu'il remontait vers le nord. Il s'est avéré qu'il se dirigeait vers l'un des plus petits postes frontière, le pont de Los Ebanos, au Texas.

Norlin fit une nouvelle pause. Il regardait par la fenêtre de la cuisine, mais ce qu'il voyait était beaucoup plus lointain. Il secoua lentement la tête et se tourna vers Rita.

– Il faut savoir, dit-il, que dans ce genre d'opération la cible est toujours mobile. On part avec un objectif et un plan d'action, mais on sait parfaitement que ce plan est appelé à changer parce qu'il y aura fatalement des surprises. C'est ce qu'il y a de plus difficile dans ce boulot. Et c'est là, aussi, que García est le plus fort. Il ne se laisse jamais démonter en cas d'imprévu.

« De même, il est très fort pour agir discrètement sans alerter quiconque. Il poursuit ses objectifs et frappe dans le silence. Et quand ce n'est pas possible, l'événement est maquillé pour paraître autre chose que ce qu'il a réellement été.

« Ce jour-là, à la hauteur du village perdu de Cerralvo, Berkat a quitté l'autoroute pour s'enfoncer dans le désert. Ce qui ne pouvait que faciliter les choses à Burden pour l'exécution de son plan. L'hélicoptère a pris de l'avance, s'est posé sur la route dans une zone désertique. On a placé les charges explosives et il est reparti. Une dizaine de kilomètres avant d'arriver à l'endroit où la bombe l'attendait, Berkat s'est arrêté devant un petit snack au bord de la route. Et là, surprise : l'équipe de surveillance a vu une femme, deux petits garçons et une petite fille sortir de la voiture avec lui pour aller se restaurer. Berkat avait trouvé une autre famille.

« L'équipe de surveillance a aussitôt prévenu García.

224

Il s'était fait déposer de l'autre côté de la bombe, et s'en approchait en sens inverse de Berkat, dont il suivait la progression sur un écran.

Norlin se tourna à nouveau vers la fenêtre de la cuisine. Titus suivit son regard et aperçut l'un des gardes du corps qui rôdait autour de la maison. Norlin, appuyé au comptoir, se massait le front. Il semblait éprouver de la difficulté à poursuivre son récit.

« Un soir, un peu plus d'un an après ces événements, je me trouvais dans le bureau de García à San Miguel. On avait bu. Trop. Mais j'entends encore le vacarme des criquets, dehors, dans l'obscurité, tandis qu'il me racontait d'une voix saccadée, monocorde, ce qui s'était passé ensuite.

« García et son chauffeur fonçaient vers l'endroit où on avait placé la bombe. Arrivés à quelques centaines de mètres, ils ont quitté la route pour s'engager sur une piste de terre, et se sont planqués avec leur voiture derrière des fourrés.

« García est sorti de la voiture et a vomi. Puis soudain, cassé en deux, secoué de spasmes violents, il a perdu le contrôle de ses intestins. Après s'être nettoyé, il s'est juché sur le toit de la voiture pour guetter l'arrivée de Berkat à travers ses jumelles. Il a vu la voiture approcher avec Berkat, la femme et les trois enfants. L'explosion était inévitable car un ordinateur commandait la mise à feu. Tous ceux qui participaient à l'opération et étaient équipés d'un téléphone ou d'un ordinateur envoyaient des messages à García pour lui signaler la présence de la femme et des enfants. Son chauffeur, resté dans la voiture, confirmait, confirmait, confirmait.

« García, juché sur le toit de sa voiture, regardait celle de Berkat approcher.

« Et soudain, l'explosion, tel un geyser qui se dilate en un énorme champignon dans le ciel du désert teinté de rouge par le soleil couchant. García se rappelait la couleur du ciel et celle de ce champignon et de la boule de feu qui le nourrissait de l'intérieur. Il l'avait vu, l'avait entendu, puis l'avait senti.

« La bombe était conçue pour détruire toute trace, et la police fédérale mexicaine n'a même pas pu dire combien de personnes se trouvaient dans le véhicule. Elle a pensé, comme la presse, que l'explosion était l'œuvre de tueurs à la solde de quelque trafiquant de drogue, et ceux qui soupçonnaient autre chose ont gardé leurs soupçons pour eux. L'affaire a fait grand bruit. Mais les Mexicains savaient depuis longtemps s'accommoder des événements inexplicables.

Norlin secoua la tête et son regard se perdit un moment dans le vide.

« Par la suite, quand on pu analyser les tenants et les aboutissants de l'affaire Berkat et remonter les pistes qui avaient mené jusqu'à lui, on a appris qu'il avait pour objectif le Texas Medical Center de Houston. L'efficacité de la méthode de dispersion du produit toxique mise au point par al-Abed a donné lieu à une controverse. C'était un système d'aérosol destiné au circuit de climatisation de l'un des plus grands bâtiments du centre. Certains ont prétendu qu'il n'aurait pu tuer qu'une vingtaine de personnes, mais d'autres ont parlé d'une catastrophe inimaginable.

« Mais les supputations sur le nombre de morts n'ont rien changé pour García. Ils étaient toujours quatre dans ses cauchemars. Et il ne comprenait pas, disait-il, pourquoi il ne voyait aucun fragment de corps humain mais seulement des lambeaux de vêtements dans la masse de fumée noire et scintillante, une petite chaussure de tennis rouge vif, un minuscule T-shirt à rayures bleues et grises, un soutien-gorge blanc, une petite robe dont la ceinture flottait. Les couleurs et les formes des vêtements changeaient d'une fois sur l'autre, mais le rêve ne changeait pas, et ils étaient toujours au nombre de quatre. Quatre êtres humains totalement innocents qui n'en finissaient pas de disparaître dans une boule de feu sur le sable du désert.

« Parce que García Burden en avait décidé ainsi.

37

Luquín et Jorge Macias étaient assis sous le chêne qui donnait de l'ombre à une extrémité de la piscine. Ils sirotaient leurs *cafécitos*, comme Luquín appelait les demi-tasses de café dont il faisait une intense consommation. Ce n'était pas de l'espresso, seulement du café très corsé. Luquín s'était levé tard. Il dormait comme un vieux chat fatigué, d'un sommeil calme et profond. Il était comme ça, Luquín. Les abominations perpétrées à l'état de veille ne venaient pas déranger l'homme endormi. Pourquoi en aurait-il été autrement ? Dormir était une chose, vivre éveillé en était une autre, disait-il.

Mais la confrontation avec Titus l'avait mis hors de lui. Personne ne lui parlait jamais comme Cain l'avait fait, et le pire c'était que les autres avaient entendu ce qui se disait à cause des micros placés dans la cabane pour sa sécurité. Macias avait entendu, et le tireur d'élite, qui se tenait derrière la fenêtre, son arme pointée sur Cain au cas où il se passerait quelque chose, avait entendu aussi dans son casque à écouteurs.

— Non, rien du tout, disait Macias. On n'a jamais vu deux fois la même voiture, et tous les numéros d'immatriculation ont été relevés. On n'a rien vu de suspect, et les hommes qui faisaient le guet n'ont rien vu eux non plus. On a photographié toutes les voitures qui passaient et on a entré les photos dans les ordinateurs. Si l'une d'elles était repassée, on l'aurait su tout de suite.

Luquín portait un pantalon noir et une *gayabera* blanche largement échancrée sur son torse puissant. Il avait chaussé des lunettes noires. Il fumait en buvant de petites gorgées de *cafécito*.

Une opération comme celle-ci était toujours risquée, et la tenter à l'intérieur des États-Unis frôlait la démence. Mais c'était là, si près de la démence, qu'il y avait une énorme quantité d'argent à prendre. Les risques étaient forcément à la hauteur des enjeux.

— Et la maison ?

— On les a tous repérés. Sauf un. On a mis dans la chambre notre meilleur matériel. Des micros pas plus gros qu'un bouton de chemise, avec des filtres qui rendent les transmissions indétectables. Et la réception est excellente.

Luquín regarda au loin, au-delà du fleuve et de la vallée, où il apercevait le toit de la maison de Cain. Il réfléchissait et se rappelait à cet instant une phrase de Titus qui l'avait piqué au vif par son insolence.

— « Je vous ferai poursuivre jusqu'en Patagonie ! » dit-il en imitant la voix de Titus. La Patagonie, merde ! Il se prend pour qui, celui-là ? Et il se sent comment, ce matin ? En attendant la Patagonie, c'est en Colombie qu'il va se retrouver !

Il se tut brusquement et regarda Macias.

— Et les deux autres, ils sont repartis ? Vous les avez réexpédiés ?

— Dès qu'ils ont eu la certitude que la femme était morte, ils nous ont appelés. Mes hommes les ont récupérés et les ont amenés à un petit aérodrome. D'ici une heure ils auront passé la frontière, près de Lajitas. Les deux types qui ont liquidé Thrush sont déjà à Oaxaca.

Luquín hocha la tête en signe d'approbation. Un meurtre bien exécuté. Il consulta sa montre.

– Je devrais avoir des nouvelles de Cavatino d'ici une demi-heure.

– On a vu la voiture d'un shérif monter chez Cain. Il est sans doute au courant, maintenant, pour la mort de cette femme.

– Bienvenue en Colombie !

Macias serait content quand tout serait terminé. Luquín était venu le trouver pour lui proposer ce travail, et il était resté deux jours pour lui expliquer ce qu'il s'agissait de faire. Macias avait accepté à condition de faire d'abord un voyage de reconnaissance à Austin pour être certain que ses équipes étaient en mesure d'assurer la logistique d'une telle opération.

Une dizaine de jours plus tard, il avait rappelé Luquín pour lui donner son accord. Mais il avait, là encore, posé une condition : il voulait être libre de tout annuler à tout moment s'il jugeait que l'opération risquait d'être compromise. Luquín s'était cabré à l'idée de laisser le dernier mot à Macias, mais il ne pouvait se passer des réseaux dont celui-ci disposait aux États-Unis. Il avait finalement accepté. Marché conclu.

Macias avait loué la maison de Las Ramitas. Il avait une équipe de six hommes avec trois voitures, et un véhicule de surveillance avec trois techniciens. Ces derniers venaient de Juarez où ils travaillaient habituellement dans le trafic de drogue. Les quatre équipes étaient soigneusement compartimentées. Les hommes ne se rencontraient jamais et ne communiquaient entre eux que par la radio et les téléphones cellulaires – toutes ces transmissions étaient codées.

Macias savait qu'il avait deux atouts qui lui avaient

valu d'être engagé sur cette opération. D'abord, le fait qu'elle était sans précédent. Il est difficile d'anticiper ce qui ne s'est jamais produit. C'était l'une des grandes leçons de l'attaque contre le World Trade Center. Les services de renseignements américains manquaient d'efficacité face à l'innovation. Il n'était pas facile de changer les pratiques anciennes dans la bureaucratie envahissante d'un État puissant.

Macias avait comme autre atout sa capacité à mettre son dispositif en place avec une absolue discrétion. Il pensait y être parvenu.

Il n'en était pas moins inquiet. Le désastre du 11 septembre avait produit un autre effet : la police et les services de renseignements des États-Unis avaient été soumis, et l'étaient encore, à une analyse sévère de leur fonctionnement interne. Ils avaient commencé à y apporter des changements. Macias avait toutes les raisons de penser que nombre de ces changements lui resteraient inconnus jusqu'au moment où ils se révéleraient mortels pour des gens comme Luquín et lui-même.

Cette opération n'en offrait pas moins un intérêt particulier. S'ils parvenaient à mener à bien leur projet d'extorsion de fonds, Macias devait toucher un pourcentage. Il allait donc se donner un peu plus de mal que d'habitude, un peu plus même, qu'il n'était raisonnable. La perspective d'un tel gain était en elle-même une incitation à prendre des risques.

Tandis que Macias caressait ces pensées, Luquín réfléchissait de son côté. À vrai dire, il n'avait pas décoléré depuis son entrevue avec Titus ; l'effronterie de ce dernier l'empêcherait de se concentrer tant qu'il n'aurait rien fait pour la sanctionner.

Luquín jeta sa cigarette au loin et se pencha pour boire une dernière gorgée de *cafécito*, le pouce et l'index tenant la tasse et les autres doigts délicatement déployés en éventail. Il claqua des lèvres en savourant les dernières gouttes du liquide au riche parfum et se renversa en arrière dans son fauteuil. Puis il regarda Macias derrière ses lunettes de soleil.

– J'ai réfléchi..., dit-il.

Le téléphone de Macias se mit à sonner. Luquín, d'un signe de tête, l'invita à répondre. Macias écouta, referma sèchement l'appareil.

– Voilà qui semble intéressant, dit-il.

Il tendit la main vers l'ordinateur et tapa une adresse.

Les deux hommes écoutèrent Titus dire à sa femme, d'un ton las, qu'il allait donner des instructions pour que le reste de la rançon soit transmis à Cavatino. Puisque c'était le seul moyen d'en finir avec ce cauchemar, disait-il, il était prêt à le faire. Il en avait assez. Il y eut encore quelques propos d'échangés, puis la conversation cessa.

Luquín s'était penché en avant pour écouter, comme hypnotisé, les voix qui sortaient de l'appareil.

– Repasse-moi ça, dit-il.

Macias frappa quelques touches sur le clavier et ils écoutèrent à nouveau.

– Le con, dit Luquín d'une voix calme, à la fin de l'enregistrement. On touche au but, Jorge. On est tout près d'y arriver.

– Plus que vingt-quatre heures, dit Macias en tapant sur une touche pour sortir du fichier.

– Peut-être.

– Peut-être moins, dit encore Macias en frappant à nouveau les touches pour consulter sa messagerie.

Il y avait quelques messages de ses équipes qui lui rendaient compte heure par heure de leurs activités. En levant les yeux sur Luquín, il fut surpris de voir que celui-ci avait repris son air des mauvais jours.

– Je veux liquider la femme de Cain, dit-il. Ce sera

mon cadeau d'adieu. Quand la totalité de l'argent aura été virée chez Cavatino, tu lui régleras son compte. Et on verra s'il me fait poursuivre jusqu'en Patagonie !

Macias tressaillit intérieurement. Toutes ces opérations à risques ne valaient pas un dollar à ses yeux s'il n'en sortait pas vivant. Mais deux cadavres, c'était trop peu pour Luquín. Tout juste un début. C'était tout de même la première fois qu'il ordonnait une exécution pour le seul plaisir de voir quelqu'un mourir. Alors que tout se passait si bien jusque-là. Du machisme à l'état pur. Il faudra tôt ou tard que j'aie la peau de ce salopard, songea Macias.

Il s'apprêtait à dire qu'il devait s'organiser en vue de cette nouvelle opération quand son ordinateur émit un *bip* pour signaler l'arrivée d'un nouveau message en provenance d'Elias Loza. Il jeta un regard en coin à Luquín et se dit qu'il en prendrait connaissance plus tard.

38

Quand Burden arriva au bas de la pente à Cielo Canyon Road, il était en nage. Il avait des cailloux et des brindilles plein les chaussures, et les aiguilles de cèdre qui s'étaient introduites sous sa chemise le piquaient et le démangeaient. Il appela son équipe de surveillance et attendit quelques minutes sous les arbres qui s'avançaient jusqu'au bord de la route. Quand ils arrivèrent, il se hissa d'un bond à l'intérieur du véhicule.

Gil Norlin avait déniché une maison à environ un kilomètre de la propriété de Titus, un petit bungalow au fond des bois construit dans les années cinquante. On n'en trouvait plus guère de semblables dans cette partie de la ville, où les marchands de biens faisaient de l'isolement un argument de vente. Les propriétaires de ce bungalow en demandaient sans doute un prix exorbitant, prêts à attendre le temps qu'il faudrait pour que quelqu'un l'accepte, ce qui finirait certainement par se produire. Mais c'était un dépotoir. Les petites pièces étaient nues, vides, puaient l'insecticide et abritaient des colonies de cafards.

Les trois membres de l'équipe de surveillance avaient déjà pris leur déjeuner en lui laissant quelques parts de pizza dans la cuisine. Il prit dans un des cartons un reste de pizza figé sous sa croûte de fromage coagulé, de poivron racorni et d'olives ramollies, et décapsula une boîte de bière. Fatigué, il s'assit par terre, adossé à la cloison. Il avait avalé quelques bouchées de pizza et bu une gorgée de bière quand la porte s'ouvrit.

Il entendit la voix de Calò qui demandait sèchement, « García » en s'adressant aux techniciens, et l'un d'eux qui répondait : « Dans la cuisine. »

Calò, un Italien dont Burden avait fait la connaissance à Buenos Aires, dirigeait une équipe qui ne comprenait que trois personnes. Il y avait parfois une ou deux femmes, mais c'étaient le plus souvent des hommes, et ils n'étaient jamais plus de quatre en le comptant lui-même. Calò, cheveux bruns et teint basané, n'était pas un costaud, plutôt un poids moyen à la musculature modeste, et ne présentait aucun signe particulier. Son visage était banal, et ce physique si peu impressionnant ne semblait pas le désigner pour les tâches qu'il brûlait pourtant d'accomplir. Son équipe lui ressemblait – des gens ordinaires en apparence, silencieux, vigilants.

Calò entra dans la cuisine et se dirigea droit sur Burden comme s'il savait d'avance où le trouver.

Burden se levait déjà, et les deux hommes se donnèrent l'accolade. L'*abrazo* de Calò était sa façon de sceller son engagement sur une opération. Il se retourna vers les trois membres de son équipe, tous en tenue de ville.

— Baas, dit-il en montrant un type aux yeux écartés, au sourire plein de douceur et aux cheveux bruns crépus comme ceux d'un Africain.

— Tito...

Celui-ci était jeune, maigre, avec une jolie bouche et une guirlande de symboles tatouée sur une joue.

— Cope...

Le seul blond de la bande, et apparemment le plus âgé – trente-cinq ans, peut-être, et un regard fuyant.

— Bien, dit Burden. (Il connaissait déjà Tito, mais n'avait jamais vu les autres.) Les trucs sont là-dehors, ajouta-t-il en sortant de la cuisine.

La véranda tout en longueur, qui donnait sur une forêt de cèdres, était fermée par un fin treillis métallique destiné à la protéger des insectes. Le sol était jonché de sacs à dos et d'autres bagages appartenant aux membres de l'équipe qui avaient passé la nuit sur place. Burden saisit un carton posé le long du mur, le repoussa loin de lui et s'assit par terre. Les autres l'imitèrent, face à lui en demi-cercle.

Burden leur tendit une série de clichés de la maison perchée de Las Ramitas et plusieurs plans : la rue, la maison, le quartier. Les trois hommes examinèrent les clichés en silence pendant que Burden leur communiquait le peu d'informations recueillies jusque-là, conscient de leur insuffisance et du fait que chaque question sans réponse signifiait, pour eux, un risque supplémentaire.

Pendant l'heure qui suivit, il passa en revue les détails de l'opération, décrivant la logistique engagée face aux équipes rassemblées par Macias, et revenant à de nombreuses reprises sur la nécessité d'agir dans un silence absolu et de ne laisser aucune trace de leur présence.

– Pas la moindre trace, pas le plus petit indice. Si vous avez touché quelque chose, vous repartez avec. Pas question de laisser derrière vous une voiture, un emballage, une arme, un corps, une goutte de sang. *Nada*.

– Impossible, dit Calò, avec un aussi grand nombre de cibles. (Il étudiait la liste des véhicules et des gardes du corps établie par l'équipe de surveillance après l'opération de la nuit précédente.) Pas assez de renseignements. Trop peu de temps pour s'organiser. Trop de cibles.

– Je comprends ça, répondit Burden. Mais il ne s'agit pas de tout nettoyer. Je veux simplement un travail propre, irréprochable. On a tout de même un avantage : comme vous l'avez lu dans ces fiches, c'est Jorge Macias qui a monté le coup. Il s'est montré jusqu'ici assez conventionnel pour ce qui est de la tactique et de la discipline. Tout est mobile. Tout est compartimenté. Très important : si quelque chose cloche, tout le monde disparaît. On ne discute pas. On file. (Il les regarda tour à tour.) Je veux que vous me rameniez tout ce que vous pourrez. Mais si le risque d'être découverts est trop important, si vous ne pouvez pas agir en silence, relâchez-les.

– Et Luquín ?

– Votre principal objectif est de l'isoler dans cette maison. Ensuite, c'est moi qui m'occuperai de lui.

Il y eut un silence étonné. Calò fit mine de s'intéresser aux plans étalés sur le sol devant lui. Mais aucun d'entre eux ne demanderait à Burden de préciser ses intentions.

Au bout d'un moment, Calò se leva pour s'approcher de l'évier de la cuisine. Il présenta sa cigarette au jet du robinet, puis jeta le mégot humide dans l'un des cartons de pizza vides restés sur le buffet. De retour sur la véranda, il s'adossa au chambranle de la porte. Tout le monde transpirait. La forêt était si dense à cet endroit qu'elle empêchait le moindre souffle d'atteindre l'écran grillagé de la véranda. Un calme oppressant régnait. Les cigales poussaient leur mélopée lancinante dans la chaleur de midi.

— L'isoler..., dit Calò. C'est tout le problème.

— Oui, opina Burden. Oui, je sais.

Calò se baissa et ramassa la liasse de feuilles préparée pour lui comme pour les trois autres. Il les examina.

— Macias loge aussi dans cette maison, dit-il. Avec son garde du corps et son chauffeur. Et il y a le garde du corps de Luquín, et son chauffeur. Six personnes au total. Qu'entendez-vous par « l'isoler » ?

— Il faut qu'il reste seul, si possible.

— Et si ce n'est pas possible ?

— Il faut sortir Macias de la maison, au moins. Et ses deux acolytes.

— Si on fonce dans le tas, il y aura du grabuge, dit Calò.

— On ne peut pas se le permettre, répondit Burden en hochant la tête.

Calò regarda à nouveau ses feuilles.

— On ne connaît pas leurs habitudes, leur emploi du temps, rien.

— On a seulement eu le temps de découvrir combien ils étaient, dit Burden.

Le silence retomba, chacun interrogeant ses propres pensées. Burden avait l'habitude. Il attendit. Tous lurent la fiche concernant Luquín pour savoir quel individu ils traquaient.

Les hommes de Calò fonctionnaient sur un principe d'égalité. Il rassemblait les meilleurs éléments qu'il pouvait trouver et leur faisait confiance. Comme il travaillait avec des équipes réduites, chacun d'entre eux pouvait à tout moment arrêter n'importe quelle opération. Et ça ne marchait que si chacun se donnait à cent pour cent. Une petite équipe comparable à un délicat mécanisme d'horlogerie – chacune des pièces était essentielle et indispensable.

La méthode de Calò, pour composer de telles équipes, relevait de l'intuition zen. La nature des cibles induisait le choix des hommes, et les individus qu'il désignait pour chaque tâche semblaient avoir une sorte de parenté avec la personne visée. C'était, disait Calò, un « plus » dans la synergie de violence de chaque mission. Même s'il restait assez vague sur ce qu'il entendait par là, Burden savait que c'était important à ses yeux, et pour la réussite de l'équipe. Il n'y voyait rien de logique, mais peu lui importait. Burden avait compris depuis longtemps que la logique n'entrait que pour une part dans ces sortes d'affaires, et que cette part était parfois étonnamment congrue.

Burden rompit le silence. Il avait quelque chose à dire avant que quiconque se décide à parler :

– Écoutez, je sais que les tuyaux que je vous donne sont pleins de trous et qu'on ne pourra jamais tous les boucher. C'est une opération risquée. Je tenais tout de même à ce que vous sachiez que je vous emmène sur un sale coup. Tu sais bien, Calò, que ce n'est pas ma façon habituelle de travailler. Mais je ne pouvais pas laisser passer une chance de mettre la main sur Cayetano Luquín. Et il fallait, malheureusement, agir vite ou pas du tout.

Pas de réaction. Ils n'étaient pas du genre à lui donner une petite tape sur l'épaule en disant : « Ça ne fait rien, García, on comprend. »

– Vous croyez que ces Mexicains sont d'anciens agents de renseignements ? demanda Calò.

– Oui. Enfin, c'est ce que je suppose.

Le silence retomba. Ils étudiaient les plans, réfléchissaient, pesaient le pour et le contre et s'efforçaient d'imaginer le pire.

— Bon, dit enfin Calò, décidons-nous. Si vous avez des réticences, parlons-en tout de suite. C'est maintenant ou jamais.

Il regarda Baas, à sa gauche, qui lui répondit d'un hochement de tête sans la moindre hésitation. Puis Tito, à sa droite. Tito semblait soucieux. Il réfléchissait en caressant sa joue tatouée d'un geste machinal. Puis il hocha la tête comme pour lui-même et se tourna vers Cope, qui était adossé au mur à côté de Burden.

— Ce qui ne me plaît pas, c'est ce manque d'informations. (Il avait un fort accent australien.) Et cette précipitation... je n'aime pas ça non plus. Isoler Luquín... merde, ça sent le coup fourré. (Il regarda Burden.) Mais je viens de lire la fiche de cette ordure, et j'aimerais bien vous donner un coup de main pour lui régler son compte. Sans compter que je connais votre réputation et que ça compte aussi. (Il fit un signe de tête à Calò.) Je suis d'accord pour y aller.

Calò se tourna vers Burden.

— C'est parti. Il faut maintenant qu'on sache qui on va trouver là-bas pour fixer les priorités, sachant que le plus important c'est d'isoler Luquín. Tout se ramène à ça, et c'est justement le hic.

39

Burden transpirait. Il était fasciné. L'homme était assis au même endroit que la veille au soir, mais il était habillé. Ou presque. Il portait un pantalon de costume. Pas de chaussures. Ni de chemise. La sueur faisait briller sa peau par endroits. Ses cheveux mouillés étaient rejetés en arrière.

Burden l'avait regardé entrer dans la salle de bains humide. Debout à côté du rideau de douche sur lequel des poissons turquoise allaient et venaient parmi des bulles bleues, il avait placé sa tête sous l'eau froide. Puis il s'était redressé en laissant l'eau dégouliner sur son cou et ses épaules nues et avait rejeté ses cheveux luisants sur sa nuque.

De retour dans la pièce, il s'était assis dans l'unique fauteuil près de la fenêtre et avait croisé les jambes, la cheville droite posée sur le genou gauche. Le drap du pantalon semblait lourd d'humidité, et Burden imagina la sueur qui devait ruisseler dessous.

Burden était content de lui parler.

— Où en es-tu de ta liste ? demanda-t-il.

— Quatre sur cinq.

Burden hocha la tête. Fallait-il dire : « C'est bien ? » Il s'abstint.

Dans la chaleur de l'après-midi, la pièce dégageait une affreuse odeur de moisissure. Le vieux motel semblait, à vrai dire, aux confins de la réalité. Sa propre réalité appartenait au passé, et il n'y avait pas d'avenir, ou si peu qu'on ne pouvait pas se risquer à le quantifier. Les rideaux qui encadraient la tête de l'homme avaient jauni avec l'âge, et le temps de leur blancheur était aussi lointain que l'enfance des bambins qui étaient venus tourner sur le manège.

— Peux-tu me donner les noms ? demanda Burden.

— Il n'y a que toi, García, pour poser de telles questions. (Un silence.) Sotomayor. Zabre. Vega. Mojarro.

Il égrenait les noms comme on récite en égrenant les perles d'un chapelet, mais avec une certaine délectation. Sa voix n'était qu'un souffle, mais chaque syllabe était prononcée avec la précision et la vivacité du souvenir.

Pour Burden, cette récitation avait quelque chose de scintillant. Et de désespérant. Il se retenait pour ne pas ponctuer chaque nom d'un : Oui. Oui. Oui. Oui.

Les cigales et les sauterelles chantaient dans l'herbe sèche autour de la bascule et des balançoires démantibulées.

— Et il reste... ? demanda Burden.

L'homme tourna les yeux vers lui. Il était devant la fenêtre, au-delà de laquelle le soleil de juillet calcinait le feuillage. La lumière qui passait à travers les rideaux défraîchis l'enveloppait d'un léger halo. Dans ce contre-jour ses traits disparaissaient par moments et il ne restait que sa silhouette. Mais on distinguait encore le blanc de ses yeux.

— Il n'en reste qu'un, répondit l'homme, sans prononcer le nom.

— Tu crains de ne pas aller jusqu'au bout ? demanda Burden.

— Non.

— Pourquoi ?

— Rien ne presse.

— Tu n'as pas envie d'aller jusqu'au bout ?

— Pourquoi ?

— Je ne sais pas. Pour en finir.

— Et après ?

— Je ne sais pas.

— Et voilà.

— Pour que ce soit fait.

— Rideau ?

L'expression sonnait bizarrement dans la bouche d'un homme comme lui. Burden n'aurait pas cru qu'il en connaissait le sens.

— Sans doute.

— Eh bien, non.

Voilà pourquoi il n'y avait pas d'avenir. Ça ne menait

nulle part. Et l'homme n'allait nulle part. Comme la flèche de Zénon, il n'était que là où il était, dans l'instant. Son existence n'avait ni passé ni futur, ni départ ni arrivée. Elle était d'une seule pièce. Et pourtant, comme la flèche, il se déplaçait miraculeusement, entre les instants, sans durée ni mémoire, ni espoir ni déception.

Ce n'était pas un individu ordinaire. Il l'avait peut-être été, avant, mais ne l'était plus. Certains hommes se hissent au-dessus du commun en raison de ce qu'était leur père, ou de l'argent qu'ils ont gagné, de ce qu'ils ont accompli, des femmes qu'ils ont connues ou épousées. Mais celui-ci se distinguait parmi les autres à cause de ce qui lui était arrivé, de ce qu'il avait vu et de ce qu'il avait vécu... et, par conséquent, de ce qu'il était devenu.

Un mouche surgie de nulle part se posa sur son épaule nue. Son ombre portée, deux fois plus grande qu'elle, s'étirait sur la clavicule. L'homme la sentit et la regarda, puis détourna les yeux. La mouche réfléchissait, comme son hôte. Progressant par saccades, elle descendit dans le creux de la clavicule à la base du cou, sur le muscle appelé trapèze. Et elle y resta, invisible.

Étrange, songea Burden.

Il fixa le bord supérieur du trapèze, attendant de voir la mouche réapparaître. Le creux n'était pas si important. La mouche devait se trouver sur le centimètre carré de peau assez profond pour la cacher. Arrivait-il souvent qu'une mouche s'égare dans l'anatomie d'un homme ?

L'homme leva le bras droit, qu'il avait posé sur l'accoudoir de son fauteuil, et essuya de l'autre main la sueur qui coulait à son aisselle. Burden observait, s'attendant à voir la mouche s'enfuir quelque part dans la pièce. Il n'en fut rien. Les bras de l'homme avaient maintenant repris place sur les accoudoirs. Il émit une

petite toux – une sorte de grognement. Burden fixait toujours le bord du trapèze. Rien. Comme si la mouche
avait trouvé un petit orifice secret pour s'introduire dans
le corps de l'homme. Disparue.

– C'est pour ce soir, dit Burden.

L'homme ne réagit pas. Burden avait de la peine pour
lui. Ce n'était pas vraiment une existence, du moins pour
ce que Burden pouvait en juger. Il n'y avait que très peu
de choses pour maintenir cet homme en vie. Et quand il
les aurait liquidés tous les cinq, il aurait le suicide pour
recours. C'était aussi prévisible que la tombée de la nuit.
Burden l'entendait dans sa voix.

Mais Burden savait que c'était injuste. Le jugement
d'un homme sur la vie d'un autre était toujours injuste,
ou inéquitable, ou fondé sur un malentendu. On ne
savait jamais, en réalité, ce qu'était la vie de l'autre, et
même si on croyait le savoir, on se trompait. On ne le
savait jamais, parce qu'on ne pouvait l'apprécier qu'à
l'aune de sa propre existence, et dans ses limites. Il fallait vivre longtemps en imagination pour approcher
l'existence de l'autre avec un tant soit peu de sympathie
ou de véritable compréhension.

Burden pensa à Lucía, sans savoir pourquoi. Il la
revit, l'œil rivé au viseur de son Hasselblad, face à un
monde renversé qu'elle comprenait malgré tout et dont
elle gardait le souvenir pour l'avoir vu à travers le
prisme d'une bonté qui était en elle-même un objet de
malentendu. Il s'étonnait que l'homme ait demandé de
ses nouvelles. Et en même temps le comprenait. Les
hommes qui vivaient aux portes de l'enfer étaient parfois
sensibles à la bonté. On ne s'attendait pas à trouver un
tel sentiment chez les grands pécheurs devant l'éternel,
et il était souvent mal compris de ceux qui croyaient, à
tort, ne pas avoir grand-chose de commun avec ces âmes
perdues.

242

– C'est Tano Luquín, dit Burden. Je l'ai retrouvé.

L'homme cessa de respirer. Le mouvement de son sternum s'arrêta. Il se métamorphosa lentement en une statue de cire, et son regard devint vitreux. Il transpirait déjà, mais il se mit à luire, comme si la violence de l'émotion l'avait privé de souffle pour se concentrer au-dedans de lui en un liquide huileux qui sourdait maintenant par tous ses pores.

Quelque chose attira le regard de Burden. Sur l'épaule de l'homme, la mouche venait de réapparaître. Elle s'était immobilisée, seule sa tête noire émergeant de l'ombre. Et elle attendait.

40

– Je ne sais que penser, dit Rita.

Norlin était parti après leur avoir raconté l'histoire de Mourad Berkat, et elle s'était approchée de l'évier pour se servir un verre d'eau tandis que Titus raccompagnait Norlin à sa voiture. En revenant, il avait trouvé Rita adossée à l'évier, le verre d'eau dans une main, l'autre main sur la hanche.

Il lui lança un regard et secoua la tête en se dirigeant vers le réfrigérateur pour y prendre une bière. Il ouvrit la bouteille au décapsuleur et but longuement. Sentant soudain sa fatigue, il s'assit sur l'un des tabourets, posa la bouteille et se massa le visage et les yeux des deux mains.

– Je vais te dire une chose, commença-t-il. C'est une sacrée histoire, mais on n'aurait pas dû l'entendre. García nous a déjà expliqué – longuement – ce qu'il faisait.

Il faut le reconnaître, Rita, nous sommes bien ignorants face à tout ça. Nous sommes... naïfs.

– Je ne crois pas que M. Norlin ait choisi cette histoire au hasard, comme il le prétend, répondit Rita. Elle n'est pas sans rapport avec ce qui est en train de se passer. Nous ne savons pas tout au sujet de Luquín.

– Oui, j'en suis certain. Nous ne sommes pas seulement naïfs, mais idiots aussi de ne pas l'avoir compris. García nous l'a dit, bon sang ! Nous ne sommes qu'une pièce dans ce puzzle. C'est affreux pour nous, et plus on en sait, plus ça le devient.

Il regarda vers la véranda. Pour la première fois depuis deux jours, il pensa aux chiens. Bon sang. Combien d'années étaient passées depuis ?

– Cette femme, dit Rita. Et ces enfants...

Il comprit où elle voulait en venir.

– Ça te fait penser à nous ? demanda-t-elle.

– Oui, dit-il, sans chercher à biaiser. Oui, j'y ai pensé.

– Qu'arrivera-t-il s'il veut éliminer Luquín à tout prix, comme il voulait éliminer le terroriste algérien ?

– Je veux être franc avec toi. Je pense que c'est le cas.

Rita était capable d'encaisser le choc. Il fallait seulement lui laisser le temps de se reprendre.

– Je crois que c'est aussi ce que Norlin voulait nous dire, reprit-elle. À nous de lire entre les lignes. Il ne savait peut-être pas jusqu'où García nous avait mis au courant, mais je crois qu'il essayait de nous faire comprendre les enjeux de la situation. Le fait qu'il ne s'agit pas seulement de nous.

– Mais ce n'est pas si simple, enchaîna Titus. Ce n'est pas le même genre de situation. Réfléchis... cette liste de noms dont García nous a parlé. Ces hommes... Ils sont de toutes conditions, partout dans le monde. Certains vivent dans des grottes, d'autres dans des palais.

Certains sont des intellectuels, d'autres des illettrés. C'est d'une effarante complexité. Je crois que nous ferions une grave erreur en pensant que toutes ces situations sont comparables, que nous pouvons prévoir les agissements de tel ou tel en fonction de ce que nous savons d'un autre.

« Les choses auraient sans doute été plus faciles pour nous si nous avions su la vérité – je ne dis pas toute la vérité, mais au moins celle-ci. Mais il ne pouvait pas nous la dire. Et si nous n'avions pas été sur le point de tout compromettre, il ne nous aurait pas parlé comme il l'a fait. Seigneur, songe à ce qui est en train de se passer ici.

Il but une longue gorgée de bière. Elle était fraîche. C'était bon. Ça lui rappelait un autre temps, quand le mal était dans les livres et dans les films, quand la vie était simple et qu'il ne le savait même pas.

– Pourtant, dit-il, j'ai beau avoir peur, le fait de savoir ce que je sais désormais me fait voir les choses d'un autre œil. Si García et Norlin ont raison... Nous ne devons pas lâcher. Nous avons même... comment dire ?... l'obligation de collaborer avec ces gens.

– L'obligation de les aider à assassiner quelqu'un ? demanda Rita, incrédule.

Titus la regarda bien en face.

– Réfléchis, Rita. Si ce qu'ils disent est vrai, te sentirais-tu de travailler contre eux ?

– Ma foi, je me sens mal à l'idée de les aider.

– En effet.

– Et tu ne cesses de répéter « si ce qu'ils disent est vrai ».

– Écoute, Rita. Nous ne pouvons rien... absolument rien changer à la situation dans laquelle nous sommes. Nous pouvons seulement faire notre possible pour en sortir. Je sais que ça paraît stupide, mais que veux-tu que je te dise d'autre ?

Il vit, par la fenêtre de la cuisine, Kal qui franchissait le portail en fer forgé donnant accès à la piscine et traversait le jardin pour rejoindre la véranda.

C'était le milieu de l'après-midi. La nuit semblait terriblement lointaine, pourtant le temps passait si vite... On sentait que les événements pouvaient d'un instant à l'autre se précipiter au point d'échapper à tout contrôle.

La porte de la véranda s'ouvrit et Kal entra.

— Excusez-moi, dit-il. Je fais un tour avec Ryan. Janet est passée par l'autre côté de la maison et elle va nous rejoindre ici.

— D'accord, merci, répondit Titus.

Il fit quelques pas jusqu'à la porte et suivit du regard les deux hommes qui s'éloignaient dans l'allée de lauriers, leurs MP5 bien visibles à l'épaule.

— C'est de la routine, dit Janet, en entrant dans la cuisine par une autre porte. Il faut toujours un peu de temps pour s'habituer à une situation nouvelle, ajouta-t-elle, comme pour les rassurer sans en avoir l'air.

Les trois gardes du corps appartenaient à l'école qui a pour devise « ne jamais paraître inquiet pour ne pas effrayer le client ».

Titus vit disparaître les deux hommes derrière la butte.

— C'est grand, ici, dit-il. Il y a tout ce qu'il faut.

— Ils en ont l'habitude, répondit Janet. Et ça leur plaît, ce qui est encore plus important.

Elle tourna la tête, l'inclinant légèrement vers son oreillette, puis regarda Titus.

— Kal vous demande de le rejoindre dans le verger.

Titus le vit qui revenait en contournant la butte au bout de l'allée. Il sortit pour aller à sa rencontre.

– Vous avez pris des photos par ici, récemment ? demanda Kal en posant le pied sur un rocher pour refaire le nœud de son lacet.

– Des photos ?

– Oui, ici même.

Kal leva le pied et refit l'autre nœud. Titus vit l'oreillette du casque et la tige recourbée qui maintenait un minuscule micro devant sa bouche.

– Non.

Plongeant la main dans sa poche, Kal en retira un petit disque noir qu'il lui tendit – la capsule d'une boîte de pellicule.

– Ce truc-là est tout neuf, dit-il. Vous avez eu de la visite.

Il regarda vers l'extrémité de l'allée en clignant des yeux dans la lumière aveuglante.

– Venez, dit-il à Titus qui le suivit.

Ils arrivèrent à l'orée du verger au moment où Ryan y entrait par le fond, entre les rangs de pêchers. Kal s'arrêta à l'endroit où les arbres rejoignaient l'allée. Un mur de soutènement bâti de grosses pierres retenait l'angle du terrain, qu'il suivait en formant un grand arc de cercle pour contourner la maison et la piscine avant de descendre sur la pente naturelle jusqu'au fond du verger.

Kal, tournant le dos au verger, regarda vers la maison pour apprécier la vue qu'en avait un homme placé à cet endroit. Titus vit une nouvelle fois, avec déplaisir, avec quelle facilité Luquín les avait fait épier, Rita et lui, au cours des jours précédents. Il aurait pu, littéralement, s'emparer d'eux à n'importe quel moment.

Sans un mot, Kal le précéda entre les deux piliers en pierre qui restaient de l'ancien portail, et ils suivirent la courbe du mur de soutènement. Ils entendirent Ryan remonter lentement à travers le verger en examinant soigneusement le terrain et ne tardèrent pas à le voir.

Soudain, Kal s'immobilisa. Il regarda le sol à ses pieds. Les mauvaises herbes qui poussaient à cet endroit étaient couchées et on distinguait dans la terre sèche l'empreinte d'un talon de chaussure.

Toute explication était inutile. Ils se penchèrent sur l'empreinte tandis que Ryan approchait.

– Il était là, dit Kal.

Les deux gardes du corps se mirent à aller et venir en scrutant le sol au pied du mur. Titus ne savait pas exactement ce qu'ils cherchaient, mais il pensa, en les voyant ainsi, à la fébrilité des chiens quand ils flairaient une trace récente en promenant leur truffe au ras du sol. Les deux hommes cherchaient avec méthode, mais leur excitation était visible.

Kal, soudain, tomba à genoux. Il approcha son visage du mur. Les pierres étaient de taille standard : quarante centimètres de long, vingt de large et trente de profondeur. De solides blocs de calcaire en provenance d'une carrière.

Kal les examina de près, son regard parcourant les rangées. Il s'accroupit lentement, puis se mit debout. Tendant les mains, il saisit l'une des pierres située à la hauteur de sa taille. Elle était lourde. Titus l'aida à la tirer vers lui et ils la laissèrent tomber à leurs pieds.

Il y avait une cavité derrière la pierre et Kal y enfonça le bras jusqu'au coude. Il en retira un petit ordinateur extra-plat et un sac de plastique qui semblait destiné à le protéger.

– On dirait qu'il est parti vite, dit-il.

41

– J'y travaille, dit Herrin. Mais c'est sacrément difficile à décoder. Je ne peux pas dire combien de temps ça
va me prendre.

Ils étaient dans la maison d'amis, et la voix de Burden
leur parvenait par le haut-parleur. Ils ignoraient où il se
trouvait et il ne le leur disait pas. Mais la rumeur lointaine qu'on entendait dans les intervalles de silence faisait penser à des bateaux.

– Écoutez, Titus, dit Burden, c'est entièrement ma
faute. J'ai manqué de vigilance. J'espère maintenant
que ce type ne m'a pas photographié. On ne le saura
pas tant que Mark n'aura pas brisé le code. Si c'est
le cas, Luquín disparaîtra et laissera tout tomber. Si
ça se trouve, il a déjà filé. On perd peut-être notre
temps. Mais s'il m'a identifié... si Luquín sait que je
suis ici, ça va chauffer. Et ça risque de nous coûter
cher, Titus.

La chaleur de l'après-midi les avait obligés à rentrer.
Le soleil était maintenant à quarante-cinq degrés dans
un ciel sans nuages, et il chaufferait sans rencontrer
d'obstacle jusqu'au moment où il plongerait derrière
l'horizon. Macias n'avait pas encore ouvert l'e-mail
d'Elias Loza. Il y avait des pièces jointes. Mais quelque
chose l'incitait à la prudence, spécialement vis-à-vis de
Luquín. Il jeta un coup d'œil à celui-ci, qui faisait les
cent pas devant la rangée de fenêtres ouvertes sur la
terrasse.

Macias ouvrit le fichier. Pas de message. Bizarre. Il ouvrit la première pièce jointe. L'allée ombragée, qu'il reconnut aussitôt, et devant la maison d'amis des gens dont on ne voyait que les jambes. Deux hommes et une femme. Les Cain et l'un des techniciens, sans doute. Deuxième pièce jointe : les deux techniciens vus de plus loin, sur la véranda, et de nouveau les trois personnes devant la porte de la maison d'amis. Mais il y avait une autre personne avec les techniciens qu'ils connaissaient déjà. Troisième pièce jointe : Loza avait braqué son objectif sur l'inconnu, qui avait laissé les Cain et s'éloignait dans l'allée. La quatrième et la cinquième pièce jointe s'ouvraient sur des clichés pris d'un autre endroit. On voyait l'inconnu à la lisière de la forêt, un téléphone portable dans la main gauche. Mais l'angle de prise de vue était mauvais, l'homme était de dos. Sur le dernier cliché il jetait un coup d'œil en arrière avant de s'enfoncer sous les arbres – on ne voyait que ses yeux au-dessus de la main qui tenait le téléphone.

Macias était assis à la table de la salle à manger, appuyé sur un coude. Le pouce sous le menton, il se caressait la moustache de l'index. Puis son doigt s'immobilisa. Les pensées qui tournaient dans sa tête, tous les détails de ce plan auquel il réfléchissait depuis un mois, tout s'arrêta d'un coup. Toutes ses perceptions sensorielles s'évanouirent, hormis la vue, et celle-ci se concentra sur un seul point. Ces yeux... Ils avaient quelque chose de vaguement familier. Il les avait déjà vus. Mais quand ?

Chinga : Que signifiait tout ceci ? Relevant la tête, il regarda Luquín, qui grattait une croûte sur le dos de sa main, le regard braqué vers la maison de Titus, là-bas, au-delà de la piscine, de la vallée et des collines. Macias regarda Roque, assis dans un coin de la pièce où il lisait

– enfin, feuilletait en regardant les photos – le magazine *People*.

Macias reporta son attention sur l'écran de son ordinateur, qui ne fit que lui confirmer sa première impression de déjà-vu. Oui, merde ! Mais qui était-ce ? Il n'en savait rien.

L'important, d'ailleurs, n'était pas de le savoir. Le fait que ce type soit là, en train de quitter discrètement la propriété de Cain, indiquait clairement qu'il se passait quelque chose en coulisses. Quelque chose se préparait. Après tout, ils ne voyaient pas tout ce que faisait Cain.

Macias se sentit envahi par une peur rampante, obstinée, qu'il était incapable de contrôler. Ceci avait donc échappé à ses hommes ? Comment Luquín le prendrait-il quand il le saurait ? S'ils en croyaient ce que leurs micros avaient intercepté, Tano aurait son argent dans les vingt-quatre heures. Comment allait-il réagir à cette information de dernière minute qui remettait tout en question ?

Devaient-ils croire les micros ? Il se tramait quelque chose là-bas. Depuis quand cet inconnu travaillait-il pour Cain ? À qui parlait-il dans son téléphone portable ? Qu'était-il venu faire dans la maison d'amis ? Macias savait qu'ils y avaient installé un système de contrôle électronique pour protéger leurs communications. Mais il y avait peut-être autre chose ? Comment savoir s'ils n'étaient pas à quelques heures d'une catastrophe ?

Il réfléchissait à toute allure, dans un effort désespéré pour anticiper un renversement de situation et deviner ce que seraient ses choix dans une telle circonstance. Était-il déjà trop tard ? Était-il encore temps d'agir ? Se pouvait-il que Cain ait pris de l'avance sur lui ? Quel était le jeu de Cain ? De quels atouts disposait-il ?

À cet instant, l'ordinateur signala l'arrivée d'un nouveau message. En provenance de Loza. Un autre cliché en pièce jointe. Un seul. Macias l'ouvrit. C'était l'image de deux hommes traversant le jardin derrière la véranda de Cain. Ils portaient tous deux un automatique en bandoulière.

Macias ne bougeait pas et ne disait rien pour ne pas attirer l'attention tant qu'il n'aurait pas décidé de ce qu'il allait faire. Pourquoi Loza lui envoyait-il ces photos sans les accompagner d'un message ? S'était-il sauvé ? S'était-il fait prendre avant ? Cain savait-il ce qu'il avait envoyé ? Et à qui ?

Cain avait-il réellement l'intention de payer la rançon dès le lendemain pour épargner des vies humaines ? Ou ce qu'il avait dit n'était-il qu'une feinte pour obliger Luquín à rester là pendant qu'on organisait sa capture ? Cain était-il en train de leur tendre un piège ?

Macias avait-il le temps de contre-attaquer ?

Face aux questions qui arrivaient si vite et si nombreuses, son cerveau était comme un ordinateur menacé de surchauffe. Mais il n'y avait pas de coupe-circuit contre la peur et la perspective de tomber dans une panique incontrôlable.

Il pouvait sauver Luquín en l'évacuant séance tenante. Il suffisait de le prévenir, de l'embarquer dans le Navigator et de le conduire à la piste d'envol. Il serait au Mexique, et en sécurité, à temps pour regarder le journal du soir à la télévision.

Mais la présence de cet inconnu signifiait-elle que tout était fichu ? Oui, si Macias se conformait à ses propres règles : au premier signe de contre-attaque, mettre fin à l'opération. Ne pas oublier qu'on n'était plus au Mexique, mais dans ces putains d'États-Unis.

Tout de même... Il ne restait que quelques heures à attendre pour ramasser un sacré pactole.

Macias effaça prestement les e-mails de Loza. Puis il fit un nouvel effort pour mettre de l'ordre dans ses pensées. Réfléchissons. Ce type pouvait être n'importe qui. Sa présence ne signifiait pas forcément qu'il était compétent ou capable de quoi que ce soit. Rien ne le désignait comme un professionnel.

Mais s'il s'agissait d'une vraie menace ? S'ils étaient sur le point de tomber dans un piège que lui, Macias, aveuglé par l'appât du gain, n'avait pas su éventer ? Macias et Luquín étaient convenus que l'enjeu méritait une certaine prise de risque, mais s'ils rataient leur coup ils ne resteraient pas longtemps d'accord. Luquín prenait tout échec comme une insulte personnelle. Aussi irrationnel que ce soit, nul n'y pouvait rien changer.

En outre, l'arrivée de ces gardes du corps en armes signifiait que l'ordre de tuer Rita donné par Luquín était impossible à exécuter... pour le moment.

Macias sentait peser sur lui une pression aussi soudaine qu'insoutenable. Cayetano Luquín était capable de le tuer pour ça. Pas tout de suite, mais plus tard, quand Macias ne s'y attendrait pas. Tano considérerait l'échec de cette opération – la perte de tout cet argent – comme une trahison impardonnable.

Soudain, évacuer Luquín ne semblait plus être une priorité. C'était même, à bien y réfléchir, une idée stupide.

L'heure n'était pas aux demi-mesures. Il fallait tout réexaminer, point par point et en prenant son temps.

42

Les deux pêcheurs croisaient depuis une demi-heure au nord du lac Austin, s'arrêtant de temps à autre près des berges boisées, s'amarrant à un tronc d'arbre pour lancer leurs lignes dans les recoins ombragés. Une toile tendue au-dessus de l'embarcation les protégeait du soleil violent de l'après-midi tandis qu'ils s'acheminaient lentement vers les arches métalliques du pont.

La chance n'était pas avec eux. Les bateaux utilisés pour le ski nautique étaient particulièrement nombreux cet après-midi-là sur le lac longiforme, et leurs allées et venues soulevaient d'interminables séries de vagues qui allaient mourir contre les berges. Les pêcheurs poursuivirent leur progression obstinée vers le pont, stoïques dans leur barque secouée par cette houle, jetant vainement leur ligne dans l'étroite zone d'ombre projetée par les arbres qui se pressaient au bord.

Ils firent une dernière tentative. Après s'être rapprochés le plus possible de la berge, ils arrêtèrent leur barque sous un épais bouquet de chênes. La barque était pratiquement invisible de l'autre côté du lac et personne ne les remarqua. On s'intéressait plutôt aux bateaux et aux skieurs qui glissaient sur l'eau au centre, dans la lumière éclatante. Par les après-midi d'été comme celui-ci, les sports nautiques, plus bruyants et plus rapides que la pêche, prenaient possession des lieux.

La barque resta là une demi-heure, complètement invisible depuis les maisons accrochées sur la pente.

Les bateaux rapides tractant les skieurs continuaient à creuser leur sillon dans l'eau, soulevant de lourdes vagues qui s'aplanissaient peu à peu en s'écartant pour aller mourir contre les berges.

Finalement, les pêcheurs en eurent assez. La barque émergea lentement de l'abri naturel formé par la végétation qui dégringolait de la falaise. Après avoir traversé le lac dans toute sa largeur, elle prit de la vitesse pour se diriger vers la ville. Elle fonçait maintenant, trop vite et trop loin des rives pour qu'on distingue quoi que ce fût sous la toile qui la protégeait du soleil. Mais celui qui l'aurait suivie d'assez près pendant qu'elle remontait vers le nord puis rebroussait chemin, aurait peut-être été surpris de constater qu'il n'y avait plus qu'un seul pêcheur à son bord.

Le téléphone sonna. Rita décrocha dans le bureau de Titus, d'où elle continuait à appeler des gens au sujet de Carla.

— Puis-je parler à M. Cain ?

C'était une voix d'homme, avec un accent espagnol. Rita se figea. Tout ce qui concernait leur nouvelle organisation, les mesures de protection, la tactique, passait par des communications codées. De quoi s'agissait-il cette fois ? Était-ce sans rapport avec la situation ? Elle jeta un coup d'œil à Janet qui se tenait debout près de la fenêtre.

— Qui le demande ?

— Il attend mon coup de fil.

De plus en plus inquiétant.

— Une seconde, dit-elle. Je vais vous le passer sur son appareil.

Elle pressa un bouton pour mettre la communication en attente avant de s'adresser à Janet.

— C'est quelqu'un qui demande Titus. Mexicain, d'après l'accent. Ne veut pas dire son nom.

– Passez-le-lui, répondit Janet, puis elle se tourna pour dire quelques mots à voix basse dans son micro.

Herrin examinait le contenu du petit ordinateur découvert dans le verger. Titus et Cline étaient penchés sur son épaule. Cline, qui portait un casque à oreillettes avec un micro raccordé à un long fil, était à lui seul un centre de communication pour tous les autres. Il entendait tout ce qui se disait entre les gardes du corps, ainsi que les appels venant de l'extérieur.

– Eh..., fit Herrin.

Une photo de Rita venait d'apparaître sur l'écran. Rita en plein soleil et plus nue que nue sous sa chemise de nuit. Elle était magnifique.

– Le salaud ! lâcha Titus, entre ses dents. Il y en a combien comme ça ?

– Euh... encore une, dit Herrin en faisant prestement disparaître l'image.

– Regardons-la, dit Titus, et Herrin rappela l'image.

Incroyable.

– C'est bon, effacez-moi ça, dit Titus. Et continuons.

Bon Dieu : Il était furieux et malade à l'idée de ce type caché derrière le mur pour prendre des photos de Rita pratiquement nue.

Les doigts d'Herrin claquèrent sur les touches, comme pour en finir le plus vite possible avec ces images gênantes. Il y en avait cinq. Puis il tomba sur celles qu'il cherchait et ralentit sur les deux dernières. Il les fit apparaître ensemble sur l'écran. Les trois hommes les examinèrent un moment en silence.

– Franchement, je ne vois pas comment on pourrait le reconnaître à partir de ça, dit enfin Titus.

– Disons que tout dépend du logiciel qu'ils vont utiliser, répondit Herrin.

– Oui, sans doute, dit Titus. Mais au premier abord, je ne pense pas qu'ils en tireront grand-chose.

Le téléphone posé sur une table basse devant le canapé se mit à sonner. Titus, surpris, vit que l'appel provenait de son bureau. Il s'approcha pour décrocher et regarda Cline qui semblait écouter une autre communication.

– Titus, dit Rita, c'est un type à l'accent espagnol qui veut te parler. Il n'a pas dit son nom.

– Il a dit ce qu'il voulait ?

– Non. Seulement que tu attendais son coup de fil.

Titus se retourna vers Cline qui lui répondit d'un hochement de tête en se dirigeant vers l'appareil de détection et d'enregistrement posé contre le mur sur l'une des tables à tréteaux.

– Titus, j'arrive, dit Rita. Je veux entendre ça.

S'il avait une objection, elle raccrocha sans lui laisser le temps de la formuler. Il interrogea Cline du regard.

– Elle n'a qu'à prendre ce casque à écouteurs, dit Cline en montrant l'objet sur une autre table. On peut y aller.

Titus pressa le bouton pour prendre la communication.

– Titus Cain à l'appareil.

– Je m'appelle Jorge Macias. Je suppose que vous savez déjà qui je suis ?

Titus, interloqué, ne répondit pas.

– C'est bien ce que je pensais, dit Macias. Sachez d'abord que je prends un risque mortel en vous appelant. Il faut que je vous voie, monsieur Cain. Nous avons des choses à nous dire.

Nouveau silence. Titus ne savait que répondre. La porte s'ouvrit à la volée pour livrer passage à Rita suivie de Janet. Herrin se précipita vers elles en leur disant de ne pas faire de bruit et guida Rita à travers la pièce jusqu'au casque à écouteurs.

— Écoutez-moi bien, reprit Macias. Ce n'est pas le moment de jouer au plus fin, car le temps nous est compté. Votre situation est critique. Il se passe des choses... que je ne contrôle pas. Des choses qui n'étaient pas prévues. Nous approchons, vous comme moi, d'un point de non-retour au-delà duquel plus rien ne sera possible. Et si nous ne pouvons pas très vite nous voir et en parler, nous le regretterons tous les deux.

— Et je suis censé vous croire quand vous dites ça ?

— Croyez-moi, oui. Il me suffit d'appuyer sur une touche de mon téléphone portable et, de mon côté, tout disparaîtra. (Un silence.) Mais, monsieur Cain, vous avez maintenant compris, je pense, que pour vous il n'y aura pas de fin. Et, croyez-moi, vous n'avez pas idée de ce qui pourrait encore vous arriver si les choses tournaient mal.

Silence.

— Vous saisissez ? demanda Macias.

Long silence. Titus comprit qu'il était inutile de jouer plus longtemps les ignorants.

— Oui, je saisis. Mais dites-moi, alors, ce qui s'est passé... qu'y a-t-il de nouveau pour vous amener à m'appeler directement ?

Il regarda Rita qui ouvrait de grands yeux et lui faisait « non » de la tête.

— Vous comprenez, n'est-ce pas, dit-il encore, que s'il m'arrivait quelque chose...

— Monsieur Cain, vous n'y êtes pas du tout. Il ne vous arrivera rien. En fait, à partir du moment où je vous ai appelé, je ne peux plus me permettre qu'il vous arrive quoi que ce soit. Mais nous perdons du temps – quand pouvons-nous nous rencontrer ?

Titus avait l'impression de sentir vibrer ses antennes.

Nul besoin d'être un expert en matière de renseignement pour comprendre que ceci pouvait annoncer un bouleversement radical de la situation.

Ou un piège.

— Je ne peux pas vous répondre tout de suite.

— Je vous rappelle dans vingt minutes, dit Macias avant de raccrocher.

Rita retira vivement son casque.

— Le rencontrer ? Tu n'y penses pas ! dit-elle.

La peur et la colère qui se lisaient sur ses traits étaient pénibles à voir.

— Bien sûr que j'y pense, rétorqua Titus.

Rita se tourna vers Janet. Dans son regard, un appel au secours. Janet ne broncha pas.

Titus regarda Herrin et Cline.

— Appelez García, et mettez-le au courant. Puis passez-le-moi.

Pendant qu'ils s'exécutaient, Titus se tourna vers Rita.

— Je ne ferai rien de stupide, dit-il. Mais s'il s'est réellement passé quelque chose d'imprévu, quelque chose qui interfère avec le plan de Luquín, si c'est pour nous une occasion d'en finir avec ce cauchemar, il faut que je le sache.

— Mais pourquoi toi ? Tu as fait venir des professionnels (elle fit un geste vers la fenêtre) et ils sont là pour ça.

— Tu n'as pas entendu ce qu'il a dit ? C'est à moi qu'il veut parler. Seul à seul.

— Évidemment.

— Rita, s'il veut sincèrement...

— Oh, Titus ! (Elle avait des larmes aux yeux.) Tu as dit « sincèrement » ? Mais il n'y a rien de sincère chez ces gens-là, c'est un mot qui n'existe pas pour eux.

— García va vous appeler, annonça Cline.

Titus lui répondit d'un signe de tête avant de se tourner à nouveau vers Rita.

– Essayons de prendre les choses dans l'ordre, et calmement si possible. D'accord ?

L'expression de Rita passa de l'incrédulité à une résignation apeurée tandis qu'ils s'affrontaient du regard.

– Oui, dit-elle. D'accord.

Elle la jouait soumise, maintenant. Ça, elle savait le faire. Elle le ferait encore, le moment venu, si c'était nécessaire.

43

Cette fois, on voyait très bien que l'homme qui pilotait la barque était Burden. Il était forcé d'élever la voix pour parler dans son téléphone portable, le tumulte environnant couvrant tous les autres bruits.

– Non, ce n'est pas un piège. Ces deux hommes ne travaillent pas comme ça.

– Comment pouvez-vous en être certain ?

– Tendre un piège, c'est toujours risqué. Trop imprévisible. À Bogota, à Rio, d'accord. En cas de pépin, ils peuvent tirer à vue pour couvrir leur fuite et disparaître. Ici, ce n'est pas la même chose. Ce qu'ils veulent avant tout, c'est le silence et la discrétion. Et, comme vous pouvez le constater, ils sont soumis à un tas de contraintes sur ce territoire.

– Alors, que se passe-t-il, selon vous ?

– Macias est en train de violer ses propres règles. Luquín fait confiance à Macias autant qu'il est capable de faire confiance à quelqu'un. Il pense qu'à la première alerte Macias le préviendra et qu'ils pourront s'évanouir dans la nature. Et c'est ce qui aurait dû se produire. Mais apparemment, le seul homme au monde capable de trahir Luquín s'apprête à le faire.

— C'est donc ça, n'est-ce pas, dit Titus, conscient de la stupéfaction qui perçait dans sa propre voix. C'est l'occasion que nous espérions...

— Avec ce coup de téléphone, Jorge Macias vient de franchir le Rubicon. Voilà pourquoi il parlait d'un risque mortel. Il s'apprête à doubler Luquín. Peut-être.

— Peut-être ? Mais pourquoi ? Vous croyez qu'il vous a reconnu ?

— Je n'en sais rien, pas forcément. Il lui a suffi de voir les gardes du corps. Et un inconnu qui disparaissait sous les arbres en téléphonant. C'est suffisant pour l'inciter à torpiller toute l'opération.

— Ça n'a pas l'air d'être ça, dit Titus.

C'était plutôt l'amorce d'un marchandage, croyait-il comprendre. L'homme d'affaires qu'il était savait reconnaître quelqu'un qui cherchait à sauver les meubles.

— Il cherche une solution, un moyen de s'en sortir sans y laisser toutes ses plumes. Merde ! On a intérêt à agir vite. Sans lui laisser le temps de changer d'avis. Sachant qu'il risque de tout perdre, il doit être aux abois. On est en bonne position pour négocier.

— Doucement, Titus. J'ai déjà pris des dispositions par rapport à ceci. Nous devons faire attention et ne rien entreprendre avec Macias qui puisse interférer avec ce que nous avons déjà lancé. Aucun de ces types ne doit nous échapper. Aucun. (Un silence.) Permettez-moi de vérifier deux ou trois choses. J'en ai pour une seconde.

Titus resta accroché à son téléphone codé comme à une bouée de secours. Il était prêt à foncer. Il le voulait si fort qu'il n'en revenait pas lui-même. L'occasion lui était offerte de ne plus être le gibier, mais le chasseur. Il ne la laisserait pas passer.

— Écoutez, Titus, dit Burden en reprenant la ligne. Allez-y, fixez un rendez-vous, mais arrangez-vous pour qu'il ait lieu le plus tard possible. Pas avant dix heures et demie du soir. Plus tard si vous le pouvez. Le plus tard sera le mieux. Il me faut du temps pour mettre mes hommes en place. Je veux un homme pour couvrir chacun des leurs, et il va falloir s'organiser rapidement, avec beaucoup de prudence. C'est là que les renseignements recueillis hier soir vont se révéler utiles.

— Dois-je proposer un lieu pour cette rencontre ?

— Il tiendra à le choisir lui-même. Mais ne lâchez pas sur l'heure tardive. Négociez. Trouvez une bonne raison qui vous empêche d'y aller plus tôt.

— Que dois-je répondre s'il fait une proposition ?

— Écoutez-le et faites de votre mieux. Un conseil, tout de même : faites-lui plaisir. Discutez, marchandez, mais laissez-lui croire qu'il n'est pas venu pour rien, qu'il a obtenu le maximum de ce qu'il pouvait espérer.

— Et s'il me demande une chose à laquelle je ne peux répondre ?

— Eh bien, vous pouvez toujours exiger un délai de réflexion. Ça ne rendra que plus manifeste le fait que ce n'est pas vous qui décidez en dernier ressort dans cette affaire, que quelqu'un d'autre supervise les négociations. Et qu'elles peuvent capoter. Macias est peut-être prêt à sortir la tête hors du trou, mais il ne vous laissera pas le temps de la couper. Il va être attentif à chacune de vos paroles, à la moindre nuance. C'est lui qui cherchera à savoir s'il n'y a pas un piège.

— Y a-t-il quelque chose que je ne dois absolument pas dire ou faire pendant cette entrevue afin de ne pas vous mettre en difficulté ensuite ?

Il y eut un long silence à l'autre bout du fil.

— Écoutez, Titus, dit enfin Burden. Il n'y aura pas de suite pour ces gens-là. C'est tout. Nous allons nous servir de cette entrevue pour les mettre définitivement hors d'état de nuire.

Titus regarda Rita. Elle n'avait pas fait un geste et ne l'avait pas quitté des yeux depuis le début de la conversation.

– Entendu, dit-il.

– Entendu.

Avant de raccrocher, Burden voulut parler à Janet. Titus passa le téléphone à la garde du corps, puis sortit avec Rita dans le patio qui s'ouvrait derrière la maison d'amis. Les murs étaient recouverts par des plantes grimpantes et le jasmin étendait ses rameaux sur les treillis placés dans les angles. Par une fenêtre ouverte dans le mur du patio on voyait à travers une grille en fer forgé l'extrémité de l'allée de lauriers et la vallée en contrebas.

Titus lui relata son échange avec Burden et, quand il en vint à la dernière remarque de Burden, Rita tressaillit.

– Oui, dit Titus, à moi aussi, ça m'a fait un choc.

Elle était debout devant le jasmin en pleine floraison à ce moment de l'année. La journée tirait à sa fin et une ombre fraîche avait envahi le patio. À la surprise de Titus, elle eut l'air de craquer. Elle enfouit son visage dans ses mains. Une profusion de petites fleurs étoilées formait derrière elle un fond d'une blancheur éblouissante. La fenêtre, avec sa grille ouvragée, encadrait presque parfaitement sa tête et Titus apercevait dans le lointain les dernières taches de soleil au sommet des collines.

– C'est trop ! dit-elle dans ses mains.

Il vit sa poitrine se soulever. Elle avait peine à respirer. Son épaisse chevelure blonde était rejetée en arrière.

– Trop de tension, ajouta-t-elle en écartant les mains.

Il s'approcha et l'entoura doucement de ses bras. Il la sentit se pelotonner contre lui d'un mouvement instinctif qui disait l'aveu – si rare chez elle – d'une vulnérabilité contre laquelle elle ne pouvait plus se battre. Elle avait pourtant conquis de haute lutte, tout au long de sa vie, cette réputation de forte femme. Mais cette fois, c'était trop et elle craquait, tout simplement.

– Ça va bien se passer, dit-il. J'ai peur, moi aussi, c'est certain. Mais nous savons toi et moi ce qu'il faut faire, et qu'il n'y a pas de solution. Et je vais le faire. Parce que je n'ai jamais eu, de toute ma vie, autant envie de faire quelque chose.

44

En quittant le bord ombragé de la piscine d'où il venait de téléphoner pour rentrer dans la maison, Macias vit Luquín qui le regardait à travers la baie aux vitres teintées. Luquín portait des lunettes de soleil et semblait observer Macias comme on observe un poisson dans un aquarium. Mais Macias craignait qu'il n'y ait derrière ce regard invisible autre chose qu'une simple curiosité.

Il referma la porte derrière lui, s'approcha du canapé et s'y laissa choir devant la table basse sur laquelle il avait laissé un verre. Sur l'écran de télévision géant clignotait un film que Roque avait commencé à regarder, affalé dans un fauteuil comme un abruti confit dans sa cruauté, ses écouteurs sur les oreilles. Luquín n'aimait pas cette maudite télévision, mais il laissait Roque la regarder parce que c'était l'une des seules choses que ce type aimait faire quand il ne dévorait pas quelque bande dessinée bon marché réservée aux adultes.

– Alors, du nouveau ? demanda Luquín au moment où Macias soulevait son verre.

– Comment ça, du nouveau ?

– Je t'ai beaucoup vu au téléphone.

– Je ne veux pas de pépins, répondit Macias. Si on en croit ce que Cain a dit à sa femme, les choses devraient maintenant se précipiter. Tout s'est plutôt bien passé jusqu'ici. Je veux que ça continue.

Luquín retira ses lunettes de soleil et plongea les mains dans ses poches. Les yeux au sol, il se mit à aller et venir le long de la baie vitrée en réfléchissant. Macias, pendant ce temps, faisait mine de regarder le film. Mais il ne pouvait s'empêcher d'être mal à l'aise devant l'attitude pensive de Luquín.

Et il y avait de quoi. Au cours de l'heure précédente, Macias avait pris une initiative qui devait, quoi qu'il arrive, changer sa vie du tout au tout. À condition d'aboutir, bien sûr. Et si elle n'aboutissait pas, il lui faudrait changer de vie de toute façon. Si les gens qui travaillaient avec Cain étaient malins, ils devaient comprendre qu'en leur proposant une rencontre Macias venait de mettre fin à ses relations avec Luquín. Ils pouvaient se servir de ce coup de téléphone – s'ils étaient malins, toujours – pour dynamiter toute l'opération.

Luquín se doutait-il de quelque chose ? Il fallait s'en méfier, car il soupçonnait toujours tout et tout le monde autour de lui, même s'il n'en laissait rien paraître. Et il lui arrivait – Macias en avait été maintes fois le témoin – de liquider des hommes parfaitement loyaux parce qu'il les soupçonnait à tort.

Macias avait tout de même un atout : il était le *número uno* de Luquín. Et Luquín, jusque-là, ne s'en était jamais pris à quelqu'un d'aussi haut placé dans la hiérarchie de ses collaborateurs. C'était le lot commun et le point faible de tout tyran : il lui fallait bien, à un moment ou à un autre, faire confiance à quelqu'un. Il le fallait. Mais pas pour toujours.

— J'ai réfléchi..., dit Luquín.

Il s'était brusquement arrêté devant la baie et s'était retourné vers Macias en secouant des pièces de monnaie américaines au fond de ses poches.

— Tu as commencé à t'occuper de la femme de Cain, comme je te l'ai demandé ?

— Oui, mentit Macias en s'efforçant de prendre un ton calme et assuré.

Luquín considérait une fois pour toutes que, si Macias lui disait que telle ou telle chose était en train de se faire, elle était en train de se faire, et elle se ferait. Il se relâchait un peu avec l'âge. S'en remettait aux autres pour régler les détails à sa place.

— J'ai réfléchi, répéta Luquín. Pour ce coup-là, je veux quelque chose de spécial. Ce sera forcément un accident, comme pour les autres, et il comprendra ce qui s'est passé – mais pas n'importe quel accident. Il ne faut pas seulement la tuer, il faut la salir, cette bonne femme. Publiquement. Et il ne faut pas que son mari puisse la couvrir.

Macias le regarda, fasciné. Ce type, vraiment.

— Vous avez une idée... ?

— Non, enfin, plus ou moins... Une histoire de drogue, ou de sexe, ou... une sale histoire qu'il ne pourra pas étouffer. Ce n'est pas tout de planter le couteau, il faut pouvoir le retourner dans la plaie.

— Il faudra peut-être un peu de temps pour monter ce coup-là.

— Ça ne fait rien. Le jour où ça arrivera, il comprendra. C'est peut-être mieux, d'ailleurs. Il se croira débarrassé de moi, et... paf ! (Luquín fit mine de frapper quelqu'un au ventre avec un couteau imaginaire, puis d'agiter la lame dans la plaie.) Mais je tiens à ce que ce soit un truc vraiment dégueulasse, qui lui fasse honte pour elle et pour lui. (Il se retourna vers la vitre pour regarder au-dehors.) Ce *pendejo* m'a énervé pour de bon, merde ! (Se retournant vers Macias :) Et je veux des photos. Je veux lui envoyer des photos pendant des années.

Il pivota à nouveau face à la baie vitrée. Macias resta silencieux.

Luquín réfléchissait. Puis il revint se planter devant Macias.

— Ne jamais les lâcher, Jorge, dit-il, comme s'il se parlait à lui-même. C'est la meilleure des tortures. Je fais une marque sur mon calendrier et je n'y pense plus. Mais quand la date arrive, je leur tombe dessus, d'une manière ou d'une autre. Pour eux, c'est pire que des souvenirs horribles. Les souvenirs, ça s'efface avec le temps. Mais leur faire comprendre que je vais revenir, tôt ou tard, et le leur rappeler de temps en temps, histoire de raviver la peur... La voilà, la vraie torture, l'angoisse qui les ronge comme une sale maladie.

Macias n'avait jamais entendu Luquín parler ainsi. Que se passait-il ? Se pouvait-il qu'il ait des soupçons ? Cherchait-il à provoquer chez Macias une réaction propre à les confirmer ? Macias se dit que c'était le moment ou jamais de garder son sang-froid. Luquín, en vérité, ne pouvait pas savoir ce qu'il avait décidé de faire puisque la trahison, en dehors du coup de téléphone à Cain, n'était encore qu'à l'état de projet. Il n'en avait soufflé mot à personne. Il y avait eu ce coup de téléphone, rien d'autre. Macias connaissait le goût de Luquín pour les joutes psychologiques, il se garderait bien de s'y laisser entraîner.

— Réfléchissez, dit-il en sifflant son verre de soda jusqu'à la dernière goutte pour masquer sa gêne. On fera ce que vous voudrez. (Il jeta un coup d'œil à sa montre.) J'ai une réunion avec mes hommes, tard dans la soirée. Ça va nous prendre une heure ou deux. Avez-vous quelque chose à me demander avant ? Ce sera sans doute la dernière fois que je les vois personnellement avant la fin de l'opération. Je veux être certain qu'ils ont bien compris ce qu'on attend d'eux.

— Qu'en attends-tu ?

— Si Caïn verse la rançon avant le délai fixé, comme on l'espère, je veux rapatrier le plus vite possible la plupart de ces gens. Les garder plus longtemps ici serait prendre un risque inutile. Quoi que vous décidiez pour la femme de Caïn, on pourra s'en occuper séparément.

— Caïn, évidemment, ne nous a pas encore fait part de ses intentions.

— Non, dit Macias en croisant les jambes et en se laissant aller contre le dossier du canapé, un bras sur l'accoudoir, dans un effort désespéré pour paraître décontracté. Et s'il changeait d'avis et décidait de ne pas payer tout de suite ?

Luquín ne répondit pas. Il regardait Macias, mais le mince sourire qui se dessina sur ses lèvres appartenait à d'autres pensées.

— C'est un sacré paquet d'argent, Jorge. Tu vas être très riche.

— Parfait, répondit Macias.

45

Quand il revint à la maison dans la forêt, Burden avait chaud et il était fatigué, et son jean était mouillé jusqu'aux genoux. Il avait renvoyé le fourgon bourré de matériel électronique et les trois techniciens qui les avaient aidés à décoder les messages collectés par le Beechcraft, et il ne restait plus que les trois hommes de Romano Calò avec son propre fourgon de surveillance.

L'un des techniciens suivait sur un écran les déplacements des signaux jaunes et verts représentant les mouchards que Titus avait réussi à poser sur des hommes et des véhicules. Les autres attendaient sur la véranda. Apathiques, affalés dans l'air immobile chargé d'humidité, ils luttaient contre la chaleur de cette fin d'après-midi. Les papiers, les plans et les photographies qui jonchaient le sol semblaient indiquer qu'ils avaient essayé de travailler sur la logistique de l'opération qui se préparait.

Burden prit une boîte de soda dans une glacière portative, l'ouvrit, et sortit sur la véranda. Il s'assit par terre, adossé contre le mur, posa la bière à côté de lui et déboutonna sa chemise. Tous les regards étaient sur lui. Il but longuement.

— Il y a du nouveau, dit-il.

Il leur expliqua ce qui venait de se passer.

Calò émit un léger sifflement entre ses dents.

— Donc, pour nous résumer, dit Burden, Cain pense que Macias vient de vendre son patron. Et je dois dire que je partage cet avis. Mieux encore, on se demandait comment isoler Luquín dans sa maison, et c'est Macias lui-même qui nous a donné la solution. Compte avec moi, Calò, et voyons si je ne me trompe pas.

« D'après ce qu'a donné notre expédition d'hier soir, il semble y avoir six personnes dans la maison. Luquín, Roque, son garde du corps, et leur chauffeur. Ils se déplacent dans un Navigator de couleur noire. Macias, son garde du corps et leur chauffeur ont un Navigator bleu. Nous avions besoin d'éloigner ces trois-là, et ce sera fait puisqu'ils iront au rendez-vous avec Cain. Il restera donc un chauffeur, Roque et Luquín dans la maison.

– Plus leur équipe de surveillance – deux gardes et le chauffeur dans le Pathfinder, enchaîna Calò. Une fois Macias parti, ils resteront probablement dans les parages pour être prêts à intervenir au cas où Luquín aurait besoin d'eux. Ça nous fait donc trois problèmes à régler : les trois hommes armés dans la voiture de Macias, dont Macias lui-même, trois hommes armés dans le Pathfinder, et Luquín dans la maison avec Roque et le chauffeur. (S'adressant à Burden.) Il nous manque une équipe.

– Tu veux dire que vous laisserez filer l'équipe de surveillance ?

– Oui. En gardant le fourgon.

– Bon. Je vais charger Gil de former une équipe pour s'occuper du fourgon de surveillance.

– Et Macias ? demanda Calò. Que voulez-vous qu'on en fasse ?

Burden serra la boîte de soda qui s'écrasa entre ses doigts, puis relâcha sa pression. Le même bruit se répéta dans le silence de la pièce. Dehors, les cigales chantaient dans les branches des cèdres.

– Il doit disparaître, comme les autres.

Calò enregistra l'injonction d'un hochement de tête.

– Autre chose, reprit Burden. Il faut laisser l'un des Navigator n'importe lequel, à la maison de Luquín quand tout sera terminé.

– Bien, dit Calò.

Personne ne demanda ce qui allait se passer dans la maison, ou qui allait s'occuper du chauffeur qui s'y trouverait avec Roque et Luquín, ni ce qu'il adviendrait de Roque et de Luquín eux-mêmes. Le silence de Burden avait de quoi lancer dans d'infinies supputations tout esprit un tant soit peu imaginatif. Il y eut quelques regards d'échangés à travers la pièce, mais Burden, plongé dans ses réflexions, les ignora délibérément ou ne les remarqua pas. C'était sans importance de toute façon. Et on ne reviendrait pas sur le sujet.

Dans le petit monde de Burden, les hommes et les femmes chargés de secrets n'étaient pas l'exception, mais la norme, et on les acceptait ainsi. Pour ce qu'ils étaient. On leur faisait une confiance inhabituelle tout en les laissant libres de cultiver leur mystère parce que leur réputation était quasiment légendaire. Les événements à venir dans la maison accrochée sur la falaise de Lomitas étaient de nature à nourrir cette mythologie.

Burden se leva en dépliant lentement ses membres raidis par la fatigue et s'éloigna de quelques pas. Face aux arbres accablés de chaleur, il prit son téléphone pour appeler Gil Norlin. La température élevée faisait sourdre la sève des arbres et l'air était chargé de leurs parfums aromatiques. Sa conversation achevée, il resta là, le dos tourné au groupe, perdu dans ses pensées.

Sans se préoccuper de Burden, Calò se mit à aller et venir devant ses hommes en réexaminant une nouvelle fois tous les détails de l'opération, dont quelques heures seulement les séparaient. Ils refirent l'inventaire de tout ce qui pouvait survenir à partir d'un scénario de base appelé à évoluer très rapidement. Ils décortiquèrent avec minutie l'algèbre d'une opération tactique déterminée, à conduire avec un nombre limité de participants. Des théories furent exposées, débattues, attaquées, rectifiées, et reformulées. Puis attaquées de nouveau. Les variables inconnues demeuraient, impossibles à éliminer. L'imprévu était la seule chose à laquelle s'attendre avec certitude. Tout le reste fut répété avec une intense concentration.

À un moment, alors qu'une proposition de manœuvre particulièrement astucieuse imaginée par Baas était réduite en lambeaux par les doutes et les critiques de ses compagnons, Calò quitta le groupe et vint se placer à côté de Burden. Il n'y avait rien à regarder, sinon la forêt.

– Vous avez eu Gil ?

– Il va revenir ici. Il ne pense pas que c'est un problème, mais il te le confirmera dès que possible. Je lui ai donné tous les détails sur le fourgon et sur l'équipe, mais il veut les entendre de ta bouche, aussi. Tu lui diras à quel moment tu veux qu'il t'amène l'équipe.

– Bien, dit Calò. (Un silence.) On a déjà fait des choses plus faciles.

– On a manqué de temps. J'aurais préféré que ça se passe autrement, mais on n'avait pas le choix.

Ce n'étaient pas des excuses, mais des regrets. Burden tendit la main pour toucher l'écran rouillé avec le bord de sa boîte de soda, qui racla le grillage avec un petit bruit. Puis laissa retomber son bras et garda la boîte contre sa jambe.

– C'est l'un des tourments dont souffre l'humanité, dit-il. Cette crainte du temps qui passe, et de ce qu'il peut nous faire. Il y a au moins cent ans, j'ai entendu une vieille femme – veuve depuis peu – dire que Temps était le nom d'une putain sans âme ni conscience qui se donnait aux pires des pêcheurs et se refusait aux saints. Un aphorisme quelque peu déconcertant mais vigoureux, et je crois comprendre ce qu'elle voulait dire. (Il resta pensif un instant avant de poursuivre.) Cette putain nommée Temps, en définitive, semble traiter tout le monde à égalité : tôt ou tard, elle nous laisse tous tomber.

46

Macias rappela exactement vingt minutes plus tard, comme il l'avait promis. L'échange fut bref. Rendez-vous au restaurant italien La Terrazza sur la Route 360. Onze heures moins le quart. Macias ne laissa pas à Titus le temps de négocier une heure plus tardive, mais celle-ci tombait heureusement dans le créneau jugé le plus propice par Burden.

Pendant les heures qui suivirent, Titus Cain, en proie à de sombres pressentiments, se prépara fébrilement et se plongea dans le travail pour s'empêcher de penser. Il se décida finalement à faire l'une des choses qu'il appréhendait le plus. Il appela les filles de Carla.

Ensuite, il téléphona à Louise Thrush. En raccrochant, il était en nage.

Il se leva et rejoignit la cuisine, où Rita et Janet préparaient des sandwiches.

Rita l'interrogea du regard, mais il l'ignora. Il prit le plateau chargé de sandwiches, y ajouta quelques verres de thé glacé et une bouteille de scotch qu'il prit dans un placard, posa le tout sur le comptoir, mit des glaçons dans un grand verre et se servit à boire.

– Comment ça s'est passé, avec Louise et avec les filles ? demanda Rita, en s'efforçant de prendre le ton le plus détaché possible.

Cette attente était affreusement éprouvante. Proche de ce qu'on ressent lorsqu'on assiste un ami malade en phase terminale ; il n'y avait pas d'échappatoire à l'angoisse. Il fallait la vivre, cacher son accablement, sa crainte de ne rien pouvoir pour quiconque. C'était un exercice de mise entre parenthèses de toute émotion normale.

Il but une gorgée de scotch.

— Franchement, c'était affreux. Les jumelles... (Il secoua la tête.) Leslie n'a pas cessé de pleurer. Je ne sais plus ce que je lui ai dit. J'ai tenté de la consoler. Je ne sais plus... Lynne est restée calme et polie, pour un peu on aurait cru qu'elle n'était pas affectée. On a l'impression que quelque chose s'est cassé en elle. Rien, ni personne, ne pourra la consoler. Elle le refuse.

Il reprit une gorgée de scotch.

— Et Louise ?

— La pauvre. Elle a voulu qu'on revoie le déroulement de la cérémonie. Les chants, les lectures de textes. Dans l'ordre. Elle avait besoin de parler... tu sais ce que c'est, parler de Charlie. Je suis resté un long moment avec elle. Elle avait besoin de ça. Et moi aussi... pour elle.

Il secoua la tête à nouveau, puis tourna les talons et sortit sur la véranda. À la demande de Kal, on avait allumé toutes les lumières du jardin, mais la véranda était restée dans l'ombre. Titus s'y réfugia un moment. La lumière qui filtrait à travers les fenêtres de la cuisine jetait des taches sur les dalles. L'air nocturne lui apporta une bouffée de parfum – du chèvrefeuille.

Mais ce répit fut bref. Son téléphone portable se mit à sonner.

— C'est Ryan. Pouvez-vous nous rejoindre dans la maison d'amis ? Il faut qu'on commence à vous préparer.

— D'accord.

Titus passa la tête à la porte de la cuisine.

— Rita, je ne vais pas tarder à y aller.

Tout le monde était là, sauf Burden : les trois gardes du corps, Herrin et Cline devant les écrans avec leurs casques à écouteurs, Rita et Titus.

— Il faut qu'on soit tous sur la même longueur d'onde, ici, dit Kal. Voici comment ça va se passer.

Il avait travaillé sans relâche avec Ryan pour coordonner l'équipe de techniciens qui allait rester dans la maison d'amis avec l'action des équipes de Burden. Depuis l'appel téléphonique de Macias, la maison d'amis faisait penser à la tour de contrôle d'un aéroport. On n'avait cessé d'échafauder et de modifier des plans dans une sorte de mouvement perpétuel. Chacun avait une tâche à accomplir, et il y avait juste assez de monde pour se charger de tout.

— Il nous reste à peu près une heure, poursuivit Kal, avant que vous partiez d'ici. García sera dans une unité mobile, d'où il suivra les déplacements des mouchards. Les hommes de Macias sont répartis en trois groupes qu'il nous faut neutraliser. Et il a un dispositif tactique en liaison permanente avec deux de ces groupes depuis l'extérieur de la ville. Gil Norlin a dépêché deux personnes pour s'occuper du fourgon de surveillance de Macias. Tous les autres seront en liaison permanente avec nous, et les uns avec les autres, ainsi qu'avec García dans son véhicule. Et ils pourront aussi, sur leurs écrans, suivre leurs déplacements respectifs.

Kal se passa la main sur la bouche. La tension provoquait chez lui des tics nerveux. Il allait et venait à travers la pièce, s'arrêtant à l'occasion devant un grand tableau couvert de schémas et d'inscriptions au feutre.

Titus prit note, mentalement, de la présence du dispositif tactique à l'extérieur de la ville.

— Et Luquín ? demanda Rita, en regardant autour d'elle comme si elle s'étonnait que personne n'ait encore mentionné ce qui était leur principal sujet de préoccupation.

— Oui, García a des hommes qui vont se charger de lui, répondit Kal, très vite. Il nous reste un mouchard, ajouta-t-il, à l'adresse de Titus. Utilisez-le, ne le perdez pas.

Titus détacha le mouchard de son support translucide pour le coller à la face interne de son bras droit, juste au-dessus de l'endroit où on plante une aiguille intraveineuse.

— On va placer un bipeur sur votre Rover, dit Kal. Mais ils se douteront bien qu'il y en a un. (Il haussa les épaules.) Ils vous ont demandé d'être à La Terrazza de bonne heure. Prenez une table dans le jardin, et attendez. Comme ça, Macias vous y rejoindra et laissera peut-être son chauffeur et son garde du corps dans le Navigator.

— Et ensuite ? demanda Titus.

— Discutez avec lui. Puis rentrez chez vous.

— Combien de temps dois-je le retenir ?

— Jusqu'à ce qu'on vous appelle. L'un de nous, ou García.

— Je dois donc prendre mon téléphone ?

— Oui.

— Celui qui est codé ?

— Oui.

— Et si j'avais un micro caché ?

— Inutile. Il risque de vérifier. Il s'en apercevrait.

Titus hocha la tête. Tout cela semblait trop facile.

— Écoutez, dit-il en regardant Kal et Ryan. Je sais que je ne comprends rien à ce qui se passe, ou à ce qui est censé se passer, mais il y a quelque chose qui cloche dans tout ça. Ça paraît trop simple.

— En effet, répondit vivement Ryan, avec une franchise inattendue. Parce que nous ne vous disons pas tout. Les détails. Il y a un tas de problèmes, mais ils ne vous concerneront pas. Ce n'est pas votre boulot. Vous n'avez pas à le savoir. (Un silence.) Et il vaut mieux que vous n'en sachiez rien.

– Le fait est, enchaîna Kal, la main sur la bouche, que les autres ne sauront pas non plus ce qui se passe de votre côté. Et ils n'ont pas à le savoir. Mais chacun doit faire ce qu'il a à faire si on veut que cette opération réussisse. Si vous ne retenez pas Macias à La Terrazza suffisamment longtemps, vous risquez de fiche en l'air ce que les autres sont chargés de faire. Ils ont besoin de temps. Tout le monde sait en gros ce que font les autres, et chacun sait quelle est sa responsabilité. Mais les autres sont comme vous, ils ne connaissent pas les détails.

– D'accord, dit Titus.

Ça pouvait se comprendre. Merde, ça pouvait se comprendre. Mais...

– Écoutez, reprit-il. Dites-moi au moins à quel moment la situation peut devenir critique. À quel moment quelque chose peut foirer ?

– À partir du moment où vous franchissez ce portail au bas de la pente, quelque chose peut foirer. C'est aussi simple que ça. Chaque moment de cette opération est un moment critique. Inutile de vous raconter des histoires.

Titus le regarda sans rien dire. Et Ryan prit le relais, au cas où il aurait encore le moindre doute.

– Ce n'est pas du baratin, dit-il. C'est une consigne. Pour sauver votre peau.

Titus et Rita sortirent et firent quelques pas jusqu'au début de l'allée. Des réverbères et des projecteurs placés au ras du sol éclairaient la double rangée de lauriers jusqu'à l'endroit où elle plongeait dans l'obscurité

– Ça m'a calmée, dit Rita, faisant allusion à la séance d'explications qui venait d'avoir lieu. C'est entendu, Titus, je vais suivre toute l'affaire, de bout en bout, avec eux. J'ai insisté pour y être. On en a déjà parlé. Mais dès que tu en auras terminé, appelle-moi.

– Oui, je t'appellerai, dit-il.

Il s'était mis à trembler, soudain, sous une poussée d'adrénaline. Il ressentait une sorte d'excitation proche de l'ivresse, tempérée par ce qu'il venait d'entendre à propos de tout ce qu'on ne lui disait pas. Il fallait donc lire entre les lignes ? Il lui semblait absolument impossible que Burden et sa bande réussissent ce que Burden, il le savait, voulait faire. Mais ils fonçaient. Il se demanda s'il en était toujours ainsi avec ces gens-là. Ou bien si chaque opération se présentait différemment des autres et se jouait sur une autre gamme d'émotions. Était-ce une suite ininterrompue d'aventures jamais répétées ? Et était-ce cela, justement, qui en faisait tout l'intérêt et incitait ces gens à continuer ?

– Titus ?

Rita lui avait pris le bras et se serrait contre lui. Il la sentait, non pas son parfum, mais elle, et c'était beaucoup plus troublant. Il l'entoura de ses bras.

– Demain, ce sera fini, dit-elle. Et tout redeviendra comme avant. J'y crois.

– J'y crois aussi, tu sais, dit-il.

Il mentait. Il ne le croyait pas parce qu'il savait que tout ne redeviendrait jamais comme avant. Leur vie ne serait plus jamais ce qu'elle avait été. Mais ils seraient peut-être délivrés de Luquín, et il pensait à cet instant qu'on pouvait bien mentir et tuer autant qu'il le faudrait pour en arriver là. Il en était effrayé lui-même, mais on ne lui ferait pas dire qu'il avait des scrupules moraux à propos de ce qui allait se passer.

La porte de la maison d'amis s'ouvrit et Kal apparut sur le seuil.

– Il est temps d'y aller, dit-il.

Titus serra très fort Rita dans ses bras. La gorge nouée

par l'émotion, il était incapable d'articuler un mot. Mais il savait qu'elle comprenait parfaitement ce que signifiait cette étreinte. Ce n'était pas la première fois. Et il l'entendit lui dire ce qu'elle disait toujours dans ces cas-là :

— Je t'aime, moi aussi, Titus Cain.

Elle lui donna un baiser, et il s'éloigna dans l'ombre avec Kal.

47

Le fourgon Dodge attendait dans le parking désert d'un petit immeuble de bureaux surplombant Bull Creek Road. Il était là depuis une vingtaine de minutes. Il était dix heures et demie du soir et l'immeuble était fermé depuis longtemps. Comme le fourgon s'était garé derrière un bouquet d'arbres, on ne le voyait pas de la rue.

À l'arrière du véhicule se trouvaient trois techniciens équipés de casques à écouteurs et de petits micros. L'un d'entre eux avait pour instruction d'appeler Macias toutes les demi-heures. Ils s'étaient contentés jusque-là d'un travail de routine consistant essentiellement à écouter pour s'assurer que Macias restait en contact avec les autres équipes. À cet instant précis, ils écoutaient les transmissions entre le Pathfinder et le Navigator bleu de Macias, qui venait de quitter la maison de Las Lomitas. Macias voulait s'assurer que le Pathfinder prenait bien position pour couvrir la maison pendant son absence. Il n'avait pas dit où il se rendait. Il était le seul, avec Luquín, à ne pas avoir d'explications à fournir.

En voyant la Lexus noire entrer dans le parking, les trois hommes qui se trouvaient dans le fourgon se figèrent. Puis l'un d'eux se redressa lentement et alla s'asseoir au volant. Il observa attentivement la Lexus à travers le pare-brise obscur.

Les phares de la voiture s'éteignirent, et il ne se passa rien pendant quelques secondes. Puis une portière s'ouvrit à l'avant, du côté du conducteur, et la lumière s'alluma à l'intérieur. Du fourgon, l'homme vit une petite blonde assise au volant. Elle portait un débardeur et un short, et fouillait dans son sac à main.

– Eh ! Regardez-moi ça, chuchota l'homme.

Il se pencha pour prendre une paire de jumelles sur le siège du passager tandis que ses compagnons regardaient à travers l'une des larges vitres fumées du fourgon.

– Qu'est-ce qu'elle fait, Del ? demanda l'un des types, ses écouteurs autour du cou.

– Je crois qu'elle cherche ses clés, répondit le chauffeur.

Del était américain, les deux autres des Mexicains. Tous trois venaient de Juarez.

La fille sortit de la voiture, son sac en bandoulière. Elle actionna la télécommande de verrouillage des portières accrochée à son porte-clés et se dirigea à pas pressés vers l'entrée du bâtiment.

– La fille est en mission, dit Del. J'en aurais bien une pour elle, moi aussi...

– Elle a oublié quelque chose. Elle doit travailler chez elle, suggéra l'un des deux autres, en haussant les épaules.

– Regardez-moi... ce cul, dit Del.

Les jumelles offraient une vision très rapprochée.

Les deux types restés à l'arrière échangèrent un regard.

– On se calme, Del, lança l'un d'eux.

La fille s'approcha de la porte en verre à deux battants

et glissa une clé dans la serrure. Elle leur tournait le dos, maintenant, pour essayer d'ouvrir.

– Ça n'a pas l'air de marcher, dit Del.

Déçue, la fille revint vers la voiture. À ses gestes et à sa démarche, on la sentait énervée. Elle tendit à nouveau la petite télécommande vers sa portière et, au moment où elle l'ouvrait, s'immobilisa, puis se pencha lentement pour regarder le pneu arrière droit.

– Oh-oh ! commenta Del. La petite chérie a un pneu crevé.

– Quoi ?

Les deux types se penchèrent à nouveau pour regarder à travers la vitre, oubliant les écrans alignés devant eux.

– Tu plaisantes ? dit l'un d'eux.

La fille s'était redressée et contemplait le pneu, décontenancée.

– Elle a bien un téléphone ? dit l'autre.

Mais elle n'en avait pas. Refermant son sac à main d'un geste rageur, elle donna un coup de pied dans le flanc de la voiture.

– Oh, la colère ! dit Del.

– Elle l'a laissé chez elle, suggéra l'un des types. Elle est partie en vitesse pour récupérer quelque chose au bureau, mais elle s'est trompée de clés et elle a oublié son téléphone sur la table. C'est comme ça, la vie. On croit que tout sera simple, et puis...

– Elle peut pas changer ce foutu pneu, dit Del. Cinquante dollars qu'elle peut pas.

La fille tendit le bras à nouveau pour braquer la télécommande sur le coffre arrière, dont le capot se souleva. Elle s'approcha pour regarder à l'intérieur. Sans faire un geste. Puis elle se retourna vers l'allée qui montait de la rue.

– Personne en vue, personne pour t'aider, commenta Del, qui n'avait pas lâché les jumelles et continuait à l'examiner des pieds à la tête. Merde : Le devoir m'appelle.

– Quoi ? s'écrièrent les deux autres à l'unisson.

– Mais qu'est-ce que tu racontes ? demanda l'un des techniciens.

– Pas question, ajouta l'autre.

Mais Del posait déjà les jumelles. Il souriait.

– Elle va flipper, Del. Tu vas nous faire tuer. Si Macias l'apprend, il nous tuera.

– Qui va le lui dire ? demanda Del en se retournant vers eux. Pour un cul comme celui-là, vous croyez pas qu'on peut changer un pneu ? Oui ou non ?

– Mais qu'est-ce que tu t'imagines, mec ? Qu'elle va s'allonger pour un pneu crevé ? Tu rêves !

– Elle va partir en courant, oui.

Mais Del ouvrait déjà la portière.

La fille était à moins de cinquante mètres, mais n'avait pas vu le fourgon. Craignant de l'effrayer, Del contourna le fourgon et appela tout en avançant dans sa direction.

– Mademoiselle !

La fille sursauta et fit volte-face. Sur son visage, la peur du viol le disputait à la stupéfaction.

– J'étais dans mon fourgon, là-bas, j'attendais des amis qui doivent me retrouver ici pour aller à la pêche, et j'ai vu que vous aviez un problème... (Ne pas s'arrêter de parler, lui laisser le temps de se calmer.) Je m'étais presque endormi quand vous êtes arrivée et... je ne voudrais pas vous faire peur, mais je peux changer ce pneu si vous voulez...

Fouillant dans son sac d'une main fébrile, la fille en sortit un objet – une bombe aérosol à gaz ou à poivre – qu'elle braqua sur lui en reculant.

Il s'arrêta.

– Eh, faites pas ça !

Ils se regardèrent quelques secondes sans bouger.

— Écoutez, reprit Del. Une proposition. Vous restez comme ça avec votre bombe pendant que je change le pneu, et quand c'est fait vous remontez dans votre voiture et vous repartez. Ça vous va ?

Elle eut l'air d'y réfléchir tout en regardant le fourgon derrière lui pour comprendre d'où il était sorti. Une seconde. Deux secondes. Trois secondes. Quatre... Et elle commença à s'écarter de la voiture, son sac à main serré sous un bras et tenant de l'autre sa bombe aérosol comme elle aurait brandi une croix à la face d'un vampire.

— Voilà, c'est bien, dit-il en avançant peu à peu au fur et à mesure qu'elle reculait. Ne m'aspergez pas, hein. Mettez-vous là. Je ne vous en veux pas si je vous ai fait peur, mais que vouliez-vous que je fasse ? Que je reste là-bas à vous regarder ?

Il la voyait de plus près maintenant, et c'était vraiment une jolie fille. Comme il s'approchait encore, en contournant la voiture vers l'arrière tandis qu'elle décrivait un demi-cercle autour de lui, il aperçut contre sa joue, en partie dissimulé par les cheveux, un micro de la taille d'un petit pois. Et il comprit, ou plutôt commença à comprendre.

Au moment où les deux techniciens restés dans le fourgon se levaient de leur siège pour suivre à travers la glace le spectacle imbécile que leur offrait Del, la porte arrière s'ouvrit à la volée sur un homme armé d'un pistolet automatique gros comme une miche de pain. Le pistolet était pointé sur eux.

— Ne touchez à rien, dit l'homme. Tout va bien, ici, ajouta-t-il dans son micro.

— C'est comment, votre nom ? demanda la blonde, près de la Lexus.

— Del.

Il se sentait idiot et comprenait qu'il s'était fait avoir, mais ne réalisait pas vraiment l'énormité de sa faute.

Plongeant à nouveau la main dans son sac, elle en tira un automatique trop grand pour elle qu'elle braqua sur lui.

– Eh bien, Del, retournons à ce fourgon.

48

Calò et Baas arrivèrent à La Terrazza une heure avant le rendez-vous entre Titus et Macias. Le restaurant était une réplique en pierre et terre cuite d'une auberge toscane nichée à flanc de colline parmi les cèdres et les chênes. C'était un endroit très fréquenté le soir, mais aussi l'après-midi, car une nombreuse clientèle s'y retrouvait pour prendre un verre dans les jardins abrités par des murs de pierres sèches où régnait une ombre rafraîchissante.

Le parking était constitué de petites clairières ouvertes dans l'épaisseur de la forêt et reliées entre elles par une allée de gravier. Il n'y avait pas de lumière sous les arbres, si bien qu'après avoir quitté l'enceinte du restaurant, éclairée par des lanternes placées dans le feuillage, on s'enfonçait peu à peu dans l'obscurité.

À neuf heures et demie, quand Calò et Baas pénétrèrent dans le parking, le restaurant était déjà en pleine activité comme chaque vendredi soir. Ils traversèrent le parking en cherchant l'un des Navigator, mais aucun n'était là. Ils trouvèrent une place de stationnement qui leur permettait de voir l'entrée du restaurant et l'arrivée depuis la route, coupèrent le moteur, éteignirent les phares et attendirent.

– Voilà, nous y sommes, annonça Calò dans son micro.

Il se pencha pour fixer au tableau de bord l'écran sur lequel une carte permettait de suivre la progression des véhicules porteurs d'un mouchard. Il vit ainsi venir vers eux le petit signal lumineux jaune signalant le Navigator bleu de Macias, et celui de Titus Cain. Mais Cain était derrière Macias.

– Bien, les conneries commencent, dit-il d'un ton sarcastique. Macias va arriver le premier.

– Magnifique !

Baas braquait ses jumelles à vision nocturne sur le long tunnel végétal menant de la route au restaurant.

– Macias vient de quitter la route, annonça Calò.

– Et je le vois, dit Baas. C'est le Navigator bleu.

Calò prit ses jumelles à son tour.

– Deux... trois têtes, dit Baas. Oui, c'est sûr, ils sont trois.

Ils observèrent en silence le Navigator qui approchait du parking, hésitait, puis se dirigeait vers le fond, se garait lentement sur un emplacement, éteignait ses lumières.

– Ils discutent, dit Calò, qui s'était accroupi et pointait ses jumelles au ras du tableau de bord.

La portière du Navigator s'ouvrit du côté du passager et le garde du corps en sortit.

– Merde ! Il a des jumelles à la main, souffla Baas.

L'homme se mit en marche dans leur direction en regardant à l'intérieur des voitures.

– Bon, dit Calò. On y va, on n'a rien à cacher. On entre et on s'installe au bar en attendant l'arrivée de Macias.

Ils ouvrirent les portières et sortirent, en discutant normalement, sans se préoccuper du type qui marchait le long des voitures. Celui-ci se figea en les entendant arriver sur sa droite, de l'autre côté d'un bouquet d'arbres. Ils passèrent, sans lui accorder un regard.

Ils s'assirent au comptoir, avec vue sur l'entrée du restaurant, et attendirent Macias.

— Ils vont rester dans la voiture, les vitres baissées, dit Calò, épaule contre épaule avec Baas. Avec ce gravier, on ne pourra pas s'approcher sans faire de bruit. Il faut s'y prendre autrement.

Il ne fallut pas un quart d'heure au garde du corps pour inspecter le parking, et vingt minutes plus tard Macias franchissait le seuil du restaurant. Mais un autre garde du corps l'accompagnait.

Calò poussa un gémissement entre ses dents.

— Pas de problème, dit Baas en regardant le type qui s'arrêtait à la porte du jardin pour attendre que Macias ait trouvé une table.

L'homme examina rapidement les clients déjà attablés avant de pénétrer dans le bar où il s'assit à un petit guéridon de bistrot d'où il voyait à la fois Macias et la porte d'entrée. Calò et Bass réglèrent leurs consommations et retournèrent au fourgon.

À l'intérieur, ils prirent leurs jumelles pour s'assurer que le Navigator n'avait pas bougé. Le deuxième garde du corps était toujours assis au volant. Ils firent quelques vérifications sur leur matériel électronique, puis Calò sortit en marche arrière de leur place de stationnement et prit la direction du restaurant. L'allée de gravier tournait sec et on ne pouvait y circuler qu'à petite vitesse. À l'approche du Navigator bleu, Calò ralentit encore et s'arrêta dès que l'arrière de son véhicule l'eut dépassé. Il enclencha la marche arrière pour redresser dans le tournant, repartit en avant, et de nouveau en arrière. C'est alors qu'il heurta le pare-chocs arrière du Navigator.

Il ne se passa rien. Calò attendit une seconde, avança

de moins d'un mètre, repassa en marche arrière et emboutit carrément le pare-chocs du Navigator. Cette fois, la portière du conducteur s'ouvrit et ils virent le type sortir à la lumière des feux de position de Calò. Celui-ci sortit à son tour, laissant sa portière ouverte, pour s'approcher de l'arrière du fourgon.

– Merde ! (Il regarda le chauffeur.) Vous dépassez d'un mètre, mec.

L'homme répondit quelque chose en espagnol en lui lançant un regard incrédule.

– Eh oui, un mètre, répéta Calò, refusant délibérément de parler espagnol. Vous dépassez d'un mètre, bon Dieu !

Et de balancer un coup de pied dans le pare-chocs du Navigator.

Bass sortit à son tour et contourna le fourgon par l'avant pour se placer de l'autre côté du pare-chocs, près du garde du corps.

– Ah, merde ! dit-il en fixant le pare-chocs endommagé.

– Alors, qu'est-ce qu'on fait ? demanda Calò au chauffeur, sans quitter le pare-chocs des yeux. Regardez les dégâts ! Vous dépassez d'un mètre, bon Dieu !

Le garde du corps s'avança pour examiner le pare-chocs.

Baas se mit à lui parler en espagnol de l'autre côté de la voiture. Il l'insultait. Le garde fit un pas dans sa direction, ce qui le mit à portée de main de Calò.

Calò tendit les bras et frappa l'homme des deux poings à hauteur du cœur. La force du coup lui enfonça dans la poitrine une aiguille reliée à une capsule à gaz contenant une goutte de cyanure. Le cyanure, propulsé par le gaz, parvint tout de suite à destination.

Le Mexicain s'écroula sur le gravier entre les deux véhicules comme s'il était tombé du ciel. Calò grimpa dans son propre fourgon et se hâta de le garer un peu plus loin pour ne pas attirer l'attention, puis revint aider Baas à charger le corps à l'arrière du Navigator.

49

Juste avant de quitter la route, Titus reçut un appel de Herrin, très calme, lui annonçant que Macias l'avait battu de vitesse et se trouvait déjà à La Terrazza. Aucun problème, ajouta Herrin. Titus aurait peut-être eu avantage à arriver le premier, mais ce n'était pas crucial.

Très bien, répondit Titus. Il savait qu'ils ne voulaient pas le stresser. Ils pensaient certainement que ce n'était pas le moment de se montrer anxieux ou excité. Détends-toi, se dit-il. Respire à fond et détends-toi.

Il pénétra dans le parking en se demandant où étaient Macias et ses gardes du corps et comment Burden et ses hommes avaient l'intention de s'y prendre avec eux. Discrètement. Ça, il le savait. Mais pour Macias ? Autant de questions auxquelles Titus n'avait pas pu obtenir de réponse. Ça ne faisait pas partie de sa mission. Sa mission consistait à retenir Macias tant qu'il n'aurait pas reçu un appel téléphonique.

Il trouva une place de stationnement et se dirigea vers le restaurant. Il traversa le jardin qui se trouvait devant, puis le bar, jusqu'à la grande terrasse où les tables étaient disposées un peu partout sous les arbres. Macias ne fut pas difficile à repérer – un beau Mexicain portant avec élégance chemise et pantalon de lin. Et seul.

Titus se dirigea droit sur lui et fut stupéfait de voir Jorge Macias se lever et lui tendre la main en souriant.

– Titus ? Content de vous voir.

Titus songea en un éclair à Charlie Thrush déchiqueté par sa tronçonneuse. À Carla se débattant – comment cela s'était-il passé, au juste ? – et mourant lentement, étouffée par la crise d'allergie. Impossible. Il ne pouvait pas toucher ce type. Il s'assit prestement, laissant Macias se débrouiller avec sa main tendue. Macias l'imita.

– Il faut jouer le jeu, monsieur Cain, dit Macias à voix basse, sans cesser de sourire. Gardons-nous d'attirer l'attention. Restons polis.

– Non, je n'ai pas à être poli. Que voulez-vous ?

Il y avait sur la table une bouteille de vin commandée par Macias, qui avait commencé à boire. Il emplit un verre et le poussa vers Titus.

– Buvez. Peut-être que ça vous facilitera les choses.

Titus s'exécuta sans le quitter des yeux. L'homme était d'une séduction déconcertante, avec sa coupe de cheveux impeccable, ses ongles manucurés, ses joues rasées de près et sa fine moustache. La chemise à manches courtes laissait deviner un corps bien musclé malgré la minceur de la silhouette.

Il y avait beaucoup de monde autour d'eux, mais Titus, en arrivant, n'avait regardé personne. Macias avait choisi une table un peu à l'écart. Il but à son tour et son sourire disparut.

– Permettez, s'il vous plaît, dit-il.

Titus vit apparaître au ras de la table un petit objet noir, de la taille d'un téléphone portable, qu'il pointait sur lui. Un mince rayon rouge en jaillit et l'atteignit à la poitrine. Macias le déplaça lentement sur tout son corps au-dessus de la table, puis dessous jusqu'à ses pieds. Il manipulait l'instrument avec nonchalance, l'air de penser à autre chose.

– Très bien, dit-il, avec un hochement de tête, en le remettant dans sa poche. J'ai une proposition simple et directe à vous faire. Vous déposez dix millions de dollars sur un certain compte aux îles Caïmans, et je vous donne Cayetano Luquín. Vous pourrez l'arrêter et économiser du même coup quarante-quatre millions. Et du même coup, bien entendu, sauver votre peau.

Pour la deuxième fois, Titus fut décontenancé. Et cet interrogatoire auquel il s'attendait, et dont on lui avait tant dit de se méfier ? Et la négociation à mots soigneusement pesés, ou à lire entre les lignes ? Que Titus réponde oui, et ce serait fini ? Ils se lèveraient et chacun repartirait de son côté ?

Il se rappela les instructions de Burden : contentez-vous de retenir Macias le plus longtemps possible. Jusqu'à l'appel de Kal.

– Pourquoi cette proposition ?

– Parce que ça me rapportera plus.

Une réponse claire et nette, comme si elle allait de soi.

– Et parce que je vous rendrai un fameux service, aussi, ajouta Titus, en vous débarrassant de ce salopard.

Macias inclina légèrement la tête de côté avec un haussement d'épaules.

– C'est vrai aussi, oui.

– Mettons que je le puisse, dit Titus. Donner l'argent, éliminer Luquín. Qui me dit que l'une de ses créatures ne me tombera pas dessus pour mettre ses menaces à exécution ? Qui me dit que vous ne vous en prendrez pas à moi ensuite ?

– Pour commencer, répondit Macias en hochant la tête, personne ne fera quoi que ce soit pour Tano Luquín quand il sera mort. Il n'inspire pas ce genre de fidélité. Il y aura pas mal de gens désolés parce que l'argent ne rentrera plus. Mais personne ne regrettera Tano Luquín.

« Par ailleurs, je comprends votre colère après ce qui vous est arrivé. J'imagine sans peine tout ce que cette expérience vous a fait subir. Je pense qu'avec votre fortune et ce que vous avez appris, vous sauriez vous prémunir contre cette sorte d'ennuis. Je n'ai pas de meilleure garantie à vous offrir que votre propre détermination.

— Ça ne suffit pas pour me rassurer.

— C'est seulement parce que vous ne mesurez pas les risques que je cours moi-même.

— Et comment me donneriez-vous Luquín ? demanda Titus.

— On peut voir les détails... Mais d'abord, êtes-vous intéressé par ma proposition ?

— C'est possible. Mais je dois d'abord les connaître, ces détails.

— Lesquels ?

— Je n'avais jamais traité avec un assassin jusqu'ici, dit Titus d'un ton égal. Je me dois d'être très prudent.

Les traits de Macias s'étaient figés. Il n'aimait pas beaucoup les mots employés par Titus. De petites gouttes de sueur apparurent aux coins de sa bouche.

— Et comment pourriez-vous me remettre l'argent ? demanda-t-il.

— Je n'aurais qu'un coup de téléphone à donner. Comme je l'ai fait pour les dix premiers millions.

— Quand ?

— Dans la matinée. Vous auriez confirmation par votre banque une heure après.

Nouveau hochement de tête de Macias.

— Dès que j'aurai reçu cette confirmation, je vous dirai très précisément ce qu'il faut faire.

— Ce n'est pas suffisant.

Macias l'étudia un instant du regard avant de répondre :

— Je sais que vous avez quelqu'un avec vous. Je ne

sais pas ce qui se passe exactement. Il faut bien que je me protège.

— Ma foi, nous voici dans une impasse, alors.

— Que proposez-vous, demanda Macias, en guise de compromis ?

— Écoutez, dit Titus. Vous m'avez vu donner dix millions de dollars à Luquín, comme je m'y étais engagé. Je peux faire transférer cette somme sur votre compte, comme je viens de vous le dire. Mais je ne connais de vous et de votre bande que le mensonge et la mort. Vous me dites maintenant que vous êtes prêt à donner Luquín. Bien. Expliquez-moi alors comment il est protégé – précisément. Sinon, je penserai que vous voulez le doubler, moi avec, et nous planter tous les deux. C'est pourquoi tout ce que je suis tenté de vous dire, à cet instant, c'est, allez vous faire foutre.

Titus observait attentivement Macias. Celui-ci tentait de raccorder ce discours brutal avec ce qu'il avait entendu grâce au micro placé dans la chambre de Titus. Mais la position de Cain avait changé du tout au tout, évidemment, dès le moment où il l'avait contacté pour proposer de lui donner Luquín. Macias voyait maintenant avec quelle fougue Cain était capable de réagir quand il apercevait la moindre brèche dans laquelle s'engouffrer. Et il se disait que la négociation risquait d'être plus difficile que prévu.

Il siffla son verre de vin en pesant le pour et le contre. Il flairait ces dix millions et, surtout, il pensait à ce que serait la vie sans le souffle d'un Cayetano Luquín sur sa nuque. Mais Cain n'avait pas tort, bien sûr. Il avait besoin de croire à quelque chose.

— Comment il est protégé ? Pourquoi vous le dire si c'est pour informer la police ?

— Ai-je dit que j'allais informer la police ?

— De quoi s'agit-il, alors ? demanda Macias, prudemment, avec un sourire amusé. D'une vengeance personnelle ? Voilà qui relève d'une mentalité un peu trop latine, monsieur Cain.

Titus sentait que l'énergie produite par l'adrénaline répandue dans ses veines le faisait trembler.

– Vous vous imaginiez que j'allais regarder ce type assassiner mes amis, me voler mon argent et le laisser filer ? Il a menacé de me poursuivre ma vie durant en massacrant mes proches, ma famille, si je ne faisais pas ce qu'il voulait. J'ai fait ce qu'il voulait et il a continué à tuer des gens.

Le sourire de Macias se crispa.

– Croyait-il vraiment... que j'encaisserais tout ça sans réagir d'une façon ou d'une autre ? Soixante-quatre millions de dollars ! S'il pense qu'une telle quantité d'argent peut lui permettre de faire certaines choses, d'acheter certaines informations, pourquoi n'en serait-il pas de même pour moi ? Il me prend pour un imbécile ?

Titus ne se doutait absolument pas qu'il tiendrait ce discours et soudain, tandis qu'il regardait Macias, plusieurs idées lui vinrent simultanément à l'esprit. L'avantage que Macias avait pris sur tout le monde – d'abord avec Luquín sur Titus ; et désormais, en travaillant pour son seul profit, sur Luquín aussi – n'était fondé que sur sa décision de violer les règles admises par tous. Même la confiance que Luquín, aussi corrompu fût-il, avait placée en lui, obéissait à ses propres règles. Mais Macias les piétinait comme le reste.

Pourtant, le pire, pour Titus, ce qui le rendait vraiment furieux, était de comprendre que Macias s'attendait à ce qu'il se conforme aux règles traditionnelles de la vie en société, sans jamais s'en affranchir comme le faisait Macias lui-même, alors qu'elles le mettaient en état d'infériorité. Cette idée frappa Titus comme l'éclair. Il y avait là de la part de Macias une condescendance, un mépris insupportables.

Il le regarda droit dans les yeux et baissa la voix :

— Luquín a-t-il pensé à ce qu'une telle somme d'argent pouvait me permettre le jour où je déciderais de me venger ?

Macias ne répondit pas. Il attendit. Il était confronté à une vérité incontournable : tout ce que Titus disait au sujet de Luquín valait aussi pour lui.

— Je ne paierai plus pour des mensonges, conclut Titus. Si je ne peux pas croire ce que vous me dites, je garde mes dix millions, c'est tout.

Tout à coup, Macias en était réduit à réévaluer sa position. Il ne s'était pas attendu à ce comportement de la part de Titus Cain. Qu'est-ce qui le rendait si sûr de lui ? En savait-il plus que Macias ne l'avait cru — et jusqu'où ? Si Cain cherchait à se venger, c'était peut-être, après tout, le signe qu'il agissait seul. Un tel projet ne pouvait recevoir aucun appui du côté de la police ni de la justice. Se pouvait-il qu'il ait engagé quelque professionnel de haute volée ? Si c'était le cas, il était grand temps que Macias s'en assure pour éviter la débâcle de son propre projet.

— Je peux peut-être vous livrer un certain nombre d'informations, dit Macias pour se donner le temps de réfléchir.

— Comment est-il protégé ? répéta Titus. À quoi mes amis doivent-ils s'attendre si vous nous le « livrez » ? Combien de gardes du corps ? Où sont-ils ? Donnez-moi des détails crédibles. Je ne me contenterai pas de la parole de quelqu'un comme vous pour lâcher un dollar de plus.

La fureur et le soupçon qui grandissait crispaient les traits réguliers de Macias.

— C'est beaucoup demander à un homme qui tient

Cayetano Luquín par les couilles, et à deux mains, encore. Je ferais peut-être mieux de le laisser faire et vous piquer vos cinquante-quatre millions... en assassinant au passage autant de monde qu'il lui plaira.

Titus mit les coudes sur la table et se pencha en avant, son visage à quelques centimètres de celui du Macias.

– Écoutez-moi bien, ordure, espèce de malade. J'ai envie de dégueuler rien qu'à vous voir en face de moi. Ne me... menacez... pas.

À la seconde où il prononçait ces mots, Titus se dit qu'à s'exciter ainsi il en avait peut-être trop dit. Il était allé trop loin, ce n'était sans doute pas malin de sa part. Mais depuis qu'il avait franchi le seuil du restaurant, l'idée de discuter avec cet individu le dégoûtait littéralement. Il y avait quelque chose d'ahurissant, et d'inacceptable, à se retrouver à la table de l'homme qui avait organisé les morts de Charlie et de Carla.

Maintenant, peut-être que tout était raté par sa faute. Macias venait de comprendre que son projet était définitivement compromis. Ça se voyait à sa tête. Pourquoi Titus n'avait-il pas attendu pour laisser exploser sa colère ? Et pourquoi ce coup de téléphone de Kal tardait-il tant à venir ?

50

Cope et Tito appelèrent Calò juste avant de passer devant le Pathfinder stationné devant la maison de Luquín. Ils ne passèrent qu'une fois, lentement. Cope conduisait et Tito, assis à côté de lui, s'était tassé sur son siège pour qu'on ne le voie pas.

– Les vitres sont baissées, dit-il. Il me semble que j'ai entendu une radio.

Ils s'arrêtèrent deux rues plus loin, le long du trottoir, devant un immeuble plongé dans l'obscurité.

– Ils sont garés sur un talus, dit-il, près de la maison. Le jardin est à plus d'un mètre au-dessus du niveau de la rue. La porte du garage est derrière le Pathfinder. Sur le talus, il y a une sorte de haie d'environ deux mètres de haut qui empêche de voir la maison depuis la rue. Et il y a un massif, à côté du Pathfinder, qu'on a planté pour cacher les poubelles.

– Comment faire pour entrer ?

– On pourrait s'approcher de la maison par l'arrière du garage en traversant le jardin des voisins. Quand on sera à l'angle du garage, ils ne pourront pas nous voir dans leurs rétroviseurs. Et ils ne voient pas non plus ce qui se passe derrière le Pathfinder, du côté droit, tant qu'ils sont à l'intérieur.

Tito se taisait.

– Ça ne me plaît pas beaucoup de foncer comme ça à l'aveuglette, dit Cope. Tout va se jouer sur la rapidité et l'effet de surprise, et avec ces vitres baissées on n'est pas certains d'y arriver très vite.

– Dans ce cas, il faut y aller à la grenade. On passe et je la lance. Boum ! Ils ne pourront pas respirer pendant trente secondes. C'est comme si on te frappait en pleine figure avec une planche. Mais l'effet ne dure pas longtemps et il faudra entrer tout de suite pour faire ce qu'on doit faire.

– C'est fort, comme bruit ? demanda Cope.

– Ça ne fait aucun bruit.

– Un éclair ?

– Non plus.

– On ne peut pas les laisser tirer, ne serait-ce qu'un seul coup de feu, dit encore Cope, après avoir réfléchi.

296

– Ils ont la gorge et les poumons bloqués. Ils ne peuvent plus respirer... pendant trente secondes. Puis ils reprennent leurs esprits.

Silence. Cope jeta un coup d'œil à sa montre.

– Bon. Je m'approche, je m'arrête à leur hauteur et tu balances ta grenade. Tu sors tout de suite, tu te mets au volant et moi je fonce à l'arrière.

Ils n'en dirent pas plus.

Cope démarra et roula lentement jusqu'à l'angle de la rue. Ils voyaient maintenant le Pathfinder un peu au-dessus du niveau de la chaussée, tel un gros canard au repos. Cope s'engagea dans la rue.

Soudain, les feux arrière du Pathfinder s'allumèrent.

– Merde ! dit Tito, penché au-dessus du tableau de bord.

Les feux s'éteignirent.

– Le type a bougé sur son siège, c'est tout.

Cope surveillait le rétroviseur, mais comme ils étaient loin de Bull Creek Road il n'y avait plus de circulation et le quartier était silencieux.

Il se dirigea vers le Pathfinder, attentif à ne pas changer d'allure.

Il tourna la tête à droite, à la seconde où ils arrivaient à la hauteur du conducteur, et Tito lança sa grenade d'un geste négligent, comme on se débarrasse d'un boule de papier froissé. La petite boîte métallique atterrit directement dans la cabine du Pathfinder en frôlant le visage étonné du conducteur.

Cope freina brutalement et s'arrêta un peu au-delà du pare-chocs avant du Pathfinder pour permettre à Tito d'ouvrir sa portière. Pendant que celui-ci fonçait vers l'arrière, il contourna son propre véhicule pour atteindre la portière du Pathfinder, d'où le gaz s'échappait en formant des volutes.

– Attends ! lança Tito, et ils marquèrent un bref temps d'arrêt.

– Vas-y !

Tito ouvrit la portière de la main gauche, le bras droit tendu pour pointer le revolver muni d'un silencieux avec lequel il abattit le conducteur d'une balle en pleine face. Puis il bondit pour repousser le type agonisant sous le tableau de bord. Cope, pendant ce temps, plongeait sur la banquette arrière et tirait deux balles dans la bouche grande ouverte du garde du corps, puis, enjambant son corps, tirait trois coups rapides dans l'oreille du garde assis à l'avant et le poussait pour le faire tomber de son siège. Puis il ressortit pour rejoindre leur véhicule.

Le tout avait pris moins de quinze secondes. Trois hommes étaient morts ou agonisants quand Tito mit le moteur du Pathfinder en marche et s'éloigna. Cope le suivit à une courte distance.

Tapi dans un coin d'ombre, sous les cèdres, l'homme se protégeait comme il le pouvait de la chaleur accablante de l'après-midi. Le soleil qui pesait sur l'épaisse couche végétale suspendue au-dessus de lui semblait aspirer l'air du sous-bois. À une quarantaine de mètres de là, l'eau du lac clapotait sur les rochers. Le chant obstiné des cigales accrochées aux troncs brûlants emplissait le silence d'une pulsation lente et obstinée, troublée de temps à autre par le passage des bateaux de plaisance qui sillonnaient le lac, tirant parfois un skieur. En scrutant à travers le feuillage, l'homme avait repéré à mi-hauteur, sur la rive opposée, un toit de tuiles sur lequel il concentrait son attention pour s'évader du temps présent.

Tout ce qui survint au cours des quatre heures et demie suivantes survint à l'intérieur de cette parallaxe et dans sa propre tête. Il perçut le changement de lumière, mais ce ne fut pas progressivement, comme l'aurait fait un observateur ordinaire. Ses yeux restèrent de longs moments sans rien enregistrer, consciemment du moins. Il était absent, en voyage quelque part dans son esprit.

Puis ses yeux visualisèrent en un instant, comme dans une séquence filmée en accéléré, le changement d'éclairage qui s'était opéré en quelques heures. Les nuages glissaient vers le nord en remontant la vallée, la lumière clignotait vivement à leur passage, et tout ce qui se trouvait au-dessous semblait bouger et se modifier à la même vitesse.

Puis il repassa à travers le toit de tuiles, à travers le temps, et tout redevint immobile.

Il se releva une fois pour retirer ses vêtements, qu'il fourra dans un petit sac de toile. Ensuite, se tournant de côté, il pissa dans l'herbe. Puis il s'accroupit sur ses talons et repartit vers le toit de tuiles.

Une autre heure passa. Les moustiques se firent si agressifs qu'il reprit le sac de toile et en tira deux boîtes rondes, en plastique, contenant du charbon et de la peinture pour la peau de teinte vert olive. Méthodiquement, sans se soucier de l'heure ni du temps, il entreprit de s'enduire tout le corps avec cette peinture de camouflage. Il le fit d'une main distraite, sans y mettre une réelle application. Mais quand il s'arrêta, il en avait partout, de la tête aux pieds, à l'intérieur des oreilles et des narines, dans la raie des fesses et jusque sur ses parties génitales.

Crépuscule.

Il était maintenant accroupi parmi les hautes herbes, invisible. Dans le jour finissant, les essaims de moustiques se faisaient de plus en plus nombreux et de plus en plus denses. Repoussés par l'odeur de la peinture, les insectes formaient un nuage autour de lui. Il les entendait, et leur vrombissement suraigu l'enveloppait de ses harmoniques, exactement comme à Espíritu Santo, à l'heure du crépuscule, la fois où il avait attendu l'homme d'Andraína pour le tuer et s'était aperçu, surpris, qu'il entendait passer le temps. Le temps qui passait vibrait à son oreille comme le nuage de moustiques. Quelle étrange découverte !

Du temps passa. Un long temps... dans une nuit plus noire que le sang qui coagule. Le téléphone se mit à vibrer. Il l'avait gardé à la main depuis le début, ne le lâchant que le temps de s'enduire de peinture, laissant un orteil dessus pour sentir la vibration si elle se produisait.

— Oui, répondit-il.

— Macias vient de partir, annonça Burden. Je pense qu'il ne reste plus qu'un garde du corps, Roque, et Luquín. On ne peut rien dire de plus.

— Macias ne va pas revenir ?

— Non.

— J'ai toute la nuit, donc ?

— Non. Tu dois être parti à deux heures au plus tard. On t'a remis l'itinéraire à suivre jusqu'à la piste d'envol.

— Oui. Mais il n'y a rien de changé ?

— Non.

Silence. Il n'aurait pas su dire combien de temps ce silence avait duré, mais il en prit conscience, ce qui signifiait qu'il avait peut-être duré longtemps. Pourtant, Burden n'avait pas raccroché. Il était encore là.

— Tu veux que je te dise quelque chose, García ?

— Oui. Quoi ?

— Je ne pensais pas que ça arriverait un jour. Je pensais que je mourrais et que ça ne serait toujours pas arrivé.

Silence.

– Je ne veux pas te dire merci, reprit l'homme. Ça t'évitera d'avoir ça sur la conscience.

Silence.

– Mais si je pouvais te dire merci, je le ferais. Et si je croyais en Dieu, je le remercierais aussi, mais il ne voudrait pas de ma gratitude, lui non plus. *Gracias a Dios*, il ne voudrait pas y toucher.

Silence.

– Tu entends les insectes ?

– Oui, répondit Burden.

– Je suis au milieu des moustiques, dit l'homme. Un nuage. Ils me chantent le temps.

Silence.

– Je ne veux plus jamais te voir, García. Tu comprends ça.

– Je le comprends. Oui.

Silence.

– J'ai l'air d'un insecte, dit l'homme.

Le silence retomba. Il attendit encore un instant, puis coupa la communication.

51

Après le coup de téléphone de Burden, le cœur de l'homme fut pris de battements désordonnés. Il connaissait ce signe. Il se passe quelque chose quand on se dépouille de ses vêtements pour enduire son corps aux couleurs de la terre et de la végétation. On commence à se défaire aussi de son humanité. Et c'est bon.

N'ayant conservé que ses chaussures de tennis, qu'il avait également barbouillées de peinture de camouflage, il quitta le bord du lac pour se diriger vers la pente boisée. Les moustiques l'environnaient d'un nuage bourdonnant, et il avait l'impression d'être suspendu dans le bruit du temps qui passait mais ne le touchait pas. Il était dans un cocon qui se déplaçait hors du temps, au cœur de l'obscurité.

Il gravit lentement la pente sans rencontrer de difficultés particulières. Ce fut une simple ascension, avec ici et là un placement de doigts ou de pied un peu plus délicat, mais jamais critique. Il était attentif à ne pas déloger des pierres qui auraient fait trop de bruit en roulant dans le sous-bois.

La piscine était solidement amarrée à la falaise, et la terrasse qui l'entourait reposait sur d'épais piliers de béton scellés dans la roche. Il fit une pause avant de franchir une dizaine de mètres en crapahutant sur les gros rochers qu'on avait repoussés pour construire la piscine. Il atteignit le local de forme cylindrique qui abritait, sous la dalle de la terrasse, la machinerie de la piscine. De là, on accédait à la terrasse par un escalier de pierre et un haut portail à claire-voie.

Il resta un long moment accroupi derrière le portail, son petit sac de toile à la main. Comme aucun bruit de voix ne lui parvenait, il poussa lentement le portail, qui donnait sur un angle mort de la terrasse, et entra. Il posa le sac contre le mur de la maison, l'ouvrit et en sortit le petit automatique que lui avait remis Burden. L'arme avait été modifiée pour tirer des balles dont la pointe en plomb explosait au contact de la cible.

Une lueur blafarde en provenance des baies vitrées et produite, sans doute, par un écran de télévision, éclairait trop la terrasse et la piscine. Impossible de passer de l'autre côté à partir de là. Abandonnant son sac, il redescendit quelques marches avant de prendre pied directement sur le terrain broussailleux qui s'étendait entre les maisons accrochées à la falaise. Pour éviter de faire du bruit en piétinant la végétation, il longea les murs extérieurs.

Parvenu à l'angle de la maison, il se tapit dans un fourré et attendit. Il était renseigné sur le dispositif de sécurité mis en place autour de Luquín. La nuit, quelqu'un montait la garde dehors, dans l'obscurité. Il attendit. Les êtres humains font du bruit.

Il attendit. Il entendait le bruit de son propre sang battant à ses oreilles. Si proche du bruit du temps qui passait. Il attendit.

Le garde lâcha un pet. L'homme examina attentivement les masses imbriquées de la maison et de la végétation. La façade se déployait en U autour d'un jardin. Et, par chance, il y avait des haies tout le long. Il reprit sa progression mais en crabe, le dos au mur, centimètre par centimètre.

Le garde poussa un bâillement sonore. L'homme rectifia sa perception auditive. Il était plus près qu'il ne l'avait cru. Encore quelques pas entre mur et haie, les petites branches l'écorchant au passage. La haie tournait à gauche au bord du patio. L'homme attendit, puis sortit très lentement la tête de la haie. Il vit le garde à moins de trois mètres dans une chaise longue.

Il n'y eut pas de détonation, seulement le choc sourd de la balle percutant le crâne, et le bruit mou d'une éclaboussure sur les dalles. D'un bond, l'homme fut aux pieds du cadavre. Il prit la mitraillette sur ses genoux et la posa par terre. Il le laissa écroulé sur son siège, la tête pendante.

Il s'approcha de la porte et tâta la poignée. Elle n'était pas verrouillée. Il ouvrit, millimètre par millimètre, et entendit le son de la télévision. Excellent. Il avança la tête. Un vestibule. Très bien. Roque devait être à quelques mètres de Luquín. Il traversa l'entrée, guidé par la lueur clignotante de la télévision à travers la porte ouverte du living-room. Il n'y avait pas d'autre lumière. Excellent, décidément.

Il voyait à travers une baie vitrée la terrasse sur laquelle il se trouvait un instant plus tôt. Après s'être assuré qu'il n'y avait pas de lumière derrière lui, il avança encore et vit Luquín affalé sur un canapé, face à la télévision. Il dodelinait de la tête, à moitié assoupi. L'homme fit encore un pas. Et Roque ?

Il entendit soudain un bruit de chasse d'eau au fond du vestibule et se retourna juste à temps pour voir Roque qui venait vers lui en tirant sur la fermeture Éclair de son pantalon. Il avait dû s'assoupir devant la télévision, lui aussi, avant de se relever pour aller aux toilettes. L'homme tendit le bras à l'horizontale dans le vestibule obscur et Roque avança droit sur le canon de son arme.

Le revolver cracha son projectile sans faire plus de bruit qu'un chat qui éternue et Roque tomba en arrière comme s'il avait reçu un coup de masse, ses jambes se dérobant sous lui. Il toucha le sol une fraction de seconde après que son crâne, la plus grosse partie du moins, eut giclé contre le mur du vestibule.

L'homme pivota sur ses talons, entra dans le grand living-room et se planta devant l'écran géant, face à Luquín, alors que celui-ci esquissait un geste pour se lever du canapé. Quand il fut sur ses pieds, l'homme tendit la télécommande vers l'écran et coupa le son.

Ils se firent face en silence, la table basse entre eux.

– *Siéntese*, dit l'homme.

Luquín avait les traits décomposés. La lumière faiblarde qui émanait de l'écran et clignotait dans la pièce accentuait l'effet de choc sur son visage.

– Assieds-toi, répéta l'homme, en anglais cette fois.

Luquín s'exécuta, ahuri, et retomba à l'endroit exact d'où il avait eu tant de mal à s'extraire. L'homme s'approcha de la table basse. Puis il la contourna pour se pencher au-dessus de Luquín, ses parties génitales verdies par le camouflage se balançant tout près de son visage. L'homme s'assit lentement sur la table basse. Ses genoux touchaient presque ceux de Luquín.

– Retire ta chemise.

Une seconde passa, puis une autre, avant que Luquín commence à déboutonner sa *guayabera*. Quand il l'eut retirée, l'homme tendit la main et la prit. Avec les mêmes gestes ralentis, il se mit à s'en essuyer le visage pour enlever la peinture, les yeux rivés à ceux de Luquín aussi fermement que deux petites mains tendues pour le retenir. Luquín cligna une ou deux fois des paupières, involontairement, essayant de reconnaître l'homme sous son masque de peinture.

Et soudain, il comprit.

Il tressaillit, tout son corps se relâcha et il retomba en arrière contre le dossier du canapé. Une odeur de merde se répandit dans la pièce et son menton parut se décrocher sous le coup de la stupéfaction, le laissant bouche ouverte. Certains individus possèdent un sixième sens qui se manifeste dans leurs derniers instants pour leur dire que, cette fois, il n'y aura pas de rémission. Et cette certitude intuitive les frappe parfois avec une telle brutalité qu'ils se vident littéralement. Ce fut le cas pour Cayetano Luquín. À ce moment de sa vie, il n'eut plus devant lui que la mort et la peur de la mort.

L'homme fut surpris par cette brusque déroute. Il avait toujours pensé que Luquín se débattrait comme un fou, comme un coyote enragé. Ceci était inattendu. Mais ne signifiait rien, de toute façon.

– Par terre.

Luquín leva les yeux vers lui, sans comprendre.

L'homme se redressa.

– Mets-toi par terre !

Luquín hésita, puis se laissa glisser du canapé. Ne

sachant quelle position prendre, il resta agenouillé, presque sur le flanc, sans quitter son ennemi des yeux.

– Allonge-toi sur le dos, ordonna l'homme.

Debout au-dessus de lui, il se pencha pour dégrafer sa ceinture. Il retira à Luquín ses luxueux chaussons en peau de crocodile, puis le pantalon de soie qu'il tira par le bas. Puis il se redressa et le regarda.

– Enlève ton caleçon.

Luquín roula sur le sol en se contorsionnant pour retirer le caleçon plein de merde.

– Mets-le dans ta bouche.

Luquín obéit, sans une hésitation.

L'homme se rassit sur la table basse. Il examina Luquín. Un corps remarquablement bien conservé pour son âge. Presque athlétique.

– Qu'en penses-tu, Tano ? demanda l'homme. Crois-tu que la peur n'est pas la même selon les personnes ? N'y a-t-il que « la peur », la même pour tout le monde ? Ou des peurs ? (Un silence.) La peur d'un enfant... est-elle différente de la peur d'un homme ? (Il se tut à nouveau, comme pour laisser Luquín réfléchir à sa question.) Comment pourrait-il en être autrement ?

« Et pendant combien de temps un être humain peut-il avoir peur, Tano ? reprit l'homme, calmement, sur le ton de la conversation.

Il se tut à nouveau, comme s'il attendait vraiment une réponse qui ne vint pas.

– Pendant des jours ? Des semaines ? Des mois ? (Silence.) Moi, je crois qu'au bout d'un certain temps, qui peut sans doute varier selon les individus, la peur se transforme en autre chose. Pour toi, une personne si expérimentée en ces matières – qui sait, ce temps peut être... infini ?

Il attendit encore un instant.

– Alors, qu'en penses-tu ? demanda-t-il encore à Luquín. Tu es une sorte de philosophe de ce sujet, non ?

Luquín gisait sur le dos, pétrifié, le caleçon lourd de merde pendant de sa bouche, les avant-bras levés, les poignets rabattus en arrière en un geste d'effroi et d'incrédulité.

– Voici ce que je pense, moi, Tano, continua l'homme. Je crois qu'après une longue période, si la cause de la peur demeure et ne disparaît pas, alors la peur elle-même se transforme, comme sous l'effet d'une réaction chimique. Elle se transforme en horreur. Et c'est alors, me semble-t-il, encore plus intense. L'horreur est *un miedo profundo*.

L'homme vit que les yeux de Luquín prenaient un air lointain. Une sorte de pellicule translucide les recouvrait, telle une cataracte. Elle n'en avait pas l'aspect laiteux, elle était plutôt brillante, réfléchissante, de sorte qu'elle captait la lumière et obscurcissait l'œil sous le reflet.

L'homme examina longuement Luquín à la lueur clignotante de la télévision qui nimbait toute chose d'une aura parfaitement appropriée à ce qui allait suivre.

Luquín était immobile, les avant-bras toujours levés, les poignets toujours repliés en arrière.

– Explorons ensemble ces questions philosophiques, Cayetano – rien que toi et moi. Toi, *el maestro del horrible*. Et moi, le novice. À nous deux, sans aucun doute, nous devrions parvenir à une compréhension profonde, et secrète, de cette éternelle question.

52

Jorge Macias prit son propre téléphone et pressa un bouton.

– Amenez la voiture, dit-il, sans quitter Titus des yeux.

Titus eut, instantanément, l'impression que tout s'écroulait. Il avait déclenché quelque chose par sa stupidité et il sentait que, cette fois, c'était grave.

– Vous allez venir avec moi, dit Macias sans élever la voix. Il y a une arme pointée sur vous pendant que je vous parle, alors veuillez vous montrer coopératif et tout ira bien. Allons-y.

Titus n'avait guère le choix. Il avait retenu ceci, au moins, de ce que lui avait dit Burden : ne pas faire d'éclat. Un éclat avait toujours une suite, des ramifications. Il ne fallait pas de ramifications. La prudence commandait d'obéir à Macias. À supposer qu'il ne soit pas trop tard pour être prudent.

L'air dégagé et sûr de lui, Macias conduisit Titus à travers le jardin et l'entrée donnant sur le bar. Un Mexicain les attendait.

– Luis ne répond pas, dit-il. Que se passe-t-il ?

– Je n'en sais rien, répondit Macias.

Le téléphone de Titus se mit à sonner.

Macias se retourna vivement vers Titus en lui prenant le bras.

– Répondez, dit-il. Et soyez très prudent.

Pendant que Titus répondait, ils l'emmenèrent vers les toilettes des hommes.

– Oui, dit Titus.

— Il y a eu un pépin, dit Kal.

— Oui, je le sais.

Ils étaient maintenant dans les toilettes. Le garde de Macias bloqua la porte du pied tandis que Macias arrachait le téléphone à Titus.

— Qui est à l'appareil ? demanda-t-il sèchement.

Une hésitation.

— C'est Kal.

— Mon chauffeur ne répond pas au téléphone, Kal, dit Macias.

Hésitation.

— Qui est à l'appareil ?

— Jorge Macias.

Hésitation.

— Je ne sais pas de quoi vous parlez... un chauffeur... ?

— Écoutez-moi. Cain est à côté de moi, j'ai un revolver sur son ventre et il restera avec moi tant qu'on n'aura pas réglé cette affaire. Alors, vous comprenez maintenant de quoi je parle ?

Hésitation.

— Je peux penser encore plus vite, reprit Macias, et ce que je pense risque de ne pas vous plaire. Alors, où est mon chauffeur ?

— On l'a emmené.

— On l'a emmené. (Macias avait l'impression de manquer d'air.) Écoute-moi, connard. (Il était tendu à en trembler.) Dis à ceux qui sont avec toi que je vais m'en aller d'ici. Je veux qu'on m'amène ma voiture. Dis au chauffeur de sortir en laissant sa portière ouverte, d'ouvrir aussi la portière arrière et de se tirer vite fait. Et rappelle-toi ceci : je ne veux pas qu'on me suive. Je suppose que vous avez collé un mouchard sur la voiture, très bien. Mais je ne veux voir personne derrière moi.

309

Il mit fin à la communication d'un coup de poing rageur, et fourra le téléphone dans sa poche.

– Vous avez entendu, dit-il à Titus. Restez près de moi. Attention, si vous ne voulez pas voir vos tripes sur les murs.

Macias transpirait. Il avait peur, mais il était de ces hommes qui ne se démontent pas face au danger, au contraire. Sa capacité de concentration en était décuplée.

– Quand on sortira, dit-il au garde du corps, tu t'assoiras à l'avant sur le siège du passager. Cain, vous vous mettrez au volant. Et moi derrière vous.

Titus le regarda sans rien dire. L'affaire tournait à la catastrophe.

– Eh ! aboya Macias en lui enfonçant le canon de son arme dans les côtes. Vous entendez ?

– Oui, d'accord, d'accord.

Ils sortirent des toilettes et longèrent un petit corridor jusqu'à l'entrée principale. Il y avait partout des gens qui partaient, qui arrivaient, qui attendaient des amis. Les trois hommes franchirent la porte. Deux marches à descendre. Titus aperçut l'allée terminée par une arche de pierre sous laquelle on passait pour se rendre au parking.

Pour Titus, l'atmosphère décontractée qui régnait entre tous ces gens avait quelque chose de bouleversant dans son insouciance, son incroyable mélange de richesse et de banalité.

Puis le Navigator apparut au bout de l'allée. Titus sentit le canon de l'automatique dans ses reins et ils s'avancèrent. Les tables de la terrasse étaient presque toutes occupées et de nombreux clients attendaient au bar, devisant tranquillement devant leur verre.

Personne ne les remarqua lorsqu'ils franchirent le grand portail en fer forgé ouvert sous l'arche de pierre. L'homme qui sortit du Navigator lança un regard appuyé à Titus avant de se retourner pour ouvrir la portière arrière, puis s'éloigna. Titus et Macias entrèrent dans le véhicule et leur deux portières claquèrent en même temps.

– Allez jusqu'à la route et prenez à droite, dit Macias. Et faites bien attention.

Titus suivit l'étroite piste de gravier qui conduisait à la route 360. C'était en fait une autoroute à deux voies qui traversait les collines, et l'allée du restaurant débouchait sur la voie qui remontait vers le nord. Titus la traversa dans toute sa largeur et tourna à gauche en direction du sud.

Le garde du corps ne quittait pas des yeux le rétroviseur extérieur, mais Titus ne savait pas ce que Macias faisait derrière lui. Il avait son souffle sur la nuque, et la tension qui régnait à l'intérieur du Navigator rendait l'atmosphère quasiment irrespirable.

– Qu'allez-vous faire ? demanda Titus, tandis que le Navigator prenait de la vitesse.

Macias ne répondit pas.

Tout en conduisant de la main droite, Titus se toucha le bras de la main gauche. Le mouchard était toujours là, au pli du coude.

Derrière lui, Macias se taisait, et Titus se doutait qu'il était plongé dans d'intenses réflexions. Comment savoir ce qui l'attendait lui-même ? Macias pouvait le tuer. Mais pourquoi ? Ça ne ferait qu'aggraver sa situation et le rendre encore plus vulnérable. Macias pouvait le kidnapper en échange de la rançon qui était en train de lui échapper. Mais Titus savait que Burden ne lui permettrait jamais de quitter les États-Unis avec. Il avait beau chercher un scénario possible pour la suite des événements, il n'en trouvait pas. Mais quoi qu'il arrive, une chose était certaine : Macias savait qu'on allait tenter de le tuer. Quoi qu'il décide de faire, Titus ne devait pas l'oublier.

Le Navigator dévorait des kilomètres. Titus changea légèrement de position sur son siège, pensant à l'arme pointée sur lui. Puis il revit le type qui leur avait amené le Navigator à leur sortie du restaurant. Que signifiait le regard qu'il lui avait lancé ? Contenait-il un message, ou reflétait-il seulement l'intensité de la situation ?

La boucle de la ceinture de sécurité, mal positionnée, pressait sa hanche droite à l'endroit où elle s'accrochait au siège. Il ne se rappelait pas avoir attaché sa ceinture et s'étonna de ce réflexe inconscient. En baissant la main droite pour repousser la boucle qui le gênait il sentit quelque chose de dur dans le pli du siège... et reconnut la crosse d'un revolver. Merde !

Il se mit instantanément à réexaminer toute la situation dans son esprit.

— Vous allez prendre la prochaine sortie, dit Macias. Puis vous ferez demi-tour sous l'autoroute et vous remonterez en direction de la ville.

Titus s'exécuta. Le garde du corps dit quelques mots à Macias, qui répondit : « *Bueno.* » Titus pensa que Kal et Burden devaient les suivre à distance, conformément à la volonté de Macias.

— Ainsi, vous avez des professionnels avec vous ? demanda Macias.

— Oui.

— Qui ?

— Un certain Steve Lender.

— Ils sont au courant de tout ?

— Ils savent ce que je sais. Qui n'est visiblement pas tout.

Macias s'adressa en espagnol à son garde du corps qui sortit un téléphone et composa un numéro. Il écouta.

— *Nada,* dit-il.

Macias dit encore quelque chose. Le garde refit un numéro.

— *Nada,* répéta-t-il.

Sans attendre qu'on le lui demande, il composa un troisième numéro.

— *Nada.*

— *Chinga !* jura Macias. Vous avez combien de personnes avec vous ? demanda-t-il à Titus.

— Je n'en sais rien.

Titus sentit le canon de l'automatique s'enfoncer dans sa nuque.

— Il m'a dit qu'il valait mieux que je ne sache rien, dit-il. Alors je ne sais rien, c'est tout.

Il commençait à s'affoler à cause du cran de sûreté de l'automatique. Il l'avait tâté du pouce, mais comment savoir s'il était mis ? Comment le type qui avait placé l'arme sur le siège à son intention l'avait-il laissée ? Armée, se dit-il. Prête à tirer, forcément. Sécurité enlevée.

— Il est sur le coup depuis combien de temps, ce Lender ?

Titus hésita. Le canon de l'automatique s'enfonça un peu plus dans sa chair. Il le sentit tourner.

— Depuis le début.

— Allez vous faire foutre, dit Macias.

Dans le silence qui suivit, Titus s'efforça de deviner les pensées de Macias. Le garde du corps, de toute évidence, avait tenté de contacter leurs acolytes sans obtenir de réponse. Macias devait maintenant se douter qu'il n'avait échappé que d'extrême justesse à leur sort, et que le plan qu'il avait si soigneusement élaboré venait de voler en éclats. Il avait toutes les raisons d'être aux abois.

53

Le fourgon de surveillance de Burden croisait sur la route 360, s'engageant dans des rues adjacentes chaque fois que ses occupants voulaient éviter d'être vus. Il avait à son bord, outre le chauffeur, deux techniciens, Burden lui-même et Gil Norlin. Ils analysaient la succession rapide des événements, et modifiaient en conséquence le déroulement de l'opération qu'ils avaient planifiée en quatre phases principales. En dépit de leur infériorité en hommes et en équipement, tout s'était passé jusque-là avec une facilité déconcertante.

Jusqu'au dernier moment à La Terrazza.

Depuis le début, les communications par radio et par téléphone entre Burden et Kal et la maison d'amis des Cain étaient ininterrompues. Rita Cain suivait le déroulement de l'opération sur les écrans des ordinateurs, mais n'avait pas accès aux transmissions audio. Elle s'efforçait de comprendre ce qui se passait à partir de ce qu'elle voyait et de ce qui se disait autour d'elle. Et on était visiblement attentif à ne pas tout dire en sa présence.

Dans le fourgon de Burden, tous les regards étaient braqués sur l'écran pour suivre la progression du Navigator sur l'autoroute grâce aux deux clignotements lumineux émis par le mouchard que portait Titus, et par celui qu'il avait placé la veille au soir sur le garde du corps de Macias.

Le Navigator ralentit pour prendre la bretelle de sortie 2222 en direction de la ville.

— Ah, merde ! dit Burden.

– Je n'y crois pas ! s'exclama Norlin, penché sur l'écran.

Calò, dans la voiture suiveuse, avait vu aussi.

– Qu'est-ce que je fais, García ?

– Maintiens la distance et attends.

Saisissant son téléphone, Burden composa le numéro de l'homme qu'il avait déposé sur la berge du lac au-dessous du refuge de Luquín. Le téléphone sonna longuement.

– Il ne risque pas de répondre, dit Burden. Il va croire qu'on veut lui demander de renoncer pour une raison ou pour une autre, et il y a trop longtemps qu'il attend ce moment.

Il appela ensuite le portable de Titus, tout en sachant que Macias le lui avait certainement confisqué. Pas de réponse. Ce n'était pas une surprise non plus. Il ne leur restait plus qu'à fixer, muets de stupéfaction, l'écran sur lequel les deux signaux lumineux se rapprochaient de la maison de Luquín.

– Il y retourne ! Mais pourquoi, bon sang ? demanda Norlin.

– Il a laissé quelque chose là-bas, répondit Burden. C'est forcément ça. Des informations, sans doute, qu'il ne peut pas abandonner derrière lui.

– Mon Dieu ! dit Norlin. Il faut y envoyer quelqu'un !

– Il ne reste personne pour ça.

– Calò les suit.

– Il a un écran dans sa voiture, lui aussi, et j'aurai besoin de lui dans l'obscurité s'ils repartent. Baas est en route pour la piste d'envol avec le cadavre de l'autre garde dans la Rover de Titus. Tes hommes sont dans leur fourgon de surveillance, ils attendent qu'on leur fasse signe, et d'ailleurs ils ne sont pas entraînés pour faire face à ce qu'ils risquent de trouver en arrivant là-bas. Tito et Cope sont partis pour la piste d'envol, eux aussi, avec les corps des types du Pathfinder. Cope pourrait se détourner, mais il aurait presque une heure de route à faire et il arriverait trop tard.

– Pourquoi ne pas envoyer l'un des types qui sont chez Cain ?

– La femme de Cain est avec eux. Pas question de lui enlever quelqu'un.

À l'intérieur du fourgon lourdement chargé de matériel électronique, les appareils produisaient de la chaleur et un bourdonnement continu. Les hommes étaient serrés dans cet espace exigu et ils transpiraient.

– Que peut-il arriver à Rita Cain si vous prenez l'un de ces gardes ? demanda Norlin.

– Je ne pourrais pas en envoyer qu'un, et si j'en prends deux, il n'en restera qu'un avec elle.

– Mais ils sont tous morts. Qui voulez-vous qui s'en prenne à elle ?

– Où est passé le type qui est venu prendre des photos ? demanda Burden. (Il se tut quelques secondes, pour donner tout son poids à la question.) On ne l'a pas compté dans leurs effectifs en planifiant l'opération. Mais il représente à lui seul un risque que je ne veux pas courir.

– Vous allez donc laisser...

– En effet, interrompit Burden, stoïque. On n'y peut strictement rien. On va attendre. À Cain de se débrouiller.

Le fourgon ralentit pour quitter comme prévu l'autoroute à la sortie 2222, et s'arrêta.

Le silence n'était plus le même dans la maison d'amis. Rita avait vu elle aussi le signal lumineux indiquant que Titus quittait le restaurant, et elle avait réussi à se taire. En dépit de son angoisse, elle savait parfaitement qu'elle pouvait se méprendre sur ce qu'elle voyait. Elle savait que beaucoup de choses lui restaient incompréhensibles et qu'elle ne pouvait pas se fier à son intuition dans de telles circonstances.

Mais quand elle vit le signal lumineux de Titus quitter La Terrazza avec le signal lumineux de l'un des gardes du corps, celui-là même que Titus avait collé sur lui, elle sentit qu'elle ne pouvait pas se contenir plus longtemps au risque d'exploser.

— Je veux parler à García, dit-elle.

Elle n'avait pas crié. Sa voix ne tremblait pas. Il n'y avait rien de théâtral dans son attitude. Mais dans la pièce, tous se retournèrent vers elle.

— Ça pose un problème ? demanda-t-elle d'un ton calme.

C'était le calme qu'on acquiert quand on est au-delà de la tragédie. Ce calme disait une absolue détermination et personne ne s'y trompa.

— Euh, fit Herrin, interrogeant Kal du regard.

— Tenez, servez-vous de ceci, dit Herrin en lui tendant un casque à écouteurs qui lui était resté interdit jusque-là.

— Je veux être seule pour lui parler, dit-elle.

Herrin en resta à nouveau bouche bée.

— Écoutez, dit Kal, il est en plein...

— Vous êtes d'accord, bien sûr ? l'interrompit Rita en se levant de sa chaise.

— Je veux dire... Je vais lui demander si c'est possible tout de suite.

— Faites donc.

Kal remit le casque et s'éloigna de quelques pas, la tête penchée, parlant à voix basse. Tous attendaient, faisant mine de se concentrer sur les écrans ou sur n'importe quoi d'autre. Tous sauf Janet, qui observait Rita avec un sourire perplexe.

Kal revint sur ses pas et sortit un téléphone de sa poche.

— Allez-y, dit-il en le tendant à Rita.

Rita le prit et fila jusqu'à l'autre extrémité de la pièce. Elle avait envie d'aller dans le patio, mais comprenait qu'on ne l'y autoriserait pas.

— J'écoute, dit Burden.

— Que se passe-t-il ?

— Titus et Macias sont toujours ensemble.

— Je vous demande ce qu'il se passe.

— Apparemment, Macias nous a repérés. Il retient Titus jusqu'à ce qu'on lui permette de filer.

— Et alors ?

— On s'est mis d'accord de la façon suivante : Macias laissera Titus dans le Navigator avec un téléphone afin qu'il continue à nous parler pour prouver qu'il est vivant, et pendant ce temps on le laissera partir avec une autre voiture.

Elle sentait au ton de sa voix qu'il était décidé à lui parler sans ménagement. Elle voulait jouer franc-jeu ? Il jouerait franc-jeu lui aussi.

— Et où sont-ils maintenant ?

— Ils se sont rendus à la maison où Macias logeait avec Luquín.

— Pourquoi ?

— Nous pensons que Macias voulait récupérer certaines choses avant de prendre la fuite.

— Macias ignorait que vous alliez tuer Luquín, n'est-ce pas ?

— Oui. Maintenant, il est au courant.

— Luquín est mort ?

— Nous n'en savons rien.

Elle n'en croyait pas ses oreilles.

318

– Et vous ne faites rien ?

– Nous ne pouvons pas faire grand-chose. Nous attendons que Macias récupère ses affaires et laisse Titus avec le Navigator comme convenu.

– Comme convenu, répéta-t-elle.

Il lui semblait que son cœur lui remontait dans la gorge. Ce terme de « convenu » n'avait jamais contenu autant d'incertitudes et de menaces.

– Je ne peux pas rester ici sans rien faire, dit-elle. Nous savons exactement où se trouve Titus, n'est-ce pas ?

– Oui.

– Je veux être près de lui. Aussi près que possible.

– Vous êtes aussi près que possible.

– Pas aussi près que vous.

Silence.

– Vous ne pouvez pas vous approcher plus, n'est-ce pas, insista-t-elle, sans mettre la vie de Titus en danger, sans prendre le risque de tout compromettre ?

Silence.

– Il faut donc que je vous rejoigne.

– Impossible.

Ils restèrent un long moment sans rien dire. Rita refoula la bile qui lui montait à la bouche et s'efforça de calmer sa fureur. Mais elle résista à la tentation de laisser parler son instinct. Elle connaissait assez bien Burden, désormais, après l'avoir vu à l'œuvre, pour savoir qu'il cultivait, et respectait sans doute, une certaine façon de se comporter. Et que si elle devait obtenir ce qu'elle voulait, il lui fallait l'affronter d'égale à égal.

– Je vais vous dire ce qui est impossible, reprit-elle, du ton serein et presque détaché qu'elle avait souvent entendu employer à Burden. Je ne suis pas idiote. Je sais que vous ne pouvez pas me garantir que Titus est en sécurité et qu'il aura la vie sauve. Ceci n'est pas votre cauchemar. C'est le nôtre.

« Mais... s'il devait lui arriver quelque chose et que je ne sois pas aussi près de lui que possible, alors... je ne pourrais pas me taire. S'il devait arriver quelque chose à Titus Cain et que je ne sois pas aussi près de lui que vous pouvez m'aider à l'être... alors je ne pourrais pas m'empêcher d'alerter tous les médias et de vous dénoncer, vous et quiconque se trouve derrière vous, aussi fort et aussi longtemps qu'il le faudrait. Si j'étais forcée de rester ici à regarder mourir mon mari comme dans une saleté de jeu vidéo... alors vous pourriez dire adieu à jamais à cet anonymat dont vous êtes si fier.

Elle se tut.

— Oh, bien sûr, ajouta-t-elle, je n'ai pas oublié vos menaces – ou plutôt, vos bons conseils, vos conseils de prudence. Mais alors je n'en aurais que faire. Je ne suis pas quelqu'un qu'on intimide.

Elle se tut. Le silence retomba dans la pièce et s'éternisa à l'autre bout de la ligne. Sa colère lui était montée au visage, elle se sentait les joues en feu.

— Passez le téléphone à Kal, dit Burden.

Elle fut sur le point de parler, de dire, bon, alors, que décidez-vous ? Puis elle se rendit compte qu'elle avait dit tout ce qu'elle avait à dire, et tout ce qu'il fallait dire pour se faire comprendre. Il avait intérêt à la croire.

Elle tendit le téléphone à Kal. Il lui tourna le dos et elle resta immobile à l'écouter répondre, « oui, oui », et « d'accord », et, « j'ai compris ».

Puis il se retourna vers elle en remettant le téléphone dans sa poche.

— Allons-y, dit-il.

54

Titus entendait presque Macias penser. Le Navigator fonçait vers la ville sur la route qui se faufilait entre les collines, le faisceau de ses phares balayant virage après virage des falaises et des pentes escarpées. Ils apercevaient sur leur gauche les lumières des maisons perchées sur les hauteurs et, à droite, par intermittence, le fleuve qui coulait en contrebas et les lumières des habitations situées de l'autre côté de la vallée, où Titus habitait et où Rita l'attendait dans l'angoisse.

En suivant les instructions de Macias, ils bifurquèrent sur une route qui les amena plus près du fleuve. Les rues sans éclairage formaient un réseau compliqué entre des maisons assez proches les unes des autres, nichées dans une forêt très dense. Titus les parcourut en tout sens, guidé par Macias, qui échangeait de temps à autre quelques mots en espagnol avec le garde du corps. Ils semblaient s'interroger sur la possibilité de s'arrêter à l'une de ces maisons, devant laquelle Titus se rendit compte qu'ils étaient déjà passés à plusieurs reprises. Il comprit, en regardant entre les maisons, que celles-ci étaient bâties en surplomb du fleuve.

Était-ce là que Luquín s'était installé ?

— Savez-vous ce qu'ils avaient l'intention de faire avec Luquín ? demanda Macias. Ne mentez pas.

— Je n'en ai pas la moindre idée.

— Merde ! (Un silence.) Arrêtez-vous.

Titus s'arrêta. Les deux hommes regardaient une maison située un peu plus haut sur leur droite.

– Luquín est là, dit Macias. J'y ai laissé un ordinateur. Je suis un homme mort si je ne peux pas l'emporter avec moi. (Il parut réfléchir un instant.) Ils avaient l'intention de le tuer.

– Oui.

– Et ensuite ?

– Je n'en sais rien.

– Merde, merde et merde, dit Macias entre ses dents.

– Écoutez. Ce que je sais... c'est que ce type, ce Lender, est très fort. Son truc, c'est de ne pas laisser de traces... Comme s'il ne s'était rien passé. Ils ont peut-être tué Luquín, mais je ne pense pas qu'ils l'auront tué ici s'ils pouvaient l'éviter. Et ils se seront arrangés pour laisser une maison impeccable, sans le moindre indice.

Silence.

– Il s'appelle comment déjà, ce type ?

– Lender.

Macias n'ajouta rien, mais Titus comprit qu'il réfléchissait à ce qu'il venait d'entendre. Puis il dit quelque chose en espagnol au garde du corps. Ils eurent une courte discussion. Et le silence retomba.

– *Vamos a ver*, dit Macias finalement.

Allons voir.

Titus redémarra. Le Navigator bleu remonta la rue et s'engagea dans une allée qui menait au garage, protégée par une haute haie. Le Navigator noir s'y trouvait déjà.

Macias lâcha un juron.

– Stop !

Il y eut un nouvel échange avec le garde du corps. Les deux hommes s'étaient mis à chuchoter, contre toute logique.

– Garez-vous, dit Macias.

Titus se rangea à côté du Navigator noir et coupa le moteur.

– Sortez, dit Macias.

Ils laissèrent les portières ouvertes et le garde du corps avança vers le porche, l'arme au poing, prêt à tirer. Titus suivait, Macias sur ses talons.

Le garde, soudain, émit un long sifflement entre ses dents et se retourna vers Macias en montrant la chaise longue sur laquelle un homme était affalé dans une attitude bizarre, la tête pendant sur le côté.

– *Lo hicieron*, dit-il. Rulfo !

Titus éprouva à nouveau cette sensation étrange, irréelle, de bourdonnement intérieur. Était-ce bien lui, là ? Il avait peine à y croire. Il se demanda ce que pensaient Burden et les autres en voyant son signal lumineux approcher de la maison de Luquín sur la falaise. Allaient-ils envoyer de l'aide ? Tout cela allait-il s'achever en bataille rangée, en fusillade générale, malgré les efforts des uns et des autres pour agir discrètement ?

Le garde du corps posa la main sur la poignée de la porte et la tourna lentement. Puis il poussa en douceur. La porte s'ouvrit sans difficulté, et il la suivit comme s'il faisait corps avec elle. Macias poussa Titus en avant avec son revolver. Le garde regarda la lueur qui tremblotait en provenance d'une pièce située immédiatement après l'entrée. Télévision. L'intensité de l'éclairage indiquait la présence d'un écran géant. Au moment où Macias franchissait le seuil derrière eux, le garde s'immobilisa à nouveau. Se tournant vers Macias, il lui montra le sol du doigt. Un autre cadavre. Ils se figèrent tous les trois, instinctivement, pour tendre l'oreille.

Rien. On avait, semblait-il, coupé le son de la télévision.

Ils attendirent. Un bruit d'eau dans les profondeurs de la maison. La cuisine. Comme ce bruit d'eau coulant dans un évier devait créer une sorte d'écran sonore pour la personne qui s'y trouvait, le garde traversa vivement l'entrée jusqu'à la porte donnant sur la pièce principale, puis la porte suivante, qui était celle de la cuisine, au-delà du corps étendu à leurs pieds.

Titus avait les aisselles poisseuses, et il sentit soudain une odeur d'excréments. D'excréments ? Il se tourna vers Macias, dont le regard était braqué sur son garde du corps comme celui du mineur sur le canari détecteur de grisou. Le garde fit un geste qui signifiait : quelqu'un.

Ayant enregistré cette information, Macias poussa Titus vers la première porte au moment où le garde s'avançait sur le seuil de la suivante. Puis Titus et Macias se retournèrent vers le garde pour savoir où il en était, mais celui-ci s'était figé sur place et jetait des regards affolés autour de lui. À cet instant, il n'était plus qu'un bloc de terreur, et Titus comprit qu'il savait sa mort imminente. On n'entendit que le *smack !* de la balle frappant son front et pulvérisant la partie arrière de son crâne, un bruit très doux et hors de proportion avec le spectacle de sa tête violemment projetée en arrière à une vitesse qui le fit tomber. Et, comme la tête semblait s'être coincée à l'angle du mur, on ne pouvait pas savoir d'où était parti le coup de feu.

Titus se sentit glacé. Ce qu'il venait de voir semblait défier les lois de la physique et ajoutait à l'impression d'étrangeté que lui procurait le fait d'être là lui-même.

Puis une créature hirsute semblable à un démon surgit derrière le canapé, son corps nu barbouillé d'une matière verte et brune évocatrice d'excréments. Titus ne comprit pas vraiment ce qu'il regardait, mais avant que Macias ou lui aient pu réagir l'homme avait braqué un petit revolver sur le front de Macias et, du même geste, lui avait arraché son automatique des mains pour le jeter par terre.

— Qui es-tu ? demanda-t-il à Titus.

L'accent était espagnol. Il avait un regard calme, mais torturé, les yeux bordés de rouge. Le blanc de la pupille lui-même était rouge vif.

Titus fut incapable de parler. Il sentait maintenant l'odeur de la peinture. Et autre chose aussi. Le démon était couvert de sang à l'odeur lourde et écœurante. Titus n'en croyait pas ses sens. C'était un homme, sans doute, et il n'était pas très grand, mais l'intensité de sa présence était scintillante.

— Qui es-tu ? demanda-t-il à Macias.

Tendant le bras gauche, il prit la tête de Macias dans sa main, par-derrière, et lui pressa l'étrange revolver sur le front avec assez de force pour lui faire mal.

— Jorge Macias.

— On était censés rester seuls ici, dit encore le démon. Que viens-tu faire ?

— Je suis venu chercher un ordinateur, expliqua Macias avec une franchise enfantine, un peu absurde.

— C'est tout ce que tu veux ?

— Oui.

— Où est-il ?

Macias tendit prudemment la main vers la table basse.

— Prends-le, dit le démon à Titus, qui se trouvait à côté. Oui. Oui. Prends-le.

Titus s'approcha de la table et rabattit le couvercle du petit ordinateur. Il était branché. En tirant sur la prise, Titus vit les photographies étalées sur la table. Il y en avait de divers formats, certaines en noir et blanc, d'autres en couleurs, d'autres jaunies par l'âge. Les images étaient horribles ; une fillette de onze ou douze ans se livrant à divers actes sexuels avec des hommes, parfois plusieurs hommes à la fois. On voyait clairement des marques de coups sur son petit corps impubère.

Titus, horrifié, se mit à fouiller dans sa mémoire. Une

enfant... qui lui avait parlé d'une enfant ? Seigneur ! Il se rappelait maintenant... Burden lui avait raconté une histoire épouvantable à propos de Luquín... et d'une petite fille... et de son père. Artemio Ospina.

Il se retourna vers l'homme qui maintenait toujours la tête de Macias entre son bras replié et le canon de son revolver et le regardait. Que se passait-il ici ?

Quelque chose attira son attention. Sur la table basse, un téléphone sonnait. On avait coupé le son, mais le voyant rouge clignotait... clignotait... clignotait.

– C'est votre téléphone ?

L'homme ne répondit pas.

– Il sonne, dit Titus.

– Oui, je le sais.

Le téléphone de Titus se mit à sonner dans la poche de Macias.

– Laissez-moi le prendre, dit Titus. C'est mon téléphone. Cet homme m'a kidnappé...

– Non ! dit Macias en levant les yeux vers l'homme qui le retenait.

Il se mit à lui parler en espagnol et l'homme regarda Titus.

– Je ne sais pas ce qu'il vous raconte, dit Titus, soudain terrifié à l'idée d'une manigance de Macias. Mais Luquín et lui m'ont extorqué de l'argent, et ils ont tué des amis à moi... Attendez... attendez ! J'ai compris, vous travaillez pour García Burden, n'est-ce pas ?

Au nom de Burden, il vit une lueur dans l'œil du démon. Et aussi, sans aucun doute possible, dans celui de Macias. Bien que Titus ne soit pas dans son champ de vision, le regard de Macias était braqué sur lui et c'était un regard stupéfait, comme si ces deux mots avaient illuminé la pièce tout entière d'une soudaine révélation.

– J'ai engagé García pour qu'il m'aide à me tirer du piège tendu par Luquín et Macias. Il vous a peut-être engagé, vous aussi...

Il n'allait pas assez vite, l'explication était trop longue à venir.

– Ces photos, dit-il très vite, je connaissais l'existence de ces photos. Il y a quelques jours, à San Miguel, García m'en a parlé. Il voulait m'expliquer quelle sorte d'individu était Luquín, il voulait que je sache à qui j'avais affaire.

Tout se figea. Pas de bruit. Personne ne prononça un mot. Comme si l'effet produit par cette information avait, d'un coup, fait le vide dans la pièce.

Puis Titus entendit un faible déclic.

Le petit pistolet s'était enrayé.

Macias et l'homme comprirent ce qui venait de se passer une fraction de seconde avant Titus, et le poing de Macias frappa une fois, deux fois, trois fois l'homme à l'aine, juste au-dessus de la cuisse. Puis Macias chargea, emporté par une violente poussée d'énergie, et ils tombèrent par-dessus la table basse. Macias laissa choir le petit couteau à cran d'arrêt qu'il avait dissimulé et rampa pour récupérer le revolver. Il le tenait en se relevant le premier, au moment où Titus, s'emparant de l'ordinateur, le lui envoya en pleine poitrine. Macias, sous le choc, partit en arrière contre l'écran géant mais parvint à garder son équilibre et à braquer l'automatique sur Titus qui fonçait sur lui à travers la pièce.

Tout s'arrêta de nouveau. Les trois hommes avaient le souffle court.

– Bon, dit Macias à Titus. Ramassez cet ordinateur. (Il lui suffisait de déplacer son arme de quelques centimètres pour tenir les deux autres en respect.) Essayez encore de l'envoyer sur moi et je vous tue. Je

n'ai plus rien à perdre. (Se tournant vers l'homme nu.)
Luquín est mort ?

— Presque, répondit l'homme, qui se tenait la cuisse
à deux mains.

Le canapé était plein de sang.

Macias, d'un geste, indiqua la porte à Titus.

— On s'en va, dit-il à l'homme. Finis ce que tu étais
venu faire. Ne laisse pas ce salopard vivant.

Pressant ses plaies, l'homme les regarda traverser le
hall d'entrée en direction de la porte. Avant de franchir
le seuil, le revolver de Macias dans les reins, Titus jeta
un coup d'œil en arrière. La lumière blafarde de la télévision tremblait sur le canapé ensanglanté. L'homme
avait disparu.

55

Soudain, après une éternité de silence et d'immobilité,
le signal lumineux de Titus s'était remis en mouvement
et s'éloignait de la maison.

— Incroyable ! s'exclama Norlin, assis au bord de sa
chaise, le cou tendu vers l'écran.

— Le signal du garde du corps ne bouge plus, dit l'un
des techniciens.

— Vous croyez qu'ils l'ont tué ? demanda l'autre.

Burden, qui scrutait les écrans, ne répondit pas.

— Vous croyez que Cain est seul ? demanda Norlin.

Burden pressa le bouton d'appel sur son téléphone.
Pas de réponse. Il secoua la tête.

— Non, il n'est pas seul.

Le point lumineux traversa le quartier en sens inverse,

tourna à gauche sur l'autoroute 2222 et partit vers l'ouest en prenant de la vitesse.

– Ils viennent vers nous, dit un technicien.

– Il va falloir prendre une décision, dit Burden, qui ne s'adressait à personne en particulier mais semblait réfléchir à haute voix. Macias a un plan de fuite. Comme toujours. Et pour lui seul. Quel que soit ce plan, c'est maintenant son seul objectif. Comme il doit se douter qu'il y a un mouchard sur sa voiture, il va s'en débarrasser. Mais il pensera qu'il a besoin de garder Cain pour se protéger. Ça peut aboutir à une confrontation. On ne sait pas ce qui s'est passé chez Luquín. Il y a peut-être eu une fusillade. On ne sait pas si Artemio est mort. Même chose pour Luquín. Il se peut que la police soit déjà en route. Ce qui signifie que l'affaire est découverte. Si on doit tirer pour récupérer Cain, elle le sera aussi. Si Cain est tué, même sans un coup de feu, le résultat sera le même. Si Macias le kidnappe, Cain risque d'y rester et l'affaire éclatera au grand jour de toute façon.

– Vous êtes prêt à le laisser filer, alors ?

– Si nous ne pouvons pas garantir la vie de Cain, dit Burden. Si nous ne pouvons pas maintenir le silence sur cette opération. Nous n'avons pas le choix. Même si ça signifie que ce salaud continuera à sévir et que d'autres auront encore affaire à lui.

– Calò les suit, fit observer un technicien.

– Autre chose, reprit Burden, ignorant la remarque. Il y a toujours ce revolver dans le siège du Navigator... s'il ne l'a pas déjà trouvé et ne s'en est pas déjà servi.

– Mais c'est terriblement risqué ! dit Norlin. Ça peut lui coûter la vie s'il essaie de s'en servir. Est-ce qu'on sait seulement s'il en est capable ? Pourquoi Calò a-t-il fait ça ?

– Il n'a pas forcément eu tort. Ça peut aussi lui sauver la vie.

– Il va se faire tuer, oui !

– Je n'en sais rien. J'en aurais peut-être fait autant à la place de Calò. Il y avait une chance à saisir, et peu de temps pour réfléchir. Il a fait un choix.

Le téléphone de Burden se mit à sonner.

– García Burden, dit Macias.

Ce n'était pas une question.

– Bonjour, Jorge.

– Voilà qui explique tout, dit Macias. Je ne comprenais pas comment un plan aussi bien monté avait pu capoter aussi vite.

– Il est vivant ?

– Qui ?

– Cain.

– Oui.

– Passez-le-moi.

Macias tendit le téléphone vers Titus sans le lâcher.

– Dites-lui que vous êtes toujours en vie.

– Je vais bien, dit Titus.

– Vous avez entendu ? demanda Macias.

– On a des choses à se dire, Jorge.

– Allez-y. Je brûle de les entendre.

– Luquín est mort ?

– Probablement, à l'heure qu'il est.

– Quelle est la situation là-bas ?

– Appelez votre psychopathe et demandez-le-lui.

– J'ai essayé.

– C'est vrai qu'il avait l'air assez occupé.

Silence.

– Vous êtes cuit, Macias. Voilà ce que j'ai à vous dire.

– Continuez.

– On peut encore se mettre d'accord. On arrête tout et vous serez libre. Mais Cain doit être libre aussi. C'est très simple. En revanche, s'il meurt, vous mourez aussi. Promis.

– Je vais peut-être le garder avec moi, tout simplement.

– Ce n'est pas une solution.

Macias s'attendait à cette réponse. Mais Burden et lui n'avaient pas en tête les mêmes solutions. Même s'il ne voulait pas le dire à Burden, Macias pensait qu'il disposait encore d'une certaine marge d'autonomie. Burden n'aurait pas cherché à discuter si Macias n'avait pas eu quelques chances de parvenir à ses fins.

– Et alors, on peut faire ça comment, d'après vous ?

Poser cette question lui arrachait la gorge. Ça revenait à demander la permission, à reconnaître que Burden était maître de la situation. Pour le moment, en tout cas. Mais cette humiliation n'était rien comparée à la peur animale qui s'était emparée de lui. Il avait frôlé la mort quelques instants plus tôt, et c'était sa dernière chance de sauver sa peau. Il ne pouvait pas se permettre la moindre erreur.

– Il y a un mouchard sur la voiture, dit Burden. Et un autre sur Cain. On sait à tout moment où il se trouve. Il l'a avalé, Jorge, alors ne perdez pas de temps à le faire se déshabiller. Je sais que vous avez un plan de fuite. Je sais que vous avez l'intention d'abandonner la voiture. Allez-y, mais laissez Cain en même temps. Et vivant. Si vous faites ça, vous vivrez. Sinon, quoi que vous fassiez, vous êtes un homme mort.

– Oui. Vous l'avez déjà dit.

Macias réfléchissait à toute allure. Merde. Merde. Une seule chose semblait certaine, trop certaine dans tout ça, c'était cette histoire de mouchard avalé par Cain. Mais pourquoi Burden éprouvait-il le besoin de l'en informer ? C'était, lui semblait-il, le genre de détail qu'on gardait secret. Pourquoi l'aurait-il avalé, sinon ? Et pourquoi Burden le lui disait-il ? Parce que si Macias abandonnait la voiture, Burden et ses hommes n'auraient plus aucun moyen de savoir où était Cain. C'était aussi simple que ça ! On cherchait donc à lui faire croire qu'il devait abandonner le Navigator et Cain pour échapper aux poursuites. Mais il ne tomberait pas dans ce piège.

Quelle garantie avait-il, par ailleurs, qu'ils le laisseraient filer s'il faisait ce qu'ils lui demandaient ?

— C'est délicat, García. Faites quelque chose pour me prouver que vous tiendrez parole.

— J'ai besoin de parler à Cain si on veut que ça marche.

Macias se figea.

— Passez-le-moi, reprit Burden, sentant sa méfiance. Il faut que je le calme, Jorge. Je crois que vous ne comprenez toujours pas à quoi vous avez affaire.

Macias s'efforçait de réfléchir, mais son esprit tournait en rond. L'urgence était telle qu'il perdait le fil de ses pensées à essayer de deviner les pièges qu'on lui tendait, et il craignait de ne pas voir les plus évidents.

— Donnez-lui ce téléphone, Jorge. Il vous le rendra très vite.

Merde, merde, c'était la chose à ne pas faire, songea Macias, mais il fallait se décider très vite. Le Navigator fonçait sur l'autoroute. Il faudrait bientôt en sortir.

— Si vous ne vous décidez pas, reprit Burden, ça ne pourra pas marcher. Et vous serez fichu.

Macias avait toutes les raisons du monde de ne pas le croire.

— Il veut vous parler, dit-il, en tendant le téléphone à Titus.

Titus, en nage, les nerfs à vif, saisit maladroitement

l'appareil, avec un frisson de dégoût au contact de la main qui le tendait par-dessus son épaule.

– Oui ?

– Titus, dit Burden, vous allez rendre ce téléphone dans quelques secondes. Je vais donc parler très vite. Vous avez trouvé le revolver ?

– Oui.

– Bien. Pendant que je vous parle, et sans qu'il le voie, prenez le mouchard que vous avez sur vous et collez-le sur cette arme. Il va vous la demander et vous la lui donnerez. Je lui ai dit que vous aviez avalé un mouchard, et que nous savions à tout moment où vous étiez. Il faut qu'il le croie. Je vais tenter de le persuader qu'on le laissera s'enfuir s'il vous laisse avec le Navigator. Vite, pourquoi est-il retourné chez Luquín ?

– Ordinateur.

Macias arracha le téléphone à Titus en lui donnant un coup d'une telle violence sur la tempe que le Navigator fit une embardée et partit en crabe sur une cinquantaine de mètres avant que Titus reprenne le contrôle de la direction.

– Imbécile ! hurla Macias dans l'appareil.

Il était hors de lui.

– Écoutez, Jorge, dit Burden lentement. On va faire très attention, on va être très prudents, n'est-ce pas ? Rappelez-vous : s'il reste en vie, vous aussi. Si quelqu'un meurt, vous aussi. (Il se répétait, pour donner à Titus le temps de déplacer le mouchard.) Quand mes hommes ont amené la voiture à La Terrazza, ils ont planqué un automatique dans le siège du conducteur, à droite de Cain. Il l'a déjà trouvé. Le cran de sûreté est enlevé et on peut s'en servir à tout moment. J'ai dit à Cain de vous le remettre. Vous n'avez qu'à tendre la main par-dessus le siège.

— Je vais lui faire sauter la cervelle, García ! cria Macias. Je le tiens en joue et je vais le descendre !

— Allons, pas de bêtises, Jorge.

Macias s'adressa à Titus, sans lâcher le téléphone :

— Qu'est-ce qu'il vous a dit ?

Pendant l'échange entre Macias et Burden, Titus avait subrepticement décollé de la main gauche le mouchard placé sur son bras droit et l'appliquait maintenant sur la crosse du revolver. Il était encore étourdi par le coup qu'il venait de recevoir sur la tête, mais il parvint à éloigner lentement sa main du revolver pour la poser à la base du volant en répondant à Macias :

— Il m'a dit de ne pas me servir du revolver qui se trouve à côté de moi dans le siège. Il m'a dit de vous le remettre.

Macias réfléchit au temps qu'ils avaient passé au téléphone. Burden n'avait pas pu en dire beaucoup plus, estima-t-il. Enfonçant un peu plus le canon de l'automatique dans la nuque de Titus, il tendit lentement la main au-dessus du siège. Il trouva la crosse du revolver, et le ramena à lui, aussi lentement. L'arme était munie d'un silencieux.

— Et maintenant ? demanda-t-il, au téléphone.

— Bien. Vous voyez que ça marche ?

— Oui, je vois.

— Nous voulons en finir, Jorge. Si nous récupérons Cain sain et sauf, vous serez libre. Vous avez de la chance, pour cette fois. Beaucoup, beaucoup de chance.

Macias savait que là-dessus, en tout cas, Burden disait la vérité. Il y avait là, pour lui, une opportunité à saisir. Il n'avait cessé de surveiller la route dans le rétroviseur. Il n'y avait pas vu de phares, ce qui signifiait sans doute qu'ils le localisaient sur un écran, sans avoir besoin de s'approcher. Dans ce cas, cette distance entre lui et ceux qui le suivaient – il n'était pas idiot, il savait qu'on le suivait forcément –, cette distance lui laissait une petite marge d'action, et là était sa chance. Sa seule chance. Il lui fallait agir dans cette marge. Et en toute discrétion.

– Alors, Jorge ? Marché conclu ?

– Oui, marché conclu.

– Bon, c'est à vous maintenant de nous prouver qu'on peut vous croire. Quand vous le laisserez avec le Navigator, il faudra lui confier le téléphone pour qu'on sache que vous nous le laissez vivant. On continuera à parler avec lui jusqu'à ce qu'on l'ait retrouvé. Et dès qu'on l'aura récupéré, vous serez libre de disparaître.

– *Hecho !* dit Macias en coupant la communication.

Il eut une brève hésitation, pendant laquelle il réfléchit, imagina ce qui allait suivre en s'assurant qu'il ne commettrait pas l'erreur, le faux pas susceptible de compromettre le plan qu'il avait en tête et qui allait se jouer à quelques secondes près. Puis il composa un code sur son téléphone et régla immédiatement la minuterie de sa montre sur quarante-cinq minutes.

Libre de disparaître... Oui. Fallait-il que Burden le croie naïf, ou affolé au point d'en perdre la tête ? Pas question de relâcher Titus Cain tant qu'il ne serait pas sorti de ce guêpier... et encore. On verrait. Mais d'ici là, le mensonge allait peut-être lui faire gagner un peu de temps.

56

– Seigneur, dit Norlin, comme Burden reposait le téléphone.

Burden sentit qu'il le regardait. Ils étaient serrés dans ce fourgon, et inquiets, face aux écrans.

— Eh bien, dit Norlin, c'est gonflé, ce que vous venez de faire.

— Si vous voulez dire que je suis sans cœur, répondit Burden, sans se retourner, dites que je suis sans cœur.

— Non, j'ai dit gonflé. Si vous vous trompez... alors vous serez sans cœur. Vous avez obtenu presque tout ce que vous vouliez, García. Vous auriez pu laisser tomber.

— Et c'est sans doute ce que j'aurais fait... s'il n'était pas allé récupérer cet ordinateur. Mais il a risqué sa vie pour ça, donc il me le faut.

— Même si Cain doit y laisser *sa* vie ?

— Cain, c'est une vie. Dieu sait combien on pourra peut-être en sauver avec cet ordinateur.

— Et si la réponse était : aucune ?

— Vous parlez comme si Cain était déjà mort. Écoutez, si Macias croit qu'il a avalé un mouchard, il va l'abandonner en même temps que la voiture parce qu'il a besoin d'être seul. S'il fait ça, je veux que Calò puisse le rattraper.

— C'est un « si » qui pèse sacrément lourd.

Burden, qui ne quittait pas les écrans des yeux, parut ignorer la remarque.

— Et si Macias ne croit pas cette histoire ? insista Norlin.

Burden se tourna vers lui.

— Réfléchissez une seconde, Gil. On a fait capoter toute l'opération. Bon sang, j'ai du mal à y croire moi-même ! Il doit avoir une trouille de tous les diables. À ce stade, je suis obligé de penser qu'il n'a plus qu'une idée en tête, sauver sa peau.

— Mais s'il ne croit pas à votre histoire de mouchard avalé par Titus ?

— Dans ce cas, il emmènera Titus avec lui. Et même s'il fait ça, il ne pourra pas s'empêcher de penser quelque part qu'il a peut-être eu tort de ne pas me croire.

Que je suis peut-être en train de l'observer sur mon écran et que je vois Titus s'en aller avec lui au lieu de rester dans le Navigator comme convenu. Je lui ai dit que s'il faisait autre chose, il était un homme mort, il ne va pas l'oublier. À la seconde où il déviera de ce qui a été convenu, il commencera à trembler. Quand les gens tremblent, ils commettent des bêtises.

— Oui, derrière, dit l'un des techniciens. Un bon kilomètre.

Le Navigator était reparti, un kilomètre derrière Calò.

Burden avait les yeux rivés à l'écran. Tout, jusque-là, s'était beaucoup mieux passé qu'il ne pouvait l'espérer, mais il n'avait plus personne en réserve, et ce qui arriverait désormais échapperait en grande partie à son contrôle. Il était pratiquement réduit au rôle de spectateur.

— Il y a une autre façon de raisonner si on se met à sa place, dit Burden. Il sait parfaitement qu'il dépend de Cain pour sa propre sécurité. Il se peut qu'il s'accroche à lui comme le naufragé à sa bouée. Ce n'est pas à exclure. Dans ce cas, s'il se débarrasse du revolver pour une raison ou pour une autre, ou s'il le perd, Calò foncera droit dessus, et on sera fichus.

— Cain sera fichu, rectifia Norlin.

— Ils viennent de bifurquer sur la voie rapide n° 1, annonça l'un des techniciens.

— Regardez les cartes des quartiers sud-ouest, dit Burden.

— Si Macias continue dans cette direction, dit Norlin en montrant la carte qui venait d'apparaître sur le plus grand des quatre écrans, il va entrer dans Oak Hill. Au prochain croisement, il devra choisir entre deux routes. L'une va vers les lacs et jusqu'à Llano ; l'autre rejoint Fredericksburg ou San Antonio. Elles traversent toutes les deux la zone d'élevage.

Burden étudia le plan. Macias était en train de mettre en œuvre son plan de fuite. Pour réussir, il lui fallait se débarrasser des mouchards d'une façon ou d'une autre. Il lui fallait disparaître.

Le flot d'adrénaline qui se déversait dans ses veines faisait trembler les mains de Titus sur le volant. Ils filaient sur la route 360, dans une zone où la ville poussait ses tentacules à travers les collines, sur les crêtes et dans les vallées boisées. Les lumières des riches lotissements s'étendaient comme une rosée scintillante sur ce paysage accidenté. En arrivant au croisement avec la voie rapide n° 1, Macias dit à Titus de tourner à droite et de prendre la direction du sud.

Macias se taisait et Titus trouvait particulièrement désagréable le contact de l'automatique dont le canon restait obstinément enfoncé dans sa nuque.

À l'intersection entre la voie rapide n° 1 et les autoroutes 71 et 290, Macias lui ordonna de tourner sur la bretelle d'accès. De là, ils s'enfoncèrent dans une zone à l'urbanisme plus traditionnel, avec une succession de rues bordées de ranches, de centres commerciaux et d'immeubles locatifs.

— Tournez par là, ordonna Macias.

Ils pénétrèrent dans l'enceinte d'un nouveau centre commercial bâti entre des hectares et des hectares de terres d'élevage. Il y avait un supermarché ouvert vingt-quatre heures sur vingt-quatre, une grande surface de bricolage ouverte vingt-quatre heures sur vingt-quatre aussi, une pharmacie de jour et de nuit, un restaurant de jour et de nuit et d'autres commerces de moindre importance disposés autour d'un vaste parking éclairé *a giorno* par de puissants réverbères halogènes.

— Garez-vous là, ordonna Macias en montrant l'une

des zones du parking où les voitures étaient les plus nombreuses.

Il sortit et ouvrit la portière de Titus.

— Venez, dit-il.

Mais au moment où Titus se retournait pour sortir, Macias tendit le bras pour lui appliquer la gueule du revolver sur la pomme d'Adam. Sans prononcer un mot, il appuya si fort que Titus sentit le cartilage de sa trachée-artère rouler sous l'acier. Puis Macias imprima une secousse brutale qui fit venir des larmes aux yeux de Titus.

— Prenez les clés et donnez-les-moi, lui intima Macias.

Titus s'exécuta et Macias recula d'un pas pour le laisser sortir de la voiture.

Debout à côté du Navigator, il regarda Macias tirer sur un pan de sa chemise pour dissimuler le revolver et son silencieux (et son mouchard) et fourrer le tout sous sa ceinture. Titus tressaillit intérieurement à l'idée que le mouchard avait peut-être été arraché au passage.

Macias l'entoura de son bras, la main fermement accrochée à son épaule gauche.

— Je pense que vous tenez à vos reins, dit-il. Allons-y.

Mais Titus resta figé sur place.

— Attendez, dit-il, ce n'est pas ce qu'on avait convenu. Ils vont vous tuer si je ne reste pas avec le Navigator.

— Il faudra d'abord qu'ils nous trouvent.

— Écoutez. J'ai... Je veux être franc avec vous. Je suis repérable à tout moment. J'ai avalé un mouchard. Ils savent où je suis. S'ils voient que je m'éloigne de la voiture, vous êtes fichu.

— Pourquoi me dites-vous ça ?

— Parce que je ne suis pas stupide. Je n'ai pas envie

de me faire descendre dans une fusillade générale, et je vous le dis, c'est ce qui arrivera s'ils me voient quitter cette voiture. Ils nous tomberont dessus.

Ils se faisaient face. Macias dégageait une odeur de transpiration et d'eau de Cologne tournée. Deux hommes figés dans les affres de l'incertitude. Titus sentait l'haleine de Macias, aussi, et lui trouvait l'odeur du désespoir.

57

Rita regardait la route par la portière arrière de la Jeep Cherokee de Kal qui venait de quitter la voie rapide n° 1 pour pénétrer dans le vaste parking de La Quinta Inn. Kal était au volant, Ryan à côté de lui et Janet assise à l'arrière avec Rita.

Ils s'arrêtèrent à côté d'un fourgon à l'instant où García Burden en descendait. Ils sortirent tous de la Jeep pour se regrouper devant la portière arrière restée ouverte. Rita aperçut, dans la pénombre qui régnait à l'intérieur du fourgon, les batteries d'écrans et leurs voyants lumineux de différentes couleurs. La rumeur continue des transmissions électroniques lui parvint.

— Deux choses, dit Burden en s'adressant directement à elle. Premièrement, je n'ai plus personne de disponible, et avant que tout ceci soit fini j'aurai peut-être besoin de vos trois gardes du corps. C'est donc une bonne chose qu'ils soient ici. Deuxièmement, vous aviez raison. S'il doit mourir, il ne serait pas juste que vous y assistiez comme ça. S'il y avait encore un tas de gens dans l'action, comme en début de soirée, je ne vous aurais pas autorisée à être là. Mais tout va se jouer maintenant entre Titus et Macias.

« Le mouchard de Titus nous indique qu'il a cessé de se déplacer, poursuivit-il, et qu'il se trouve quelque part dans ce centre commercial dont vous apercevez les lumières.

Il montrait du doigt la zone illuminée de l'autre côté de la voie rapide. Le dos de son ample chemise était bruni par la transpiration. Il semblait vanné.

– Calò est déjà là-bas pour tenter de s'approcher autant qu'il le pourra. C'est peut-être là que Macias compte relâcher Titus avec le téléphone – si nous avons de la chance.

Ryan se retourna pour monter dans le fourgon et en ressortit aussitôt avec l'un des techniciens chargé de l'écran radar qu'ils venaient de débrancher. Ils allèrent l'installer dans la Jeep entre les sièges avant.

– Eh ! appela Norlin de l'intérieur du fourgon. On dirait que le signal s'éloigne du Navigator !

Burden bondit à son tour dans le fourgon, tandis que les autres se pressaient devant la portière ouverte.

– C'est un grand supermarché, expliqua Norlin en montrant les schémas sur l'un des écrans. Le signal lumineux que vous voyez là semble y être entré.

Burden parvint à joindre Calò sur son téléphone.

– Oui, je vois, dit Calò. J'entre dans le parking. Je vais essayer de repérer le Navigator.

Tout le monde l'avait compris, même si personne ne le disait : ce n'était pas bon signe. Le mouchard était placé sur le revolver. Titus aurait dû être au téléphone en train de leur parler dès l'instant où Macias avait abandonné le Navigator. Le téléphone ne sonnait pas.

Rita pensa à la conversation qu'elle avait eue un peu plus tôt avec Burden. Elle s'était montrée têtue, exigeant d'être le plus proche possible de l'action, et voici qu'elle y était. Ce n'était pas le moment de pleurnicher. Non, elle ne craquerait pas. Titus n'était pas mort. Elle l'aurait su. Elle l'aurait senti, comme les subtiles vibrations d'un diapason, quelque spasme soudain au niveau du ventre. Elle y croyait aussi fermement qu'elle croyait au retour du soleil le lendemain matin. Le regard perdu dans la pénombre du fourgon, elle attendit.

Titus se mit en marche et ils se dirigèrent vers le supermarché.

Une fois dans le magasin immense et brillamment éclairé, Macias ralentit le pas tandis qu'ils longeaient d'un air aussi détaché que possible les rayons chargés de céréales et de boissons sucrées, les grands bacs d'aliments congelés, les étalages de fruits, de légumes et de viande, jusqu'aux portes à double battant donnant sur l'arrière. Quelques employés leur jetèrent des regards intrigués, mais on ne les payait pas pour être curieux. Les deux hommes traversèrent le dépôt de marchandises et franchirent la grande porte métallique donnant sur une ruelle sans que quiconque leur adresse la parole.

Une fois dehors, Macias regarda autour de lui pour s'assurer qu'ils étaient seuls. Il ne cherchait plus à cacher son revolver et l'enfonçait à nouveau dans les reins de Titus pour le pousser devant lui le long des bennes à ordures qui répandaient leurs effluves pestilentiels dans l'air surchauffé en l'absence du moindre souffle de vent. Une haute palissade de planches courait derrière les magasins, isolant la ruelle des habitations.

Pour Titus, cet endroit semblait aussi désert que l'Antarctique, mais Macias continuait à surveiller l'arrière des magasins. Comme ils traversaient une zone d'ombre entre deux réverbères éclairant les entrées de service d'une boutique animalière et d'un magasin de matériel photographique, il accentua la pression du revolver pour orienter Titus vers la palissade.

Ils ralentirent, puis s'arrêtèrent, puis revinrent sur leurs pas. Macias continuait à examiner l'arrière des boutiques comme pour se repérer. Ils revinrent vers la palissade, soulevèrent trois planches accolées et s'accroupirent pour pénétrer dans la cour d'une petite ferme. La cour, éclairée par les réverbères de la rue, était envahie par les mauvaises herbes ; la maison était plongée dans l'obscurité.

Macias ouvrit une porte à l'arrière du bâtiment et poussa Titus à l'intérieur. La cuisine ne recevait que la lueur des réverbères entrant par d'étroites fenêtres. Puis Titus vit un rai de lumière sous une porte fermée.

— Par là, dit Macias en poussant Titus vers cette porte.

Il lui ordonna ensuite de l'ouvrir et ils pénétrèrent dans le garage. Il y avait là une Honda noire, et un homme assis sur le coffre, les pieds posés sur le pare-chocs.

— Eh ! dit l'homme, en sautant de son perchoir, avec un regard effrayé vers Titus. Bordel, qu'est-ce qu'il se passe, Jorge ?

Moins de trente ans sans doute, Latino-Américain d'origine, mais pas d'accent. Vêtu d'un jean et d'une chemisette en Nylon par-dessus son T-shirt blanc.

— Ne pose pas de questions, répondit Macias.

Titus observait les réactions du jeune type. Son regard allait et venait entre Titus et Macias et il semblait prêt à s'enfuir.

— Mais enfin, dit-il, vous m'avez appelé pour me demander de venir ici et vous avez promis de me payer. Je... je ne suis pour rien là-dedans !

— Tu n'y es pour rien, Elias, dit Macias. Il te reste une chose à faire, et ce sera terminé pour toi.

– Une chose à faire ? Si je suis ici, c'est parce que vous deviez me payer pour les photos, et aussi pour la perte de mon ordinateur.

Titus le regardait. Était-ce lui qui avait pris les photos de Rita ? Macias devina sans doute ses pensées, car il lui enfonça brutalement le canon de l'automatique dans les reins pour lui enjoindre de se taire. Titus commençait à avoir mal pour de bon à cet endroit-là.

Macias tira les clés du Navigator de sa poche et les lança au jeune type.

– Tu trouveras une Lincoln Navigator bleu foncé dans le parking, face à l'entrée du supermarché. Je veux que tu la conduises à San Marcos. À l'entrée de la ville, tu verras une station-service Texaco sur ta droite. Arrête-toi. Une autre Lincoln Navigator exactement semblable à la première t'y attend. Ton argent est dans la boîte à gants. Tu n'auras plus qu'à repartir.

Elias Loza regarda Macias.

– Pourquoi je devrais faire ça tout d'un coup ? C'est pas ce qu'on avait dit. (Il regarda Titus.) J'ai l'impression qu'on est en plein dans les emmerdes. Il n'a jamais été question que je conduise une voiture. Si... ça sent trop les emmerdes !

– Il n'y a pas d'emmerdes, dit Macias. On s'adapte, c'est tout. À toi de t'adapter aussi.

– Je veux pas m'adapter. Je veux mon fric.

– Eh bien, il n'est pas ici, ton fric. Il est dans l'autre voiture. À San Marcos.

Loza regardait fixement Macias. Titus lisait dans ses pensées : ou bien mon argent est dans l'autre voiture, ou bien... ce salaud est capable de me descendre séance tenante.

– C'est comme ça, alors ?

– C'est comme ça.

Écœuré, mais surtout effrayé, Loza se pencha pour

ramasser sa sacoche de photographe. En se redressant, il regarda Titus, puis Macias.

– Je me demande ce qui se passe ici, dit-il. C'est pas normal qu'on me demande de faire ça. Je suis pas armé ni rien, et...

Macias lâcha un juron. Titus se dit qu'il mourait sans doute d'envie d'abattre ce type et de filer, mais voulait avant tout qu'il emmène vers la ville le Navigator et le mouchard qu'il supposait être dessus. Soulevant sa chemise d'un geste brusque, il sortit l'automatique qu'il avait glissé sous sa ceinture et le lança à Loza qui, ébahi, le rattrapa de justesse de sa main libre.

– Fous le camp ! dit Macias.

Loza regarda l'arme, puis Macias, et lança un rapide coup d'œil à Titus. Celui-ci, plein d'espoir, crut une seconde qu'il allait tirer sur Macias. Mais Loza, déjà, tournait les talons et sortait du garage.

58

Romo Calò trouva le Navigator parmi d'autres voitures devant le supermarché. Plutôt que de travailler à distance, il décida de s'approcher et de jouer le tout pour le tout. Il se gara trois voitures plus loin, de l'autre côté de l'abri sous lequel se rangeaient les chariots.

Il sortit de sa voiture, passa une première fois à côté du Navigator, ses clés à la main, et se dirigea vers l'abri. Il ne vit rien. Il prit un chariot, puis, faisant mine d'avoir oublié quelque chose devant sa voiture, passa une deuxième fois derrière le Navigator. Toujours rien. Arrivé à sa voiture, il ouvrit la portière, fit semblant d'y prendre quelque chose et revint vers le Navigator pour aller chercher le chariot qu'il avait laissé près de l'abri.

Comme il ne voyait rien de suspect, il s'approcha carrément de l'arrière du Navigator, abandonna son chariot et se glissa entre celui-ci et la voiture voisine pour regarder à l'intérieur. Rien. Il reprit son chariot et se dirigea vers l'entrée du supermarché en sortant son téléphone de sa poche.

— La voiture est vide, dit-il. *Nada.*

— Ne la perds pas de vue, répondit Burden. On va te rejoindre.

À la seconde où il rempochait son téléphone, Calò aperçut un jeune type qui s'approchait du Navigator entre deux rangées de voitures. Le type regardait autour de lui, s'arrêtait, repartait. Il finit par repérer le Navigator et fonça droit dessus. Calò rebroussa vivement chemin, sans lâcher son chariot. Le type jeta un regard autour de lui, le vit, mais n'y prêta pas attention.

Calò l'observa pendant qu'il examinait le Navigator comme s'il ne le connaissait pas. Que faisait-il ? Allait-il le voler ? Puis, s'approchant de la portière avant, il tendit une télécommande d'ouverture à distance. Les lumières du Navigator s'allumèrent une fraction de seconde et le type ouvrit la portière.

Il avait encore un pied sur le bitume quand Calò, après avoir contourné la voiture par l'arrière, bloqua la portière qu'il s'apprêtait à refermer. Le type n'avait pas compris ce qui lui arrivait que l'automatique était déjà braqué entre ses deux yeux.

— Pas un geste, dit Calò. Tu es seul ?

Le type fit oui de la tête.

— Qui es-tu ?

— Elias Loza.

Calò déplaça l'automatique vers la bouche du type, à

lui toucher les lèvres. Il vit que Loza avait une sacoche, posée sur le siège à côté de lui.

— Qu'est-ce que tu as, là-dedans ?

— Mon appareil photo.

— Tu as une arme ?

Hochement de tête.

— Où ?

— Là, dit Loza en baissant les yeux.

De sa main libre, Calò sortit l'automatique coincé sous sa ceinture. Il reconnut, étonné, l'arme qu'il avait glissée dans le siège du Navigator à l'intention de Titus.

— Où as-tu pris ça ?

La réponse ne fut pas une surprise pour Calò.

— Jorge Macias.

— Où est-il ?

— Écoutez, je ne suis pour...

— Où ?

— Là-bas... de l'autre côté du magasin... Dans une maison...

— Qu'est-ce que tu fais ici, toi ?

Loza expliqua.

— Elle est où, cette maison ? L'adresse ?

Calò saisit son téléphone pendant que Loza lui indiquait l'adresse et lui donnait la marque de sa propre voiture.

— Il y a un autre type avec lui ? demanda Calò.

— Oui.

— C'est tout ?

— Oui.

— Où allaient-ils ?

— Je n'en sais rien.

Calò le frappa à la bouche avec son revolver, si vite que l'arme était à nouveau braquée devant ses yeux avant que Loza puisse réagir.

— Non, non, non..., implora-t-il, un flot de sang coulant

de sa lèvre fendue et d'une dent arrachée à sa gencive. Ah, merde, ah... non, non, vraiment... Je vous assure... je suis au courant de rien !

Son regard planté dans celui de Loza, le canon de son automatique lui pressant le front, Calò expliqua à Burden, très vite, ce qui s'était passé.

— Et ce n'est pas tout, dit-il. J'ai ce fichu revolver à la main, celui sur lequel Titus a collé son mouchard.

— Il vaudrait mieux vérifier si le mouchard y est encore, répondit Burden.

— Que dit votre signal ?

— Qu'il est à environ cinq cents mètres de toi, vers l'ouest.

— Vraiment ?

Repoussant brutalement Loza en arrière, Calò lui ordonna de se mettre en boule sur le plancher du Navigator. Loza s'exécuta, avec force gémissements, et Calò examina le revolver à la lumière du plafonnier. Il lui fallut une minute pour être certain que le mouchard ne s'y trouvait pas.

Burden monta dans la Jeep Cherokee avec Rita et les autres, et ils foncèrent jusqu'au parking du centre commercial. Là, Janet et Ryan se chargèrent de Loza, qu'ils emmenèrent dans le Navigator au refuge de Macias, au cas où celui-ci y aurait abandonné Titus.

Calò reprit sa voiture, et Rita resta dans la Cherokee avec Kal et Burden. Seule sur la banquette arrière, elle écouta les trois hommes discuter de la meilleure façon d'affronter Macias. Mais alors qu'ils n'étaient pas encore sortis de l'immense parking, ils virent le signal lumineux quitter la maison vers laquelle ils se dirigeaient, à six rues de là.

— Calò, dit Burden, en regardant l'écran, remets-toi

derrière lui. Je ne sais pas ce qui est arrivé à ce mouchard de malheur, ni si on l'a retiré du revolver délibérément ou par accident, mais on a intérêt à être prudents pour que Macias, si possible, ne se doute pas qu'on le suit toujours à la trace. Tâche de t'approcher suffisamment pour voir la Honda. Il faut qu'on sache si le mouchard se déplace avec cette voiture, ou si Macias en a trouvé une autre pour nous servir de leurre.

Le silence retomba à l'intérieur de la Jeep. Tous les regards restèrent braqués sur l'écran.

Titus était de nouveau au volant, et Macias derrière lui. Ils rejoignirent la voie rapide n° 1, et prirent la direction de Oak Hill. Titus réfléchissait à sa situation. Elle n'était pas des plus brillantes. Maintenant que le mouchard était parti pour San Marcos, et que Burden et ses hommes ne pouvaient plus localiser Titus sur leur écran, il était seul pour de bon. Il savait que Burden ne disposait que d'une équipe réduite et que pour peu qu'on s'écarte du scénario prévu, il n'avait plus personne pour faire face à l'imprévu.

Macias avait dit clairement que la vie de Titus n'avait de prix que dans la mesure où elle garantissait sa propre sécurité. Titus pouvait le comprendre, mais que se passerait-il une fois que Macias s'estimerait hors de danger ? Et à quel moment s'estimerait-il suffisamment hors de danger pour décider du sort de Titus ? Celui-ci avait beau tourner et retourner ces questions dans sa tête, il ne voyait pas en quoi Macias aurait intérêt à le tuer une fois qu'il n'aurait plus besoin de lui.

D'un autre côté, Titus ignorait quels pouvaient être les autres facteurs susceptibles de changer cette simple déduction. Il avait vu, en quelques jours, plus d'un renversement de situation. Il se disait bien qu'en tant qu'otage ses chances seraient d'autant plus grandes qu'il parviendrait à rester optimiste, mais son angoisse grandissait. L'obscurité qui régnait au-dehors ne lui paraissait pas plus sombre que sa situation.

— Attention à la limitation de vitesse, dit Macias derrière lui. Il peut y avoir des flics.

Titus lui jeta un coup d'œil furtif dans le rétroviseur. Macias continuait à surveiller la route derrière eux. Il semblait toujours aussi tendu, mais se sentait peut-être un peu mieux depuis qu'il pensait avoir mis quelque distance entre lui et ses poursuivants. Mais Macias était réaliste. Il savait que cette marge de sécurité était des plus minces.

Titus aurait bien voulu en savoir un peu plus sur son état d'esprit. Peut-être, s'il parvenait à le faire parler, en tirerait-il quelque indication sur ses intentions ?

— Je parie qu'il n'y a pas le moindre argent à la station-service de San Marcos, n'est-ce pas ? dit-il. Et si ça se trouve, cet autre Navigator n'existe même pas ?

— C'est son problème, dit Macias, pas le vôtre. À lui de se débrouiller.

Ils étaient en train de traverser la ville nouvelle d'Oak Hill, à l'ouest d'Austin. Macias n'avait plus que quelques minutes pour prendre une décision. La circulation serait de plus en plus clairsemée, il lui serait plus facile de savoir s'il était suivi.

— Comment saurez-vous si Luquín est bien mort ? demanda Titus.

— Après le spectacle d'horreur que j'ai vu là-bas, je ne pense pas que Tano sera encore vivant au lever du jour. Apparemment, tout le monde voulait sa mort. Quand les chiens flairent l'odeur du sang, c'est sur le plus féroce de la meute qu'ils se jettent en premier.

Ils arrivaient au carrefour.

— Continuez tout droit, ordonna Macias.

Ils continuèrent sur l'autoroute 290, qui pouvait les

mener à Fredericksburg comme à San Antonio. Plutôt San Antonio, songea Titus.

— Je voudrais savoir quelque chose, dit Macias. Comment avez-vous trouvé García Burden ?

Titus le lui dit, sans citer de nom.

— Et vous êtes allé le voir dès le lendemain ?

— Oui.

— Comment ?

Titus, là encore, lui dit la vérité.

— Et c'était il y a trois jours, à peine ?

— Exactement.

Silence. Puis il entendit Macias grommeler entre ses dents :

— Il n'y avait que García Burden pour foutre complètement en l'air et en trois jours deux mois de préparation ! *Complètement !*

Complètement..., pas tout à fait, songea Titus. Il avait le revolver de Macias sur la nuque.

Ils quittèrent la ville, puis sa banlieue. Les lumières se firent de plus en plus rares et disparurent tandis que les chiffres défilaient sur le compteur kilométrique. L'obscurité la plus totale régnait maintenant de chaque côté de l'autoroute.

— On va encore loin ? demanda Titus

— Ne vous occupez pas de ça, répondit Macias.

Titus imaginait Macias le jetant hors de la voiture sur quelque aire déserte ou dans une rue sombre de San Antonio. Il ne lui resterait qu'à trouver une cabine téléphonique et tout serait fini. Fini... Il en tremblait rien que d'y penser. Il concentra son attention sur la voie centrale de l'autoroute et s'efforça de ne plus penser à... à rien.

Mais il ne pouvait pas oublier le type assis derrière lui. Il se rappelait ce que Rita lui avait dit : aussi horrible que ce soit, elle ne pouvait s'empêcher de penser à

Charlie aux prises avec la scie qui le déchiquetait, à Carla en train de suffoquer, luttant jusqu'à son dernier souffle. Elle ne pouvait s'empêcher de se demander comment, et pourquoi. Titus non plus. Il y avait de quoi enrager à l'idée que l'homme qui avait tout organisé était maintenant assis derrière lui et qu'il était lui-même d'une certaine façon complice de sa fuite. Seigneur ! Dire que Carla et Charlie n'étaient pas encore enterrés !

— Ralentissez, dit Macias.

59

Quand il fut certain que Macias prenait l'autoroute 290, Burden appela Calò par radio.

— Calò, tu as toujours tes jumelles à vision nocturne ?

— Oui.

— Bien. À l'heure qu'il est, il ne doit pas y avoir grand-monde sur l'autoroute. Prends les jumelles, éteins tes phares, rapproche-toi du signal lumineux et vois s'il provient de la Honda. Comme il respecte certainement la limitation de vitesse, tu devrais le rattraper sans difficulté.

— Et si les flics m'arrêtent ?

— Planque les jumelles et accepte la contredanse. Tu as des papiers en règle ?

— Oui.

Pendant les vingt minutes qui suivirent, Kal surveilla le compteur de vitesse tandis que de son côté Calò fonçait pied au plancher, tous feux éteints, dans un paysage vert pomme et noir.

Pour Rita, la tension était presque insoutenable. Le regard rivé à l'écran, elle s'efforçait de glaner quelques informations en écoutant les échanges laconiques entre Calò et Burden sur la radio de bord. Elle commençait à avoir mal au ventre et ne trouvait aucun réconfort à voir, à la lueur blafarde du tableau de bord, les mines impassibles de Kal et de Burden.

— Je les vois ! annonça soudain la voix de Calò. Ils freinent... Ils ralentissent...

— Où ? Qu'y a-t-il ?

— Rien. On est en pleine campagne. Pas de lumière. Je freine moi aussi. Il faut que je m'arrête...

Titus était surpris. Pourquoi Macias lui demandait-il de ralentir ? Allait-il l'abandonner en rase campagne ?

— Ralentissez, répéta Macias.

Ils étaient loin de tout. Autour d'eux on ne distinguait rien dans l'obscurité.

— Bien. Vous voyez les réflecteurs rouges, là-bas, sur cette clôture ? C'est l'entrée d'un ranch. Allez-y. Vite !

Il n'y avait pas une seule voiture sur l'autoroute, comme Titus s'en fit la remarque. C'était ce que voulait Macias, sans doute.

Titus s'engagea sur le bas-côté et franchit la clôture. Une piste de terre sèche surgit devant les phares. L'herbe qui poussait entre les ornières était en partie calcinée par le soleil de juillet.

— Éteignez les phares et arrêtez-vous, dit Macias.

Titus s'exécuta.

— Abaissez les vitres des portières.

Le vacarme des insectes nocturnes et l'odeur de la prairie pénétrèrent dans l'habitacle. Quand leurs yeux furent accoutumés à l'obscurité, ils virent plus nettement la faible phosphorescence de la croûte de sel accumulée au creux des ornières.

– Vous y voyez assez pour conduire, dit Macias. Avancez.

Titus repartit lentement. Les hautes herbes frottaient sous la carrosserie. La piste s'élevait en pente douce, puis redescendait sur quelques centaines de mètres pour continuer en terrain plat. Ils apercevaient au loin un moutonnement de collines qu'une demi-lune teintait de gris, avec par endroits la tache noire d'un bouquet d'arbres et, au-dessus, le ciel nocturne semé d'étoiles bleu acier.

– Arrêtez-vous et coupez le contact, dit Macias.

Titus s'arrêta à contrecœur.

Ils sortirent de la voiture, Macias avec son ordinateur et son revolver, pour continuer à pied. Le sol était parsemé de roches et de touffes d'herbe, et des cèdres dressaient ici et là sous la lune leurs silhouettes sombres.

Le cœur de Titus battait de plus en plus fort. Il ne pouvait imaginer un dénouement autre que tragique. Ils avançaient dans une combe, ou le lit d'une rivière asséchée, trébuchant sur des cailloux, se heurtant à des cactus, sous une lune qui leur donnait tout juste assez de lumière pour voir où ils allaient mais n'éclairait pas les détails. Puis ils remontèrent le long d'une pente.

– Asseyez-vous, dit Macias en appliquant le canon de son automatique sur l'épaule de Titus.

Puis il prit son téléphone.

– *Estamos aquí. Andale ! Andale !*

Les deux hommes étaient en nage et à bout de forces, leurs chaussures pleines de brindilles et de petits cailloux, leurs chaussettes hérissées d'épines accrochées au passage.

Titus était tout aussi épuisé mentalement. Il entendit un bruit énorme, envahissant, comme il n'en avait jamais entendu – une sorte de toux accélérée soulignée par de puissants chuintements. Il leva les yeux et vit deux étoiles jumelles se détacher du ciel et grandir dans l'obscurité. Mais elles étaient d'un bleu plus intense que les autres étoiles, et elles approchaient à grande vitesse, portées par cet étrange vacarme. Au fur et à mesure que les étoiles bleues grandissaient, les autres s'effaçaient tout autour, masquées par la silhouette noire de l'hélicoptère qui descendait vers eux. Le souffle du rotor les frappa brutalement et l'appareil s'immobilisa, en suspension devant eux.

— Allons-y ! cria Macias, sans lâcher son ordinateur, en lui donnant une nouvelle bourrade avec le pistolet.

En se relevant, Titus saisit de la main droite une pierre de la grosseur d'un pamplemousse. C'était l'occasion ou jamais de profiter de l'obscurité.

Il frappa en balançant la pierre à bras tendu, comme pour la lancer, mais elle lui échappa et le coup ne fut pas aussi violent qu'il l'espérait. Il atteignit Macias à l'oreille gauche. Celui-ci vacilla sur ses pieds et l'ordinateur s'envola dans l'obscurité. Mais l'homme ne tomba pas. Titus chargea de toutes ses forces comme Macias avait chargé Artemio, d'un coup d'épaule dans l'estomac. Emportés par l'élan, ils tombèrent tous les deux, Macias sur le dos et Titus dessus. Macias en eut le souffle coupé mais ne perdit pas ses esprits. Il se mit aussitôt à frapper Titus en pleine figure à coups de crosse répétés, avec une énergie décuplée. Titus tentait de parer les coups, mais l'homme était plus jeune et plus vigoureux que lui. Puis sa main rencontra une autre pierre, qu'il saisit et abattit sur le visage de Macias à la seconde où celui-ci commençait à tirer.

Titus roula sur le flanc pour éviter les coups de feu tandis que Macias se débattait, aveuglé, affolé, mais prêt à tout pour sauver sa peau. Il brandissait l'automatique, mais était trop sonné pour contrôler ses tirs. De nouveaux coups de feu partirent, vers le ciel, le sol, frôlant parfois le visage de Titus.

Titus se jeta à nouveau sur lui sans lui laisser le temps de se relever. Dans sa frénésie, il se mit à lui marteler la tête de ses deux poings, lui ôtant toute chance de se ressaisir. Titus sentit le canon du revolver contre son cou au moment où un nouveau coup de feu partait, lui brûlant la joue. Il parvint à saisir l'arme et, en lui cassant des doigts, à l'arracher à Macias pour lui tirer dessus à son tour – quelque part dans le ventre. Puis il tira encore, lui arrachant une partie du visage – comme il le vit à la lueur des éclairs qui sortaient du canon. Et encore et encore jusqu'à la dernière balle.

L'hélicoptère parut hésiter, une dizaine de mètres au-dessus d'eux. Le faisceau d'un projecteur jaillit de son ventre, inondant d'une lumière bleue Titus debout à côté du corps de Macias.

Le téléphone de Macias se mit à sonner dans sa poche. Les jambes de Titus se dérobèrent sous lui et il tomba sur le sol caillouteux contre le corps de l'autre, secoué de haut-le-cœur, luttant pour retrouver son souffle, mais sans lâcher le revolver, dans la bourrasque du rotor.

Le projecteur s'éteignit soudain et les étoiles reparurent tandis que l'appareil glissait sur le côté et repartait par-delà la cime des arbres, emportant son souffle et son mystère. Il volait bas. Le martèlement du rotor décrut rapidement, mais les lumières bleues furent plus lentes à disparaître et Titus, exténué, les regarda diminuer jusqu'à n'être plus que deux traces minuscules, indiscernables parmi les étoiles.

60

La piste se trouvait dans une zone isolée sur les terres d'un ranch à environ soixante-quinze kilomètres au nord d'Austin. Les installations, luxueuses, comprenaient un petit hangar à avions vide, l'atelier attenant et deux réservoirs à carburant au fond d'une étroite vallée à deux kilomètres de l'autoroute 71. À quelques dizaines de mètres des réservoirs, un vieux Cessna Grand Caravan gris foncé était posé, tous feux éteints, les portes ouvertes, en attendant son chargement. Le pilote et son aide fumaient tranquillement, assis à l'ombre de l'appareil.

Baas arriva le premier, les phares de la Range Rover de Titus apparaissant par intermittence entre les troncs de l'épaisse forêt de cèdres sur la route qui descendait vers la vallée. Il se gara le long du Cessna comme s'il l'avait déjà fait mille fois et sortit. Le pilote et son aide se précipitèrent pour l'aider à porter le cadavre du garde du corps de Macias. Ils le sortirent de la Range Rover et le chargèrent dans la soute du Cessna. La carlingue avait été vidée pour le transport des marchandises et ils posèrent le corps, déjà décoloré sous l'effet du cyanure, à même le plancher d'aluminium.

Le chargement effectué, Tito arriva dans le Pathfinder, suivi de Cope en voiture. Le transbordement de trois autres corps du Pathfinder dans le Cessna fut plus pénible à cause de la profusion de sang. Tito conduisit ensuite le Pathfinder au bord de la piste, à côté du hangar. Ils ouvrirent les portières et répandirent du détergent dans l'habitacle plein de sang. Cope avait acheté ce produit dans un grand magasin de Paleface, où l'autoroute enjambait le Pedernales. Ils déroulèrent la manche à eau qui se trouvait à l'angle du hangar et aspergèrent abondamment le Pathfinder d'où s'échappèrent des flots de mousse teintée de rose.

Cette tâche achevée, Cope et Tito retirèrent leurs vêtements qu'ils lavèrent avec le même détergent et étendirent sur les branches des cèdres pour les faire sécher à l'air chaud de la nuit. Ils s'assirent tous pour attendre en grillant des cigarettes.

Une heure passa, puis une autre. La radio et les téléphones restaient muets. Puis le téléphone de Tito sonna.

— Tito, dit Calò, je suis sur l'autoroute. J'arrive.

— Que s'est-il passé ?

— Rien de grave. Quelques imprévus, simplement. Je serai là dans quelques minutes. Vous avez Luquín avec vous ?

— Non. On est sans nouvelles.

Ils attendirent impatiemment, guettant l'apparition des phares entre les arbres. Ils étaient tous debout quand le véhicule déboucha à l'extrémité de la piste et vint s'arrêter à côté de l'avion.

Calò sortit de la voiture, en nage, et ouvrit la malle arrière sans dire un mot. Cope, Baas et Tito s'approchèrent pour regarder à l'intérieur.

— Ça, alors ! dit Cope entre ses dents.

Ils restaient figés sur place.

— Comment ça s'est passé ? demanda Baas, enfin, en relevant la tête.

Pendant qu'ils déchargeaient le cadavre de Macias, Calò leur expliqua comment il avait vu ce drôle d'hélicoptère repartir au moment où il arrivait. Il avait d'abord cru que Macias avait enlevé Titus, puis il avait entendu un bruit de toux et avait vu Titus dans l'obscurité. Ensuite, Burden et Kal les avaient rejoints, avec Rita, et Calò était parti en emportant le corps de Macias pour ne pas rater le départ de l'avion.

— Mais alors, où est passé ce putain de mouchard ? demanda Cope. Macias l'a pris ? Qu'est-ce qu'il en a fait ?

— Il continuait à émettre un signal alors qu'on était tous rassemblés, répondit Calò. Cain n'en revenait pas. Il pensait que le truc était parti avec Loza. Finalement, on l'a trouvé sur le ventre de Macias, dans ses poils. Je pense que Cain ne l'avait pas bien collé et qu'il s'est détaché quand Macias a mis le revolver dans sa ceinture ou quand il l'a retiré pour le donner à Loza.

Calò consulta sa montre et jeta un regard inquiet vers l'extrémité de la piste.

— Il faut nettoyer ça, dit-il en montrant le coffre de la voiture.

Quand ce fut terminé, il était trois heures moins vingt et le décollage était prévu pour trois heures, quoi qu'il arrive. Les vingt minutes passèrent très vite.

— Attendons encore dix minutes, proposa Calò.

— S'il était près d'ici, il appellerait, dit Tito.

— Le voilà ! s'écria Cope.

Ils se retournèrent tous en même temps pour voir les phares du véhicule qui descendait vers eux. Le Navigator noir de Cayetano Luquín s'approcha en longeant la piste. Il roulait lentement.

Le Navigator avança jusqu'à l'avion et s'arrêta à côté des trois hommes qui se tenaient prêts pour aider le chauffeur à décharger les corps. Aucun d'entre eux ne savait qui était l'homme au volant et ne le saurait jamais. La portière s'ouvrit et l'homme sortit. Il portait un caleçon court pour tout vêtement. Pieds nus et torse nu, il était entièrement couvert d'une peinture verte et jaune, jusqu'à sa chevelure hirsute qui en semblait pétrie. Seul son visage avait été en partie essuyé, en partie seulement, et le blanc des yeux s'y détachait avec une netteté effrayante.

Sans un mot, l'homme contourna la voiture pour ouvrir le coffre arrière. Mais au lieu des corps qu'ils s'attendaient à y voir, ils aperçurent un amas de gros sacs-poubelles en plastique noir à double épaisseur.

Il y eut un moment de surprise et d'hésitation, mais personne ne parla. Ils entreprirent de vider le coffre, portant à deux les sacs dont le contenu ballottait, ce qui les rendait malaisés à manipuler.

Quand les huit sacs furent chargés dans l'avion, Baas se tourna vers Tito.

— N'oublie pas : ils ne peuvent pas rester dans les sacs. Il faudra les vider d'abord.

— J'y ai déjà pensé, répondit Tito en hochant la tête.

Cope siffla entre ses dents.

Pendant qu'ils achevaient le chargement, le pilote s'était installé aux commandes avec sa check-list, et il mit le moteur en marche sans qu'on le lui demande. L'homme qui avait apporté les sacs s'accroupit près de la porte de la soute. Il semblait prêt à partir lui aussi.

Tito regarda vers la porte.

— Bon, allons-y, dit-il à contrecœur.

— Eh bien, je pars avec vous, puisque je suis là, dit Calò. Tito, appelle García et préviens-le qu'on est deux de plus. Quand ils arriveront, qu'ils conduisent les voitures à la casse de San Antonio comme prévu. Ensuite, vous prendrez le fourgon de surveillance de l'équipe de Norlin. Et vous ferez tout disparaître, d'accord ?

— Entendu, dit Tito.

Calò se tourna vers l'avion, et le pilote lui fit un signe, le pouce levé. Il répondit d'un hochement de tête.

– Tito, dit-il encore, préviens García que Luquín nous a tiré sa révérence, enfin !

– *Bueno,* dit Tito, avec un dernier regard vers la soute. Je te revaudrai ça, *jefe.*

Calò suivit son regard.

– Merde, dit-il.

La nuit était encore noire quand le Cessna Caravan roula jusqu'à l'extrémité de la vallée pour s'arracher à la piste. Le pilote lança le turbo du moteur Pratt & Whitney à plein régime à la plus basse altitude possible pour éviter les radars qui balayaient en permanence le couloir aérien fréquenté par les trafiquants de drogue, et fonça tout droit vers la frontière mexicaine la plus proche, entre Del Rio et Eagle Pass.

Le jour n'était pas encore levé quand ils traversèrent la province de Coahuila avant de survoler le grand désert aride qui s'étend au nord du Mexique sur près de deux mille kilomètres carrés. Le Cessna réduisit les gaz au minimum et parut faire du surplace.

La porte inférieure de la soute s'ouvrit alors et des corps, et des parties de corps, commencèrent à tomber dans la lumière grise de l'aube. Le sol de la carlingue était visqueux à cause du sang répandu, et il n'y avait que Calò et son compagnon pour s'acquitter de cette sinistre besogne. Le copilote était resté sur son siège à côté du pilote et il ne se retourna pas.

Le dernier fragment de corps éjecté, Calò tendit la main vers la commande de fermeture de la porte. Mais l'homme qui n'avait pas bougé jusque-là lui saisit soudain le poignet pour l'arrêter. Calò se figea un instant et le regarda dans les yeux. Lâchant son poignet, l'homme bascula en avant et s'envola en un lent saut périlleux dans l'air froid du petit jour.

61

Avec deux enterrements coup sur coup, Titus et Rita n'eurent guère le temps de réfléchir. Il leur fallait d'ailleurs, conformément à la consigne de Burden, se conduire comme s'il ne s'était rien passé. Paradoxalement, l'état de choc dans lequel ils se trouvaient après avoir perdu en si peu de temps deux de leurs meilleurs amis leur permit de donner le change.

Ils passèrent la première nuit à parler, parler, parler, serrés l'un contre l'autre, avec de brefs moments d'assoupissement. Au matin, rien n'allait. Ils se levèrent ensemble et Titus prépara du café. Mais il se sentait mal. Il avait brutalement tué un homme quelques heures plus tôt. On a beau voir ces choses-là dans les livres et dans les films, elles ne sont pas si faciles à vivre, quel que soit celui qu'on tue. Titus n'était certes pas d'humeur à reprendre sa vie antérieure après avoir lâché quelques plaisanteries pour dissiper le malaise. Pour lui, une chose au moins était certaine : sa vie ne serait plus jamais comme *avant*.

Le café n'était pas mauvais, mais l'appétit absent. Ils avaient vécu quelque chose de terrible, mais il n'y avait eu aucune suite rituelle à ces quatre jours de cauchemar. Ni police ni amis pour les soutenir, ni magistrats ni médecins... Rien qui aurait pu leur fournir un appui grâce auquel ils auraient peut-être commencé à reprendre pied.

Non, il n'y avait pas eu de transition. Quelque part entre dix heures du soir et minuit, neuf personnes étaient mortes, dont une de la propre main de Titus, et immédiatement après, tout le monde, les morts comme les vivants, s'était littéralement volatilisé. Burden était resté sur le plateau rocheux tandis que Kal reconduisait Titus et Rita chez eux. C'était là qu'ils avaient vu García Burden pour la dernière fois. Il n'y avait pas eu d'adieux. Personne ne semblait y tenir, et il régnait une ambiance de séparation sans conséquence, du style « il faudra qu'on se revoie un de ces jours ». Les gardes du corps étaient restés pour la nuit, mais le lendemain à midi ils étaient tous les trois partis, de même que Cline et Herrin. C'était bizarre.

Les obsèques de Charlie eurent lieu le dimanche, par un temps magnifique. On l'enterra sur son ranch, au sommet de la colline qui se dressait de l'autre côté de la rivière en face de la maison. Ils se rassemblèrent à l'ombre d'un bouquet de chênes tandis qu'un vent léger soufflait à travers la vallée. Après avoir parlé, Titus s'assit et n'entendit plus rien de ce qui se disait. À un certain moment, le cri d'un aigle qui volait en décrivant des cercles au-dessus d'eux le tira de ses réflexions.

Les amis et les membres de la famille se retrouvèrent ensuite dans la maison. Titus resta longtemps assis à l'ombre de la véranda. Il passa un moment avec Louise. Puis, quand ce fut l'heure – ni trop tôt, ni trop tard –, il repartit avec Rita.

Les funérailles de Carla, le lundi, furent encore plus éprouvantes. Il y avait foule pour la messe célébrée dans l'église qu'elle fréquentait depuis longtemps, et le personnel de CaiText était venu en nombre. Titus, à nouveau, prit la parole. Mais il n'eut pas le loisir de s'absorber dans ses propres pensées car il s'assit ensuite avec Rita et les filles, et ces dernières requirent toute son attention.

Ils accueillirent dans leur maison la réception qui suivit. Les derniers invités partirent au crépuscule.

Dès les jours suivants, Titus dut faire face à la situation créée par la perte de la totalité de son épargne. Ses avocats et ses conseillers financiers essayaient encore de comprendre le pourquoi et le comment de ses investissements auprès de Cavatino, et il s'attendait à quelques moments difficiles pour mettre les choses au clair. Mais ce n'était pas un problème insurmontable.

CaiText était une entreprise puissante avec d'excellentes perspectives, et il ne s'agissait pas de repartir de zéro. La perte n'en était pas moins sévère, et il se jeta dans le travail comme il ne l'avait plus fait depuis des années.

Chez eux, avec Rita, ils n'en finissaient pas de parler de ce qui s'était passé. Ils trouvaient à la fois étrange et frustrant d'avoir vécu isolés du reste du monde une expérience aussi bouleversante, et déconcertant d'être devenus du jour au lendemain dépositaires de terribles secrets qu'ils ne pourraient jamais partager avec quiconque. Ils en seraient longtemps obsédés, et incapables de parler d'autre chose dès qu'ils se retrouveraient seuls.

Avec le temps, toutefois, ils sauraient peu à peu ramener le cauchemar à sa dimension objective, celle d'un événement dans le cours de leur existence. Il le fallait, car sinon plus rien, dans cette existence même, n'aurait eu de sens, hormis ces quatre jours. Ils n'en auraient plus été eux-mêmes que le produit, et Luquín et Macias leur auraient volé bien plus que des amis et de l'argent.

Titus ne trouvait pas le repos pour autant. Un soir, il entreprit des démarches compliquées pour reprendre contact avec Gil Norlin. Il lui demanda d'organiser une rencontre avec García Burden. Pourquoi ? Parce qu'il voulait discuter avec lui, tout simplement. Il voulait passer quelques heures avec cet homme, et discuter. Gil Norlin promit de faire son possible. Mais Titus n'entendit plus parler de Norlin ni de Burden.

Épilogue

Il faisait froid ce soir-là, et un épais brouillard étouffait les lumières de la ville quand Titus sortit de son taxi devant le Galileo. Il régla sa course et se hâta d'entrer dans le restaurant où une table était réservée à son nom, le long du mur comme il l'avait demandé.

Il se trouvait à Washington pour affaires et devait rentrer à Austin le lendemain. Après une semaine à enchaîner les rendez-vous, il s'était gardé une soirée libre. Il voulait simplement dîner tranquille et prendre le temps de lire son journal.

Il se fit apporter une bouteille de bon vin et passa sa commande. Puis il mangea sans se presser en tournant les pages du journal. Son repas était déjà bien avancé quand il sentit, soudain, une présence. Il leva les yeux et vit García Burden qui lui tendait la main en souriant.

— Titus, vous permettez que je m'assoie avec vous quelques minutes ?

Il était bien vêtu, avec élégance, même, songea Titus, et semblait aussi à l'aise dans son coûteux complet à veste croisée que dans ses jeans et ses grandes chemises de lin. Il s'assit, et le serveur apporta un deuxième verre. Ils attendirent pendant qu'il emplissait celui de Burden et emportait l'assiette de Titus.

— Ceci ne doit rien au hasard, dit Titus.

— Je suis ici pour affaires, moi aussi, répondit Burden avec un sourire, mais Gil Nordin m'a appelé quand il a su que nous allions nous trouver à Washington au même moment. Je vous ai donc pisté.

Titus n'en revenait pas. Comment, pour commencer, Norlin savait-il qu'il était à Washington ?

— Je sais que vous vouliez qu'on se voie, dit Burden. Je regrette que ça n'ait pas été possible plus tôt.

Titus, qui l'observait, se contenta de hocher la tête. La tenue avait changé mais l'homme avait toujours la même tristesse dans le regard, et cet air d'avoir vu ou fait des choses qui l'isolaient irrémédiablement de la plupart de ses semblables.

— J'étais... assez désemparé quand j'ai appelé Norlin, dit enfin Titus. Avec le temps, ça va un peu mieux. J'ai réfléchi, j'ai pris mon parti d'un certain nombre de choses, depuis.

Burden hocha la tête.

Titus but une gorgée de vin. Ils se regardèrent.

— Il y a une chose, tout de même... L'homme qui a... exécuté Luquín, cette nuit-là. C'était Artemio Ospina, n'est-ce pas ? Le père de cette petite fille dont vous m'aviez parlé ?

Burden acquiesça d'un nouveau hochement de tête.

— Pourquoi m'avez-vous menti en me disant qu'il était mort ? Je ne comprends pas.

— Je ne vous ai pas menti. Je vous ai dit que ce type s'était détruit lui-même. C'était bien ça le pire. Il aurait mieux valu qu'il meure. Il était devenu tueur professionnel, mais c'est accessoire. Il n'avait plus pour raison de vivre que la traque des cinq hommes qui s'étaient présentés chez lui ce soir-là. Il les a poursuivis pendant des années. Luquín était le cinquième. Ensuite, pour Artemio, c'était fini.

— Il n'a plus tué ?

Burden lui expliqua comment Artemio était mort.

– Seigneur !

Titus était sidéré. Étonné que des événements survenus pendant ces quatre journées d'horreur puissent
encore le surprendre. Il continuait à observer Burden.
Il lui semblait apercevoir une sorte de délicatesse, de
raffinement chez le personnage tendu, intense, qu'il
avait connu en juillet. L'homme était réfléchi, détendu.
Il n'était pas pressé de mettre fin à leur conversation.

Burden balaya la salle d'un bref regard qui signalait
un changement de sujet. Il se pencha un peu plus en
avant, en appui sur les avant-bras, l'extrémité de ses
doigts effilés effleurant le verre, le repoussant en douceur vers la bougie posée sur la table. Il souleva le verre
et l'inclina légèrement pour laisser la lueur de la flamme
traverser le liquide rouge sombre.

– Vous vous rappelez cet ordinateur que Macias
tenait tellement à récupérer ? demanda-t-il.

Titus répondit d'un hochement de tête.

– Cet ordinateur contenait tous les détails de l'opération montée contre vous. Des noms. Des noms. Des
noms. Il a enrichi de trente pour cent notre base de données criminelles sur le Mexique et ses liens avec la
grande délinquance internationale. C'est énorme. Une
véritable mine d'or pour nous.

« Gil m'a dit depuis qu'il vous avait parlé de Mourad
Berkat. Eh bien, sachez que Tano Luquín était un personnage clé dans cette affaire. Il était, assez bizarrement,
en contact avec le Hamas. Le jour où vous êtes venu
chez moi à San Miguel et où vous l'avez identifié en
voyant sa photo dans mes fichiers, je n'en croyais pas
mes yeux.

« Macias, c'est autre chose. Il savait que Luquín était
en relation avec des organisations terroristes du Moyen-
Orient, et il constituait déjà un dossier sur lui. Les

hommes comme Macias sont des maniaques du renseignement. Ils le traquent et le collectent comme une véritable drogue. Un renseignement, ça peut toujours servir. Macias connaissait la valeur de tous ceux qu'il possédait sur les contacts de Luquín au Moyen-Orient. Il savait aussi que ses agissements avec ces gens-là pouvaient causer sa perte. Macias a donc fait ce qu'il fallait pour se couvrir en prévision du futur, en accumulant les moindres bribes d'information qui filtraient autour de lui à propos de Luquín et de ses contacts avec les groupes terroristes. Il y avait beaucoup de choses en pointillés dans cet ordinateur, et il avait commencé à les raccorder les unes aux autres.

Il se tut et regarda Titus en redressant son verre pour que le reflet rouge projeté sur la nappe retourne à l'intérieur.

– Tano Luquín jouait un jeu des plus dangereux, Titus. Après votre départ de San Miguel, saisi d'une intuition, j'ai envoyé une·équipe passer au peigne fin une maison qu'il possédait à Rio de Janeiro. Mes hommes ont découvert un numéro de téléphone relié à une autre maison dans le quartier de Polanco. J'y ai envoyé une autre équipe, qui a trouvé une maison vide. Vidée en toute hâte. L'individu qui la louait depuis deux mois s'appelait Adnan Abdul-Haq. Nous avons découvert d'autres numéros de téléphone. L'un de ces numéros était celui d'une maison à Beyrouth, propriété du Hezbollah.

« La suite de notre enquête nous a révélé que Luquín avait effectué deux séjours à Beyrouth au cours des mois précédents. Vous vous rappelez les comptes bancaires entre lesquels Cavatino devait répartir vos dix millions ?

– Il y en avait un à Beyrouth.

– Oui. C'est une destination classique des flux de blanchiment d'argent sale. Mais dans ce cas, l'argent n'y est jamais parvenu. Pas dans un premier temps, en tout cas.

– Bon Dieu. Que s'est-il passé ?

Burden se redressa sur la banquette en regardant Titus.

– Nous ne le saurons peut-être jamais.

– Mais si vous aviez interrogé..., commença Titus.

Puis il se tut. C'était l'affaire de Burden, après tout.

Burden haussa les épaules avec un petit sourire.

– Et cet Abdul-Haq ? dit-il. Qui est-ce ? Nous n'en avons pas la moindre idée. Son nom ne figure dans aucune des banques de données des divers services de renseignements auxquelles nous avons accès. L'homme risque fort de rester un mystère pour nous. À quel prix ? Ça non plus, nous ne le saurons peut-être jamais. À moins que nous ne l'apprenions à nos dépens : trop tard.

Burden acheva son verre et regarda la salle. Titus eut l'impression que quelque chose, dans son dos, avait attiré son attention, mais cette impression fut fugitive. L'homme ne se laissait pas facilement distraire par la vie autour de lui. Il était sur ses gardes et se surveillait sans cesse lui-même, comme s'il avait craint de laisser échapper quelque chose par inadvertance.

– Je peux comprendre la... nécessité de la liste, dit Titus en baissant la voix et en se penchant vers Burden. Mais je ne comprends pas... Il me semble qu'avec tout ce que vous auriez pu apprendre de Luquín il était, pour vous, infiniment plus intéressant vivant que mort, non ? Lui ou n'importe lequel de ceux dont les noms figurent sur cette liste, d'ailleurs.

– Le renseignement est par nature... volatil, répondit Burden. Il n'a qu'une demi-vie et elle se mesure en instants. Il n'a de valeur que si celui qu'il concerne ignore que nous le possédons. Dès l'instant où il le sait, où ses contacts le savent, le renseignement part en fumée. Il perd tout son prix.

— Parce que tout change ? dit Titus.

— Exactement. Si nous avions pris Luquín vivant, tous ceux avec qui il avait été en relation auraient instantanément rompu les ponts. Tout ce qui aurait permis d'établir un contact avec lui – personnes, procédures, itinéraires, systèmes, planques... –, tout aurait été compromis et immédiatement changé. Tout le monde aurait adopté de nouveaux modes opératoires, et nous aurions dû repartir de zéro pour savoir qui, quand, où, comment, pourquoi.

« Mais à partir du moment où il est mort, poursuivit Burden, il y a une chance pour que les renseignements dont nous disposons restent valables. Sa mort ne compromet pas la sécurité de ses partenaires, tout le monde continue avec les mêmes méthodes et les mêmes procédures, avec sans doute quelques précautions supplémentaires dans la mesure où on ne sait pas avec certitude qui a fait le coup.

— Mais sa disparition crée un vide, enchaîna Titus, qui commençait à saisir la logique du raisonnement. Elle compromet les opérations qu'il menait, quelles qu'elles soient, peut-être définitivement ?

— En effet, dit Burden en hochant la tête. C'est une façon de procéder. Pour le moment, elle nous réussit. Nous poursuivons la traque, tout en mettant nos fichiers à jour. Il nous faut un répit. Et le temps de rayer quelques noms sur cette liste.

Le serveur s'approcha pour leur demander s'ils désiraient une autre bouteille de vin. Titus interrogea du regard Burden, qui secoua la tête. Le serveur repartit.

— Et vous, comment vous en sortez-vous ? demanda Burden, après un silence. Sur le plan personnel, je veux dire.

La question surprit Titus, surtout venant de Burden.

– Pour être franc, dit-il, on ne se sort jamais de ce genre d'expérience.

Burden acquiesça d'un hochement de tête, comme s'il s'était attendu à cette réponse, mais ne fit pas de commentaire.

– C'est surtout cette obligation de silence, reprit Titus. Faire comme s'il ne s'était rien passé... ce n'est pas toujours facile à vivre. Par moments, c'est presque insupportable.

– Garder le silence et faire comme s'il ne s'était rien passé, ce n'est pas la même chose, dit Burden. Vous ne pouvez pas prétendre qu'il ne s'est rien passé. Ça finirait par vous rendre fou. C'est quelque chose qui fait partie de vous désormais et vous n'y pouvez rien.

« Ce qui vous est arrivé, vous ne l'aviez pas demandé et ça vous est tombé dessus sans prévenir, comme une maladie, ou une attaque cardiaque... comme n'importe quel malheur. Personne, personne au monde n'aurait voulu prendre votre place.

Il regarda Titus à la lumière incertaine de la bougie.

– Quant au silence, je ne vous mentirai pas. Il va changer votre vie. Pas forcément en pire, mais il va la changer. Vous apprendrez à vivre avec.

– C'est donc bien fini ? demanda Titus.

Il voulait mettre un point final à cette horreur. Il voulait entendre Burden lui dire, officiellement : c'est fini.

Burden le regarda longuement avant de répondre :

– Pourquoi Luquín versait-il de l'argent sur un compte du Hezbollah ? S'il rendait des services à ces gens-là, s'il les aidait à établir une base au Mexique, à distance de frappe des États-Unis – ce qui est précisément ce que nous surveillons –, pourquoi n'était-ce pas lui qui recevait de l'argent ? Pourquoi ne le payait-on pas ? Était-ce eux qui lui rendaient des services ? Et dans ce cas, lesquels ? Et dans ce cas encore, cet échange a-t-il cessé avec la disparition de Luquín ? Ou bien n'était-il que l'un des éléments d'un plan beaucoup plus vaste, comme vous l'étiez vous-même ?

Il restait un doigt de vin dans le verre de Burden et il le but. Puis il posa doucement le verre sur la table, effaça un pli de la nappe en tournant délicatement le pied. Et regarda Titus.

— Pour vous et pour Rita, oui, c'est fini. Il faut maintenant vous en détacher, aller de l'avant.

— Et vous ?

Burden parut réfléchir, comme s'il était frappé par une idée, puis la rejetait.

— L'Histoire n'en a rien su, dit-il. Et le silence est son propre conseiller.

REMERCIEMENTS

Si chaque auteur porte la responsabilité finale de ce qu'il a créé, il faut tout l'art de l'accoucheur pour passer des élucubrations du romancier au livre, et mettre ce livre entre les mains des lecteurs. Je veux remercier quelques-uns de ceux qui nous ont portés, mon travail d'écriture et moi, jusqu'à la publication.

Parmi tous ceux auxquels je suis redevable, je citerai d'abord Aaron Priest, mon agent. J'ai fait la connaissance d'Aaron en 1975, à l'époque où je travaillais à New York dans les affaires et alors qu'il venait tout juste de lancer son agence littéraire à partir d'un minuscule bureau sur la Quatorzième Rue. Je n'avais pas encore commencé à écrire, et c'est seulement en 1982 qu'il a vendu deux de mes romans, inaugurant ainsi une collaboration qui devait s'étendre sur deux décennies et une douzaine de romans – à ce jour.

L'agent littéraire pratique sur le minerai de l'écriture une mystérieuse alchimie. Il s'échine à réaliser le mariage impossible des mots et des dollars avec l'indéfectible espoir de forger une carrière d'écrivain qui soit profitable à toutes les parties concernées. C'est un métier indéchiffrable, fondé sur un délicat et compliqué mélange de relations entre l'agent, l'auteur, l'éditeur et le public.

Aaron, c'est la chance qui m'a propulsé dans ton bureau il y a vingt-sept ans. De tous les bienfaits qui devaient résulter de cette rencontre, il en est un qui l'emporte sur tous les autres : tu m'as permis de faire carrière dans l'intimité de la langue anglaise. Aujourd'hui encore, je trouve ça extraordinaire, et proclame sans honte ma gratitude envers toi, à qui je dois le privilège d'être devenu romancier.

Et puis, notre amitié a mûri avec le temps, contre vents et marées, du Texas à Manhattan. *Mil gracias, mi amigo.*

Du premier au douzième roman, c'est pratiquement tout le monde, à l'agence, qui m'a apporté son aide. Mes remerciements vont à Molly Friedrich, parce qu'elle sait dire non quand il le faut ; à Lucy Childs, pour l'aplomb pétri de gentillesse et de bonne humeur avec lequel elle répond à vos angoisses ; à Frances Jalet-Miller, dont je n'oublie pas la contribution toute personnelle, et à Lisa Erbach-Vance, la plus efficace, la plus intrépide et la plus aimable créature avec laquelle j'aie jamais travaillé.

Merci à Larry Krishbaum et Maureen Mahon Egen, qui m'ont fait venir chez Warner Books il y a trois romans de cela. Ce n'est pas rien, de placer sa confiance dans un auteur et de l'accompagner dans les hauts et les bas de sa carrière. Il y faut un dévouement qui mérite d'être souligné, voilà qui est fait.

Merci à Janie Raab pour le mal qu'elle s'est donné sur les relectures, les projets, les délais, ainsi qu'à Harvey-Jane Kowal et Sona Vogel, pour ne pas s'être perdues dans la myriade de détails qu'il faut accorder pour tisser la trame d'un livre.

Une mention spéciale, enfin, à l'éditrice Jessica Papin, pour sa recherche inlassable du meilleur roman possible à partir du premier jet de cet livre. Merci, Jessica, de m'avoir accompagné avec tant de perspicacité et de générosité.

Table

David Lindsey
dans Le Livre de Poche

La Couleur de la nuit   n°17218

On n'enterre jamais son passé. L'espace d'un instant, Harry Strand a refusé de le croire. Et pourtant, cet ex-espion, reconverti dans le marché de l'art, n'arrive pas à se sortir d'un implacable labyrinthe : traîtrise, amour, vengeance. La guerre froide a beau être finie, celle qu'il va vivre vient à peine de commencer. Un roman d'espionnage explosif autant qu'insolite.

Requiem pour un cœur de verre   n°17092

Elles sont deux. Deux femmes que tout sépare. Irina, la Russe, junkie, tueuse sans états d'âme, tombée sous la coupe de Serguei Krupatin, le chef de la mafia russe, qui a enlevé sa fille. Et Cate, l'Américaine, agent du FBI, brisée par la mort de l'homme qu'elle aimait et qui la trompait. Face à elles, l'impitoyable Krupatin, prêt à tout pour étendre son empire, et engagé avec ses homologues et rivaux dans une partie de bras de fer où la moindre erreur peut être mortelle. Krupatin a tout prévu, les traîtrises, les pièges, les fuites ou les infiltrations… Tout, sauf la rencontre d'Irina et de Cate, l'amitié qui naît entre elles, leur soif commune de revanche. Et c'est une lutte à mort qui s'engage, de Moscou à la Sicile, de Londres à Houston où se jouera le dernier acte... Aux ingrédients classiques du genre – suspense, violence, érotisme, arrière-plans politiques – David Lindsey insuffle une prodigieuse intensité, une vérité humaine qui en fait le digne héritier de John le Carré et de Frederick Forsyth.

Composition réalisée par NORD COMPO

Achevé d'imprimer, en avril 2006 à Barcelone - Espagne par
LIBERDUPLEX
N° d'éditeur 72068
Dépôt légal - 1re publication mai 2006
Librairie Générale Française - 31, rue de Fleurus - 75278 Paris Cedex 06